笑天文集

笑悟人生

许笑天 / 著

中国文史出版社

图书在版编目（CIP）数据

笑悟人生 / 许笑天著. -- 北京：中国文史出版社，
2022.8

ISBN 978-7-5205-3934-0

Ⅰ.①笑… Ⅱ.①许… Ⅲ.①散文集－中国－当代
Ⅳ.①I267

中国版本图书馆CIP数据核字(2022)第207887号

责任编辑：卜伟欣

出版发行：中国文史出版社
社　　址：北京市海淀区西八里庄路69号院　　邮编：100142
电　　话：010—81136606　81136602　81136603（发行部）
传　　真：010—81136655
印　　装：廊坊市海涛印刷有限公司
经　　销：全国新华书店
开　　本：16开
印　　张：23.5
字　　数：350千
版　　次：2023年3月北京第1版
印　　次：2023年3月第1次印刷
定　　价：68.00元

艺术家萧宽题字

许笑天在北京大学的讲座

许笑天在人民大学的讲座

笑孝文化学堂

许笑天做笑康复项目陈述

许笑天带领大家练笑

许笑天带领会员练习笑歌

许笑天创意的千禧龙年设计图案

许笑天创意的叶画作品

许笑天创意的北京奥运中国结作品

笑行天下

用生活磨难感悟幸福，用笑对生活诠释幸福，用生命价值丈量幸福，用传播笑文化创造幸福。生命之短暂，奋斗之坦然，给社会留下一份精神财富。

我是笑文化传播使者，曾在1976年唐山大地震中失去父母等11位亲人，心灵遭受巨大创伤，一度失去"笑"的能力。后来，我经历不会"笑"到练会"笑"的艰难过程，与笑结缘，历经几十年深入研究实践，成为一名笑专家。我创办"笑文化学堂"，成立"笑爱会"组织，编辑出版"笑文化"书籍。十几年来，举办上百场的"笑文化"公益讲座，志愿行动上千小时，受益群众达数十万人。

地震失父母

1976年那场震惊中外的唐山大地震，将一座城市夷为平地，伤亡惨重。我一夜间失去父母亲人，心灵受到巨大的创伤。我突然就不会哭了，也不会笑了。那段时日，我精神恍惚，浑身没有力气，做什么都没有心气。经常把自己反锁在家里，不出去见人。每天晚上做噩梦，夜间惊醒就再也睡不着了，体重掉了二十多斤。我去医院检查，医生说是"灾后综合征"。就这样，我变得郁郁寡欢，心情抑郁，甚至也想到过轻生。

后来，我从报纸上看到一条消息，练习微笑可以调节"心理性疾病"。回到家里我对着镜子练习微笑。开始压根儿就笑不出来，面神经好像麻痹了一样。但当我坚持练了15天时，脸上开始出现笑容；练到一个月时，奇迹出现了，久违的笑容重新回到了我的脸上。我发现了笑的秘密：笑是可以训练的，快乐是可以创造的。我创造微笑、欢笑、大笑等训练方法，调理好了自己的抑郁情绪。自己作词作曲，谱写了13首"笑歌曲"并得到人们传唱，一直唱到央视中老年春节晚会舞台上。

传播笑文化

笑到孝道，感恩知报。博父母开心一笑，就是最好的孝道。我提出"笑孝幸福观"：倡导将物质层面的"孝"上升到精神层面的"笑"。

为了研究笑文化，我通读了很多经典古籍。《说文解字》曰：竹得风，其体天屈，如人之笑也。历代文人墨客都将"笑"字当作创造的灵感与源泉，书圣王羲之、诗仙李白、文学家苏东坡都曾留下过与笑有关的佳作，流芳万世。

孔子曰：夫孝，天之经也，地之义也，民之行也。让千年传统的"孝道文化"从物质层面的"孝"上升到精神层面的"笑"。我把"笑"与"孝"两个字连起来，形成"笑孝文化"。儿女孝，老人笑，一笑尽百孝。"笑孝幸福观"即夫妻"笑恩爱"，对父母"笑尽孝"，对儿女"笑家教"。笑统领"四和"：即天和则晴，地和则宁，人和则旺，家和则兴。

我对笑与心理学、笑与行为学、笑与社交学、笑与经济学、笑与美学等诸多学科做过深入研究探讨，撰写多篇论文和著作，专著《笑出健康》一书2011年由知识产权出版社正式出版。

创办笑学堂

笑容绽放心灵，孝道和谐家庭。"让身边人笑起来，用笑传递爱，用爱播撒幸福，笑行天下"。

我开设"笑文化学堂"，研发"笑孝幸福道""笑爱夫妻道""笑美亲子道""笑康健身道"四大板块的课程。系统地解决家庭矛盾等社会问题。大力推广笑文化，符合新时期社会主义核心价值观，充满正知、正念、正能量。

推广笑文化说来容易，做起来很难。中国虽然有"笑一笑，十年少"的俗语，但也有"君子不苟言笑""女人笑不露齿"的古训，因而我们的国民性格变得内向而矜持，公开场合不爱笑，甚至不敢大笑，怕被人笑话，怕被人说有"精神病"。

欢笑是发于内心，孝道则是行动，和睦是根本，幸福则是结果。儿女对父母天天微笑，老人一定很快乐。如果儿女看到父母开心笑，一定也快乐。由此可见，笑容的"笑"是孝道的灵魂所在。

我倡导幸福家庭从"笑"开始，提出"做人、持家、笑天下"的新理念。我认为，人心是灵魂之家，能量之脉。家道是力量之源，人和业旺，家和事兴。德行是美誉之尊，成功之本。厚德载物，顺天时，应规律而行；合地利，融自然而生；众人和，呈万象彩虹。

为了推广笑文化课程，我走进北京大学、清华大学、中国人民大学、华北电力大学、首都经贸大学等高等学府；走进国有企业、上市公司、民企；走进机关、社区，创办"笑文化学堂"，宣传笑文化，传授笑方法，倡导笑运动，收到了意想不到的效果，大家亲切地称呼我"笑老师"。

热衷笑公益

笑，就是阳光；爱，就是暖流，笑与爱是每个人的快乐梦想。

为了传播笑文化，让更多人学会笑的方法。我创办"笑爱会"，把传播笑文化化为实际行动，经常带领志愿者到学校、企业、社区、敬老院做公益活动。

2013年4月，我随企业家到东直门街道敬老院献爱心，带着老人们拍手笑，教老人们唱笑歌，做笑操，深受大家欢迎。临走时，敬老院刘院长握住我的手高兴地说："老人们现在不缺吃不少穿，有住房有钱花，缺的就是快乐开心。老人们就像'老小孩儿'，生活中总是因为小事闹别扭，让他们一笑就好了。"

从此以后，我把东直门街道敬老院当作"笑爱会"爱心人士开展志愿活动的地方，每个月都要去一次。母亲节为老妈妈们温柔按摩；父亲节为老爸爸们洗脚，穿上松口袜子；中秋节为老人们送去鲜花、月饼；重阳节同老人们笑吟诗词欢度佳节；新年元旦，同老人们回首往事开怀大笑。我把敬老院的老人们当作自己的父母，老人们也把我当成笑的幸福使者。

创编笑节目

微笑是嘴边一朵花，微笑是脸上一片霞。

微笑是心中一团火，微笑是口头一首歌。

我爱笑爱唱，能文能武，主持中医春晚、百家姓春晚、全国老年春晚等节目；创作小品，编导剧本、微电影，样样在行；我弹琵琶作词作曲，谱写出13首"笑"的歌曲到处传唱，唱到央视春晚并获得"畅享和谐"金梅花奖。

2019年，我应邀主持央视举办的第四届"幸福中国 孝行天下"全国老年春节晚会，将"笑文化"融入春晚环节之中，让传统的春节晚会创出新意，深受观众青睐。同年，我主持第四届百家姓宗长春晚公益助残环节，真情诙谐的主持风格，调动了现场企业家积极购买残疾车的爱心。

梦想属于每一个人。只要敢想敢干、敢于追梦，有志气、有闯劲，普通人也可以在宽广的舞台上展示自己的多彩人生。

笑着做人，能送人快乐；乐着做事，可行遍天下。

前言

尘封半个世纪的文字

当作家，是我儿时的希冀。光阴荏苒，时光飞逝，转眼间半个世纪过去了，我从一个爱做梦的少年，成为年近七旬的老者。我宅在家里，开始整理我几十年创作的文学作品，准备结集出版。我大致梳理了一下思路和框架，小说、散文、报告文学、诗歌、剧本这几种文学体裁，我都尝试过，虽说有些作品已经发表，但大部分作品还尘封在书柜里。

每位作家都会出版一本文集，或小说集，或散文集，或诗歌集，或剧本集。这些带着作家气息的文集既是文章集锦，又是作家思想的凝聚。每一部文集记录着作家的心路历程和人生感悟，体现出作家的格调和水准。作家都有两种生命，即肉体生命和艺术生命，这其中，艺术生命的影响远远超过短暂的肉体人生。美国作家海明威获得诺贝尔文学奖的《老人与海》影响了几代人；俄国诗人普希金生命停在了37岁，可他的诗歌、小说和戏剧却影响了世界；我国青年作家路遥42岁就走到了生命的尽头，但他留下的《平凡的世界》却成为不朽的巨著。

经过三个月的整理，回想我半个世纪的生命历程，感悟颇丰。我出生在20世纪50年代，1960年遇到自然灾害挨过饥饿，1976年遭遇唐山大地震失去父母亲人。面对灾难我用手中的笔，写下日记体中篇小说《断裂带》，每个字都像铅块一样沉重，淌着血，滴着泪，真实记录了大地震给人们造成的不幸。自传体文章写出了我的经历和梦想——电影梦与噩梦、笑梦与圆梦。

文学即人学，没有文化名人，就没有文学传播。26年的记者生涯，我访谈过李土生等上百名风云人物。诗歌是文学爱好者跨入文学领域的门槛，我从事文学创作也是从写诗开始的。我为了创作长篇抒情诗《国赞》，浏览了大量史料，从"国歌""国旗"到"国家""国徽"，从"国粹""国学"到"国医""国运"，我从不同方面勾勒出伟大祖国的形象，谱写了我对祖国母亲的赞美乐章。生活中我尝试用赞美诗、爱情诗、藏头诗、打油诗、哲理诗、超短诗等不同形式的诗歌歌颂美好的生活。

文学是历史的再现，艺术是生活的升华，作家是时代的骄子，作品集是文化的精品。我是新时代的见证者，文化的传播者，写作的实践者，生活方式的创造者。除了散文诗歌，地震小说，电影剧本，舞台节目各种表现形式我都尝试过。

散文杂记，是最自由的文学体例，从抒情散文到生活杂记，从叙事散文到哲理散文，无不见证着我50年行走的足迹。除文学创作之外，创意策划是我的特长，同时也丰富了我的生活想象，我曾经参与创作过诸多独特新颖的文化项目。如2000年千禧龙年文化项目"九龙图腾"，2008年北京奥运的"中国心 中国印 中国结"的艺术创意，"中国鸡尾酒新派婚庆仪式""花好月圆婚礼笑派主持"等创意文案，引起了社会的广泛关注。

大半个世纪以来，一次次追求，一次次失败，但我没有气馁，没有退缩。百折不挠，活在当下，面向未来，是我一贯的人生态度。当我创作的第一首诗歌写到学校的黑板报上，当我的第一篇散文发表在文学刊物上，当我的第一篇小说刊登在报纸副刊上，当我的第一部电影剧本被文化部剧本委员会推荐到北京电影制片厂，当我撰写的第一部电视纪录片《凤凰涅槃》在中央电视台播放，我这辈子注定与文学艺术结缘。我的作品集将在中国文史出版社编辑指导下，与大家见面，我的作家梦终将成为现实。

2022年11月21日于北京

目录

第一辑：散文杂记

北京市花 …………………………………………………… 002

莲花禅意 …………………………………………………… 004

今日北京人 ………………………………………………… 007

没有"父亲"的父亲节 …………………………………… 010

踏春赏景 …………………………………………………… 016

赋诗醉秋 …………………………………………………… 018

冬日赏雪 …………………………………………………… 021

苹果熟了 …………………………………………………… 024

银杏叶黄了 ………………………………………………… 028

考驾照 ……………………………………………………… 030

敬老卡 ……………………………………………………… 033

网购狂 ……………………………………………………… 036

京城小黄车 ………………………………………………… 038

父爱 ………………………………………………………… 040

慈母 ………………………………………………………… 042

家中佛 ……………………………………………………… 044

好人多福 …………………………………………………… 046

年味儿 ……………………………………………………… 047

女神 ………………………………………………………… 048

清明 …………………………………………………… 050

家风 …………………………………………………… 052

中秋 …………………………………………………… 055

重阳节 ………………………………………………… 057

正月初一观"一" ……………………………………… 058

正月初二侃"二" ……………………………………… 060

正月初三说"三" ……………………………………… 062

正月初四道"四" ……………………………………… 064

正月初五破"五" ……………………………………… 066

正月初六聊"六" ……………………………………… 068

正月初七 谈"七" …………………………………… 070

正月初八看"八" ……………………………………… 072

正月初九瞧"九" ……………………………………… 073

正月初十观"十" ……………………………………… 075

正月十一品"十一" …………………………………… 076

正月十二赞"十二" …………………………………… 077

正月十三论"十三" …………………………………… 079

正月十四念"十四" …………………………………… 081

正月十五圆"十五" …………………………………… 083

堵与笑 ………………………………………………… 085

打与骂 ………………………………………………… 087

雾与霾 ………………………………………………… 089

病与毒 ………………………………………………… 090

第二辑：小说集

断裂带 …………………………………………………………………… 092

亲历者 …………………………………………………………………… 139

一见钟情 ………………………………………………………………… 153

两枝连理 ………………………………………………………………… 158

三次约会 ………………………………………………………………… 162

营造新生活——唐山大地震后的家庭新组合 ……………………… 167

第三辑　人物访谈

勇于追求　勇于奋斗——访作家铁凝 ………………………………… 178

土生土长——访中华传统文化促进会名誉会长李土生 …………… 181

一笑天开　百变鬼才——访艺术家萧宽 …………………………… 187

爱笑的崔老师——访中国健康专家委员会委员崔国安 …………… 193

堂堂正正一辈子——访中国著名词曲作家姜延辉 ………………… 197

第四辑：文学剧本

电影故事：死城绝恋 ······ 206

武打电视连续剧：节振国 ······ 208

话剧：智力乐园 ······ 233

排练台本：开心笑吧 ······ 269

群口相声剧：中医世家 ······ 274

第五辑　诗歌集

赞美诗：国赞 ······ 282

党啊！亲爱的妈妈 ······ 297

藏头诗：日子感怀 ······ 299

哲理诗 ······ 307

超短诗 ······ 317

附录一：策划案 ······ 320

附录二：毕业论文 ······ 346

附录三：纪录片台本 ······ 353

后记 ······ 369

第一辑：散文杂记

北京市花

北京的春天很短，三月春风一吹，眨眼间垂柳婆娑，碧绿满眼，花团锦簇，从独傲枝头的粉红玉兰，到一夜花千树的洁白杏花；从霞红如云的桃花，到一片鹅黄的迎春花；从雍容华贵的牡丹花到幽香多彩的月季花，婀娜多姿，姹紫嫣红。人们漫步在北京街头，观赏奇花异草的亮丽多姿，呼吸百花沁人肺腑的芬芳，沐浴温煦明媚的春光，心情格外舒畅。

北京花木着实迷人，特别是闻名遐迩的北京市花"月季花"，曾被古人称为"惑之花"，朵朵盛开的粉红色硕大花朵，如同一个个妖媚的美女令人神往。"苏门四学士"之一的张耒有诗云：

> 月季只应天上物，四时荣谢色常同。
> 可怜摇落西风里，又放寒枝数点红。

粉红色月季代表初恋、优雅、高贵、感谢，红色月季代表真挚的爱，热恋、贞洁、勇气，白色月季代表尊敬、崇高、纯洁，橙黄色月季代表富有青春气息、美丽，绿白色月季代表纯真、俭朴或赤子之心，黑色月季代表有个性和创意，蓝紫色月季代表珍贵和珍惜。大文豪苏东坡赞美月季花："唯有此花开不厌，一年长占四时春。"

关于月季花的由来，民间有个传说。一位妙龄少女玉兰背着母亲张榜求医，"治好吾母病者，小女以身相许。"一个名为长春的青年揭榜献方，玉兰母服其药，果然康复。玉兰不负前约，与长春结为百年之好。洞房花烛之夜，长春回答玉兰："冰糖与月季花合炖，乃清咳止血神汤。"月季月季，清咳良剂。月季花，记录着美丽与爱情的感人故事，赋予人间"月季花，月月红，季季开，岁岁开不败；月季花，月月红，季季爱，年年爱不衰"的永恒寓意。

月季花，属蔷薇科，被誉为"花中皇后"，又称"月月红"，是北京市花，是首都一张美丽的名片。北京大小公园都有月季花园区，待到春暖花开时，千姿百态，妩媚多姿。北京城区环路中间的隔离带上，都种着月季，盛开的月季花，形成一道绵延几十公里的绚烂奇彩的花墙，在这样的路上行车、坐车，都宛如置身于迤逦绚烂的花丛中。北京花园般清雅幽静的居民小区里，楼前庭院、阳台露台以及路边甬道旁，也都随时随处可见在微风中摇曳的月季花。

"疫去月季开，香约新国门"，2020年5月，全国抗击新冠疫情特别时期，北京举办了月季文化节，在大兴区世界月季主题园主会场举办了第十二届北京月季文化节暨第三届魏善庄镇休闲文化季活动，期间，园区内一千七百七十多个月季品种，近七万株月季全部盛开。

本届月季文化节在位于北京丰台的北京园博园、顺义的北京国际鲜花港、密云蔡家洼的"玫瑰情园"等地设立了分会场。北京园博园展出有光谱、睡美人、黑玫、自由之中、飘云、金凤凰等九十余个品种、四万余株。月季文化节北京国际鲜花港的主题为"赏美丽月季，享幸福人生"，主题花为"北京红"，园区内的月季总体展示规模达到了十四万五千平方米，包括梅兰、口红、吉卜赛、香水玫瑰、光谱等五个色系，二十四个品种，十一万多株。"玫瑰情园"展出有很多珍稀的月季品种，如北京红、甜蜜的梦、醉红颜、红珊瑚、火焰山等百余个品种，包含了红、黄、粉、白、紫、橙及复色等七个色系。此外，游客还可观赏到其自主研发的具有自主知识产权的月季花卉。

今日北京花，当属月季花。爱情寄花语，心灵绽笑容。
今日北京花，花开月月红。清香溢流彩，遍布北京城。
今日北京花，会聚夏日景。千姿百态美，衬托车辆行。
今日北京花，点缀首都情。拍张欣赏照，倩影入画屏。

莲花禅意

风吹碧叶美荷塘，佛心仙骨屹绿廊。

根出淤泥而不染，荷苞怒放绽芳香。

每年夏季，天气燥热，莲花傲然屹立在绿萝荷叶之上，绽放出一片片或洁白如雪，或粉红似霞的花朵，引来蜻蜓伫立其上，彩蝶翻飞其间。阵阵清风吹来，满池绿叶鼓荡碧波，朵朵红莲摇曳舞姿，给人以清爽恬静的享受。采莲女载着游人喜驾小船，穿梭在莲花荷叶之间，真是美哉！

莲花，又称荷花，在中国传统文化中是品性高洁，刚正不阿，洁身自好，优雅大方，不与世俗同流合污的翩翩君子的形象。每年荷花盛开的季节，全国各地著名的荷花景点都要举办荷花节，无论上海的海湾荷花节，山东大明湖、微山湖的荷花节，有"全鱼宴""全藕宴"特色的苏北金湖荷花美食节，还是四川素有"巴山平原·毓秀水乡"之美誉的开江荷花节，莲花胜景都会给人们带来美的享受和"荷花文化"的饕餮盛宴。

北京圆明园因水而活，水上荷花是圆明园的夏季之魂，乾隆皇帝曾有诗赞：

香远风清谁解图，亭亭花底睡双鸳。

停桡堤畔饶真赏，那数余杭西子湖。

北京丰台区还有个以莲花命名的莲花池公园，其历史比北京建城时间还早，向来有"先有莲花池，后有北京城"之说。如今这里湖光山色，绿草如茵，夏季荷花盛开时节，万亩荷塘，清辉荡漾，大有"柳影毵毵水底天（金代赵秉文《同乐园二首·其一》），荷气微风香暗通（明代管绍宁《集草桥庄》）"的情趣。宋朝理学思想开山鼻祖、文学家周敦颐的《爱莲说》有"出淤泥而不染，濯清涟而不妖"的说法，将莲花喻为花中君子，誉为品性高洁的象征。古人云：

> 青荷盖绿水，芙蓉披红鲜。
> 下有连根藕，上有并头莲。

难怪文人墨客都对莲花情有独钟，百般赞许，为之吟诗作画，赋予其最美文字，穷尽才学，意洒荷塘，留下一首首千古美篇。"小荷才露尖尖角，早有蜻蜓立上头"（杨万里《小池》），宋代诗人杨万里巧借"露"与"立"两个字，将含苞欲放的莲花描写得惟妙惟肖。在他的另一首诗中，"接天莲叶无穷碧，映日荷花别样红"（杨万里《晓出净慈寺送林子方》），把莲叶的"无穷碧"与荷花的"别样红"做对比，两相衬映，相得益彰，让人耳目一新。而唐代诗人王昌龄的《采莲曲》有"荷叶罗裙一色裁，芙蓉向脸两边开"之句，将莲花的盛开比拟为美女绽放笑容，读来韵味无穷。诗仙李白的"若耶溪傍采莲女，笑隔荷花共人语"（《采莲曲》），不禁令人浮想联翩，而诗圣杜甫的"风含翠篠娟娟净，雨裛红蕖冉冉香"（《狂夫》），不仅遣词讲究，对仗工整，更是描摹物态精准到位，令人拍案称奇。

前文说过，在中国本土传统文化中，莲花代表君子，而在佛教文化中，莲花代表圣洁和美好。佛教教义记载，佛祖释迦牟尼的母亲长着一双莲花般美丽清亮的大眼睛。释迦牟尼作为悉达多太子降生时，皇宫御苑中出现了八种瑞相，其中之一便是池中长出大如车轮的白莲花。此外，佛教以莲为喻的词语数不胜数，佛座称为"莲座"或"莲台"；西方极乐世界被比作清净不染的莲花境界，称"莲邦"，佛国称为"莲花国"；佛教庙宇称为"莲刹"；佛像或菩萨像的手称为"莲花手""莲花指"；僧尼受戒称"莲花戒"；僧尼的袈裟称"莲花衣"；五智中的妙观察智称为"莲花智"；佛经《法华经》又称《妙法莲花经》；等等，都是以莲花为喻，象征佛教的纯洁高雅。莲花，代表一种智慧的境界，即所谓"开悟"，佛教说"花开见佛性"，这花即指莲花，"花开"即指修持者达到一定智慧的境界。人有了莲心，就会显现佛性。

宋代大文豪苏轼有一段修行悟道的故事。一天他打坐时，灵感来了，便写了一首诗：

　　稽首天中天，毫光照大千。

　　八风吹不动，端坐紫金莲。

　　苏轼自鸣得意，认为这首诗颇具禅意，如果让佛印禅师看到，一定会大加赞赏，就赶紧派书童过江，专程送给佛印禅师看。谁知佛印看后，一笑，略一沉思，批了两个字，便交给书童原信带回。苏东坡收到后，急忙打开一看，只见上写"放屁"两个大字。

　　苏轼大怒，随即备船过江，亲自到金山寺找佛印禅师论理。到了金山寺却见禅堂紧闭，门上贴一张纸条，写的是"八风吹不动，一屁过江来"，苏轼这才恍然大悟，惭愧不已。

　　出淤泥而不染，是莲花的品质；纯洁而高贵，是莲花的品德；向上而向善，是莲花的性格；纯情而美好，是莲花的形象。佛陀心中的莲花是圣洁的，少女心中的莲花是纯情的，善男信女心中的莲花是高贵的，梦想追寻者心中的莲花是多彩的，创业者心中的莲花是缤纷的，恋爱者心中的莲花则是芳香而甜蜜的。

　　赏荷塘美景，沐清风徐来，悟人生真谛，悦莲花盛开。

2020 年 7 月 7 日

今日北京人

今日北京人是个什么概念？是住在北京的，还是漂在北京的，才算是北京人？谁也说不清楚。今日北京人有什么特别标记，是满口京腔儿，还是提笼架鸟的胡同大爷，迈着方步，嘴里哼着京剧小段优哉游哉？据悉，二环以里的老北京土著大多数已搬迁到五环以外，将他们原来居住的城中心黄金地段房子出租给各地来京的精英有钱人，俗称"卖瓦片儿"。他们不用朝九晚五上班，每月收租金近万元甚至几万元，够吃够喝够花销。

所以，今日北京人，成分很复杂。会聚八方来客，操着不同城市的口音，大家相安共事。若按拥有北京户口而论，有老北京人，有新北京人。新北京人来源比较多，有中华人民共和国成立后，随中央和国家企事业单位从外地移驻、职务升迁进北京的外地人转换户籍身份而成，也有在北京上大学毕业后留京的人员，一开始本科就可以留京，后来随着想留京的人越来越多，政策收紧为研究生择优留京、博士生可以留京。为了北京的现代化发展，北京也出台了引进特殊和优秀人才的计划，很多外地人，甚至外国人都被直接请到北京，不但给予户口，还奖励工作、住房、交通和科研课题补贴。

如果只是简单按工作地来论，那么北京人会比现在的户籍人口至少多一倍，他们有的就是所谓的北漂一族，没有户口，只有工作，中关村、CBD 和各处的写字楼里可以找到大量这种人；另外，大量从事基层服务工作的人员，比如快递员、保洁员、服务员、出租车司机、售货员等也多是外地北漂族；也有的是"爱情移民"，就是外地人嫁给北京男人的，或娶北京媳妇的。无论是新北京人、北漂，还是"爱情移民"，老北京人都以博大的包容心，宽广的胸怀与格局，接纳了他们。北京人没有排外的概念，也没有地域高下的陋识，偶尔会有几个排外的人，说些不着四六的话，还没等外地人说什么，北京人自己就先把他骂个狗血淋头。

北京人不排外，不看低别人，但也绝不允许被别人看低，被别人贬斥，骨子里孤傲得很，表现具体点就是"老炮儿"，谁也不吝，谁也不鸟，这种风气很多是家族遗风，因为保不准他们哪几辈往上就是皇亲国戚、封疆大吏，如今没落了，但只是家财而已，家风从不没落。

北京人爱看新闻，关心时事，虽是皇城根下普通百姓，但心系家国天下，可以一边喝着几分钱一碗的大碗茶，一边指点江山，激扬文字，评国际奸雄，骂国内贪官，争得面红耳赤，是典型的乞丐命操皇帝的心，但从来都乐此不疲。

今日北京人，爱吃，可以吃到全国各地的美食。民以食为天，填饱肚子再拼命干活，"您吃了么"是永远挂在嘴边的"口头禅"。精英族最爱吃北京烤鸭，招待客人往全聚德烤鸭店一坐，倍儿有面儿。北漂族最爱吃北京炸酱面，老北京人最得意涮羊肉、卤煮和爆肚。下班后，夜宵到东直门簋街吃麻辣小龙虾，曾经是北京一景。北京外地人多，但是他们不用抱怨吃不到家乡的吃食，在这里全都能找到，成都火锅、麻辣烫、四川海底捞、韩国烧烤、朝鲜冷面、广东海鲜等，真是应有尽有。只要你肚皮能装得下，尽管解馋。

今日北京人，爱旅游观光，每逢周末节假日，三五好友一起骑上赛车行程几十公里去延庆八达岭长城、怀柔雁栖湖、房山石花洞风景区、密云水库、昌平十三陵玩一趟，或邀请几个"驴友"开着越野车行程数百公里到北京周边去自驾游，比如去内蒙古呼伦贝尔大草原骑马，到新疆乌鲁木齐吃地道的烤羊肉串，去张家口坝上草原狩猎，到山西乔家大院采风，到北戴河、秦皇岛看海。

今日北京人，眼界更宽阔，格局更高远。今日北京人，更爱玩命工作挣大钱出人头地。中关村是中国互联网产业发祥地，电脑从这里走进寻常百姓家；键盘与鼠标操作硅谷链接世界风云；国贸中心集群容纳世界精英的智慧，实现着中国人的伟大梦想；复兴门金融街，证监会、银监会、保监会、央行和中国最大的几十几家银行总部所在地，这里已经是中国乃至世界的金融中心，国家经济和金融政策在这里制定，每天几百亿上千亿资金从这里进出，一举一动甚至一个小喷嚏都会牵动全球经济。

工作在北京这座神奇的城市，无论是精英族，梦想族，还是追星族，北漂族等都可以找到自己的坐标，施展才能，获得自己的一席之地。

让我感到骄傲和自豪的是，我现在也是今日新北京人中的一员。1998年2月我来到北京，受聘于新华社主办的某杂志的记者兼广告部主任，怀着来京大干一场的梦想成为北漂一族。我当记者，拉广告，搞策划，办公司，创品牌，举办讲座，推广笑运动。一个猛子扎下去，一干就是二十多年，从北漂一族升级为北京姑爷，有了北京户口，成了一位名副其实的新北京人。

今天，只要你住在北京，行在北京，统称为今日北京人。北京是中国首都，是拥有两千多万人口的大都市。我觉得在这里工作生活有一种"优越感"，因为你可以随时入故宫，瞻仰大明王朝的宫殿建筑，感受那宏大尊贵的皇家气势；步天坛大道，体验皇帝祭祀天地的雄伟气魄；游北海公园，吟唱"让我们荡起双桨"；登颐和园万寿山，畅想康雍乾盛世万国来朝的壮观场面；穿行长安街，看新中国十大建筑；穿钻老胡同，看历史再现。

作为今日北京人的一员，我点赞！

没有"父亲"的父亲节

今年父亲节又到了，夫人将岳父的遗像放在主位上，准备好一套餐具。去年父亲节，岳父是宴席的主角。今年却是一个没有父亲的父亲节。那一天，父女天地相隔……

一、短痛长思

2020年儿女们为岳父操办八十寿辰。那天在饭店订了一桌宴席，岳父岳母头戴生日帽，点燃八根蜡烛，儿女们合十许愿为岳父祝寿，希望他笑活百岁，颐养天年。在欢快的祝福歌中，老岳父吹灭蜡烛，分切生日蛋糕，一家人其乐融融。

天有不测风云，人有旦夕祸福。万没想到，2022年正月初二，夫人突然接到姐姐电话，她哭着说，妹妹，你们快过来吧，爸爸不行了。接到电话我们马上赶到饭店。听姐夫说，早上他们到家里接父母去饭店吃宴席，爸爸举杯祝福，刚喝一口茶，就不行了。打120救护车，拉到医院了。

事情来得太突然了，我们马上赶到医院急诊室，看到岳父平躺在病床上，嘴唇紫紫的，没有一点血色。医生还在全力抢救，人工呼吸已经做了半个小时。医生说，病人突发心肌梗死，人恐怕是不行了，准备后事吧！

五雷轰顶，五内俱焚，儿女们失声痛哭，咽喉哽咽，捶胸顿足，情绪崩溃。

人的生命如此脆弱，"黄金六分钟"错过，一条活脱脱的生命就这样结束了。我们不相信眼前事是真的，大声呼唤着父亲，扑在他遗体上失声痛哭，希望把他的魂魄叫回来，但无济于事。半小时后，殡仪馆的灵车来了，将岳父遗体拉到殡仪馆，因为正值春节期间放假，只好暂时放进冷冻间保存。

岳父一生不愿意麻烦别人，对自己的子女也是一样，自己能干的事，从来不让子女操心。春节前夫人说帮父母扫扫房，收拾一下东西，后来还是岳父自己上上下下干完了。夫人怎么也不相信，父亲走了。怎么会呢？父亲平常身体健康，走前一点症状都没有，真是太突然了！

二、兰花依旧

岳父离开人世转眼快五个月了，我和夫人在父亲居住几十年的老宅清理衣物，看到摆在阳台上的一盆君子兰花，感慨万分。这盆君子兰长势有点慢，叶片上留着岳父的气息，岳父的眼神，岳父的身影，岳父的温度。那是七年前我和夫人在花卉市场给父亲买来的，如今人去楼空，思父甚念，真有君子一去不复返，兰花依旧笑春风的感慨。

岳父是一位从福建山沟沟里考到北京师范大学心理系的大学生，是毕业后在教育战线工作了四十年的高级教师。夫人回忆说，那年准备参加高考，父亲为她复习功课，准备大量材料和模拟考题，每天都是笑脸相迎，循循善诱地守在她身边，给她信心和力量，使她顺利考进大学。

父亲双眼炯炯有神，头脑清楚，思维有逻辑性，做人坦坦荡荡，光明磊落，做事规规矩矩，工作条条在理，从不占便宜，从不祸害人。在学校人缘很好，校长说庄老师是个大好人。

有一年端午节，岳父亲自包粽子，我和夫人商量给岳父买个假发套，作为特别礼物。到了岳父家，夫人让岳父闭上眼睛，我给岳父戴在头顶上，然后，让他睁开眼睛照镜子，完全变成一个帅小伙儿。岳母惊异地拍了岳父肩膀一下，这是哪位大帅哥啊！岳父岳母相视一笑，一家子其乐融融。夫人还专门买个剃头推子，半个月给老爸剪回头。不用花一分钱，老爸很开心。

笑到孝道，感恩知报。博父母开心一笑，就是最好的孝道。我是做笑文化推广的，从自我做起，虽然，我的父母早已去世，无法尽孝道，我要让岳父岳母天天开心快乐，尽到儿女的孝心。

岳父和蔼可亲，生活十分俭朴，从不乱花一分钱。退休后，他最大的乐趣是每天去超市买菜购物，总是花最少的钱，买到最便宜的蔬菜和水果。每次分享如何买到便宜菜总是津津乐道。记忆最深的是那年我们夫妻二人去海南三亚旅游，凌晨一点钟回到家里，发现冰箱里塞满了新鲜的蔬菜和面食，稍微加热一下就可食用，当时心里感到无限温暖和感激，觉得有父母真好！

岳父是一位好丈夫，与岳母相濡以沫几十年，虽然两人性格迥异，但恩爱如初，特别是岳母患了老年痴呆症时，出现记忆障碍，行动不能自理，吃穿住行，全靠父亲一人照料。父亲认真负责，照顾得很是细致周到，何时起床，何时吃饭，何时大小便，何时用药，何时去医院检查都安排得井井有条，不让儿女们担心。我们最怕父亲打电话说，你妈走丢了。我们马上开车过去寻找，几次都是有惊无险，托父亲的福，没有失去妈妈。

何为孝子？不是天天嘴里喊口号，说爸妈我爱你们，关键看实际行动。孝道很简单，就是子女能够说到父母心坎上，暖到父母心窝里，做到父母需求处。

为了父母不出问题，夫人专门从网上购买家庭监控设备，远程监控父母在家里的状况，心里总算踏实一些。出门在外怕岳母走失，夫人还专门购买一条手环牵链，一头套在岳父手腕，另一头套在母亲手腕，中间有一条一米五长的连接绳相连，这样母亲就不会走失了。

父亲是一位注重健康保养的老人，有知识修养与健康理念，每天收看北京卫视《养生堂》节目，跟着健康专家系统学习养生知识，并亲自实践。

三、堂食尽孝

岳父岳母生活非常有规律，每天安排得井井有条，早上六点起床，洗漱完了，打开电视看央视四套的新闻联播，岳父到厨房做营养早餐，鸡蛋一枚，蔬菜五六样，牛奶燕麦粥一碗，还有两三种以上水果，可谓营养均衡。九点半，岳父会去超市买菜和水果，中午十一点半吃饭，午睡一小时，下午出去溜达一小时，晚上四点半吃晚饭，看电视，七点前岳母洗脚睡觉。岳父则看电视，按摩全身穴位，疏通经络，九点钟上床休息。这样有规律的生活方式，竟然坚持二十年雷打不动。

岳父是福建人，喜欢吃各种小菜，习惯将各种颜色的蔬菜拼合在一起做。每顿饭都十分讲究，完全按均衡膳食要求做，几个菜做下来几乎是同样的味道。岳母是陕西人，喜欢吃面食，押面条是把好手，擀面条也很好，筋道，煮出来一根一根的，拌上菜码子一吃，爽滑好吃极了。换换口味，我们经常自带原料，鱼虾蟹贝什么的，自己操刀做一桌丰盛宴席，让岳父岳母看电视等待，做好后美餐一顿。岳父岳母吃后连声说好，开心极了。我们做儿女的心里高兴，也算是尽了孝。

虽然，我们亲自做饭，岳父岳母也得跟着忙活一两个小时。后来，夫人提议去饭店吃大餐，姐儿俩每周轮番请父母吃饭，岳父很享受这个过程，特别喜欢吃自助，餐台货架里摆满了上百种颜色各异的水果，还有蔬菜、海鲜、羊肉、牛肉、鸡腿、鸭胸，任他选择，想吃什么就吃什么，比在家吃饭省事多了。菜样吃法多多，老年人打折消费，钱花得不多，算起来不贵。

岳父吃饭很有讲究，完全按照合理膳食标准，先吃水果、蔬菜，然后吃大虾、鱼、贝类海鲜，再涮牛羊肉和鱼丸子，最后，吃各种糕点和京糕条助消化。岳父胃口很好，每次吃得比我们年轻人还多，可见吃饭与年龄无关。姐姐带父母去吃过西餐，也另有一番风味。我们带父母吃焦黄脆皮烤鸭，岳父吃得津津有味，满嘴流油，心里美美滋滋爽爽的。每次聚餐，我们有意多点上几个菜，剩下的统统打包带走，晚上回家再吃一顿。

前年父亲节，正值岳父八十大寿，我们做儿女的精心策划，专门定了特殊的寿辰礼物。我来笑派主持寿宴，大家一起笑开心，我演唱了《微笑歌》祝岳父岳母健康长寿。夫人配音诗朗诵《我的好父亲》，表达孝心。姐夫说了段快板书，逗岳父岳母乐，姐姐分切蛋糕，每位一份。岳父岳母吃长寿面，我们祝愿他们笑活百岁。

四、怀念永远

岳父仙逝，儿女痛心疾首。回想岳父生前的音容笑貌历历在目，我按捺不住激情涌动，提笔写下《爸爸，您去哪里了》这首祭诗，尽情抒发心中的缅怀之情。在岳父追悼会上，我和夫人朗诵了这首祭诗：

> 爸爸，您去哪里了
> 在虎年初二的餐桌上
> 在儿女们尽孝的宴席上
> 在外孙女洋洋的亲昵里
> 您端起盛满喜悦的茶杯
> 微笑着品了一口

就驾鹤西游了

爸爸，您去哪里了
您听得到儿女们的呼唤吗
您看见亲人奔跑的脚步吗
您感到孩子忧伤的哭泣吗
您想到结发妻子的寻觅吗
您灵魂在通往天堂的路上
隐形于云霞化作一道彩虹

爸爸，您去哪里了
您去单位参加活动了吗
您饭后领妈妈去遛弯儿了
春天您同萍萍踏青郊游了
夏天您同玲玲公园划船了
秋天带着妈妈摘苹果去了
冬天裹着羽绒服看雪去了

爸爸，您去哪里了
我们依稀听到
您在喊我们的乳名
我们依稀感觉到
您坐在女儿女婿的轿车里
去北京十三陵水库看风景
跟着女儿女婿开心唱笑歌
摆动手臂定格在春天的风光里

爸爸，您去哪里了
您是面含着微笑走的
您是没有痛苦呻吟走的

您是没带一丝牵挂走的
您是幸福快乐地走的
您走得太匆匆忙忙了
您没打声招呼

爸爸，您哪也没有去
您永远守在妈妈的身边
爸爸，您哪也没有去
您永远活在儿女们心里

爸爸，您哪也没有去
您的音容笑貌万古长青
爸爸，您哪也没有去
您的谆谆教诲永世长存

在这没有父亲的"父亲节"，儿女们殷切的思念之情，永远镌刻在儿女尽孝的墓碑上。岳父，您走好，您永远活在我们心里！

岳父在天之灵，放心吧！我们一定照顾好患病的母亲，尽儿女孝道之心。

踏春赏景

春回大地，万物复苏。一片嫩绿拱出地面，铺出一片绿毯。一丝鹅黄钻出枝头，沐浴着温暖的阳光。一群小鸟叽叽喳喳，欢快地唱着春天。粉色的玉兰花绽开笑脸，倒影摇曳着一池春水。春雨绵绵，雨丝像温柔的小手，抚慰着田野，抚慰着山峦。青草嫩嫩，红花鲜鲜，柳绿桃红，阳光灿烂。

一双双脚板，踏遍春意盎然；一群群大雁，翱翔在碧空蓝天。春的讯息，抽动人们心中的欣喜。美的画面，吸引游人融入其间。走出家门，离开楼宇，跨出庭院到大自然中去，呼吸清新的空气，踏青草赏花，折春柳嬉水，攀春山游玩。

中国民间踏青习俗由来已久，每年春天人们都要结伴到郊外游春赏景，至唐宋尤盛。踏春，又称春游、游春、探春等。清明时节，时逢阳春三月，春回大地，草青树绿，自然界到处呈现一派生机。

中国古代的文人墨客，如白居易、苏轼、沈括、徐霞客等人都喜欢春游。历代养生家也都主张亲近大自然。水上的清风，山间的红日，迷蒙的群峰，变幻的云彩，芳香的花草，鸟儿的歌唱，这都是大自然的恩赐，是取之不尽用之不竭的宝藏。

踏春以散步为主，或登山远足，攀山越岭，或漫步林荫小道，随走随停，置身于大自然，全身的新陈代谢也变得旺盛起来，整个身体的健康状况也会得到改善。

柳树是春天的信使，鹅黄的柳芽，碧绿的柳叶最先绽放了春天的样子。唐代诗人贺知章有一首《咏柳》："碧玉妆成一树高，万条垂下绿丝绦。不知细叶谁裁出，二月春风似剪刀。"这首春天的小诗成为绝句经典。李商隐有一首《垂柳》："娉婷小苑中，婀娜曲池东。朝佩皆垂地，仙衣尽带风。"这首诗则把垂柳描写得婀娜多姿。踏进春天的门槛，人们首先看到的就是垂柳，无论是路边的垂柳，还是湖边的垂柳，一缕缕垂地的绿色柳条映入眼帘，春风吹拂，树影婆娑，如梦如幻。春雨洗涤，碧绿润眼。

踏青除了探柳，还有观赏桃花。柳绿桃红，是春天的主色调。垂柳一片绿油油，桃花绽放一片红。粉红色更加抢眼，令人心旷神怡，目不暇接。踏青的人们，信步走在桃林之中，驻足并近距离观赏桃花，也别有一番情趣。

此时桃花盛开，待花谢后坐果。桃花有很高的观赏价值，是文学创作的常见素材。此外，桃花还有疏通经络、滋润皮肤的药用价值。其花语意义为：美好的爱情，浪漫的爱情。每年3—6月，各地会以桃花为媒，举办不同的桃花节盛会。春暖花开，李樱点缀，群蜂飞舞，花香醉人，可谓"满园春色关不住"，也吸引不少新人来此拍婚纱照，在红花绿叶的映衬下，新娘子显得格外美丽。

踏春赏景，一个"踏"字，说明人在行走，踏春天的草坪，踏翠绿的山峦，踏绿色的原野，踏湖池的柳岸。一个"赏"字，代表人们的心态，赏春风和煦，赏阳光明媚，赏垂柳婆娑，赏桃花灼灼，赏群山碧翠，赏溪水潺潺……

踏春，踏出一个美丽的春天；赏景，赏出一片灿烂的春光。

赋诗醉秋

金秋时节，美得令人沉醉。田野里，熟透的红高粱酿造出飘香的美酒；山峦上，火红的枫叶随着秋风飘落成情人的书签；果园里，苹果像一串串红灯笼悬挂着喜悦；庭院中，象征着"事事如意"的大柿子，托举着秋色的浪漫；秋风里，飘落的银杏叶跳着舞蹈，静静地铺满一地金黄；山林里，野菊花绽开着秋天的辉煌。

每逢秋日，城里人离开水泥垒筑的窝，三五成群来到郊外，趴在地头刨出一串串黄花生，一嘟噜落花生，用力甩掉土坷垃，溅起一片由衷的笑声。挖出一块块大红薯，连着缨子一起放在骑车后备厢里。一条条白萝卜，一棵棵绿色白菜，一把把黑芝麻，五谷丰登，人们与大自然亲密接触，享受大地母亲馈赠的厚礼。

秋风送爽，秋雨送凉，天气不再燥热，但秋并非萧瑟的季节，那金黄的稻田，那五彩缤纷的果园，那柔美的月亮，那绵绵的细雨，那纷飞的落叶，那酷酷的秋风都会使人不饮而醉。那种黄、橙、红、绿交织在一起的漫山遍野的秋，让人如痴如醉。北京的秋天很长，从初秋乍凉到中秋赏月，从中秋到晚秋历时四个月，直到深秋供暖。

苏轼诗云："明月几时有？把酒问青天……但愿人长久，千里共婵娟。"当夜幕降临，明镜似的月早早缀于天空，月光如清澈的瀑布泻于广袤的大地。白日的尘嚣还未退去，而明月夹着丝丝秋风已使行人归心似箭。偶尔，一朵宛若绫子般的薄云，带着情愫滑过月亮的肌体。远处会有几颗若隐若现的小星星，仿佛仙女提着小灯笼漫游于无边无际的天间。

杜甫在《登高》中写道："无边落木萧萧下，不尽长江滚滚来。"唐朝诗人刘禹锡诗云："自古逢秋悲寂寥，我言秋日胜春朝。晴空一鹤排云上，便引诗情到碧霄。"春天百花盛开，夏日艳阳火热，冬天雪花静落，唯有秋天最斑斓，满目景色令人陶醉、沉醉、迷醉，人们都醉在了秋天的成熟里。

秋天，孩子们坐在秋千上，荡着清脆甜美的欢歌，溢出无边的笑语。微风轻轻拂过，秋叶、秋风、秋景似美酒醉人心底。再撷一朵雏菊，再摘几颗野果，再抚一片红叶，再吻满地金黄，你会醉在梦里……

秋风中，情侣们迷醉了。女子深情地挽住爱人的胳膊，拾级而上，攀缘秋山，将甜蜜浪漫的誓言篆刻在岩石上。拾几片香山红叶，送给爱人做书签，奔跑在丛林中，采摘山中野果，醉了姑娘的遐想。

秋天，老年人沉醉了。夕阳下演练太极拳的老者，晨光里跳广场舞的大妈，敬老院观赏秋菊的耄耋老人，读书会上诵读古诗的学员，重阳节，儿孙们带着老人去登高望远，看夕阳西下，余晖满天。

秋天，艺术家醉了，诗兴大发，律文金句，绝后空前。李白《子夜吴歌·秋歌》："秋风吹不尽，总是玉关情。"王维《山居秋暝》："空山新雨后，天气晚来秋。明月松间照，清泉石上流。"杜牧《山行》："远上寒山石径斜，白云生处有人家。停车坐爱枫林晚，霜叶红于二月花。"

"采菊东篱下，悠然见南山。"陶渊明观菊赏秋的名句跃然眼前。漫山遍野，一朵朵菊花争相竞放，一片片花海五彩缤纷，一阵阵花香沁人心脾，一队队游客陶醉其中。

洁白色菊花圣洁如雪，盛开的花蕊上，没有一丝染尘。紫红色菊花则更成熟，花为复色，红里藏紫，紫里泛黄，黄里透绿，宛若一片晚霞般灿烂，阳光照射下，含笑无声。树上枫叶红，地上菊花白：秋天风景独好。登上八达岭长城，仰头观枫叶，俯首赏菊花，真是别有一番情趣。

秋天像一首诗，唯美的诗行写在秋阳的余晖里，山峦飘落的枫林里，池水平静的倒影中，野菊花无限遐想的意境里，田野五谷流溢的芬芳里。每一个字，坠着秋天的果实；每一首诗，醉着朗诵者的心绪。

秋天像一幅画，大自然的彩笔，蘸着五彩缤纷的阳光颜料，涂涂染染：染红了群山，染绿了原野田埂，染蓝了湖水涟漪，染黄了枝头地面，染黑了芝麻果实，染成了一幅幅秋日沉甸甸的画卷。每一幅画，藏着天公赐予人类的礼物；每笔颜料，泼洒着大地母亲馈赠的亲昵。

秋天像一支歌，像跳动的五线谱融合成优美的旋律，曼曼秋风，舞红了香山枫叶，舞黄了枝头银杏。美妙的歌声，载着风，载着笑，载着喜悦，载着收获，在秋日余晖的天空飘荡，在秋天的原野里回响。震荡的频率，摇落枝头的累累硕果。每一支歌，唱出农民的豪迈；每一首曲，唱出赏秋者的精彩。

秋天像一杯酒，醇厚，润喉溢香。三五人席地而坐，细细品味。一壶高粱老酒，斟满浓浓乡情；一杯葡萄红酒，聚集游子情丝；一瓶小米黄酒，抖擞健康精神；一碗清甜米酒，酷爽荡气回肠。沉甸甸的秋天，果实酿造美酒；醉意的秋日，将美好填满心房。

秋日遐想，不知是大自然醉了，还是人心醉了。

冬日赏雪

北京难得下一场大雪，雪花漫天飘舞，迷迷茫茫，梦梦幻幻，落下来悄无声息，瞬间铺成满地白银。我走在雪天里，雪花飘落在身上，钻进领口里。雪花从天而降，宛若穿着洁白纱裙的仙女下凡，一朵一朵雪花，一片一片银纱，悄无声息地撒落在广袤的大地，吟着冬天的诗，唱着洁白的歌，点缀着城市的街景。

冬天的绮丽，让人满眼都是洁白的雪景，满目尽是洁白的世界。

观雪花

走在漫天大雪中，风卷着雪花拍打在身上，眼前一片白茫茫，伸手接住一朵雪花细观看，雪花呈六角形，呈现片状冰晶花样，像一个个小精灵睁着明亮的眼睛，遇手温瞬间就融化成一股水，冰凉冰凉的，顺着手掌流下来。如果能接到一层雪花，不妨搓一搓手，然后用那雪水洗洗脸颊，顿觉格外清爽。

雪花，像柳絮，像芦花，像蒲公英在空中曼舞。当雪花飘来的时候，大地的万物静立不动，雪地里的人们和远处的树木构成一幅清纯的淡水墨画，不用太多的渲染也是一种少见的纯美。

雪无声地飘着，像轻柔的小手，掠过宁静的眼眸，滑入如水的心境。曾经的无奈与浮躁，曾经的烦恼与苦闷，这时被纷纷的雪花轻轻拂去。在雪中，生命原来如此单纯，心情原来如此宁静。

多美的雪花，一开始零零落落，小小的，又轻又柔，仿佛白天鹅轻轻抖动翅膀时飘落的绒毛；接着小雪花慢慢变大，变厚，变得密密麻麻，仿佛月宫里的吴刚用力地摇动着的玉树琼花，那洁白无瑕的花瓣纷纷飞落。雪越下越大了，雪花一团团，一簇簇，仿佛无数扯碎了的棉絮从天空翻滚而下。

雪花，谓之雨的精魂，历代文人墨客都爱赏雪赋诗，抒情达意。唐代岑参的《白雪歌送武判官归京》："忽如一夜春风来，千树万树梨花开。"在诗人看来，宛如春风一夜拂遍，树树堆雪的枯枝，就像是纷纷绽放的纯洁无瑕的梨花，千树万树，一望无际。

雪花无瑕，人事却有沧桑。江山不夜雪千里，天地无私玉万家。雪花片片随风飞扬，时而偏斜，飘到诗人的鬓发，让人更添霜华。远远的岸边，春天并没有到来，却处处飞着柳絮一般。这个时候，在暖帐里喝酒吃肉觉得俗气，不如用冰雪之水，在石上烹煮清茶。

俗话说，瑞雪兆丰年。雪花，带来了欢乐，带来了喜气，带来了祥瑞。宋代陆游在《除夜雪》中写道："北风吹雪四更初，嘉瑞天教及岁除。半盏屠苏犹未举，灯前小草写桃符。"北风萧萧，除夕夜里四更时下起了雪，这是多好的兆头啊。诗人十分欢喜，半盏屠苏酒还来不及喝，就忙着在灯前写桃符，以便明天一早挂在门上，辞旧迎新的飞雪，给人们带来了好运气。

看雪景

北京天坛是京都标志性建筑，高耸入云，气势恢宏，历代帝王在此祈祷上天护佑国泰民安。天蓝色的雕花殿宇银装素裹，更显得清丽无比。漫漫白雪犹如天公的恩赐，飘洒在宏大的古建筑上，点缀出别有的风姿。

大雪过后，人们从四面八方来到天坛欣赏雪景，踩着地面厚厚的积雪，发出吱吱的声响。手摸白玉栏杆上银色的雪花，冰凉刺骨。在太阳的照射下，白雪闪烁着耀眼的银光。人们站在祈年殿上，沉浸在一片银白的世界里，领略北京冬日的雪景，感受历代帝王赏雪赋诗的心境。

乾隆皇帝也曾写过不少关于"雪"的诗歌，最著名的诗句如："一片一片又一片，三片四片五六片；七片八片九十片，飞入芦花都不见。"

堆雪人

厚厚的雪地，是孩童嬉戏的乐园。记得小时候，一到下雪天，我就会跑到雪地里玩耍。小伙伴三五成群打雪仗，堆雪人。伸手捧一把松软的积雪，在手里攥成雪球，用力抛出去，砸在小伙伴头上或身上，你砸我，我砸你，有人躲闪，有人卧倒，趴在雪地里打滚儿，玩得不亦乐乎。玩累了，玩热了，就开始堆雪人。

用铁锨将雪花拍成大小不同的雪块，然后再按照想象堆成雪人。用胡萝卜和玻璃球做成雪人的鼻孔和眼睛，乐趣无穷。

小朋友们会对着雪人说话，有人吹嘘自己的作品，赞美或贬低别人堆的雪人。有人会把别人的雪人铲掉，惹急了小朋友，在雪地里追逐打闹。

我还记得堆雪人时唱的儿歌："堆雪人要先滚两个球，大球做身小球做头。胡萝卜的鼻子黑葡萄的眼，堆好的雪人会聊天。堆雪人要先滚两个球，大球做身小球做头。树枝的手红叶的嘴，堆好的雪人会拜年。堆雪人呀堆雪人，堆好的雪人会聊天。堆雪人呀堆雪人，堆好的雪人会拜年。"欢快的儿歌，让我们记住了雪白的冬天。

冬日，皑皑白雪覆盖了山峦林木，形成"雪压松枝枝更挺"的美好景致；覆盖了原野田埂，给翠绿的冬小麦披上一床银被；覆盖了城市鳞次栉比的高楼大厦，覆盖了公路立交桥。一片银白覆盖了地面上的一切景物。

雪景是美丽的，心境是纯净的。雪景，是大自然渲染出来的图画。心境，则是图画里的灵魂显像。雪景是寒冷的，心境却是火热的。雪景闪耀着银白的光，心境释放着火红的热。雪景与心境天人合一，让历代文人墨客谱写出无数锦绣华章。

苹果熟了

秋风飒飒,天高气爽,山上的枫叶红了,果园的苹果熟了。

秋阳下,一排排苹果树上,挂满了红彤彤沉甸甸的红富士苹果,大大小小错落有致,点缀成一片红霞般的景致,这真正是一幅大自然的风景画。现在苹果园都是新品矮树种,只有两个人高,满树的大苹果伸手可摘,一棵树可收成百十斤苹果呢。

苹果园热闹起来了,摘苹果的人群一拨儿接着一拨儿,接二连三地来到苹果园摘苹果。一张张笑脸,一阵阵笑声,人们穿着五颜六色的时装,与美丽的苹果园融合成一幅多彩的画面。只有在这个季节,人们看到苹果丰收的景象,才能真正体会到"硕果累累"的真正含义。

苹果园园主是一位国学老师,借助苹果成熟的时机,举办了一场传统文化活动,让学生们采摘苹果,讲述自己的心灵感受,寓教于乐,启迪智慧。

一、苹果花

阳春三月,苹果园树枝上开满了洁白的苹果花,招来蜜蜂飞上飞下采花酿蜜。一朵朵洁白的苹果花,宛若一片片祥云布满了整个苹果园。走进苹果园,孩子的笑脸和花朵相映成趣,构成一幅幅生机盎然的画面。

苹果花的颜色,基本都是白色的,也有的是白色带有红晕,花丝呈黄色,花苞为粉红色,香气扑鼻、沁人心脾。

苹果花的花香是淡淡的,十分独特,花瓣有五片,呈梅花形,白色带晕,长三四厘米,呈喇叭状,漂亮且婀娜,极具观赏价值。静止着的枝条上面,是一朵朵、一簇簇的花朵,无数的花朵组成了一个花的世界,哪怕是站在远处,也能闻到阵阵的花香。

二、青苹果

苹果花绽开之后，花瓣散落，花骨朵便在枝丫上坐成果子。骄傲地挂在树枝上，接受太阳的照耀，逐渐地丰满长大。春风吹拂，眨眼间，苹果已长到核桃大小，如果此时摘下来品尝，麻麻的，硬硬的，涩涩的，很不是味道。

青苹果，就像刚出道的小青年，做事愣头愣脑，莽莽撞撞。一场春雨过后，苹果园青翠欲滴，晶莹剔透，像一个个绿色灯笼挂满枝丫间，惹人注目。

洁白的苹果花随风而去，将灵魂留在枝丫上坐果。而绿色的小苹果张着小嘴儿，吸吮着阳光雨露，密密麻麻，压弯了树枝。

仰头望去，一根树枝上簇拥着五六个青苹果，争抢着阳光和空气。为了秋后长得大而丰满，果农只好忍痛割爱进行疏果管理。所谓疏果，就是按照要求，每个主枝留下一个果子，其他都要剪掉。为了得到最真实的感受，我和夫人没有让苹果园技术人员疏果，而是自己来疏果。在技术员告诉我们注意事项后，我和夫人开始了疏果。

我登上梯子，站在树旁拿着剪刀疏果，狠下心来剪掉那些小苹果。阳光明媚，微风吹拂，我在苹果树间来回穿梭，夫人追着拍照，留下这难得的瞬间。

一个小时后，树上青苹果稀疏了，枝叶间青苹果依稀可见，满地落果虽然可惜，但他们像一地绿色的精灵，回归土地化作了有机肥料。现在痛苦的割舍，是为了让留在树上幸运的伙伴，长得更壮更大更好。

为保证秋天苹果的卖相，还有戴袋、摘袋环节。技术员要把每个青苹果套上塑料纸袋，防止鸟啄、虫蛀、风吹雨打，阳光暴晒。待到寒露时节，再摘下袋子，接受阳光照射，糖化上色，一周后就可以采摘上市了。

三、摘苹果

秋风飒爽，苹果进入成熟期，眼看着苹果开始变红，红得像一片片云霞，硕果累累，十分诱人。苹果园热闹起来了，前来摘苹果的人们络绎不绝，从四面八方涌来，有初恋情侣，有三口之家，有三代同堂，都来亲自体验摘苹果的乐趣。

采摘的苹果，价格都会比市场价高，那么人们为何还乐此不疲呢？因为这样能与大自然亲密接触，心情的愉悦，大脑的兴奋，远比摘苹果本身更美好。特别是孩子，站在苹果树下，伸出小手摘下一个大苹果，小嘴咬上一口，甚是可爱。或是迟暮老人，一手扶住树干，一手摘下苹果，放在鼻翼下嗅嗅，快乐溢于言表。

人们把红红的大苹果采摘下来，小心翼翼地放入包装盒里，放在地库里贮藏越冬，到春节取出来吃，还能保持酥甜香脆，这或许就是劳动人民的智慧吧。

四、吃苹果

摘苹果是乐趣，吃苹果是目的。苹果园里可以看到不同的人，吃相千姿百态，令人发笑。有人急不可待，伸手摘下苹果不擦不洗，直接放进嘴里吃，吃得嘴角溢出果汁。有人先欣赏一番，然后用消毒纸擦一擦，再送进嘴里咬一口，心满意足。还有人摘下苹果，跑到池子边用清水冲一冲，削皮后再吃，这属于讲究人的吃法。

在采摘季节，夫人每天偷偷用摄像机镜头，拍摄了好多人的吃相，从这不同人吃苹果的样子，也能窥探出不同人的身份和性格。

"一日一苹果，医生远离我"。在众多水果之中，苹果可说是最普遍又最平和的一种，但它的营养价值却不容小觑。中医相信它可生津润肺，健脾开胃。营养学上的分析，指出苹果含有果糖，并含有多种有机酸、果胶及微量元素。苹果果胶属于可溶性纤维，不但能促进胆固醇代谢，有效降低胆固醇水平，更可促进脂肪排出体外。法国人做过一项实验，让一组身体健康的中年男女每日进食两三个苹果，一个月后，量度他们体内胆固醇水平，发现80%的人血中低密度脂蛋白胆固醇都降低了；同时，高密度脂蛋白胆固醇却有所增加。苹果对于心血管的帮助可见一斑。

苹果所含的微量元素钾能扩张血管，对高血压患者很有好处，而锌亦是人体所必需。此外，多食苹果，还能调理肠胃，有助排泄。但我们也须注意，如属脾胃虚寒型的慢性泄泻，则须将苹果用锡纸包裹，先焗熟或煨熟才能吃。

苹果好吃，不尝不知道苹果的滋味。不经营苹果园，不知道苹果长熟来之不易。以前吃苹果，都是去市场买，打理一年苹果园后，方知品尝美味是需要付出代价的。

苹果，又脆又甜。摘苹果，乐趣无限。送苹果，情意绵绵。人影绰绰，笑脸盈盈，人生的美好都定格在秋天的苹果园里。

自然界，红苹果熟了。人世间，人们的心智也成熟了。

银杏叶黄了

秋风吹落一树花，满地尽是黄金甲。深秋时节，我和夫人驾车来到十三陵银杏林，金黄的叶片飘飘落下，发出哗哗声响，那是秋天的韵律。走进银杏林，踩在满地金毡子一般柔软的银杏叶上，或站或蹲，或趴或滚，与银杏叶融为一体，留下深秋美好的记忆。

银杏叶

银杏树的叶子里边是黄色的，外边是绿色的；有的里边是绿色的，外边是黄色的，就像镶了一圈金边。它们像一把把小扇子，在秋风的吹动下，轻轻摇曳。粗壮笔直的银灰色的树身，高大挺拔，像一把巨伞，直插云霄。银杏树的每一根枝条都斜着伸向天空。枝条上长满了密密麻麻的叶子。春夏季节，叶子是绿油油的；秋天来临，它就逐渐变黄；到了深秋，便全部变得金黄金黄的了！一阵风吹来，树上的叶子飘飘摇摇地落了下来，有的像蝴蝶翩翩起舞，有的像小鸟展翅飞翔，有的像舞蹈演员那样轻盈旋转。

我俯身捡起一片银杏叶片，仔细观看发现，叶脉清晰分明，组成一幅美丽的图案。银杏叶寓意生和死、阴和阳的对立统一。它的花语是坚韧、沉着和纯情，代表着永恒的爱。

银杏树叶非常光滑，光滑到几乎让人觉得不像秋天的落叶。黄灿灿的叶子在阳光的映照下，发出了耀眼的光芒。那光芒就在树叶间跳跃，仿佛小精灵在欢快地玩耍。

那一棵棵银杏树更是透着一股灵秀的美，修长的枝干，茂密的叶子，无一不彰显他的魅力。银杏树的美是清爽的，是空灵的，它的美犹如种子一般在我的心中扎了根，印在了我的脑子里，挥之不去！

银杏树好似经历了一次幻化，从春天一树碧绿，变成秋天一树金黄，实现了一个美丽的梦想，所有的风尘洗礼和日月点化浓缩成金黄的叶片。脱掉青春的外衣，袒露出生命的黄金，人们喜欢它这种变化，尤其在老年人看来，这样的人生才是可贵的。

银杏树

郭沫若先生在《银杏》一文中写道："银杏，又称公孙树，雌雄异株，美观长寿，叶子形状像打开的折扇，果实可食，也可入药。"又道："一般人并不知道你是有花植物中最古老的先进，你的花粉和胚珠具有动物般的性态，你是完全由人力保存下来的奇珍。堪称中国的国树。"一言道尽了银杏树的宝贵。银杏的历史可追溯到7000万年以前的古新世时期（第三纪早期）。

银杏树是最古老的树种之一，人们称它为"世界植物活化石"。银杏树寿命很长，可活千年以上。山东莒县的定林寺中有一棵大银杏树，相传是商代种植的，距今已有三千多年的历史了。

千年银杏树，位于河南省济源市王屋山景区内，是景区著名的旅游景点之一。它占地亩余，是中国五大银杏树之一。已有两千多年历史，为我国现存最大的银杏树，是神奇的不老不死之树。第二次世界大战时期，美国在日本投下的原子弹爆炸中心，万物俱灭，唯独有几棵银杏树奇迹般地存活下来，就可以证明银杏树顽强的生命力。

百年来，王屋山的这棵银杏树吸日月之精华，蕴王屋山之灵气。无数善男信女将它视为神灵顶礼膜拜，树上挂满了各路信奉者敬献的幔帐。距离银杏树不远处还有一口"不老泉"，万年不绝。这二者万古相伴、珠联璧合，被人赋予永恒的象征，是极佳的爱情盟誓之所。

松柏生阴，银杏向阳，一阴一阳，皆合万物之要义。

千年银杏树，一树已千年。在银杏树下守望禅心，只为寻求生命的奥秘。银杏千年，等候的是秋的思念。信步银杏林中，生活仿佛在画里，银杏树那金子似的光芒，照亮了人心。

从深秋到初冬，银杏叶送你一个金色的梦。

考驾照

人生七旬古来稀，老来最爱夕阳红。

我65岁那年，夫人让我去驾校报考驾驶执照，因为考取汽车驾照最大限龄为67岁，让我在限龄前拿到驾照，这样今生就无憾了。交规考试顺利通过后，我来到了驾照培训现场，一色的年轻人，像我这个年龄段的没有几个。每天去驾校学习操纵方向盘，模拟侧方停车、行驶、倒库、坡起，反反复复，被教练训斥、训斥、再训斥，心里窝火，也不敢反驳。

考汽车驾驶执照，就是一次修行。老年人考驾照，更是人生的历练、心性与修养的磨砺。近半年的训练，我学会八个字：忍让、慢行、机警、巧致。忍让练心性，慢行练真功，机警练反应，巧致练技术。

憋气

目视前方，手握方向盘，脚蹬刹车板，加速前行。开车原来就是这么简单。

我的第一位教练是一位身体健硕的中年人，脾气暴躁，动不动就训人，态度很不好，让你难以接受。我初学乍到，年龄又大，手脚不听使唤，顾上顾不了下。由于心情紧张，我车子开不稳，忽而东，忽而西。教练经常伸手把偏离的方向盘扭一下，拨转汽车的方向。他坐在副驾驶看我操作，不时发出指令，右转、左转、前行、倒车、停车！

俗话说，会者不难，难者不会。道理就这么简单。但说着容易，做起来难。教练驾车多年，开车技巧早已熟练于心。而我是小白，给我一段练习的时间吧。我心里嘟囔，没敢说出口。

三天时间过去了，我驾车操作技术，仍然没有多大进展，教练每天都要训斥我多遍，我心里很窝火！却敢怒不敢言。我想找个机会教训他，给他点颜色看看。我们一边开车一边聊天，我说我十几岁就练武术，练了几十年，会100多招。教练瞪大眼睛惊奇地看了我一眼，说道："我也从小喜欢武术，也想学几招，但一直没有找到师父教。"

我一看教练感兴趣，心里来了劲儿，笑着说："艺高人胆大，艺多不压身。学个三招两手，遇事就能防身自卫。一会儿停车休息，我免费教你两招。"休息时，我开始教他擒拿格斗。我给他做示范动作，顺便扇他两记耳光，这招叫"顺风扫月"。这可解了我心头之气，痛快得很。我教他招法，他笨拙地学练，手脚身法配合不好，我训斥他笨！他不好意思地脸红了。我心里想，你也有挨训的时候。

后来练习驾驶，教练态度好多了，遇到武术大师，认怂了。他自悔地说："驾校教练每天教授学员，重复同样的动作要领，行车，停车，倒库，心烦意乱。学员换了一批又一批，训练车换了一辆又一辆，多年如一日，啥时熬出头啊！所以，心情不好，脾气就暴，爱训人，反正学员也不敢说什么，这两天的态度，还请师父见谅！"

磨炼

如果说科目二让人憋屈的话，那么科目三就让人很爽快了。但是这个过程也是一个修炼心性的过程。

第二位教练是一位有着十几年驾龄的老司机，长着一个圆圆的脑袋，圆圆的脸，圆圆的眼睛，总是面带着笑，却总用一种不屑的眼神看我。教练很快地就把训练内容和要领讲给我听，然后开始实际操作驾车上路，如果路上操作失误，他也会训你一通。每天分早、中、晚不同时段进行训练，每一次训练都是一样的操作，一圈圈地训练路线奔驶，一次次被教练训斥。

路考那天，天空下着蒙蒙雨，路况非常不好。我心想这是老天爷在考验我吧。果然，我两次机会都用上了，最终还是折了。我打电话给教练，教练冷笑说："考吧，反正有五次机会。"我心里暗想：没关系，路考多考一次，路上定会少出一次事故。修行也必定是在诸多不顺利中磨炼出来的。

畅快

学开车，考驾照，一晃三个月过去了，我考了两次折了两次，每次都是因为倒库砸了。我平时练习上百遍，每次都能顺利通过，说明倒库技术没有问题。那为什么一考试就不行了，一定是因为紧张。

两次考不过，夫人并没有埋怨我，而是用实际行动鼓励我。她每天下午开车送我去训练场训练，不惜花钱购买课时。一次一次模拟考试，一次一次失败，一次一次重新再来。前面一位与我年龄相仿的男学员，也总是折在倒库上。他笑着说："我已经考了三年了。没关系，我一定要考过。再考不过就没有机会了。"果然，功夫不负有心人，他成功了，他的执着对我也是一种激励。

我开始练习微笑，疏解紧张的情绪，减轻大脑的压力，尽量把考试当作一次快乐旅行，第三次考试开始了，夫人为缓解我的压力，亲自驾车跟在训练车后面为我助考。偏巧，路考那天又是一个雨天，我驾车穿过雨帘，驶过泥泞的路面，按照考试流程，在考官的监督之下，一路闯过重重关隘，终于顺利通过考试，拿到了驾照，完成了我生命注定的里程。

老年人，不服老，三番五次考驾照。

不怕失败不怕难，训练修行真悟道。

我这次报考驾照，体悟到了人生真谛：只要心一横，万事皆有可能。

敬老卡

一张小卡片，

挂在脖颈上，

走到哪里都礼让。

超市买菜不排队，

乘坐公交全免费。

这张卡说的就是老人卡，后来改名"敬老卡"。新的敬老卡除了是老年综合津贴的发放载体，还是老年人享受本市尊老社会优待服务的凭证。它是国家给公民社会保障福利的一种，小小的一张卡片体现了国家对老年群体的关爱。

一、暖心卡

我也领到了这张"敬老卡"，说明我已步入老年人的行列。虽然我有一颗年轻的心，但是走路久了，确实有些疲惫，希望能坐一坐。于是在坐公交时，我干脆把敬老卡戴在脖子上，证明我的年龄和身份——老年人。

人总有老的时候，岁月沧桑，白发堆雪，脸颊上布满皱纹，手上暴凸着青筋。走路摇摇晃晃，跌跌撞撞，思维迟钝，记忆力减退，遇事反应慢，口条不利落，说话吞吞吐吐，做什么都是心有余而力不足。老了就是老了，老了就得服老，不能逞强。能吃几碗干饭，就吃几碗干饭。能走多远的路就走多远，能干多少就干多少。

年轻时，有年轻人的闯劲；年老时，有老年人的韧劲。年轻人凡事不甘落后，怀着希望向前闯。老年人随遇而安，顺其自然。我深谙此理，步入老年群体，身体老了，心态却不能老。除了每天坚持练欢笑，唱笑歌，做笑操外，我还要回忆往事撰写回忆录，创作文学作品。保持一颗年轻的心，乐乐呵呵享晚年。

21世纪，中国进入老龄化社会，十四亿人口中有四分之一的老年人。敬老爱老，是社会传统美德。乘车，为老年人让座；行路，让老年人先行；去商场买东西无须排队；去医院有绿色通道，让老年人畅通无阻。现如今，这已成为民众的自觉行为。有位八旬老者赋诗一首：

> 持卡乘车十五年，一声敬老动心田。
> 司机点头露微笑，让座爱心迎皓贤。
> 窗口文明行示范，称呼改进礼当先。
> 如今赶上好时代，尽享天伦社保全。

二、实惠卡

敬老卡，不但暖心，还有诸多实惠。国家政策规定：手持敬老卡，可以免费使用收费公共厕所，可以免费进入公园、博物馆、纪念馆、纪念性陵园、开放文物点、美术馆、科技馆、文化宫等场所，可以在各类医疗机构优先就诊，化验，检查，缴费，取药，需要住院治疗的优先安排床位，可以优先购买车船票、飞机票，优先上下车船、飞机，优先托运行李、物品。这些措施让我们老年人老有所乐，老有所依。

第一，"吃"得实惠。华阳敬老院社区食堂位于长宁路396弄华阳路街道综合为老服务中心内，共设有50个座位。社区食堂以服务华阳敬老院以及周边居民区的老人为主，同时对周边居民、白领开放，老年人使用敬老卡可享受菜单价7.5折优惠。未来，该社区食堂还将提供社区助餐和送餐服务。

"口味很清淡，适合我们老年人，蛮好！"七十五岁的田阿姨告诉记者，"种类挺多的，一大荤、一小荤、一素菜再加上一碗汤才二十块钱。如果打包的话，我午饭晚饭都够了。"

结合养老院老人的饮食需求，食堂的菜品严格限制油、盐、糖的用量，同时结合老上海的菜品特点，在口味上做到软、烫、有味道。在菜品种类安排上，社区食堂也主要选择应季菜品，比如冬季就多选择南瓜、白萝卜、土豆等根茎类的蔬菜，另外，菜单中也有不少熏鱼、烤麸等上海特色菜。

第二，"行"得实惠。阳光明媚，微风徐徐。不少老年人坐上了公交车，到景区或者郊外欣赏春日美景。据了解，近几年来遂宁发展公交公司，针对年满70周岁的老人推出敬老卡惠民举措，让老年朋友享受出行便利，提高了他们的幸福感和获得感。

第三，"玩"得实惠。一位公交车司乘人员说，有一位九十岁的老者，每天都要独自一人乘坐这趟车去公园，连续八年之久。每次乘车他都要特别关注老人的安全。扶着老人在座位上坐好，手把住座椅栏杆，后背靠牢椅背，以免突然刹车，惯性使身体前倾发生危险。

国家对老年人的福利随处所见，特别是具有"一卡通"的"敬老卡"，凝聚着各级政府对老年人的关爱与关心。

三、开心卡

"夕阳无限好，只是近黄昏"。夕阳余晖，霞光万里。黄昏晚照，美丽无比。"老骥伏枥，志在千里"。老有所为，老有所养，老有所爱，老有所长。我做了二十多年记者编辑，采访过两三千人，写过上千篇文章，编辑上百万文字。写作，是我的优势所长，我要将其发挥到极致。年轻时因为工作忙，北京这么多名胜古迹，我都没有逛过玩过。持有敬老卡，可以免费进京城公园和风景区，夫人说陪我"神游北京"，游遍京城名胜古迹，撰写一部游记散文集。

老年人都说敬老卡是开心卡，对此我非常有体会，这回撰写散文游记刚好派上了大用场。我凭一张敬老卡玩遍了整个北京城。逛故宫，游北海，攀景山，爬长城。乘游船去颐和园，坐公交观博物馆。每到一个景区，总是刷卡、刷卡、刷卡，不花一分钱，别提有多开心了。夫人粗算一下，凭"敬老卡"游览北京各大景点，公交费、门票费能节省万把块呢。我既饱了眼福，又开了眼界，还积累了大量创作素材，撰写出60篇散文游记，这里有敬老卡的功劳呢！

这张小小的卡片上，印有北京天坛的标志，有"社会服务通"的字样，更有"养老助残"的温度。敬老卡，凝聚着国家与社会的关爱，帮我实现人生价值，我天天戴着它，走遍北京的大街小巷，自豪而快乐。

老年卡改为敬老卡，一字之差使这张普通的卡片有了温度，一个"敬"字，体现出社会对老年人的尊重和关爱。敬老卡，是方便卡、快乐卡，更是暖心卡。

一卡在手，终身拥有。

网购狂

夫人每天都趴在网上购物，我每天的工作就是收快递，客厅、卧室、厨房、卫生间全成了"家庭超市"，货品满满，琳琅满目。

夫人很有设计天分，她在卧室里添置了组合柜和架子，自己从网上订购衣柜，自己动手组装，购买了上百件衣服塞进其中，而我成了她的试衣架，她总是会用欣赏的眼光左观右看，不停地点赞："真酷！好帅！"我只好不耐烦地说："该停停手了，上次买的，我还没来得及穿呢。"

夫人诡秘地一笑："留着慢慢穿呗，日子长着哩。"我也就"忍痛"答应满足她的购物欲望。但是让我不能容忍的是：厨房用具多到不可想象。光是做饭的锅就有十几套，炒菜锅、蒸饭锅、煲汤锅、蒸蛋锅、多用型火锅、新型材料锅。一个一个摆满了厨房货架。她要展示她的厨艺，从网上学到很多做各种菜肴的方法。于是又在网店狂购面包机、榨油机、和面机、绞肉机、切菜机。自己榨油，自己和面，自己蒸奶油蛋糕，但都没有用过几次，几百块购买的厨房用具就闲置在那里。我跟她商量，咱家不是面包房，人少吃不了多少，能买到产品的，就不购买机器，浪费钱还占地方。

夫人也是个明白人，看着厨房那些机器，她同意了我的观点。我接着说："你购物要按照实际需求，不能按照你的心情，也不要图小便宜，否则会上当受骗。商家就是抓住女人这个心理，诱惑你上钩的。"夫人知道自己错了，但有时还是控制不住购物心理，继续购物。并委屈地说："我也是为了让你过上吃穿不愁的幸福生活嘛！"

想想也是，她每天费心货比三家，吃的，穿的，用的，样样齐全。让我享受，我还挑三道四的。我理解了夫人的不易，在内持家理财，在外为了让我安心创作，讲课，参加各种社会活动，她跟在我身边拍摄视频，回家剪辑制作，配音配乐打字幕，成片上传网络媒体进行宣传：真是里外一把手。就这么一点"网购隐"，我怎会不支持？

为此，我还作了一首打油诗：

网购狂，网购狂，网购商品真叫狂。

网购狂，网购狂，信息时代跟得上。

网购狂，网购狂，坐在家里天天忙。

网购狂，网购狂，消费世界新时尚。

京城小黄车

网络时代，信息畅通，一切都变得如此简单。肚子饿了，找美团外卖；出行办事，邀嘀嘀打车；买时尚新装，逛淘宝网店。这些都在很大程度上方便了人们的生活，其中一种新兴的交通工具投入了使用：小黄车。

北京城区街道旁。小黄车排成一道景观，这一辆辆小黄车，用处可大了。方便快捷，灵活多变。北京城车多人多，一堵就是个把小时，司机瞪眼没脾气。每逢上下班高峰，上班族骑上小黄车像游龙穿行其间，比坐汽车还快。我乘坐地铁出站，离我家就差两站地，每天我骑小黄车回家，只用五分钟就到。

小黄车是一个无桩单车共享出行平台，以"无桩单车共享"模式，致力于解决城市出行问题。用户只需在微信公众号或App扫一扫车上的二维码或直接输入对应车牌号，即可获得解锁密码，解锁骑行，随时随地，随取随用，方便了你我。

我从6岁开始学习骑自行车，当天就学会骑着车回了家。从此以后，自行车成为我的代步工具。父亲曾在五金公司上班，那年代用自行车票给我买了一辆飞鸽牌自行车，美得我一宿没睡着觉。每天骑着飞鸽出行玩票，引得路人投来羡慕的眼神。但没骑多久，自行车就丢了，我心疼地难过了一宿。爸爸安慰我，又用一张自行车票给我买了辆"永久牌"的自行车，希望我永远拥有。

从小城市来到北京，公交车、地铁、出租车到处都有，我就与自行车慢慢疏远了。万没想到，小黄车以崭新面貌又回到了人们的生活中，且设计新颖，功能齐全，轻松灵敏。不用打气，不用修理。扫码开车或还车，多人共享，方便快捷。

在北京城大街小巷，黄色自行车非常抢眼。在公交车站、地铁站、百货商场、超市等人多的地方都设有存放区域，骑车人任意享用。是打工族、上班族、赛车族最好的代步工具。多人同时骑行小黄车，也是一道亮丽的风景线。

无论去哪里，骑小黄车，用手机导航定位，走遍京城不迷路。一次，我骑小黄车去拜访一位名人，由于导航出错，本来十几分钟的路程，我围绕偌大的北京城绕行了一个小时，累得大汗淋漓，但过后却又感觉特别轻松，看来骑车运动还真锻炼身体。

随着智能高科技的迅猛发展，城市功能越来越朝着人性化拓展。小黄车公司针对女性需求开发出漂亮的"公主车"。"公主车"选用金属和仿皮革设计的复古元素，采用双梁结构，上梁采用弧线式设计，车把选用高抛光处理的铝合金材料，车筐选用仿藤编造型，仿皮革色的鞍座高度可调，半封闭链罩可防止女性长裙被车链剐蹭，满足裙装女性的个性化出行需求。

同时，按照男性需求开发出了"肌肉车"，此车配备了8速变速器，并且安装了轻型摩托车的26×4.0加宽轮胎，颠覆了小黄车轻便小巧的造型。此外，"肌肉车"还在第五季跑男节目中成为王祖蓝的专属"坐骑"，被誉为"共享单车中的SUV"。据介绍，此次"肌肉车"的投放正是小黄车以用户需求为导向的体现。可见小黄车已率先发掘到了共享单车行业的新空白：按需求定制，将共享单车行业的注意力引向个性定制和品质骑行。这必将刷新用户的极致体验。

"公主车"漂亮方便，呈现阴柔之美；"肌肉车"酷炫坐实，彰显阳刚之气。总之，城市小黄车，是京都的亮丽景色。

父爱

父亲节又要到了，每到这一天，我都会拿出已经珍藏四十四年之久、唐山大地震时父亲留下的遗物，一个写满密密麻麻字迹的笔记本，一架上海产"蝴蝶"牌缝纫机和一张全家福照片。这些遗物勾起我很多回忆和感悟。记得小时候，父亲是严厉的，他对我的"爱"体现在巴掌上，我经常因为犯个小错挨父亲打，心里很委屈。后来，我长大了，怕被人欺负，找个师父学武术。周末我把师父带到家里，竟被父亲撵走了。那时，我特想学武术，着了迷一样，好不容易找到一位师父，还被父亲撵走。后来我长个心眼儿，再拜师父没敢告诉爸爸。

早晨五点钟，我从被窝里爬起来，趁着父母都在睡梦中就去公园练武了。我怀着一颗虔诚的心，刻苦练习基本功，内练一口气，外练筋骨皮，争取早日实现防身健体飞檐走壁的英雄情结。一个周末的晚上，吃完饭，爸爸瞪着眼睛质问我："你每天早上去公园做什么？"

我支支吾吾地回答："跑步锻炼啊。"

爸爸虎着眼："你跟那个白胡子老头比画什么？"

"学太极拳。"

"啪"，我的耳边一阵风，"你撒谎！"随着爸爸的声音，大巴掌抡了过来，我猛地一躲，下意识用胳膊一挡。

哎呀！爸爸感到胳膊疼了："你敢打我，小子真是翅膀硬了。"他顺手抄起一把铁锨朝我打来，我扭身撒腿就跑。跑出家门回头一看，父亲正举着家伙追出来。我头也不回一直跑到同学家，那天我第一次没回家。

第二天上午，我和同学一起去学校组织的展览馆参观，老远就看见父亲站在大门口等我。我害怕地走到他面前等着挨打。父亲只是轻声说，参观完回家吧。我看见他眼睛里布满血丝。

中午回到家，妈妈悄声对我说，昨天晚上你爸找你，找到夜间两点多钟。打那以后，父亲再也没打过我，记得那年我十五岁。

爸爸个头不高，瘦而精神，走起路来我得在后面追着他小跑。虽然他从事文秘工作，但说话办事很有男子气。爸爸心灵手巧，会烹饪做饭，会打毛衣，会匝缝纫机。家里大事小情都是由他来打理。我打心眼儿里佩服他，敬重他，心里还有点怕他。

十六岁那年我去工厂做学徒，工厂三班倒很累。经常凌晨两点才能下班回到家。我怕影响父母休息，在自家院子里盖了间小屋自己住。冬天没有暖气也不生火炉。有一年冬天下了鹅毛大雪，夜间我下班回到家又冷又困，倒在床上蒙上被子就睡，一觉就睡到第二天上午。当我睁开眼睛看到身上多了条厚厚的毛毯时，心里一动，我突然觉得爸爸还是真心爱我的。

但万万没想到，1976年唐山大地震，一夜之间夺走了父母及十一位亲人的生命。从父亲写给妈妈的最后一封家书的字里行间，才知道爸爸内心对我的一片柔情。我在废墟里扒出父亲当年的笔记本，一张全家福照片和一台"蝴蝶"牌缝纫机，一直珍藏至今。

光阴荏苒，一晃四十四年过去了。感恩爸爸当年对我的严厉，使我懂得男子汉的做人尊严；感恩父亲巴掌的力量，锻炼我男人的忍耐与包容，使我现在能撑起家庭的责任与担当。

世间有一种爱叫父爱，严厉而深沉；人间有一种情叫父子情，深情而厚重；有一种感动叫永恒，那就是朱自清笔下父亲的《背影》。

慈母

当十月怀胎一朝分娩婴儿呱呱落地，当怀抱娇子脸上露出幸福的微笑，当她甜梦中将乳头塞进宝贝的嘴里，当她带领婴儿快乐地牙牙学语，蹒跚学步，慈母，这个世界最普通的尊称，便是加给女人的最美丽的光环。

人世间最慈爱无私的人就是母亲，一生情愿为子女付出而不图回报。世界上最伟大、最平凡的人是妈妈，终生望子成龙、盼女成凤。每个人心目中最感恩的那个人是妈妈，无论你是位居皇位，权高盖世的天下之尊，还是箪食壶浆的升斗小民，每个人脑海里最崇拜的那个人，或者说心目中最伟大的那尊神就是母亲。无论慈母在身边或者已经入土为安，慈母的血，慈母的爱，慈母的音容笑貌，都会永远珍藏在儿女的情感最深处。

我的妈妈是一位貌不惊人、身材瘦弱女人，可她在儿子我心目中却神灵般高大。她六岁失去母爱，在河北滦县师范读书，长大后分配到银行系统，后与我父亲相爱结婚。

记得小时候，妈妈的爱就是嘴上唠唠叨叨，生活却百般体贴。母亲疾病缠身，担心我们被细菌感染，要求吃饭分餐，洗脸分盆，毛巾单用。当时我真的不理解，说她事儿多，不听她的话。

一次，我偷偷用她的毛巾擦手，被她发现打了一巴掌，我还哭闹呢。现在想来我身体如此健康，还真得感激慈母当初的良苦用心。可惜遗憾的是，妈妈在1976年唐山大地震被夺去生命，那年她才四十岁出头，至今已有四十一年之久，但是，慈母的音容笑貌永远活在我心中。每年清明节和"7·28"唐山大地震祭日，我和妻子都要到唐山地震纪念墙前，为慈母和父亲扫墓献花环，以寄托哀思。

慈母，人间大写的爱，恩情深似海；慈母，家庭小写的人，平凡而伟大；慈母，吃的是草，挤的是奶；慈母，笑脸最美，声音最亲，儿女最爱。

一年一度的母亲节又到了，这是人类最神圣、最伟大的节日，也是全球儿女们尽孝感恩的日子。虽然形式有所不同，但家家户户开心快乐的笑脸是一样的，充满幸福与欢欣。

由衷祝愿慈母幸福长寿，永远快乐，长活在我们心间。

家中佛

年前，我参加寺庙举行的法会，遇到一件非常感动的事情。如愿法师身穿袈裟，正在讲佛法，那天正赶上法师的老父亲八十一岁诞辰，法师就让自己的老父亲在佛祖面前磕头祈福，他则当着众人面讲孝道，讲佛法。

法师说，在他十五岁那年，父亲送他到庙里修行，一晃至今已有三十多年。常言道：苦行僧，苦行僧，《西游记》中唐僧历经九九八十一难，才苦尽甘来修成正果。讲完这段经历，如愿法师拥抱了他的老父亲，感谢他培养自己成就为佛家弟子。和尚就是舍小家为大家。俗话说：家里出不了皇帝，出位和尚同样也是殊荣啊！

如愿法师每到一个地方，一个寺院，都要带上父母尽儿女孝道。七年前，法师母亲往生后，他就把老父亲带在身边修行。父子俩一个在红尘俗世，一个在青灯古刹，同修共度。人人都有佛性，心中有佛便是佛。此情此景，好不让众人感动！和尚也是人，也有家也有父母亲，也有爱也有情。孝敬父母就是最好的修行，百善孝为先，百孝成正果。

《生日歌》音乐响起，同修们依次上前，与法师老父亲拥抱祝福，如愿感动得泪流满面，声音哽咽。学佛不行孝道，等于高香白烧。佛学云：父母就是最大的佛，将你引渡到人世来，让你在尘世间修行悟道，成就圆满。父母从小生活上悉心照顾你，成长中不断教导你成长，时时伴护在你左右，日日加持你幸福快乐。

孔圣人云：夫孝，天之经也，地之义也，人之行也，无所不包也。人活在世，要有信仰，有很多人学佛，佛经背得滚瓜烂熟，经常去寺庙烧香拜佛，求佛祖护佑加持自己升官发财，平安富贵，但是回家后对父母不孝敬，经常数落父母这不对那不好，甩脸子耍脾气，其实压根儿不知道，父母才是你家中的真佛，儿女们应该尽孝道回报父母的养育之恩和陪伴之情。

孝道有三：敬孝，尊敬父母，敬畏父母为佛；顺孝，顺从父母意愿，不让父母担心为孝；养孝，瞻养父养母，养老送终。

父母是真佛，为了子女成人什么都舍得。父母是真佛，无论子女如何永远不离弃。父母是真佛，为了子女教育花空所有家产从来都情愿。常言道，家中有二老，心中有依靠。父母在，家就在。父母虽然人老了，行动不便了，他们仍然是家中的坐佛，不需要你烧高香，磕大头，只要你每天打个电话问候一下，有时间常陪伴陪伴就够了。

好人多福

长大做个好人，这是父母教育孩子最基本的要求。谁这辈子都想做好人，但做好人有做好人的标准。雷锋是个好人，一辈子做好事不做坏事，为人民服务是终身使命，把有限的生命投入到无限的为人民服务之中。他是一位纯粹的人，一个高尚的人，一个脱离了低级趣味的人。

好人是人，而不是神，两只眼睛一张嘴，与普通人一模一样，没有三头六臂。好人好在思想道德与一般人不同。好人想的是大家，顾不上小家。做好人不图回报，做好事不讲价钱，只讲付出大爱，不想索取什么。

好人最"长寿"。雷锋的生命旅程虽仅有二十几岁，但雷锋精神却青青不老，永远活在世界人民心中。他生前所说语录被收入美国西点军校的教材。

"好"字是由"女"与"子"组成，好人就像母亲一样有颗慈祥之心，从孕育婴儿牙牙学语开始到孩子结婚成家，从含辛茹苦培养子女成人直到自己寿终正寝，永远为子女付出而不图回报。在孩子心目中，妈妈永远是他最值得尊敬爱戴的好人。

好人笑面人生，面对坎坷，做好事开心快乐而不抱怨。祝好人一生平安。

年味儿

年是啥味儿？只有过年时才能体会到。小时候孩童盼望过年，年味儿，是有好吃的。新婚后盼望着过年，可以抱着宝宝走亲戚拜年收红包，年味儿，是图个喜兴！到了中年忙活着过年，上拜父母下逗孙子外孙张罗着，年味儿，是享受天伦之乐呵。人老了走不动了，吃啥没味儿，穿啥没劲儿，过一年就少一年。

年味儿，是看着隔辈人长大高兴；年味儿，藏在爆竹芯里"嘣"的一声飞上了天；年味儿，躲在新居红锦毯上哗啦啦落了地；年味儿，裹在孩子羽绒服里跑来跑去传递快乐；年味儿，挂在大红灯笼上红红火火燃着喜气；年味儿，随着"微信"贺卡传遍大江南北；年味儿，通过"祝福视频"漂洋过海；年味儿，随着群主祝贺的语音给众多群友拜年；年味儿，踏着欢快的文字蹦蹦跶跶跳着舞蹈。

年味儿，就是每个人心窝里的亲情、乡情、友情，是团圆和幸福的味道。

2017年2月1日（丁酉年正月初五）

女神

2020年三八国际劳动妇女节，是一个特别的节日，十几亿人宅在家里，用一种特别的方式，度过这个肃穆的女神节。战斗在抗疫一线的护士们，身穿白色防护服，手持洁白小花，为陈思思等牺牲的女神们祈祷！

谁是女神？练五彩石补天的女娲？谁是女神？"髣髴兮若轻云之蔽月，飘飖兮若流风之回雪"的洛神？谁是女神？独臂女神维纳斯吗？谁是女神？神秘微笑的蒙娜丽莎？

在我看来，男人心目中最神圣的女性应该是这样的：

她，睿智而端庄，就像中国第一位女子学校校长，曾经被美国总统罗斯福称为"东方智慧女神"，并代表中国在《联合国宪章》上签字的吴贻芳博士。

她，平凡而伟大，就像中国科学院第一位女院士林巧稚，作为北京协和医院的妇产科专家，她一生迎接五万个新生命呱呱落地，自己却终身未生育一个孩子。

她，慈祥而博爱，就像宋庆龄，以天下为公，为人楷模；就像邓颖超，博爱众生，被尊称邓大姐。

每一位男人心目中都有自己最神圣的"女神"，激励他奋进前行。

我心中第一位"女神"是我的妈妈，一位六岁失去母爱，在河北滦县师范学校学习并寄宿长大的女子。虽然她体弱多病，却把全部母爱倾注在我们这些儿女身上。记得小时候父亲去干校劳改，不会做饭的妈妈愣是学着蒸包子，自己买菜、剁肉、和面、拌馅，忙活两小时就到了上班时间，她赶紧揣上一个刚出锅的包子跑去上班。那个身影印在我脑海里终生难忘。

我心中第二位"女神"是我的妻子，一位毕业于北京航空航天大学的硕士研究生，她聪颖独立，为了我的"推广笑文化"事业，甘愿付出，无怨无悔。

我心中第三位"女神"就是我的女儿，她坚强独立，自学成才。成家后生了一个可爱的孩子，肩负起相夫教子的责任。闲暇之余，她刻苦钻研实践精进，终于当上报社的美术编辑，实现自己的梦想。2016年世界园艺博览会期间，她创意设计的多幅专版博得好评并获奖。

正值"三八妇女节"之际，我愿将亿万支康乃馨编成花篮，送给天下所有的母亲，感恩她们付出厚德、慈爱与温馨；我愿将千万朵红玫瑰扎成花束，送给全球所有的妻子，感恩她们献出真爱、美丽与柔情；我愿将无数朵太阳花汇成花环，送给天下所有的女儿，感恩她们捧出纯真烂漫的笑脸，给父辈快乐与欢愉。

女神，伟大而神圣，慈爱而善良，平凡而厚德，真纯而端庄。阳光因为有你们而灿烂，春风因为有你们而温暖，人类因为有你们而繁衍，世界因为有你们而美丽。

清明

清明时节雨纷纷，路上行人欲断魂。

——杜牧《清明》

清明节是生者祭奠死者的日子。大路旁，迎春花绽开一片金黄，霏霏细雨，为祭奠的人群笼上一层淡淡的哀伤。先人尸骨深埋地下，灵魂高居天堂。生死两茫茫，思念在一方。深藏在心底的呼唤只有到了清明节才能尽情释放。

残杏枝头花几许。啼红正恨清明雨。

——赵令畤《蝶恋花·欲减罗衣寒未去》

墓地旁，挺拔的玉兰树绽放出洁白的花朵，守候着地下死者的灵魂。公墓坟冢，哀乐环绕，香火飘然，似化蝶飞舞。

黑压压的唐山地震纪念墙上刻满了二十万亡灵的名字，每个名字都曾经是一个鲜活的灵魂，默默等待清明这一天前来祭奠的亲人。啊！四十四载冬去春来，光阴荏苒。虽然天地相隔，梦魂牵绕，似乎从没有分开过。

一群头发花白的子女们手捧鲜花扎成花圈放在纪念墙前，嘴里念叨着自己父母的名字，将深深的思念和未尽孝的遗憾留在那里；一位耄耋老人拿着被震魔夺去花季生命的独女生前最喜爱的东西，痛哭着说：宝贝闺女，你最想要的小提琴，妈挣钱给你买到了，你给妈拉一曲《梁山伯与祝英台》好吗？一个老翁胸前戴着彩色的纱巾，怀里抱着一件漂亮的衣裙，手里还提着酒和菜来到纪念墙前。老翁献上花环后，倒上一杯酒，对着地震纪念墙说：亲爱的，你喜欢的衣服我都带来了，咱俩还没有举办婚礼，你怎么舍得一个人走呢？留下我在这等你、等你，这一等啊就是四十四个清明啊。

万条千缕绿相迎，舞烟眠雨过清明。

——晏几道《浣溪沙·二月和风到碧城》

清明节，中国人的感恩节，普通人上坟祭奠先祖，国家则组织祭奠国家英雄和历代先烈。在首都天安门广场人民英雄纪念碑前，国家领导人和普通民众一起来敬献花圈，祭奠那些为中华民族的彻底解放而牺牲的无数革命先烈、志士仁人。

毛主席纪念堂前，国旗半垂，等待瞻仰伟大领袖遗容的群众排成了长队。人们缓缓移动，心情肃穆，眼含热泪。他们捧着一束敬仰的鲜花，带走一颗赤城的爱戴之心。

家风

孟子云:"天下之本在国,国之本在家,家之本在身。"

家风是一个家庭或家族的门风,体现在父辈们身体力行和言传身教上。家风文化,即以家族为系统,以家庭为单位薪火相传,代代继承。从先秦到明清,我国流传下来不少经典的家规、家训,比如《孔氏家训》、诸葛亮的《诫子书》、司马光的《家范》、朱熹的《朱子家训》,还有《曾国藩家书》等,蔚为大观,有些已经成为我们文化血脉的一部分。

中国有句古语:"欲治其国者,先齐其家。"

习近平总书记说,习家的"家风"体现在"家国情怀"上,"家事"要节俭,从小处入手;"国事"大于天,从大处着眼。习总书记回忆说,父亲习仲勋经常教育孩子,"我是农民的儿子",要靠自己的本事吃饭。习近平在给父亲的拜寿信中说:一学父亲做人,二学做事,三学执着追求,四学赤子情怀,五学俭朴生活,并坦言,"我从父亲那里继承和吸取的高尚品质很多"。

北宋时期杰出的政治家、文学家范仲淹的家风体现在"忧乐"二字,他在《岳阳楼记》中写下"先天下之忧而忧,后天下之乐而乐"的千古佳句。范仲淹治国有略,教子有方,他的两个儿子先后都成了宋朝的宰相,继续为实现他富民强国的远大理想而奋斗。

从小立志做圣贤的明代著名哲学家王明阳,家风严谨,非常重视家教。一次,私塾先生问学生们:读书为了什么?有的学生回答:为了将来做官。唯有王明阳说:读书为了做圣贤。可见其志向高远,非同一般。

清朝曾国藩的"家风"概括为"八字诀":"书蔬猪鱼,考宝早扫。""书"者,勤奋读书,广博求知;"蔬"者,自耕苗圃,栽花种菜;"猪"者,开圈养猪;"鱼"者,开塘养鱼;"考"者,及时祭祀,敬奉祖考;"宝"者,邻里亲朋,友善相待,"人待人,无价之宝也";"早"者,早睡早起,生活规律;"扫"者,洒扫庭除,勤劳整洁,既培养热爱劳动,也彰显居家品位。曾国藩做了十年京官，被誉为清王朝中兴之臣，与其家风大有关系。

抗日英雄、爱国将领吉鸿昌家风清正，他将父亲临终谆谆教诲的"做官不许发财"几个字刻在瓷碗上，请诸位兄弟监督。吉鸿昌言行一致，一生清白廉正，为民众办了很多好事。

毛泽东主席对家属子女的要求很严格，他教育家人不要搞特殊化。中华人民共和国成立初期，毛岸英被安排到政务院工作，毛泽东坚决不同意，他认为毛岸英不够资格，而应当到农村、工厂、部队去锻炼。

我们许氏家风重在"孝道"上，许氏家训云：凡为子孙，父慈子孝，兄友弟恭，夫正妇顺，内外有别，尊卑有序，礼义廉耻，兼修四维，士农工商，各守一业。许氏家族把"凡为子孙，父慈子孝"八个字放在家训第一位，可见孝敬父母便是许氏"家风"的标志了。

许姓家族的门风，首先要看子女对父母孝道不孝道。我从小看父辈对我爷爷怎样便知一二。记得小时候，我父母都是双职工，两岁半就把我送到爷爷家看管。爷爷是浙江宁波人，从小来到天津师父家学徒做沙发手艺，后来到河北省唐山第一机车车辆厂裁缝楼工作，一做就是一辈子。听父亲说，当年毛泽东主席专列上的沙发，还是由我爷爷设计制作的呢。

我爸家六个兄弟中他排行老大。因为我爸参加工作早，又是干部，工资收入除了生活开支，一部分用来孝敬爷爷奶奶，一部分供养四个兄弟上学。爸爸除了工作，一个心眼儿扑在这个大家庭上，毫无怨言。妈妈常常对我说，你爸是大孝子，心里只有你爷爷奶奶和叔叔们。三年自然灾害时期，你爸每月二十五斤口粮，他把大部分都给你爷爷家寄去了，自己上顿不接下顿，饿得皮包骨。

后来，父母调回唐山工作，我也上学了。给我印象最深的是，每月我爸发薪水第一件事，就是从工资里拿出一张五元大票递给我说：到你爷爷家送钱去。直到现在我才知道那不只是五块钱，而是我们许氏家族的孝道门风啊！但遗憾的是，还没等我对父母尽孝道，1976年7月28日唐山大地震就夺走了我爷爷奶奶、爸爸妈妈的生命。虽然，因为天灾我失去了孝敬父母的机会，但良好家风不能失传。我经常将我爸孝敬爷爷的故事讲给女儿听，让她耳濡目染，以后言传身教，再传给她的孩子们，将许氏家风代代传下去，直到永远。

笑到孝道，感恩知报。博父母开心一笑，就是最好的孝道。时代不同了，孝道也要由物质之孝道上升到精神之孝道。我成为笑孝文化传播大使，倡导"笑孝幸福观"，经常带领"笑爱会"志愿者到社区、敬老院为老人们送爱心尽孝道。

家是最小国，国是千万家。家风的"家"是家庭的"家"，也是国家的"家"。说的是"小家"，着眼的是"大家"。习近平总书记指出，"家庭是社会的基本细胞，是人生的第一所学校。不论时代发生多大变化，不论生活格局发生多大变化，我们都要重视家庭建设，注重家庭、注重家教、注重家风。"习总书记还指出，"千家万户都好，国家才能好，民族才能好。"

习总书记完全说出了我们的心里话，我们坚决拥护，坚决遵照执行。

（写于2017年8月7日立秋）

中秋

中秋时节月最圆，亲朋相聚家团圆。

美味佳肴桂花酒，月饼甘甜神州欢。

中秋节又到了，家家团聚，同饮一坛酒，亲情话儿稠；祖国喜庆，共赏一轮月，富足享丰收。每逢中秋，天上月亮圆了，树上桂花黄了，田头苹果红了，水里大闸蟹肥了，家里的亲人聚全了。中秋之夜，古人把圆月视为团圆的象征，称八月十五为"团圆节"。

古往今来，人们常用"月圆月缺"来形容"悲欢离合"，客居他乡的游子，更是以月来寄托深情，唐代诗人李白的"举头望明月，低头思故乡"，杜甫的"露从今夜白，月是故乡明"，宋代王安石的"春风又绿江南岸，明月何时照我还"等佳篇诗句成为千古绝唱。今非昔比，朝朝代代月相同，年年团圆人非凡。"月是故乡明，人是家乡亲"。

中秋节，全家人再次欢聚，爸爸脸上绽开皱纹，妈妈嘴角笑靥生花，九十高寿的老奶奶仍然头脑清晰，胸前围上花围裙出入厨房，亲手烧好地道的家乡菜，迎接满堂儿孙。天真的孙子、外孙蹦着脚跳着高跑来跑去，用手机收着一个又一个红包，乐得合不拢嘴；留学归国的姐妹、兄弟们骑着共享单车飞来飞去，感慨国内外新奇的见闻：乘高铁谈笑间奔驰千万里，"支付宝"秒接跨国礼物款，手机传递家人团聚幸福的微视频。

网上订购的多彩月饼和海南杧果、南美洲牛油果由快递员送到家中；阳澄湖大闸蟹、乌江鱼、白斩鸡、北京烤鸭鲜香美味；红酒、黄酒、茅台酒，酒醇人醉。全家人举杯邀明月，满堂春人声鼎沸。

喝完酒，倒在沙发里，看中央电视台中秋晚会。主持人郎才女貌，服饰前卫，口吐莲花，细数国宝文萃；众明星悉数亮相，尽展才艺，歌唱人间情愫，博得观众赞美；"80后"鼠标游戏争霸赛，穿越朝代遨游历史春秋，玩不到深夜不罢休；"90后"去酒吧跳迪斯科，"嗨"不胜收，手机截图传送给海外留学不能归国的密友；小朋友怀抱"烤鸭馅"中秋大月饼奔出屋外，举过头顶与天上的月亮比个头儿；爸爸妈妈笑脸盈盈举着酒杯，美美地品饮桂花酒。

幸福在此刻，此刻最幸福！

重阳节

当遍地菊花绽开多彩的花蕊，当满山枫叶飘荡璀璨的云霞，又到了一年一度的重阳节。这天，孝道子女搀扶着父母，缓步攀登石阶，登高望远。

重阳节除了是登高节，也是老人节，儿女要尽孝让父母享受天伦之乐。还是那句话，笑到孝道，感恩知报，传递美好，博父母开心一笑，就是最好的孝道。

古代二十四孝中有老莱子"戏彩娱亲"的感人故事，今朝有焦波历时二十四年为父母拍摄《俺爹俺娘》的动人画面。重阳节，有多少孝敬父母的美好瞬间，我看到一位亿万富豪的企业家，背着瘫痪多年的老父亲，迈着艰难的步履，沿长城拾级而上。父亲年轻时背着儿子上山，现在轮到儿子背着父亲上山，这就是轮回，这就是传统，这就是孝道。

我还看到一位高级领导干部，扶着患有老年痴呆症的老母亲，缓步而行，一边采撷路边的野菊花，面带微笑戴在母亲的发梢上，犹如年轻时的妈妈，为刚刚学会奔跑的小女儿梳妆打扮。

我还看到一位海外归来的科学骄子，挽着从小收留自己的养父、养母，微笑着漫步在银杏树下，手捧银杏果实向养父养母讲述他研究量子纠缠的美妙感受。

我看到一群有慈孝之心的志愿者，带着各种礼物来到敬老院，与孤寡老人一起过重阳节；志愿者们献上优美的歌舞节目，老人们笑逐颜开忘了自己的年龄。

重阳节，儿子驾车带父母去郊外游玩；重阳节，女儿领父母共赴酒宴吃大餐；重阳节，陪父母唠唠嗑，拉拉家常话；重阳节，伴着父母逛逛商场，"倾囊中之所有，结父母之所欢"；重阳节，为母亲温柔按摩，鲜花浴头；重阳节，给父亲洗脚，穿上松口袜子！

重阳节，习近平主席陪着母亲漫步，畅谈十九大盛况和美丽中国梦的家国情怀，他还吟咏毛泽东主席大气磅礴的诗句："人生易老天难老，岁岁重阳。今又重阳，战地黄花分外香。"

啊！九九重阳节，祈福天下父母健康快乐，长长久久。

正月初一观"一"

2021年正月初一，大雾弥漫，朦朦胧胧，气压很低。人们告别祸害人类的"子鼠"，迎来扭转乾坤的"丑牛"。我微笑着开始第一天，上一炷虔诚高香，点一盏悟性佛灯，念一句阿弥陀佛，听一遍菩提梵乐，静一颗尘世燥心。

我走出家门，进入公园，站在林木之下，吐故纳新，舒展手臂，松筋活骨，仰面大笑，惊飞晨鸟，引来同伴一起随着欢快的音乐，练习我自创的"快乐笑健操"：疏秀发，摆柳腰，摇爱桨，海燕飞，骏马跑，从头到脚全练到，健康快乐百病消。出一身透汗，顿觉步履轻盈，回到家中，洗漱完毕后，冲一杯五谷杂粮粉，品一份鲜蔬果实，煎一盘除夕水饺，补一顿营养热量。稍事小憩，戴上防毒口罩，走进电影院，在门口扫一下北京健康码，登记近日行程表，特殊防疫时期，要认真遵守国家明令规定。夫妻携手看了开年第一场电影《侍神令》。商场给我们赠送了福牛玩偶和福袋，还中奖了一支吹彩色泡泡的玩具。我们还站在福牛景观区合影留念，录段抖音视频，向微信朋友圈发新年祝语。

新年伊始，万象更新。初一大拜年，拜长辈，拜亲朋，拜领导。我和夫人先给岳父岳母打个电话，说几句孝敬温暖的话，愿爸妈永远年轻漂亮，逆生长，健康长寿。夫人专门为我录制一段智能影像拜年视频，我微笑面对镜头拱手拜年：见面就笑，开心就好，祝大家牛年吉祥，牛年发财，扭转乾坤，牛气冲天。接着唱几句《笑的祝福》歌：笑的祝福，嘿嘿嘿嘿，祝你天天快乐幸福；笑的祝福，嘿嘿嘿嘿，祝你年年发财福禄！

打开万花筒般的手机屏幕，观赏来自抖音、西瓜、快手、火山平台的祝福视频，欣赏着牛年文化的成语典故，无不让你春心萌动，热血沸腾。海外游子们正月初一给父母打来越洋视频电话，仿佛近在咫尺，传递着浓浓的爱与喜悦。一句句说不完的美好祝福，一张张看不够的美图照片，一段段深情款款的告白，诠释着中国人民节日的快乐。

正月初一，我们踏着"一"脚步，迈出牛转乾坤的节拍；正月初一，我们唱着"一"酷歌，迈出一日千里的步伐；正月初一，我们含着"一"笑容，传递一诺千金的能量；正月初一，我们喊着"一"口号，创造一气呵成的奇迹。牛年第一天，牛市第一春，我们一定要发挥俯首甘为孺子牛、创新发展拓荒牛、艰苦奋斗老黄牛的精神，抗击新冠肺炎疫情，开出一片新天地。诗曰：

一米阳光一片春，一寸光阴一寸金，

一个孩童一添岁，一位老者一年新。

一睁两眼一起身，一次微笑一片神，

一天开始一路行，一支拙笔一脚印。

正月初二侃"二"

今天是正月初二，按照习俗是回娘家的日子。我大清早五点钟起身，烧高香有请各路财神，保佑丑年财源滚滚。我们夫妻二人，在天化作比翼鸟，在地应为连理枝。鸾凤和鸣唱浪漫，鸳鸯戏水财满池。夫人属牛，牛气冲天运无限；我属马，天马行空奔前程。牛年必有好气象，扭转乾坤种福音。

打开视频电话，我和夫人先给岳父岳母拜年，接着邀请二老去饭店吃大餐。习惯成自然，老传统也改变了。往年拜年女儿女婿手里拎着大包小裹回娘家，岳父岳母忙里忙外张罗着做饭炒菜，油烟呛，蒸汽熏，虽然弄了七盘八碗一大桌，坐下来风卷残云，吃完了还得收拾洗涮，大家累得够呛，得不偿失。近年来，夫人建议去饭馆吃大餐，提前预订餐位，争取早点去占头筹。

夫人手机搜索餐馆，锁定餐厅。十一点钟我和夫人带着回娘家的节日礼物，提前来到，定好座位。过了一会儿，只见岳父搀扶着岳母款款走来，一脸兴奋的样子。岳父年过八十，虽然光光的头顶，但红光满面，精神矍铄，步履轻盈。岳父是高级教师，毕业于北京师范大学心理学系，为人师表几十年。虽已退休二十年，但坚持每天看新闻，关心国事家事。他天天收看北京卫视《养生堂》栏目，跟专家学会了点穴按摩法，坚持每天早晚按摩全身一个小时，并坚持带着岳母走路两小时，身体超棒！

待岳父岳母落座，夫人点上一份岳父岳母最爱吃的烤鸭，一份海鲜拼盘，一盘鹅黄色鸡汁笋片，还有一盘绿色养生小炒。丰盛而美味的佳肴很快就上桌了。岳父拿起一张纸一样的薄饼，铺上黄瓜条和葱白丝，夹上两三片烤鸭肉薄饼一卷，送进嘴里品味着，脸上露出满足的表情。我也同样为岳母卷了一套，岳母开心地吃着，脸上一片笑意。我和夫人举杯以茶代酒，祝岳父岳母节日快乐。看着岳父岳母开心的样子，我们别提多高兴了。

岳父胃口真的很好，吃嘛嘛香。岳父是福建人，南方人爱吃鱼类海鲜，红红的海虾，白白的鱿鱼，扇贝、青蛤样样都爱吃。那盘鸡汁炖笋片更是美味有营养。我们隔三岔五找理由请岳父岳母到餐馆吃饭，换着样吃，吃了这家吃那家，哪家吃得丰盛实惠就吃哪一家。因为岳父岳母一辈子勤俭惯了，吃得便宜实惠，心里就很高兴。如果哪家吃贵了，下次就不让我们去了。

子曰：夫孝，天之经也，地之义也，民之行也。孝悌之至，通于神明。尽孝不能等，树欲静而风不止，子欲养而亲不待，趁着父母健在时，多让父母开心，才是第一件大事。趁着父母能吃，经常带着父母用餐；趁着父母能玩，就带着父母旅游；趁着父母能动，就带着父母做运动。不要老是说自己忙，没有时间陪父母，等到父母有一天吃不下了，玩不动了，走不了了，再后悔就来不及了。

正月初三说"三"

三人行必有吾师，三人帮必成大事。

三星高照福禄至，三生万物牛气势。

2021年阴历正月初三，阳历2月14日，天气阴，有雾。今年是金牛年，好年头，好运势。我选出几个由三个字组合而成的字，作为祈福之字。第一个，三个"牛"字叫犇，意思是奔牛具有气吞山河之势。牛年伊始，真牛，特别牛，牛到家了。第二个字，三个"火"字组合叫焱，烈火熊熊燃烧，寓意是事业大火。第三个字，三个"水"字组合为淼，水代表财，象征财源滚滚来。第四个字，三个"人"字组合为众，众人拾柴火焰高，寓意大家团结奋斗，共同进步。第五个字，三个"金"字组合为鑫，鑫是商店字号、人名用字，取其金多兴旺之意。第六个字，三个"木"字组合为森，字面意思是多木，寓意子孙后代枝繁叶茂。

据农历民俗记载，大年初三，又称赤狗日，是一个不吉利的日子，赤狗是熛怒之神，遇之则有凶事，所以老一辈居民在这天足不出户，留在家中，以免遇上凶煞。还有一则顺口溜：初一早，初二早，初三睡到饱。从除夕开始家家户户拜年，走亲访友，身心有些疲惫，初三可以睡到自然醒。虽然不出门拜年，但我要读上三本书，给大脑充充电。第一本书是《百年孤独》，用世界名著点亮人生之路；第二本书《谷物大脑》，走出食物的误区；第三本书《吃出健康长寿》，药补不如食补，保健从饮食开始。然后，"照方抓药"，烧上三道菜，给身体补补。第一道菜是红烧肉，色亮味美补充热量；第二道菜是清蒸鲈鱼，海鲜佳肴健脑益智；第三道菜是油麦菜炖豆腐，清淡可口补钙壮骨。这一天，我规定自己还要做好三件事，第一件事，夫妻恩爱，互相赞美笑传递；第二件事，孝敬父母乐融融；第三件事，亲子教育，要与孩子有一次沟通。

正月初三，阳历2月14日，是西方的情人节，可说是中西双节同至。这一天必定是充满浪漫色彩的一天，洋溢青春气息的一天，享受爱情甜蜜的一天。情人节是有情人的节日，有情有爱如何表现呢？我向夫人提出一个创新有趣的玩法，即露三次微笑，说三句祝福，送三朵玫瑰，吃三块巧克力，祝三个愿望。夫人感到很有趣，急着让我表现。我说，今天是大年初三，三生万物，第一个微笑是美好，第二个微笑是亲吻，第三个微笑是拥抱。三句话，第一句，祝福你永远漂亮；第二句，祝福你永远年轻；第三句，祝福你永远不老。情人节送你三朵玫瑰花，伴着三个最有质感、最有能量、最直白的字：我爱你！并给你三块巧克力，一块甜如蜜，一块心里喜，一块热量包。最后，送你三个愿望：愿我们牛年发大财，愿我们永远不分开，愿我们笑到永远那一天。

正月初四道"四"

四海为家胸怀大，四面通达走天涯。

四平八稳创事业，四面八方财路佳。

大年初四道"四"，先说"四象八卦"。四象作为方位，先秦的《礼记·曲礼》已有记载："行，前朱鸟而后玄武，左青龙而右白虎。"朱鸟、玄武、青龙、白虎，分别是南、北、东、西四方星宿的名字，朱鸟即朱雀。左东右西，是古人地图的方位，与我们今天地图的方位正好相反，这样就成了"上南下北，左东右西"四个方位。八卦，表示事物自身变化的阴阳系统，用"—"代表阳，用"--"代表阴，用这两种符号，按照大自然的阴阳变化平行组合，组成八种不同形式，叫作八卦。八卦其实是最早的文字符号，乾代表天，坤代表地，巽代表风，震代表雷，坎代表水，离代表火，艮代表山，兑代表泽。八卦就像八只无限无形的大口袋，把宇宙中万事万物都装进去了。

说完"四象八卦"，第二说"四面八方"。楼体大厦，有四个面向八个方位，才能做到百年大计不会倒塌。四面乃东西南北四个地域。第三说"四平八稳"。四平，四梁；八稳，八柱。拥有四梁八柱的建筑一定是稳健不倒的。第四说"四海为家"，赞美创业者的胸怀，走遍天涯海角，以天下为家，特别是北京、上海、深圳这些大城市中的打工者，他们更是哪里打工哪为家，春夏秋冬到处开花。除了四海为家、四面八方、四平八稳、四通八达这些积极向上的正能量成语之外，还有朝三暮四、不三不四、颠三倒四、说三道四等负面寓意的成语。

牛年说"牛"，牛有四条腿，四个蹄子。四条腿特色是走路稳健，善奔跑，你看斗牛场的斗牛，势不可当，牛气冲天。与人角斗，四条肌腱强硕的腿来回奔跑，毫不服输。自然界大部分动物走兽都是四条腿，前腿短，后腿长，惯力大，跑得快。牛、马、羊、猪、猫、狗等四条腿动物都是人类的好朋友。

2021年正月初四，天气晴朗，万里无云。今天按照习俗应该祭灶神送火神。

正月初四也是女娲创世神话的"羊日"，在老皇历中占羊，故常说的"三羊开泰"乃是吉祥的象征。

初四下午四点，来自黑龙江在北京打拼多年的陈总到我公司洽谈合作，我俩愉快地聊了四个小时，通过深谈达到互相了解，找到双方合作点。陈总是一位很有智慧和职场经验的人，他断定笑文化市场前景广阔，是一项提升全民身心健康大事业。他腰部不太好，经常感觉不舒服。我现场教授他笑健操第二节"摆柳腰"，如何通过以膝带胯，以胯带腰，以腰带臂，转胯涮腰，让他亲身体验笑健操的健身效果。陈总平时不爱运动，身体协调性差，发胖脂肪多，体重一百八十斤，开始运动时，吃力气喘，动作做不到位。在我耐心指导下，他很快掌握动作要点，找到舒服的感觉。笑健操，是我筛选二百多个武术动作，按人容易患病的部位，按照经络学原理，人体生命节律创编的。习练者通过"梳秀发、摆柳腰、摇爱桨、海燕飞、骏马跑"五节操，达到疏通经络，活化气血，强筋壮骨，调整心率，减压减肥，降糖稳压，养生愈病的效果。自从2008年推广以来，已有几十万人受益。

陈总习练十分钟，面色红润，气喘吁吁，微微冒汗，自感腰部舒服，双腿轻盈，神清气爽。他说这真是一种快乐轻松的运动，身心俱调，非常适应现代快节奏。做这种操不需要器具，不需要多大地方，不需要剧烈运动，笑一笑，摇一摇，摆一摆，跳一跳，就能快乐健康百病消。笑运动太好了，非常适合全民健身运动要求，绿色环保。

最后，我送给陈总我撰写的《笑出健康》专著一书，合影留念。

正月初五破"五"

五路财神送元宝，五福临门见微笑。

五心禅定拜天地，五湖四海运钞票。

2021年大年初五，大清早迎接五路财神驾到。但见财神爷手托"快乐"金元宝，脚踩"幸运"金火轮，腰别"舒心"摇钱树，怀抱"吉祥"百元钞，财神下凡来报到，层层好运将你绕，出门捡个金荷包，进门财神把你抱，左有招财童子靠，右有健康寿星老，上有吉祥云朵罩，下踏前程步步高，你已被堵得无路逃，只得眼睁睁地看着财运滚滚来，薪水涨得高，枕头垫钞票，不笑也得笑！

"破五"一定起大早，迎接财神面带笑，燃上三炷平安香，财源滚滚香火烧，磕上十个虔诚头，一年四季拔头筹。父亲顶礼膜拜神，老婆孩子身后随，笑迎财神送穷根，五福临门乐盈盈。

北京民谣：鞭炮一响把张开，招财童子两边排；增福财神中间坐，增福增禄又增财。一撒金，二撒银，三撒骡马成了群，四撒摇钱树，五撒聚宝盆，五子登科六六顺。

"破五"这一天，中国民间食俗吃饺子，俗称，剁肉馅是"剁小人腿"，包饺子是"捏小人嘴"。据说，这样可免除谗言之祸。最有意思的是陕西省宝鸡市凤翔区，这是秦人的发祥地，"破五"这天，要早起，大扫除，放大炮，但是吃的食物和吃的讲究大不相同，他们是吃煮角（类似饺子），头天夜间包好，第二天早上煮了吃。也包肉馅，妙在包饺子时，须点一支香，在那盛饺子馅的盆上边绕去又绕来，然后才包那饺子。凤翔人说：这是将"五穷"之类赶拢了来，包将起来，煮熟了，吃掉。秦人豪迈，办事彻底，这样做不仅是赶走"五穷"，而是要赶尽杀绝，有点食其肉寝其皮的味道。"五穷"也叫"五鬼"，指"智穷、学穷、文穷、命穷、交穷"等五种穷鬼，曾见于唐代诗文大家韩愈的《送穷文》。韩愈说，"凡此五鬼，为吾五患"，所以要送而走之。"破五"还有"破吾"之说，即破除自己的坏毛病，反省自己的过失。

　　2021年正月初五，我应邀来到陨石博物馆参加"破五"饺子友人会。我带着陈总赴约，他也是一位陨石收藏者，玩了二十年。陨石博物馆投资上百亿元收藏了世界各国陨石几千吨，不愧是"天外来客"的家园。室内陈列着奇形怪状千姿百态的陨石，有来自金星的金陨石，来自外太空的铁陨石，还有石陨石、木陨石、玻璃陨石等。有像飞碟形状的，有太空方舟形状的，也有飞龙蜥蜴形状的。一块天外陨石落在一棵树杈上，使树枝生出很多芽孢，犹如梅花盆景。最令人惊奇的是，一块有生命体征会生长的活陨石，石体上长出透明的玻璃晶体，就像佛家舍利一般。据谢总介绍，隔一段时间，活陨石就自己爆破一次，晶体散落再生出新的晶体来。

　　陈总看得入神，大开眼界。谢总介绍说，这些陨石具有宇宙高能量，暗藏诸多宇宙之谜，是科学家、易学家、医学生物工作者以及高僧大德探秘的对象。

正月初六聊"六"

六六大顺送穷鬼，六根清净佛高深。
六韬三略创奇迹，六合之内业缤纷。

易经中有六爻之说，易经中"六"代表阴爻（"九"代表阳爻），六个六为"坤"卦，上六爻，卦象是龙战于野，其血玄黄，是大不顺。因为不顺，所以人们就说六六大顺，来表达心中的期望。

六六大顺，本指称农历六月初六，后多用于祝福中年人士家庭幸福，工作顺利，事业有成，身体健康。六顺的概念源自《左传》："君义，臣行，父慈，子孝，兄爱，弟敬，此数者累谓六顺也。"齐国贤相晏婴说："君令臣共、父慈子孝、兄爱弟敬、夫和妻柔、姑慈妇听、礼也。"他倡导君令要得到严格遵守，大臣要恭敬而没有二心，为父者要慈爱，为子者要孝顺，为兄者要有爱心，为弟者要恭敬，为夫者要和善，为妻者要温柔，为婆婆者要善待儿媳妇，为儿媳妇者要听从长辈，从而把六顺的内容广延而推之。

逢年过节，推杯换盏，中国人常说六六大顺，以示祝福。修行人若此身心内外，六六大顺，则十二处、十八界一片祥和。身心内外，六六大顺，即是有福报人。六六大顺护眼根，眼界清净无恼人；六六大顺护耳根，耳根清净自在人。

2021年正月初六，六六大顺，夫人想看贾玲的导演处女作电影《你好，李焕英》，这部电影上映以来票房飞涨，几天就达到二十亿元。网上订不着票，《你好，李焕英》问我何时有空去看。我答：初六晚上六点六分那场，应个六六大顺点儿。夫人一查，手机屏幕显示票已订满。她又换了两个剧院，但都已满场，夫人有些失望。我说没关系，点上一炷心香，意念加持，口吹莲花，默念六六大顺，结果夫人再次打开手机订票，真的有两张出来，快抢到手！六六大顺显灵了。果不其然，六六大顺护眼根，眼界清净无恼人；六六大顺护耳根，耳根清净自在人。意从心起，法于外生，法不染情，称为法顺。菩萨修行六六法，是故六六能大顺。

正月初六上午，六根清净拜佛香，迎接财神送穷鬼。启迪大脑开智慧——送智穷；天道酬勤中状元——送学穷；文章锦绣名天下——送文穷；富贵福禄创财富——送命穷；社交名流入殿堂——送交穷。2021年，生活顺着你，爱情顺着你，事业顺着你，万事都顺着你；家人顺着你，友人顺着你，爱人顺着你，人人都顺着你。

晚上，吃上一绺顺溜面，喝足一碗海鲜汤，外加一个肉夹馍，美美地来到电影院。按照防控要求，扫健康码，填行程表，戴上口罩，去取票机拿电影票，走进放映厅，已经坐满人。离开放映只有五分钟，我和夫人对号入座，看炫酷电影预告，很带劲儿。

电影一开场，女主演贾小玲不是个省油的灯，处处不争气，让好强的妈妈很栽面子。贾小玲为了讨妈妈高兴，造假录取通知书，被省级艺术名校录取，妈妈设宴邀请很多朋友祝贺，结果在酒宴争吵中露馅，弄巧成拙，闹个不欢而散。在回家路上，妈妈相信孩子会有出息的，原谅了贾小玲。母女俩哈哈大笑，结果乐极生悲，妈妈被一辆货车撞飞，送到医院抢救。妈妈在弥留之际，贾小玲听到收音机里的声音，开始穿越到80年代，妈妈抢到第一台要票的电视机，引来诸多胜利化工厂工友们围观。电影以轻喜剧形式展开情节，以幽默手法塑造人物性格，以篮球赛、看电影表白、划船示爱、缝补牛仔裤漏洞等情节展开剧情，充分讴歌母女情深，人间真情。通过贾玲、冯巩、沈腾等喜剧明星的客串，让人们在笑声中欢乐，在思考中悟道。难怪票房大卖。

正月初七 谈"七"

七情六欲修人生，七步成材小灵童。

七纵七横诸葛亮，七十二变孙大圣。

2021年正月初七是"造人日"，天清气朗，阳光普照，祥云缭绕。传说女娲初创世，在造出了鸡、狗、猪、羊、牛、马等动物后，于第七天造出了人，所以这一天是人类的生日，又称人庆节、尊严日、人安日等。每年农历正月初七，古代人有戴"人胜"的习俗，人胜是一种头饰，又叫彩胜、华胜。从晋朝开始有剪彩为花、剪彩为人，或镂金箔为人来贴屏风。此外还有登高赋诗的习俗。唐代每至"人日"，皇帝赐群臣彩缕人胜，又登高，大宴群臣。如果正月初七天气晴朗，则主一年人口平安，出入顺利。

正月初七这天，古人将七种菜合煮成羹汤，食之祛病避邪。男女老少都要称量体重，人日当然要关心人的身体健康。我和夫人这一天也会称体重，验血糖，量血压，做全身"智能指标"检测，掌握身体健康状况，然后练习微笑、欢笑、大笑，开心唱"笑歌"，拍手"笑"运动，快乐做"笑操"，享受人生的愉悦与美好。

相传正月初七这一天如果天气晴好、人事和悦，就意味着新的一年里人丁兴旺、吉祥平安。唐代诗人高适《人日寄杜二拾遗》诗云："人日题诗寄草堂，遥怜故人思故乡。"这位杜二拾遗就是高适的穷朋友、诗圣杜甫。

初七"造人日"，也是尊严日。2014年2月6日"人日"当天，数十名文化界学者和专家在两汉文化发源地徐州着古装朗诵古文名家张桂亭创作的《人日赋》，共同倡议将传统"人日"设为"人民节""尊严日"，倡导"生命尊严""生命质量"，呼吁人们在每年的这一天，静下来思考生命的价值，做顶天立地的"人"。

正月初七，真是一个特别的日子，也是一个值得庆贺的日子。女娲造出人，人乃万物之灵长，肩负着创造人类社会的使命。"人"字，一撇一捺，只有两笔，却顶天立地，承载着万物的灵性。人与自然和谐共生，人与动物和睦相处，人与花木欣欣共荣，人与人之间友情相赠。"人"字两笔相互支撑，一男一女，一阴一阳，两个"人"字为"从"，意为跟从，服从，遵从强者，遵从天道；三个"人"字为"众"，众志成城。

正月初七，是新春开局之日，七天春节过完了，店铺开张，企业开工，街面开市。时逢二十四节气中的雨水，此时太阳到达黄经三百三十度。雨水，表示两层意思：一是天气回暖，降水量逐渐增多了；二是在降水形式上，雪渐少了，雨渐多了。天一生水，春始属木，然生木者必水也，故立春后继之雨水。雨水，一曰为"雨"，天降甘露；二曰为"水"，水代表财。天雨露，万物生；"雨水"来，财运开。

正月初八看"八"

八仙过海显神灵，八面圆通开张红。

八方来客送财运，八珍玉食乐融融。

　　正月初八，是敬八仙节。八仙过海，相传白云仙长有一次于蓬莱仙岛牡丹盛开时，邀请八仙及五圣共襄盛举，回程时铁拐李建议不搭船而各自想办法，就是"八仙过海、各显神通"。后来，人们把这个典故用来比喻那些依靠自己的特别能力而创造奇迹的事。

　　随着年代的演绎，民间取八字的读音，将正月初八演变成了敬八仙节，这一天民间习惯备佳看水果以祭祀八仙。大虾、海参、扇贝、海蟹、红螺、真鲷等海珍为主要原料，加工八个拼盘、八个热菜和一个热汤。

　　初八初八，谐音：大发大发。这一天过好了，一年都发财。初八民间传说还是谷子的生日，这天天气晴朗，则这一年稻谷丰收，天阴则年歉。"谷日"的习俗是对写有谷物名称的牌位进行膜拜，这种习俗蕴含着重视农业，珍惜粮食的思想。

　　正月初八在传统中又被称为"顺星节"，而"顺星节"的一大习俗就是吃元宵，就是为了求得到星神的庇佑，对星神表示特别的感恩。"天上一颗星，地上一个丁"，用天上的星星对应地上的人口，天上的星星很多，寓意地上人丁兴旺。

正月初九瞧"九"

九五之尊敬玉皇，九行八业天保障。

九字真言传秘术，九九归一人丁旺。

在中国民俗中，正月初九俗称天公生。天公就是天界最高神祇玉皇大帝，是主宰三界内外十方诸神以及人间万灵的最高神，代表至高无上的"天"。传言这天，天上地下的各路神仙，都要隆重庆贺。

为给玉皇大帝庆生，人们都会举行祭祀以表庆贺，所以自午夜零时起一直到当天凌晨四时，都可以听到不间断的鞭炮声。这一天妇女多备清香花烛、斋碗，摆在天井巷口露天地方膜拜苍天，求天公赐福，寄托了劳动人民一种祛邪、避灾、祈福的美好愿望。

玉皇大帝的诞辰祭祀，远较一般诸神的祭祀活动更为隆重及庄严，因为百姓都深信天公是至高无上、最具权威的神，因此不敢随意雕塑他的神像，而以"天公炉"及"天公座"来象征。一般庙宇都有一座天公炉安置于庙前，祭拜时要先向外朝天膜拜，这是烧香的起码礼仪。祭坛设在天公炉下，一般都是用长板凳或矮凳先置金纸再叠高八仙桌为顶桌，桌前系上吉祥图案的桌围，后面另设"下桌"。"顶桌"供奉用彩色纸制成的神座（象征天公的宝座）前面中央为香炉，炉前有扎红纸面线三束及清茶三杯，炉旁为烛台；其后排列五果（柑、橘、苹果、香蕉、甘蔗等水果）、六斋（金针、木耳、香菇、菜心、豌豆、绿豆等）；下桌供奉五牲（鸡、鸭、鱼、卵、猪肉或猪肚、猪肝）、甜料（生仁、米枣、糕仔、红龟粿）等祭玉皇大帝的从神。

"九"与"酒"是谐音，正月初九离不开酒，各家各户都准备丰盛的酒宴，尽兴喝个痛快。旧时的这一天晚上，男女相聚在大树下唱歌，请玉皇大帝最宠爱的小女儿七仙女下凡，所唱歌曲必须欢乐吉祥，让七仙女高兴，她一高兴，父皇玉帝就会保佑人间一切顺利。

　　正月初九这一天，商家大摆酒席，宴请宾客助兴，希望今年生意兴隆，财源广进。

　　牛年正月初九，我和夫人一大早起身，虔诚燃香祈福，俯身磕头跪拜。行礼后，走进厨房，炒几个好菜，做几盘佳肴，摆几种鲜果，开始品酒诵诗。我先朗诵唐朝诗仙李白的《将进酒》：

　　君不见，黄河之水天上来，奔流到海不复回。

　　……

　　天生我材必有用，千金散尽还复来。

　　夫人接着诵大文豪苏轼《水调歌头·明月几时有》：

　　明月几时有？把酒问青天。

　　……

　　但愿人长久，千里共婵娟。

　　九，谐音久，寓意久。九九的到来，久久的期盼；九九的快乐，久久的思念；九九的幸福，久久的等待；九九的祝福，久久的珍藏。

正月初十观"十"

十全十美万事通，十拿九稳财运鸿。

十光五色前程美，十步芳草沐春风。

农历正月初十，中国民间传统节日之一，称为石头节，为石头神生日，称"石磨日""十子日""石不动"等。这一天不准搬动石头和碾、磨、石臼等石器，否则会伤了庄稼。这一天还忌开山打石和以石盖屋，并有向石头焚香祭拜、午间供奉烙饼的习俗。还有的地方流行抬石头神的习俗：初九夜里，将一个瓦罐冻结在一块平滑的石头上，初十早晨由十名姑娘或男青年，轮流抬着瓦罐奔走。如果石头始终不落地，预示着新的一年丰收；如石头落地，预示着年成不好。正月初十亦称老鼠娶亲日，俗称十指。

正月初十还是"子婿日"，就是说这一天是岳父宴请子婿们的日子，和初二差不多，只不过是初二那天是女婿们去拜见岳父，初十是岳父来宴请女婿们。为什么在这一天还要宴请女婿呢？因为初九那天是天公生，天公生给老天爷供的供品又多又好吃，吃不完啊。老天爷真吃啊？嗨，不是有那句话吗——"敬神神知，上供人吃"嘛。

大年正月初十，还是聊聊"十全十美"。"十全十美"的全和美都具有圆满之意，而"十"又是数目之足，所以"十全十美"就被用来比喻圆满美好毫无缺陷的境界。

人，没有十全十美的，只要一心一意就好。世间没有十全十美之事，十全十美，只是人们的美好愿望而已。南宋诗人戴复古《寄兴》中说："黄金无足色，白璧有微瑕。求人不求备，妄愿老君家。"常言道，金无足赤，人无完人。世间美食有十全十美，但人没有十全十美，事更没有百分之百的好事。月有阴晴圆缺，人有旦夕祸福。苹果公司的标识，被人咬了一口的苹果，永远警示人们，残缺才是美。人不满足，才有上进的动力；花含苞欲放，才有迷人的魅力。

正月十一品"十一"

一心一意爱无猜,一言一行美无瑕。

一年一度写春秋,一生一世笑天涯。

今天是正月十一,一心一意的吉祥好日子,快乐祝福送给您,因为您是我最在乎的人。这是一个特殊的日子,也是意义非凡的一天,您是我一生一世的朋友。今天是正月十一,一心一意的吉祥好日子,清晨的第一声问候送给您,送您一心一意的祝福,但愿福运、财运、富贵运,都已降临到您的家门前,一生一世无忧愁,一年一度皆顺利。

按照习俗,正月十一也是"子婿日",初九庆祝"天公生日"剩下的食物,除了在初十吃了一天外,还剩下很多,所以娘家不必再破费,就利用这些剩下的美食招待女婿及女儿,民歌称为"十一请子婿"。岳父岳母邀请我和夫人回娘家吃烙盒子。老北京有这个习俗。古人认为,"十"是"齐备完美,周而复始"的美好数字,在十之上再加一个"一",就有了新的开始的意味,所以把元宵节前的四天作为"拜晚年"的时段。

下午,我应邀参加"绿色中国梦"论坛组委会主席曹盘德大哥举办的"有品有鱼"新春茶话会,来自各行各业的朋友三十多人相聚一堂,品尝有机绿色食品,体验智能高科技家庭电器带来的便捷。曹大哥慷慨激昂地演讲绿色中国梦,内容包括绿色有机田园供应无污染果蔬,绿色智能家居加工绿色食品,沸石涂料营造无甲醛绿色生活环境,快乐笑运动健康中国人。与会者的郁闷心灵被绿色染绿了,人们眼前出现了绿色的田野,绿色的山峦,绿色的春水,绿色的森林,绿色的生活,绿色的前景。

我与曹主席深度交流,如何携手将笑文化融入绿色中国梦行动中,用快乐正能量带动国民健康长寿,创造绿色社会环境,打造人们心灵的绿色王国。

正月十二赞"十二"

十二生肖牛冲天，十二月份二当头。
十二红包福一年，十二祝福笑容颜。

健康是最佳的礼物，知足是最大的财富，信心是最好的品德，关心是最真挚的问候，牵挂是最无私的思念，祝福是最美好的话语。打开的是"福临门"，看到的是"福禄寿"，收到的是"福五娃"，撞到的是"福星运"，盼到的是"福满仓"，已到的是"福牛年"。正月十二祝福您家一年顺顺顺。

十二生肖，性格憨厚忠诚的属牛之人，天生就有强烈的责任感。今年是属牛人的本命年，聪明向上看，属牛的人今年日子开始有钱不难，之后财气更是蒸蒸日上，将会有贵人帮助，顺利拔得头筹，开启财富。而在面对职场时，属牛的朋友有很强的自信心，依靠勤劳的双手，去争取运势的好转。属牛之人坚信少说话、多做事的道理，一头扎进工作中，最终有所成就，被同事认可。我夫人也属牛，牛年伊始，祝夫人牛气冲天，牛势喜人，牛出漂亮，牛出健康，牛出财富，牛出幸福。

正月十二，北京习俗有抖空竹（和谐之声）、摇风车（欢乐之声）、敲锣鼓（太平之声）等游乐活动，人们还可以走亲访友、结伴出游、制作灯笼、排练花会。抖空竹，是我儿时爱玩的一项运动，手持一根绳子抖起来，空竹在绳子上任意旋转，发出"嗡嗡"的声音，双手一用劲将旋转的空竹抛向空中，在旋转中慢慢落下，用绳子接住继续抖动，这是最起码的技巧。空竹走独木桥，翻身旋转空竹飞，花样玩法特别多。还有自造十几斤重的大空竹，抖起来特别带劲儿，吸引人们驻足观赏点赞。

正月十二晚上，"席丽娜读书汇"名牌主持人席丽娜约我一起谈谈互助合作。她送给我一本她新出版的诗集《有你有春天》，并带我在她战略合作单位"樊登书店"参观聊天。2017年席丽娜策划主持做的公益节目北京昌平"助残日"活动，邀请我做主讲嘉宾，带领残疾人做笑运动，传递正能量，受到社会的赞许。她创办的"席丽娜读书汇"十年来邀请一百多位知名人士参与读书汇活动，带动各界人士将读书成为一种生活习惯，被评为全国优秀读书汇。

今年新春伊始，席丽娜说她开始创业，自己打造自己的读书汇品牌，并与多家书店签订战略合作协议，邀请社会各界名流参与读书汇活动，为诸多企业和商家带货销售，开创以"席丽娜读书汇"为链条的精神世界与物质消费紧密相结合的生态环境，并邀请笑文化加盟其中，她绘声绘色说得津津有味，表现出一位专业主持人的特有气质。我们各有优势，找到合作切入点，开始掏干货落地实操，争取创造精神物质双效益。

牛年开年之际，属马的席丽娜借着牛气冲天的气势，真的要骏马奔腾了。我祝福这位"70后"巾帼英雄创业成功，并希望助她一臂之力，让笑文化融入她的读书汇，将"笑出健康"传播千里，发扬光大，惠及亿万国民百姓，提高全民的快乐指数和幸福指数。

正月十三论"十三"

十三太保勇无敌，十三灯笼灶头亮。
十三星座在黄道，十三经典学国学。

正月十三有一项重要的民俗活动，被称为"灯头生日"。这一天民间要在厨灶下点灯，称为"点灶灯"，其实是因为正月十五闹花灯日子临近了，各家都试点制好的灯，才被说"灯头"之日。这一天，滚龙灯、扎彩灯、吃汤圆、祭祀关公、祭海等全国各地的民俗活动都有特色。

正月十三放海灯，是我国渔民的传统习俗，据庄河民间传说，正月十三是海神娘娘生日，当地渔民和村民沿袭着传统习俗，在岸上摆设祭品，点燃烟花爆竹，把制作精美写满祝福的船灯放入大海，祈求一帆风顺，幸福平安。

国学《十三经》，是中国传统文化的重要组成部分，即秦汉以来形成的十三部儒家经典，分别是《诗经》《尚书》《周礼》《仪礼》《礼记》《易经》《左传》《公羊传》《穀梁传》《论语》《尔雅》《孝经》《孟子》，其形成过程为：汉代立《诗》《书》《易》《礼》《春秋》于学官，为五经；唐代加《周礼》《礼记》，并将《春秋》分为《春秋左氏传》《春秋公羊传》《春秋穀梁传》，是为九经；至开成年间刻石国子学，又加《孝经》《论语》《尔雅》，是为十二经；南宋又增《孟子》，因有十三经之称。

我是诗歌诵读爱好者，常吟诵《诗经》名句，如"窈窕淑女，君子好逑"，表达的是好男儿追求美丽姑娘的心声；"手如柔荑，肤如凝脂，领如蝤蛴，齿如瓠犀，螓首蛾眉，巧笑倩兮，美目盼兮"，是赞美卫庄公夫人庄姜的诗，描写美女庄姜手指如柔软的香草，肤色就像那凝结的玉脂，脖颈细长高挑，牙齿像那瓠瓜的籽一样洁白整齐，前额丰满，眉毛弯弯，樱桃小嘴带微笑，美丽的大眼睛顾盼生姿，这样的美女怎么能不让人怦然心动；"蒹葭苍苍，白露为霜。所谓伊人，在水一方。溯洄从之，道阻且长"，这是秦国民间的爱情诗章，意思是芦花一片白茫茫，清早露水变成霜。我的心上人哪，你在河水的那一方。我逆流而上去找你，绕来绕去道儿长；"一日不见，如三秋兮"，表现出恋人一日不见如隔三秋的深切思念；"投我以木桃，报之以琼瑶"，表现的是民间青年男女互表爱慕的淳朴的爱情。这些美丽的诗篇，无不给人以清新明丽的精神享受。

夫人是《易经》爱好者，她将《易经》名句倒背如流：一阴一阳之谓道；夫妻和谐家之道；二人同心，其利断金；积善之家，必有余庆，积不善之家，必有余殃；行善之人，必有果报；作恶之人，必遭祸殃；天行健，君子以自强不息，地势坤，君子以厚德载物。夫人经常用易学思维处理家事，每每都会收到意想不到的效果。

正月十三这天，我还和夫人一起学习《孝经》。

子曰："夫孝，德之本也，教之所由生也。复座，吾语汝。身体发肤，受之父母，不敢毁伤，孝之始也。立身行道，扬名于后世，以显父母，孝之终也……"

子曰："夫孝，天之经也，地之义也，民之行也。"

孝悌之至，通于神明，光于四海，无所不通。笑到孝道，感恩知报。博父母开心一笑，就是最好的孝道。敬为孝，顺为孝，养为孝，新时代孝道也要与时俱进，由物质的"孝"上升到精神的"笑"，让父母从内到外笑得开心才是真孝，要暖到笑到父母心窝里，说到父母心坎上，做到父母需求处，让父母快乐健康长寿，才算儿女尽到孝道。

正月十四念"十四"

十四盏灯亮天明，十四谜底悬而空。

十四行诗谁填写，十四首歌唱龙灯。

正月十四，过年以来，唯独这一天没有民俗，因为人们忙于正月十五的元宵节灯会，称为"试灯"，即各地纷纷搭建起灯棚、鳌山、牌楼等，或张灯结彩，或燃放烟火，或表演节目等等。

正月十四，元宵节的前一天，也是人们最忙碌的一天，大家精心准备元宵节的美味佳肴，特殊创意安排行程，一定过得胜于往年。我和夫人商量，如何安排行程，决定是带着父母吃顿海鲜大餐，品尝各种馅的元宵，黑芝麻的、五仁的、果脯的各种各样都来一点。元宵节，就是图个好心情，一家人圆圆满满，其乐融融。

我们买了十四盏心灯，准备在明天的元宵节灯会点亮。我们精选十四首民族歌曲，从早到晚歌声不断，让《美美哒》《你笑起来真好看》《微笑歌》伴随在家人身边。微笑是嘴边一朵花，微笑是脸上一片霞，微笑是心中一团火，微笑是口头一首歌，微笑传递美好，快乐振奋精神，愉悦释放压力，幸福享受圆满。

正月十四，我们还会想到什么呢？看一些国学典籍，谜语大全等书籍，撬开智慧大脑，启蒙灵性思维，争取在央视元宵晚会上，猜灯谜，揭谜底，拿第一，在手机上抢夺微信和抖音红包雨，准备好购物车，拼最实惠的节日礼物，送给最亲爱的人。

明天是正月十五，因为全球新冠疫情影响，各地的元宵节庙会停办了。但中国各级政府还是投入大量资金，营造出热闹的元宵节的气氛，但见那政府大道两旁的楼体、树木全部彩灯环绕，亮如白昼，一片火树银花般绽放，犹如千万盏彩色灯笼，迎送南来北往的游客。大量元宵摆上商场超市的柜台，等待兴高采烈的人们购买。京东、天猫、拼多多、每日一鲜等网上购物平台，更是花样繁多，琳琅满目，各种打折促销活动勾人心魂。快递小哥们忙得不亦乐乎，到处是他们飞驰的摩托，奔走的脚步，上下楼的身影。

中央电视台演播大厅，正在紧张地进行最后一次元宵节歌舞晚会彩排，明星们相继亮相，准备拿出最精彩的节目展现在明天的欢乐舞台上，为全国人民奉上一桌丰盛的元宵节文化盛宴。

正月十五圆"十五"

十光五色赛灯笼，十步五猜谜底通。
十吃五烤羊肉串，十人五群闹花灯。

古人称"夜"为"宵"，正月十五是农历一年中第一个月圆之夜，所以称正月十五为"元宵节"。根据道教"三元"的说法，正月十五又称为"上元节"。元宵节历史悠久，习俗多种多样，自汉代以来，民间就有元月十五张灯赏灯的习俗。按照我国民间的传统，在周而复始、大地回春、明月高悬的正月十五夜晚，人们要进行观灯会、猜灯谜、吃元宵等一系列活动，阖家团聚，其乐融融。

"有灯无月不娱人，有月无灯不算春。春到人间人似玉，灯烧月下月如银。满街珠翠游村女，沸地笙歌赛社神。不展芳尊开口笑，如何消得此良辰。"元宵节游玩观赏的主要对象是花灯，又叫"彩灯""灯笼"。花灯是我国古代人民创造的精美艺术品。西汉时就有了彩灯，到唐朝以后，经过千百年能工巧匠的开发创新，彩灯艺术百花竞放，各呈异彩。在样式上有带穗的挂灯，美观的座灯，秀丽的壁灯，精巧的提灯，玲珑的走马灯等。天上明月和人间灯火交相辉映，显示出节日的欢快与喜庆。

"东风夜放花千树。更吹落、星如雨……众里寻他千百度。蓦然回首，那人却在，灯火阑珊处。"想不到看到元宵节的万树花灯，民族英雄、钢铁硬汉辛弃疾也有这样的柔情蜜意，婉约词风；"去年元夜时，花市灯如昼。月到柳梢头，人约黄昏后。"这是唐宋八大家之一的欧阳修的元宵节风情；"接汉疑星落，依楼似月悬。别有千金笑，来映九枝前。"这是唐朝诗人卢照邻的《十五夜观灯》，描述的是元宵节时天上星汉灿烂、圆月当空与人间灯笼通明交相辉映，美女们欢歌笑语簇看花灯的太平盛世的情景；"火树银花合，星桥铁锁开。暗尘随马去，明月逐人来。"这是苏东坡的十一世祖、唐朝诗人苏味道的著名诗句，再现了开元盛世时元宵节灯会的壮丽，其中诗人首创的"火树银花"这个词用得多么精妙，而"暗尘随马去,明月逐人来",字字珠玑,耐人寻味。这些脍炙人口的元宵节诗句,让今天的我们击节叹赏,沉醉其中而不能自拔。

"猜灯谜"又叫"打灯谜",是元宵节的一项重要活动,最早出现在南宋的都城临安,开始时是好事者把谜语写在纸条上,贴在五光十色的彩灯上供人猜,因为谜语能启迪智慧又饶有兴趣,千百年来一直深受人们喜爱,已形成一种独特的民俗文化。灯谜有的和文字有关,有的和道理相关,往往读来幽默风趣又十分应景。在猜的过程中,大家不仅可以领略到传统文化的魅力,也能使自己的智慧得到提高。

正月十五闹花灯,三五成群结伴行,猜谜抽奖不可少,美味大餐不能停。我和夫人带着岳父岳母老早进入自助餐厅,偌大的空间,美妙的音乐,丰富多彩的美食,琳琅满目的蔬果,十分诱人。

自助餐是岳父最爱吃的宴席,花一点小钱,老人享受半价优惠,就能吃到几十种美味佳肴。这里水果糕点应有尽有,想吃什么就拿什么,想吃多少就吃多少,比在家里吃得丰富多样。岳父是文化人,很注意科学饮食,每天观看北京卫视《养生堂》节目,听专家讲述饮食方法,自己实践之。每次吃席岳父都是先吃水果和蔬菜,然后吃螃蟹、鱼贝,再涮羊肉、牛肉、鸭肉,最后吃糕点甜心,山楂糕条压轴儿。八十高龄的老人胃口极佳,比我们年轻人吃得多,且津津有味。我每次给老丈人拿螃蟹、炖鱼、海蛎子等,其他不用照顾。我和夫人主要照顾岳母,为她夹菜品、拿水果、烤鸡腿。岳母胃口小,吃得少,但脸上总是含着笑,笑起来很美妙,有时用手捂住嘴,缩一下头,呈现少女般羞涩。

我们举杯祝福二老"元宵节"快乐,吉祥幸福,健康长寿。夫人还用手机留下这温馨的一刻。最后我们每人盛了一碗汤圆,白糯米,黑芝麻,寓意圆圆的梦想,圆圆的祝福留在牛年"元宵节",也寓意我们今年所有方面都能圆圆满满。

(以上系列文章均发表在《今日头条》2021年2月融媒体上,
收入本书时已重新编辑)

堵与笑

今日头条对联征集，上联是"堵"，我对下联是"笑"。

北京路上堵车是司空见惯的现实，着急没用，骂娘没用，发火也不灵。

我们一时改变不了堵车的现象，但心态是可以调整的，中医认为，心主神明，意主大脑。遇到事开心不开心，你自己说了算，着急也好，骂娘也罢，表面看起来是眼前出现的状态，实质上是自己心态与修养。人与人之间，人与物之间，站在不同的地方，看问题角度不一样。你坐在车子里，看到的是塞车；你站在阳台上，看到的是风景；你登上山顶，看到的是阳光。人与人的不同是思维，人与人的区别是格局。思想开放，总会积极行动，阳光快乐，行为充满正能量；思想保守，抱怨抑郁，情绪总是负能量。路上堵车，心里不堵，只当放松一下紧张的心情，听一段轻松舒缓的音乐。智慧的人，遇到困难开动脑筋，想出解决问题的办法。愚蠢的人，遇到问题就骂娘，牢骚满腹，气得自己不行不行的。

为了解决堵车的问题，北京市政府没少动脑筋，曾经采取过错峰上班的办法。机关单位不在同一个点上班，错开一个小时，人流量就会少一些。后来干脆采取限号上路，从根本上解决塞车的问题。单号双号分开行车，使在路上的车流量总数下降了一半。这个办法还是很奏效的。

在现实生活中，万事万物都是发展变化的，波澜起伏。道路永远不是一马平川，总会遇到沟沟坎坎。人生路上也不是一帆风顺的，总会遇到不尽如人意的地方，特别是遇到看不惯的事情，赌气；吃的食物不安全，赌气；穿的衣服不顺心，赌气；住的房子不如意，赌气；乘公交车拥挤，赌气；恋爱朋友分手了，赌气；夫妻不和离婚了，赌气；孩子不听话逃学了，还是赌气！

究其原因，赌气来源于这些现象吗？那为什么大家同样生活在这种现象中，别人为什么不赌气呢？赌气不赌气，还是发自人的内心。假如换个角度说，食品不安全，我去大超市买放心的；工业衣装产生静电，我到商场买棉麻制品；房子不满意，换一套舒适的；乘公交拥挤，那改乘地铁出行；朋友分手了，再找个说得来的；离婚了就解脱了，何必在一起纠缠互相伤害。赌气，是跟自己较劲儿，解决不了任何问题。要笑看风云变幻，乐观化解心烦，做到百毒不侵才是强者。

堵车也好，赌气也罢，最好不赌钱。钱是王八蛋，人人为它贪。没钱志不短，有钱命玩儿完。表面在赌钱，实际在赌命。有多少人赢钱了，却死在麻将桌上。钱，生带不来死带不走，人生何必为钱所累！人活一世没钱不行，钱多了更是灾祸。人为财死，鸟为食亡，人类的劣根性。但取财有道，花钱有度，人财两旺，才是智者啊。

看这个"堵"字，左边为土，右边为者，土就是黄土，者就是人，只要你天天堵，年年堵，心情郁闷，一定会生病，生病就会死人的。不就是黄土埋人嘛！

相反，微笑，欢笑，大笑，都是正能量的。看这个"笑"字，上面是个"竹"字头，自然界里最顽强的植物，阳光下节节拔高，高风亮节，下面是个"夭"字，上一撇为天，下一横为地，左一撇右一捺是"人"字，表示天地人和谐。

微笑是心灵在脸上绽开的花朵；欢笑，是胸中奔流的溪水；大笑，是龙腾虎跃的脉动。严寒在微笑中融化，困难在欢笑中消散，挫折在大笑中冰释，人生如朝阳灿烂，生活似阳光般美好。

关于堵和笑，我有一副对联，上联是：上班堵，下班堵，天天堵，只要心不添堵；下联是：早上笑，晚上笑，年年笑，才能心态不老。

打与骂

近日，网上有个视频火了，引发很多网民热议。在放学的路上，一位男孩把书包狠劲打在母亲身上。尽管母亲疼得直叫，他却开心地笑。只见那位被儿子打的母亲双膝跪在马路上，儿子双腿骑在她腰上。

有路人看不惯这个逆子，上去一把抢过孩子抢起的书包，教训他说，你不能这么打你母亲，她养你这么大不容易，应该孝敬她呀！

"他是我儿子，我愿意让他打，只要他开心，打死我都愿意，快将书包还给我儿子。"孩子母亲扭头看了一眼这位路人，骂道："狗拿耗子——多管闲事。"

见义勇为者愕然，儿子公然在路上当着众人面打母亲，打得那么肆无忌惮，打得那么痛快淋漓，根本没有一点羞耻感和负罪感，而这位母亲却甘心情愿承受这种暴力，这是什么样的母亲啊。

这位母亲从小可能就对孩子十分溺爱，经常让儿子像骑马一样骑在身上，让儿子任意抽打。但是随着儿子年龄不断长大，这种幼儿游戏早就应该结束了，之所以演绎成如今的暴力逆行，这位不称职的母亲负有很大责任。

出现这种难以理喻的奇怪现象，恐怕究其原因有三：一是母亲无知，不懂得对正处于发育年龄段的孩子进行必要的管束。二是母亲图省事，怕多事。幼儿时，让孩子骑在自己身上，给孩子当马骑，这是无原则的哄孩子，只是为了省点事，赶紧让孩子安静下来。孩子长大了，还让孩子如此过分就是怂恿，是纵恶，让孩子不能形成对父母尊重、惧怕和孝顺的心理。三是家庭教育缺失。人之恶不是一天形成的，而是累积而成的，孩子是得寸进尺的，现在他敢用书包抽打你，明天就敢对你动刀子，到了那时就难以收拾了，后果不堪设想。社会上早有这样的案例。

儿子打母亲，母亲骂路人，这一打一骂，引出了家庭教育的重要话题。儿子打母亲，违背伦理；母亲骂见义勇为者，不明事理。虽然，孩子是父母生养的，但孩子不是父母的私人财产，很大程度上也是属于社会的财富，父母承担着对未成年人进行养育与教育的双重责任。如果父母不在孩子还可以管束时进行教育，那么早晚有一天孩子就必须接受社会的管束和教育。

雾与霾

秋冬季节，北京连续几天，天空总是迷迷蒙蒙的，大地昏昏沉沉的。早晨看不到旭日灿灿朝霞，白天看不到蓝天白云，晚上见不到皎洁月光。雾霾笼罩一切。气象预报：雾霾天气，谨慎出行。

是雾？是霾？谁能分清。何为雾？《新华字典》解释，一种烟一样的状态，存在于天空之中。高空中白色的，叫云雾。云雾太大，飞机都要停飞。低空中灰色的，叫迷雾，一般产生于秋冬季节。雾是有形有状的，有一次我们驾车出差，晚上车行至天津国道上，眼看着一股大雾迎面袭来，就像一头妖怪一会儿就掩盖了公路，将人与车，灯与树都罩在里头，能见度只有二三米远。司机毛骨悚然，立即脚踩刹车，缓慢行驶。这种大雾天就像《西游记》里描绘的妖雾。

云雾、烟雾都是自然界大气环流的一种状态，给我们出行造成诸多不便。但随着时间的推移，大雾总会慢慢地散去，逐步被阳光消散，回归到正常状态。

霾，却不同于雾了，乍看起来同雾的形态差不多，所以"雾霾"两个字是连在一起的，但细分起来还是有区别的。雾，化学结构只是水的气体状态，而霾却不一样，它含有微小颗粒，可以直接被人体吸入，存在肺气泡里，影响人的呼吸功能，从而造成霾中毒。

雾不需要治理，会自然散去，霾却需要治理。近年来，北京下大力气进行空气质量治理，投入大量资金，减少雾霾现象产生，收到很大收效。天蓝了，水绿了，鸟来了。

自然界的雾霾好对付，看得见摸得着，办法有的是，没什么可怕的，但人们心里的雾霾，却很难治。雾霾会迷惑你的眼睛，走偏了轨道，翻车了。

清除心中雾霾最好的办法是保持良好的心态，快乐的情绪，健康的身体，愉悦的人生态度，做到微笑人生，正能量满满，逐雾除霾，福寿康宁。

病与毒

常言道，有啥别有病，没啥别没钱。人生健康第一，其他都是零。但是人的一生，疾病总是相伴而来，搅扰着人们的生活，各种疾病不期而至，折腾着人类的躯体。

高血压、糖尿病、心脏病、脑血栓、抑郁症、癌症，这六大杀手威胁着人们的生命。新闻报道，最近科研人员研发出抗癌新药，打一针就能灭癌，一个月癌细胞死亡。中国打一针要一百二十万元，美国需要二百万元。一百二十万元救一命，对有钱人来说不算什么，对没钱人来说借钱保住命也值的。有位中年妇女打过一针，一个月后，经仪器检查，癌细胞归零。这简直是奇迹，人类第一大杀手终于有了克星。一句话，人有病就得到医院去治疗，耽误不起。

说完病，我再说毒。这个毒比病更厉害，蛇毒、蜂毒，一针见血，见血封喉，要命啊。特别是新冠病毒，对人类的威胁比蛇毒蜂毒更厉害，全球蔓延，已经使上亿人感染，几百万人命丧黄泉。各国科学家研究疫苗，投入大量科研经费，不断做人体试验，第一代、第二代、第三代，第一针、第二针、第三针和加强针，中国首创研发成功，一年内接种疫苗几亿株，有效地控制了疫情蔓延。

但是，新冠病毒非常狡猾，不断变异，阿尔法变异株，德尔塔变异株，防不胜防，搞得世界惶恐不安。瘟疫流行，病毒蔓延，生灵涂炭。

无论何种疾病，人类慢慢都会找到治疗方法，最要人命的心脏病，还有"黄金六分钟"抢救机会，可以挽回一命。

第二辑：小说集

断裂带

题记

　　我是河北省唐山市人，是四十六年前那场震惊中外的大地震的亲历者。在这场大灾难中，我和众多的灾民一样失去了父母亲人，整个家族几十口人伤亡过半，心灵上刻下不可愈合的创伤和永远难以磨灭的记忆。1982年，我有幸参加《震中一日》一书的编辑工作，几百篇情真意切的回忆文章，将我脑海里关于这场灾难的记忆片段又重新拼接起来，完整起来。为了给世界、给人类、给后代留下一部真实的历史记录，我便产生了创作这部小说的冲动。

　　小说以教师阎金、记者郑书义、作家张志三位典型人物在唐山大地震前几天的行动脉络为叙事主线，真实地再现了这场大灾难前几天的情景和社会生活风貌，艺术地将笔者当时的真实的所见所闻、所思所感编织连缀成篇。无论说是小说也好，报告文学也罢，只要读者喜欢看就好。

　　酒，越陈越香；情，越深越浓。四十六年前的历史事件，四十年前的书稿，今日才发表公之于世，显得更加弥足珍贵，因为今天可以更加理性地去看唐山大地震，总结那场灾难给人类留下的思考和教训。

2022年夏于北京

一、拂晓

　　燥热燥热的空气，被一阵清爽的风吹散了。人们仿佛突然从窒息心肺的蒸笼里解脱出来，纷纷拖着倦怠的、散发着腥汗味儿的身体，从浓密的树荫下，从平整的草坪间，从宽阔的大街上，从弯曲的巷道里，走回各家大敞着门窗的屋内，懒洋洋地钻进雾纱般的白蚊帐里，身上只穿着背心、裤衩，甚至一丝不挂地躺在铺着凉席的床板上、地铺上，抓住这难得的天赐良机，顷刻间沉进梦乡。

喧嚣了一天的城市，宛若卸了幕的戏台，男女主角早已各奔东西，一散而尽，只剩下那些布景、道具依然安静地陈设在各自的位置上。空旷的公路、街道上，车辆已十分稀少，曾经的马达轰鸣声、金属撞击声、鼎沸喧闹声、无法形容的噪声，统统被一块看得见、摸不着的、庞大的、低垂的、昏暗的夜幕吞没了，覆盖了。

夜幕下，灯火中，凤凰山巍峨而模糊的形象，骨骼般鳞次栉比的楼房剪影，肌肉般造型颖异的公共设施，血管般纵横交织的柏油公路，全部沉思在一片宁静之中。

路旁灯照下，两排疏疏落落的法国梧桐树的大叶片，在微风吹拂下婆娑起舞，将斑驳陆离的影子洒在路面上，给人一种扑朔迷离的幻觉。偶或从路边草丛里传来几声昆虫的吟唱，更显得夜城的静谧。

坐落在市区中央十字路口的街心花园，被几千瓦特的水银灯照耀得如同白昼。红砖和水泥砌成的圆形花坛里，紫丁香、夜来香、茉莉花散发着馥郁的香气，是闲散的人们聊天消夏的胜地。此时已是凌晨三点多钟，花园的环形小道上，仍有三个人影在那银白色的光照下晃动。

一位身材高大、体态魁伟的中年男子正在聚精会神地双手捧着一架120型"海鸥"牌照相机，忽而高高地站在花坛上，忽而半蹲在地，忽而跑向东，忽而奔向西，不停地调整着焦距，按动着快门。他穿着白色的尼龙背心和运动裤衩，裸露着黝黑的肤色下健美的肌肉线条。这时，在花园里散步的一位矮小精瘦、面色微黄、容貌古怪的男青年，好奇地凑了过来，搭话说："老兄，我拍两张咋样？"

那位中年男子被他的请求打断了兴致，将镜头拉到胸前，扭头看他一眼，脸上掠过一丝不信任的表情，抱歉地拒绝："对不起，老弟，你不知拍什么。"

"城市夜景……对啥感兴趣就拍啥呗！"

男青年很反感，用新奇的眼光上下打量他，猜测地问："老兄，你是照相馆的吧？"

"我是S校地震测报小组的。"

中年人一边拧着胶卷转头，一边果断地阐明自己的身份。

"地震测报小组？"男青年仿佛被一种魔力吸住了，朝前凑了凑身子，非常感兴趣地问，"现在全国地震闹得挺厉害，咱市最近有大震吗？"

"通过我们小组地震仪器的观察和综合分析最近的各种异常现象，初步推测，近日内京、津、唐一带，有发生强烈地震的可能。"

青年人盯着中年人把相机盖封好，装进皮套里，毫不隐讳地说："你能说出地震的准确时间和区域吗？"

"现在还没有把握，只是推测。"中年人遗憾地摇摇头，但深沉的眼神充满了自信。

"向地震部门报告了吗？"

"已经报了，并没有引起高度重视。"

"为什么？"

"我不是权威人士……"

"地震是人命关天的大事，不管发生在什么时候，发生在哪个地区，提前引起人们的警惕，还是必要的，有备无患嘛！"

男青年心里这样想。他望着眼前这位自称的科学工作者，有点肃然起敬，很想结识一下，便问："老兄，你怎么称呼？"

"我叫阎金。你呢？"

"郑书义，地方报社的记者。"

男青年自我介绍着身份，忽然觉得有一种不可推卸的责任压在自己肩头，便鼓足勇气说："你能把地震测报情况给我一份，让我在报纸上发条消息吗？"

阎金仿佛突然遇到知音，兴奋地看着眼前这位年轻人，恨不得马上把心里话和盘托出，但脸上马上又罩住一层阴影，嘴里喃喃地说："前天，我已将情况发到报社了，但是……"

"发去了，好，明天我去报社查一查。"

郑书义双手合在一起，用力一攥，好像下了决心。

"枉费心机！小郑啊，即使你写出真实的报道，总编也不会通过的。"

这时，在旁边花丛前练习太极的长者听到他们谈话也凑了过来，他体态臃肿，面色苍白，长长叹了口气接着刚才的话茬儿说："现在这动荡的年月，有谁重视科学啊。"听了长者的话，郑书义和阎金相互看了看，哑然无语。

沉默，令人窒息的沉默……

时针指向凌晨三点四十二分。突然，三道耀眼的光束划破漆黑的夜空，转瞬即逝，天幕上留下三朵蘑菇状云雾。随即，一个火球从东南角向东北方向移去，像一团红绸缎一样，飘飘荡荡，最后化作一片火光，呈现出五彩缤纷的混合色。顷刻间，天空各个方向断续闪光，红黄色、银蓝色、绛紫色、青白色，瞬息万变，光怪陆离，宛若节日的焰火。随之，似乎从地心深处传来一阵隆隆之声，犹如千军万马奔腾而来，由远及近，由弱到强，震撼人心！地面上阴风骤起，天地浑浊，鬼哭狼嚎般的吼声响彻天空……

"不好！要下暴雨了，快回家吧！"

郑书义喊了一声，撒腿就跑，不料被阎金铁钳似的大手拽住，大声命令："别乱跑，可能是地震！"

"地震？"话音刚落，大地便像头暴怒的雄狮剧烈地狂跳起来，地面上矗立的万物都随着地表的起伏升降上下颠簸不停。

头上炸雷轰顶，脚下巨石撞击，天崩地裂一般，给人一种乾坤倾覆的恐怖感、失落感。

郑书义恐惧地紧紧搂住阎金宽厚的肩膀，阎金也紧紧抱住他瘦小的胸围，想借助两个人的支撑力稳住自己的身体。阎金壮着胆，睁着眼，屏住呼吸，总想将一瞬间拍下来，但这是完全不可能的。

一阵剧烈的颠簸之后，大地像失去了地心的磁力，东西摇晃起来……阎金仿佛站在汹涌澎湃的浪潮之中，眼前的一切都失去了平衡，整个神经系统完全丧失了自我控制能力，只觉得心脏在收缩，肠胃在痉挛，天地在旋转，路旁的水泥电线杆左右摆动，树梢忽而倒向东，忽而又倒向西，几乎扫到地面上，刹那间，所有的灯火全部熄灭了，天旋地转，天地难分。

黑暗中，只听见哗哗、哗哗、哗哗……一阵阵海浪拍岸的声响，由近及远，缓缓而去。阎金十分清楚，这是地震波的放射性流动，随着这股流动力量，地面建筑物相继倒塌……紧接着一股浓烈的烟尘味冲进他的鼻孔，呛得他肺叶几乎要炸裂开来，不住地咳嗽。

这突如其来的一切，不过是几秒钟的事情，大地经过一阵剧烈的骚动之后，突然出现了死一般的沉寂，世界仿佛突然消失了，时间停止了，连空气也凝固了……

二、阎金日志

烨烨震电，不令不宁。
百川沸腾，山冢崒崩。
高岸为谷，深谷为陵。
哀今之人，胡憯莫惩？

——《诗经·小雅·十月之交》

1976年7月28日　星期三　阴雨绵绵

（一）

阎金从地上爬起来，下意识地活动活动筋骨，安然无恙，又摆弄摆弄胸前挂着的相机，完好无缺。真万幸！他敏感地辨别了一下方向，察看自己脚下的位置，原来从东往西，他竟被强大的震波抛到离街心花园十来米远的路面上来了。借着微弱的光线，他定睛望去，迷迷茫茫，飘飘忽忽，什么也看不清楚。那灯光辉煌的城市夜景，海市蜃楼般转瞬即逝。没有人烟，没有声响，他仿佛突然走到另一个古老的世纪……

阎金从事地震研究已有十来年了，虽然从历史记载中看到过一些关于地震的描写，十年前的河北邢台地震、一年半前的辽宁海城地震，他都亲自前往现场勘查和研究，但还从没有亲身经历过这样大的地震，万万没想到这回就在自己的家乡，亲眼见证了这骇人听闻的人间劫难，亲身体验了那万物被夷为平地的一瞬间。

有那么一会儿，阎金突然觉得心里有点五味杂陈，这场大地震对于唐山人来说，无疑是一场浩劫，但对于从事地震研究的他来说，倒是一次难得的机会。可以说，这次大地震从孕育、形成到发生的过程，他都是很清楚的。之前他从大量地震资料获悉：唐山地处东西向燕山断褶带与东北向沧东断裂带交会复合部位，也是深部断裂构造与表层断裂并未贯通的特殊部位，是最容易积蓄能量的危险地带。从近年的地震活动来看，1970年以来燕山带大面积迅速隆起；1971年华北地区连年大旱；1973年地球自转速度由慢加快；燕山带上的小震向东迁移；京、津之间出现了一条狭长的"无震空白区"。这是一个危险的信号。

通过大量调查实践，阎金还敏感地发现：唐山地区深井水位上涨，发浑变色；老鼠集中搬家；鲤鱼翻白漂浮；海蟹爬满岸边；地表变形；海水发光；高温低压，突降暴雨，而且农村里狗乱吠，猪瞎撞，羊越圈，鸡上树，鸽惊飞等异常现象时有发生。

阎金通过观察他们学校的专业检测仪器，也发现了反常现象：经度值东偏，电磁波受到干扰，岩石电阻率曲线急剧下降，地应力、水氡、土地电观测值"突跳"。

通过调查实践和专业仪器的检测数据，阎金综合分析后，提出了一个大胆的设想：京、津、唐、张一线，近期内有可能发生七级以上强烈地震。他将这一推测及时报告给有关部门，还写出一篇名为《地震假说》的学术论文。

推测，一瞬之间成为现实，"假说"也变为"真说"了，但是阎金却怎么也高兴不起来，在这一刻，面对一片残垣断壁，他浑身乏力，欲哭无泪。

十年前，阎金还是一名普普通通的中学地理教师，在课堂上津津有味地讲授世界各国的地理位置、自然资源和风土人情。自打邢台发生地震以后，他便不知不觉地与地震结下了不解之缘，开始对地球神秘的内部构造产生了浓厚的兴趣，潜心研究起地震预报来了，并结合地理教学，成立了全市第一个群众性地震测报小组。

从历史资料上看，我国是个多地震的国家。从东汉科学家张衡发明第一台候风地动仪，到今天具有现代科学的、灵敏度极高的微震仪，近两千年的漫长岁月里，中国发生的破坏性地震有上万次，但至今，准确的地震测报仍然遥不可及。

地震测报就像妇产科医生为孕妇做妊娠检查，要能准确地判断出"胎音"的位置，"胎儿"的大小，"分娩"的时间，将会给人类减少多大的损失呀！阎金决心献身于地震科学事业。为了适应艰苦的地震测报工作，他每天清晨坚持跑"马拉松"，晚上坚持压杠铃，练拉力簧，虽然年近半百，体格仍然铁塔般结实。

"老阎，老阎，你在哪儿？"

"小郑，你伤着没有？"

阎金闻声面向东朝街心花园摸去。

"我没事儿，擦破点皮儿。你怎么样？"

郑书义迎了过来，俩人重新会合到一起，互相抚摸着对方。

"那位老人呢？"阎金关切地问。

郑书义这才想起那个胖家伙，放声喊起来：

"张作家，张作家，你在哪儿？"

黑暗中没有一点回音，他俩只好边喊边摸，终于在花园环形台阶下，摸到一个肉糊糊的东西，俯身细看，正是胖老头，他一动不动地横躺在那儿，全身热乎乎的，没有外伤。

阎金断定，他可能受到惊吓，昏死过去了，马上给他做人工呼吸。一会儿，张作家苏醒过来，慢慢睁开眼睛，坐起身子，惊诧地问："发生了什么事？"

"地震。"

"地震！"

老张猛地站了起来，环视四周，漆黑不见五指，什么也看不清，叹道："完了，唐山就剩下我们三人了！"

（二）

不知过了多长时间，混混沌沌的天幕露出一片灰白色，像铅云压得很低。世界又重新出现在地平线上。放眼望去，地面上的景物依稀可见，惨不忍睹。那些曾经高低错落，形状各异的建筑群，现在像被推倒的积木一样，变成一片破败的废墟。

山丘似的高楼残骸，裸露出弯曲的钢筋的预制板犬牙交错；冰川似的水泥框架，光秃秃地耸立在废墟之上；龟裂的楼壁，高悬在倾斜的框柱之间；水塔、烟囱及路旁的水泥电杆、法国梧桐，现在是千姿百态，有的连根拔倒，有的拦腰折断，有的只削去个塔尖，有的摇摇欲倒……公路上瓦砾成堆，空气中烟尘弥漫，仿佛世界末日一般。这还是我的唐山吗？

阎金用左手使劲揉了揉酸麻的眼睛，想知道自己是不是在做梦；当他再次睁开眼睛时，悲惨的景象更加清晰地跃入眼帘。这不是梦！而是严酷的现实！他不禁眼前一阵眩晕，心如刀割一般。

啊！这座凝聚了一百万人民的智慧和汗水，花了一百年时间精心营造起来的新型重工业城市，瞬间就毁于一旦。突如其来的大震，阎金虽然幸免于难，但他觉得身为一名地震测报者，不能在临震之前，准确无误地预报出地震的发生时间、范围、强度，以便采取防范措施，这难道不是罪过吗？

一种强烈的责任感，使他的情绪慢慢冷静下来，他知道此时自己应该做些什么。从震动感觉到地面破坏程度，他断定这是一次史无前例举世罕见的毁灭性地震，而且是没有明显震前预兆的特殊性地震。

震级多大？烈度多少？破坏如何？很多第一手资料，需要他这位地震科学工作者和这场大地震的目击者、亲历者，迅速进行现场勘查、记录，发现有价值的情报，为今后地震研究提供可靠的科学依据。

想到这，他稳定一下情绪，选好拍摄对象，双手捧起"海鸥"照相机，镜头对准残楼、断壁、废墟……屏住呼吸，啪啪啪不停地按动快门。从不同角度，将不同场景摄入胶片，很快就把剩下的胶卷用光了。

天色渐渐亮了起来，阎金大步朝着学校的方向跑去。公路、巷道已被碎石瓦砾覆盖，难以分辨。街上一个人影也没有，他孤独地行走在废墟之间。他来到模糊不清的校址，站在一片废墟之中，寻找那间倒塌的地震观测室。忽然，不知从哪个方向，传来一阵微弱的呼救声，时隐时现，断断续续：

"救……命……啊！救……命……啊！"

还有人活着？他敏感地趴在废墟上，侧脸将耳朵贴紧地面，分辨呼救的方向。终于他听清了，声音是从脚下的一块焦子板的裂缝中传出来的。他站起身定睛一看，自己正好踩在学校传达室的屋顶上，一定是看门的刘大爷埋在下面。

救人要紧！他把相机从脖子上摘下来，放在一块平板上，然后猫下腰去，双手插进屋顶的裂缝中，十指用力，两脚蹬地，运足气，咬紧牙，猛劲一搬——焦子板一动没动。

呼救声越来越弱……他环视一下四周，发现旁边倒塌的教室支着几根椽子。他迅速前去抽出一根劈了头的，插进裂缝中，根部垫上一块砖头，运用杠杆之力一撬，咔嚓一声，焦子板被掀开了，在那交叉重叠的乱椽子中，露出刘大爷佝偻的躯体。

阎金用肩头扛住掀起的几百斤重的焦子顶板，双手猛力推倒在一边，然后拔开散乱的木棍，扒开碎石烂瓦，双腿叉开，两手分别插进刘大爷的两肋，抱紧后使出"旱地拔葱"之功，将他肥胖的躯体拽出废墟。阎也随着后仰惯性，一屁股坐在地上。

刘大爷长长吸了口新鲜空气，慢慢睁开眼睛，第一句话就问："阎老师，是不是第三次世界大战？"

"不，地震！"

"地震？"

刘大爷布满皱褶的脸出现一丝诧异的表情，望着阎金关切地问："你老婆、孩子怎么样？"

阎金遗憾地摇摇头，露出一种不可名状的神态，拿起相机朝前走去。

"你去哪？"

"地震观测室。"

从一架被砸坏的微震仪，阎金终于找到了淹没在茫茫废墟中的地震观测室。整个砖石结构的房屋全部趴了架，塌了顶，将室内的一切掩埋在下面。他费了好大劲儿，才把屋顶掏了个半米宽的窟窿，像老鼠一样钻了进去，抠出被毁坏的地震观测仪器……

这间不到三十平方米的地震观测室，是他和全体小组人员好不容易才争取到的一块阵地。那些土仪器也是他和同学们亲手制作的。他平时很少回家去住，每天晚上都厮守在这间房子里，通过土仪器的灵敏波动，观察大地每分每秒的微妙变化，坚持做地震记录，综合数以千计的小震频数，为地震部门提供有参考价值的震兆信息。

他的事业他的乐趣全在这里。两个小时之前，他还坐在这间房子里，写那篇《地震假说》学术论文。谁能料到转眼之间，这个凝聚他全部心血的地震观测室，竟成了地震残迹。

天已经大亮，阎金把所有的土仪器都抠了出来，但基本上毁坏殆尽。他只好将"地震记录卡"和学术论文，小心翼翼地包裹在一块破布里，用绳子系好，然后拿起相机，麻利地换上胶卷，打开镜头盖，对准毁坏的地震观测室，按动快门，啪啪照了两张。

这时候，看校门的刘大爷拄着一根木橡子，一瘸一拐地走过来，望望废墟上那些毁坏的土仪器，又看看阎金那张冷漠的脸，颤动着厚嘴唇，说不出话来。

"刘大爷，你快回家看看去吧！"

"不，我要护校！"

刘大爷似乎受到阎金的感染，坚决地说。阎金看老头态度挺坚决，便将那包地震资料递给他，恳切地说："麻烦你把这包东西保存好，顺便看管一下这些仪器，这些都很重要。我马上去勘察现场。"

"你不回家看看吗？"

"顾不得了！"

阎金从废墟里找到一件的确良汗衫穿上，然后将两管封闭胶卷装进衣兜里，扛起那辆侥幸没砸坏的九成新黑色"飞鸽"牌二八自行车，快速朝公路走去……

"阎老师，阎老师……"

他回头一看，只见两名测报小组成员，穿着三角裤衩，赤脚光脊踩着废墟跑来了，看着毁坏的观测室问："阎老师，我们的观测室……"

"全瘫痪了！你们家里怎么样？"

"不知道！我们从废墟里钻出来，就跑来了！"

阎金用满意的目光看着这两位为了地震研究，而忘掉一切的弟子，像战场上指挥员下命令似的说："你们先回家扒扒亲人，然后分头去勘察地震现场，一定要做好记录。"

"是，阎老师，你……"

"甭管我！"

（三）

从房屋倒塌的现状来看，震波是东西走向摇晃的；从破坏程度来看，南部要比北部严重得多。阎金想沿着等震线向前巡查，直至找到极震区域。

柏油公路已经被倒塌的建筑物堵塞了，使他这位熟悉煤城每条巷道的人，也感到突然走进一个陌生的领域，晕头转向，无所适从。

他忽而骑上自行车走一段路，忽而又将自行车扛上肩头，有时竟被什么软乎乎的东西绊倒，爬起来一看，竟是一具血肉模糊、余热未尽的尸体。

此时，公路上偶尔有人在奔跑，废墟里时而传来呼救的声音，此起彼伏，接连不断，撕心裂肺！一路上，满目是悲惨的景象：全部坍塌的果绿色邮电大楼；只剩下一隅转角式乳白色的开滦医院；趴了架的西山百货商场；抛到路面上来的床板、衣物、杂品；悬挂在危楼上端的尸首……

待他来到火车站广场，短短三里多路，竟然走了三个小时。

偌大的火车站失去了原有的模样，候车室大厅坍平在地，只有那用角铁和木板制作的通往站台的天桥，依然孤独地飞架在那里。坐落在车站广场中央的站前旅馆、商品网点、铁路公寓塌成一片废墟。

　　阎金见此情景，迅速将自行车梯支好，双手捧起相机刚要拍照，忽听身旁不远处传来一阵微弱的呼救声："大伯，快救救我吧，出不来气……"

　　他放下相机，循声望去，果然发现在几块交错的楼板缝隙里面，有位少女的躯体团得像个肉球，全部裹在乳白色的蚊帐里，一动不能动。

　　他看看地形，走向前去伸出右手插进楼板缝内，死死揪住蚊帐一角，猛一拽，想把蚊帐撕破。可是，细细的尼龙丝勒进他的指肚里，疼得钻心，蚊帐却没事。

　　他只好在废墟堆里，找到一块锋利的碎石片，左手用力揪起蚊帐一角，唯恐碰坏少女细嫩的皮肤，右手攥着碎石刀，小心翼翼地将蚊帐切开一条长口子，随之少女便从"蚕茧"里脱困而出，慢慢地露出油黑的秀发，白皙的躯体……

　　少女自由地伸展四肢，长长地呼出一口气，然后身子一缩，两手扒住楼板缝想钻出来，但由于缝隙太窄了，只能探出头部，肩膀和躯干怎么也出不来，急得她直叫！

　　阎金看在眼里，急在心上。他发现几块楼板互相咬合，稍不慎重就有把少女挤死的危险，连他自己也难以保全。他从周围找了根木棍，插进缝隙里，悠愣着劲儿，一点一点地撬动楼板，少女配合他侧着头探出半截身子。

　　阎金扔下木棍，将少女上半身紧紧抱在怀里，慢慢地将她拖出楼板外，放在一块平整的盖板上，这才大口大口地喘着粗气，抹抹额头豆粒大的汗珠，凝神注视着这位几乎用他性命拯救出来的少女。

　　她约莫十八九岁，俊俏的鸭蛋脸镶嵌着两只深深的酒窝，弯月般的细眉下闪动着一对乌亮的杏核眼，肤色细嫩而白皙，不论是肩宽、腰肢和长腿都长得那般匀称而丰韵。她浑身除了胸前戴着两片被碎石划破的白乳罩和浅花软布做的三角裤衩外，其他部位全部裸露在外。

　　她面色很惨白，有气无力地坐在那里，一动不动，犹如一尊玉雕仕女。阎金忽然想到自己的女儿小娜，她与少女年龄相仿，也生得这般可爱，如花似玉，惹人喜欢。她现在到底咋样了呢？自从他搞起地震研究，很少去关心过她，难怪女儿总跟妻子说："我爸心里只有地震仪，根本没有我这个女儿！"

　　今生今世，他和妻子就这么一个独生女儿，做父亲的怎能不喜欢呢！但是地震研究夺去了他大部分时间和精力，为此他心里确实很愧疚，不知用什么方法，才能弥补对女儿感情上的亏欠。昨天他回到家，曾答应星期天和女儿上百货大楼，给她买件果绿色带金丝线的连衣裙哩！

天阴沉沉的，下起了毛毛雨。少女歇息了片刻，慢慢恢复了些生气。她从地上站起来，环顾了一下周围，又看了看阎金，显出一副恐惧的神态。

阎金怕她见到男人羞涩，马上背转身去，想脱下白汗衫扔给她，谁想到，少女竟然重新跑到那块危险的地方，双手扒住楼板，伸头想再次钻进那阴森恐怖的缝隙里去……

阎金以为她一定想去抠里面的白蚊帐，用来裹住自己，可是蚊帐是被碎石挤压住的呀，弄不好就会砸死在下面。他毫不犹豫，一个箭步冲上去，拦腰搂住少女的腰，大声恫吓："危险！你不能再进去！"

"原子弹爆炸！我害怕！"少女呼喊着，躯体发出一阵抖颤。

"不是原子弹，是地震！"阎金猛力将她抱起，走出几步远，重新按在另一块盖板上，然后脱下汗衫，塞到她手里，命令说："快穿上，离这远点儿。"

少女半信半疑地望着他严肃的表情，慢慢地站起身来，乖乖地把那件又肥又大的白汗衫穿在身上，遮住大半截躯体，乞求地说："大伯，我家在天津，你能送我回去吗？"阎金望望站台，拿起相机，推起自行车，朝少女一挥手说："跟我来！"

阎金扛着自行车，好不容易跨过坍塌的候车室，走上碎石烂瓦覆盖的站台，俯首望去，几条笔直如线的铁轨全部弯曲变形，像无数条游动的蝮蛇，纵横交错地扭结在一起。有的地段弓成葫芦状；有的地段凸凹不平，如波浪般起伏；有的地段轨道折断；有的整块枕木脱离轨道。一列刚刚进站的货车巨大的车轮脱离铁轨，油罐箱翻倒在地。站台上各种颜色的指示灯，全部熄灭。没有列车的笛鸣，没有人声的喧沸，一片死气沉沉。

唐山火车站，这条横贯南北的交通大动脉，瞬间停止了跳动。

阎金捧起相机，打开镜头盖，对准扭曲的轨道，翻倒的列车，杂乱的站台，按动着快门……

"大伯，车站都坏了，我怎么回家呀？"少女茫然地望着他说。

阎金不知怎么回答她才好，只是无可奈何地摇摇头，扛起那辆"飞鸽"，朝少女摆摆手告别，继续沿着铁轨朝南走去……

（四）

飘飘洒洒，淅淅沥沥的毛毛细雨，犹如无数条软绵绵的银丝线，在天地之间飘落，交织成一片透明的纱幔，罩住了废墟上腾起的尘烟。

阎金推着自行车沿铁轨走了一段路，又将自行车扛到公路上。当他来到路南区岳各庄路东口附近时，突然发现平整的柏油路面滑陷地下十几米深，水泥预制件排水沟向右扭旋，平推错开；路旁菜地裂开两条约两米宽的大口子，黑水黄沙堵满裂缝中。再往前走，更使他惊异的是，吉祥路旁两排笔直的白杨树，竟被地震波右旋平推，错开一米宽的甬道，一行变成两行，真是鬼斧神工的景象。他赶快打开取景窗，将这个场景拍下来。

阎金捧着相机，踏着废墟继续向前走，不知被什么东西绊了个趔趄，险些摔倒。待他站稳脚跟后，才发现一个光着腚的男孩子，像刚从土堆里钻出来的泥猴跪在面前，双手按地磕头，苦苦央求道："好大爷！快救救我爸妈吧！他们就快压死了！"他看着小男孩稚气的脸，赶紧将他扶起来，同情地问："他们压在哪儿？"

"就在那儿，不远！"

通过小孩的"侦察"，阎金才发现小男孩的父母压在整个坍塌的屋顶下面。这个大屋顶没有上千斤的力气是掀不起来的，要想把下面的人救出来，砸碎顶板是不行的，看来只好从旁边掏个洞了。

阎金环绕着屋顶转圈，寻找可能下手的地方。这时小男孩喊叫起来："大爷，这有声音，还有个小缝儿！"

阎金闻声跑过去，观察一下，才确定就从这开始挖洞，因为没有工具，只好用手指快速地，一点一点地抠……

洞穴越抠越大，墙皮土味也越来越浓，已经可以清楚地听到他父亲粗粗的喘息声和呼救声！

这真是生命的窗口啊！随着缝隙的不断扩大，柔和的光线射进那地狱般的洞口里，可以看见那倾斜的大衣柜和交错的房檩条支撑的屋盖下面，一个光着脊梁骨的汉子，佝偻着腰埋在废墟瓦砾之中。他的两只粗壮的手臂夹挤在杂乱的椽条之间，活像一个被绑架的犯人不能动弹。他的头顶可能被碎石砸破了，殷红的血迹顺着脖颈往下流……

阎金将大半截身子探进洞穴里去，小心而迅速地抽出乱椽子，把男孩父亲的手臂先解脱出来，这就使他有了自救能力。也不知过了多长时间，孩子的父亲终于获救了。但他并没马上钻出洞口，因为他的妻子就在他下面压着，方才还跟他说话哩！现在咋一点声音也没有了，想必是昏过去了？他长长吸了一口气，俯下身去，继续扒拉碎石乱瓦，拯救自己的爱妻……

三个人都猫在一个狭小的洞穴里，如果此时再来一次余震的话，那将是什么后果！万幸的是，当阎金和孩子的父亲一起将孩子母亲的躯体抱出洞穴时，大地才剧烈地摇晃起来，随着一阵坍塌声之后，大衣柜倒了，顶板碎了，洞穴填平了……

孩子的母亲静静地躺在一块顶板上，由于窒息脸色青紫，眼珠外冒，满嘴白沫，身上只有灰土和血迹。

丈夫双腿跪在她身旁，一边呼叫，一边为她做人工呼吸，孩子也趴在旁边呼喊着："妈妈……"

尽管丈夫作出最大努力，妻子依然没能复活。她似乎对一切都厌倦了，不愿再睁开那双眼睛。丈夫失望了，木然地跪在那里，眼睛直愣愣地望着妻子那张没有生气、惨白的脸，嘴里喃喃地说："晚了！晚了！再早一秒，也许会……"

听着这凄切的声音，看着这惨痛的场景，阎金的心一阵痉挛。他忽然想到妻子，她现在到底咋样了呢？是死，是活？会不会也因为晚这一秒，会与他生离死别呢？

想起妻子与他朝夕相伴二十多个年头了，生活上十分体贴他，事业上也非常支持他。此时，他应该履行丈夫的责任，去营救遇难的妻子，哪怕迟了，也不至于终生懊悔！

废墟上湿漉漉的，已有人在奔跑。阎金挂好相机，想立即回家去看看，却发现自行车不知什么时候被人骑走了……

（五）

老天爷真像娃娃脸，说变就变，一会儿阴云浓重，一会儿细雨霏霏，一会儿又艳阳高照。天光好像变色的颜料，给万物涂上不同的色彩。

阎金光着膀子，走在滚烫的废墟之上，仿佛跋涉在茫茫沙漠中一般。他已经有十多个钟头水米未进了，极度焦渴、饥饿、疲惫。虽然他在平时有过忍饥挨饿的锻炼，但毕竟不是铁打钢铸的，他想寻找点食物和水，但废墟之上什么都没有。

不知几点钟了，他抬起右腕看看手表，谁想到那块“大英格”早让碎石碰坏了，停摆了。

他抬头看看西斜的日头，推断已经过了正午，只好拖着两条木桩似的大腿，慢腾腾地朝前走着、走着，心里想着赶快回家，看看妻子和女儿是否还活着。可他的脚步却不由自主地与回家的方向背道而驰，不知不觉地来到濒临市郊的胜利桥边。

陡河的古道，蜿蜒地穿过市郊的公路，东去的潺潺流水，像条白带子缠绕在城市的腰间。胜利桥就是横架在河床之上，连接城市与外省市的一条重要通道，一条横贯东西的交通大动脉。每天桥上都有上百辆各种车辆满载着人员和物资在这里通过。它像血管一样，连接和维系着城市的生命。

这座桥全是水泥结构，由十根直径一米粗细、垂直的、圆形的水泥柱桥墩支撑着，足有三十米长。桥面与东西公路相衔接，十米宽的桥面除了人行道，可供三辆卡车并排而行，给人一种雄伟、庄重、坚固的感觉。但是，这么坚固的大桥却在震波冲击下，被拦腰折断，第五、六根水泥柱倾倒，桥面断为两块，坍落到河床中央，两端相撞，形成一个倒立的直角。坍落的桥面上躺着一辆马车。

阎金捧起相机，想把这个镜头拍下来，可他觉得十根手指麻酥酥、黏糊糊的不听使唤，仔细一看，原来指甲几乎全脱落了，指肚成了血葫芦，动一动就钻心的疼。但这个镜头无论如何也要拍下来的，他咬紧牙根，拉开取景窗，对准断桥按了下快门。

渴。阎金嗓子眼儿仿佛着了火，呛着白烟，眼前有那清凉凉的河水，何不痛饮一场。他顺河堤下去，发现松软的堤岸顺河流方向龟裂开无数条深沟，有深，有浅，有长，有短，大小不一，形状各异，远远望去，宛若一幅百龙缠斗的景象。待阎金俯首细看，发现有的沟缝渗出黑水，有的冒出细沙，有的穿裂堤岸，使垂柳倾斜、躺倒，露出白色的根须。

阎金把这一切拍下来，然后跨过条条裂缝，踩着松软的河堤来到水边，顿觉一股潮润的气息沁入肺腑。他摘下相机放在一块石板上，双手撑住河沿，头低垂，伸长脖子，将噘起的嘴唇伸进水里，开始“牛”饮……

他一口气灌个水饱，大口大口地喘着粗气，顿觉麻木的神经恢复了知觉。

阎金站起身刚想离去，忽然发现顺流而下的水面上，漂浮着一个男人，被河水浸湿的土布短裤紧贴在臀部。他是从桥下飘过来的，会不会是那辆遇难马车的主人地震时被甩到河里？如果他人还活着，就可以得知他在桥上遇到地震时的真实情景。

想到这，阎金蹚水下河，站在齐腰深的河床中，张开双臂，截拦住那个男人。费了九牛二虎之力，阎金才把这个男人拖上堤岸，累得他也躺倒在旁边，浑身上下疼痛难忍，这才发现自己身上被碎石划破很多条口子，汩汩往外渗着血。

从男人黝黑的肤色和变形的肌肉看，确实像个农民；从他布条腰带上系着的牛皮腰包看，大概就是那辆马车的驭手。由于溺水，他的脸色青白，肚皮鼓胀。阎金猛吸一口气爬起来，双手攥住男人的脚脖子，拽到河堤一棵柳树下，然后将他身上那条长长的布腰带解下来，一头拴在他脚脖子上，把另一头往树枝上一甩，跑过去拽住绳头猛一拉，男人便脑瓜冲下悬吊起来。片刻，一股污水从男人张开的嘴巴里流了出来。

待他将男人重新放下后，那鼓胀的肚子平复了。阎金双腿夹住男人，开始对他进行人工呼吸，一下、五下、十下、二十下……男人笔直地躺着，似乎没有一点复活的希望。

阎金只好俯下身去，用自己的嘴对准男人的嘴，一吸一吮地进行口腔呼吸抢救。一股腥臭味钻进他的鼻孔，恶心作呕。他忍耐着、忍耐着，唯一的希望就是能使男人复活。

功夫不负有心人。男人的面颊慢慢开始泛红，胸脯微微有所起伏。他马上为男人撅撅胳膊、拉拉腿，使神经尽快复苏。过了半晌，男人的眼睑开始掀动，最后慢慢睁开，好奇地环视四周。

他活过来了！阎金站起身子，马上去河堤取相机，要把这个地震时桥梁被破坏情况的目击者拍下来。

等他拿着相机复转回来时，那位溺水的农民已经坐了起来，看他走来奇怪地问："大哥，方才咋啦？"

"发生了地震！"

"地震！我的大车呢？"

"在坍落的桥上。"

"我的妈呀！那是公社的牲口大车，我回去咋交代啊！"农民像犯了什么罪似的，哇哇地哭了起来。咔嚓，阎金给他来个大全景。没等再问，农民便爬起来，踉踉跄跄朝大桥跑去……

（六）

天上那个炽热的火盆，此时不知猫到哪里去了。乌云密布，压顶而来，一场暴风雨顷刻降临。

开滦煤矿所有的地面建筑几乎全部倒塌，成为一片废墟，只剩下那孤零零的黑色井架，高高耸立在废墟之上。由于电源被震波切断，天轮停转，偌大的罐笼像卡了壳的弹丸，悬在井筒之中，不能提升，也不能降落。地面破坏如此惨重，地下建筑更难以想象。阎金捧着相机来到矿井，想设法到井下去勘查震情。

深深的井口，已经被脱险的井下上班的工人家属围个水泄不通，一张张麻木的毫无表情的脸上是一双双瞪大的充满渴望的不安的眼睛。人们不说话，谁也不理睬谁，面对停升的罐笼，提着心，吊着胆，悬着肺，默默地虔诚地望着那眼黑洞洞的井口，期待着自己的丈夫、兄弟或儿子能够活着上来。她们仿佛透过井口，看到百米井下那圆木支撑的巷道，那险象环生的掌子面，那些黑暗中游动的幽灵……她们想到了瓦斯……想到了冒顶……想到了透水……此时井下已经断电、断风，亲人将会闷死……

阎金听说昨天全矿放高产，井下有上万人作业，心头一阵寒战。这时，他发现很多人飞速地朝着同一个方向跑去，便尾随其后，来到2号井上的"马路"口。这是此时全矿唯独一条从地面通往井下的，倾斜而狭窄的"战备小道"，漆黑而幽深，宛若走向阴曹地府的路径。

家属们从四面八方跑来，紧紧守住出口，巴望着有人能从这里爬上来！

阎金拨开人群，他想从这里走下井去，不料被一只粗壮的胳膊拦住："你活腻歪了，那是'虎口'！"

"龙潭我也要冲进去！"

科学工作者强烈的使命感使阎金忘掉了一切，他猛力拨开那只臂膀，要往里面跑，就在这时，也不知谁惊叫起来："快闪开！有人爬上来了……"

"瞧，矿灯！"

顿时，无数双眼睛的目光汇聚成一个焦点，集中在那口黑不见底的井口之中，人们看见在那墨染的背景上，有几只萤火虫一样的光亮在熠熠闪动……

啊！那是生命之火，希望之光啊！家属们肩依着肩，手拉着手，屏住呼吸，焦灼地期待着亲人的归来。

近了，近了，那火，越来越红；那光，越来越亮。人们已经清晰地听到咚咯咯的脚步声，那是从地心深处传来的生命的鼓点呀！

奇迹终于出现了，在这场毁灭性大地震中，谁能想到，谁敢去想，百米井下那上万名身穿窑衣（矿工穿的劳保工作服），头戴矿灯的工人，经过十个小时的艰难跋涉，终于安全地返回了地面。他们浑身上下全是黑色的，湿漉漉的，只有从那翕动的眉眼、鼻翼、嘴唇，才能断定他们是活人，而不是幽灵。

"井下怎样啦？会不会……"

"家里咋样，孩子们……"

井上井下的人们会合在一起，互相寻问着双方的情况。阎金迅速将这一幕壮观的场面拍下来。当他装好相机，正要前去询问，一个刚从井下爬上来的青年矿工走过来，亲切地跟他打招呼："阎老师，你也来啦，家里伤人了吗？"

阎金迟疑了一会儿，不知如何作答，仔细观察眼前这位满脸煤尘的面孔，一时想不起是谁，只好避而不答，反问道："井下破坏得厉害吗？"

"当时只觉得摇摇晃晃，站不住脚，不过井下设施基本完好，没怎么被破坏。"

他断定，这一定是浅层地震，震源机制也不过是十几公里，按力学原理分析，震源越浅，对地下的破坏越轻，地面破坏相对就越重。就像人站在楼顶上感到眩晕，站在地面则感觉正常一样。

看着人间的悲切，老天似乎也沉痛了，"号啕大哭"起来，刹那间，瓢泼大雨倾泻而下。刚从阴森森井下爬上来的矿工们，早就冻得浑身打战，又被大雨淋个精透，鬼使神差般朝着那些还能挡点风雨的危楼断壁跑去，想暂避栖身。

"快离开建筑物，还有地震，危险！"

阎金拼命地喊叫着，想阻止人们，但人们谁也不听这一套，仍然蜷缩在墙角里残壁下，他只好冲上前去拽他们出来。

"你咋知道还有地震？"

"我是地震小组的！"

"他娘的，你们这群饭桶……"

"知道地震为啥不报告……"

"还有地震，你还嫌震得轻吗？"

"我们遇难生死不知，你还有心思照相玩！"

"把他的相机砸了！"

"打死他！撕碎他！"

……

阎金万没想到，暴露了自己的身份，并没有取得人们的信任，换来的却是人们的怨恨、仇视和愤怒！这时，几个穿着黑色窑衣的矿工，恶熊似的朝他围抄过来，一双双喷火的眼睛里，滚动着愤怒。他无处躲藏，只好将相机紧紧地搂抱在怀里。这些震后第一手资料的相片，对地震科学有着无法估量的研究价值，比他自己的性命宝贵一万倍，绝不能让别人抢走，毁坏。

棍棒、拳脚夹杂着雨鞭一起朝他劈头盖脸地袭来，他已无法招架，他也不想招架。他理解人们的心情，惨重的伤亡，使人们失去了理性，变得疯狂起来，压抑不住的情绪要发泄……

骂吧！打吧！我受得住！阎金想到自己身为一名地震工作者，无能，不称职，对不起唐山的父老乡亲，受到惩罚是应该的。他的肩部、背部、臀部、腿部的肌肉早已经麻木了，拳脚的触击根本感觉不到疼痛，但头脑仍然很清醒，中枢神经还能支配两个臂膀紧紧地护住相机。

不知什么时候，一个湿漉漉肉糊糊的东西扑在他身上，挡住愤怒的拳脚，耳边也听到有人在喊叫："别打啦，他是救命恩人！"

他睁开眼睛，发现扑在他身上的就是那位称他老师的矿工……

这时，谁想到，大地又发火了，开始像筛子一样拼命地震颤，随即摇晃不停，坍塌之声此起彼伏……

"救命啊！救命啊！"

"王老板砸死啦！"铁的现实验证了阎金的警告。可怜啊！那些刚从虎口里脱险的幸运儿，有的伤残了肢体，有的又被死神掠走。

阎金紧紧闭上眼睛，他实在不想再去目睹这一惨景，因为他太累了，应该好好休息休息了。耳边什么也听不到了，不知不觉，不知不觉地沉沉睡去……

三、郑书义日志

1976年7月29日　星期四　多云转晴

（一）

天上没有星光、月光，地上没有灯光、火光，天色地色融为一体，形成一个黑暗的世界。

在这个世界里，活人和死人，男人和女人，大人和小人，好人和坏人共同栖身在一起，没有任何界限，没有任何差别，承受着同等的境遇，同样的命运，有的深埋在瓦砾之中，有的蜷缩在废墟之上，有的横尸在公路两旁……偶或传来一阵微弱而悠长的呼叫，偶或传来几声沉痛的呻吟，夹杂着昆虫拼命地嘶鸣，更显得这个世界沉寂而悲凉！

在这个世界里，即使活着的人，也仿佛从泥土中锄掉的禾苗，失去了生命的根，惶惑，迷茫，飘摇不定，唯恐脚下突然裂开一条缝，陷进那无边的黑暗的深渊中去。

黑暗之中，郑书义光着脊梁，只穿一条三角裤衩，盘腿坐在一幢坍塌的残楼前，双手合掌抱在胸前，微闭双眼，活像一个面壁静坐的和尚。他默默地祷告着，祈求着上苍，他那如漆似胶的爱妻和天真烂漫、活泼可爱的娇儿，此时就被严严实实地压在这座坟茔般的残楼下面。虽然近在咫尺，但谁也看不见谁，谁也听不到谁的声音，仿佛隔着银河的牛郎织女，只有互相的思念、顾盼和牵挂。

这是一幢由红砖和水泥预制板建成的四层楼房，地震波无情地将它的"骨架"捣碎了，但"肌肉"并没有完全撕断，坍落的楼板和龟裂的残壁互相扭结着，咬合着，盘错着，形成一个畸形的复合体。郑书义的妻子和儿子被压在最底层。当他回到这里，望着堆积像小山高的楼板和瓦砾，捶胸顿足，无可奈何。

郑书义只好围着残楼转圈儿，拼命地呼叫着妻子和儿子的名字，尽管嗓子扯裂了，喉咙喊哑了，仍然没有一点回音。他绝望了！

但他又希望着，总觉得妻儿是不会死的，他们那样的善良、贤淑和可爱，能被"阎罗司"点去吗？他家里有高高的大衣柜，枣木梳妆台，还有结实的床板，这些家具一定会合力撑住那罪恶的楼板，给他们母子留下生存的空间……

似乎是心诚则灵，他开始超脱了，恍惚间来到另一个世界里。他面前的银河上，忽然飞来无数只有灵性的喜鹊，架起了一座五彩的鹊桥，他和漂亮的妻子和可爱的儿子在桥上相会了。拥抱，他搂着妻子那柔软的躯体，仿佛欣赏维纳斯女神；接吻，他吻着她那甜蜜的唇舌，仿佛含着一颗橄榄果。两颗心交融了，两股血液汇流了……拥抱，接吻之后，他幸福地抱起胖儿子，他和妻子爱情的花朵，用胡子茬儿扎着他苹果似的脸蛋，嘻嘻地笑闹，沉醉在欢乐之中……

突然，一只惊恐的猫从他大腿上跃过，使他一下子惊醒过来，又回到这黑暗的世界，现实的世界。黑暗中，周围的一切都是那样影影绰绰，虚无缥缈，似乎一切都不存在，只能听到他怦怦的心跳和心神不定的喘息声。

郑书义年仅三十，是一位年轻有为的记者。他对新闻专业非常酷爱，攻读了很多专业书籍，经常去社会采访，练就铁腿、马眼、神仙肚皮（语出现代新闻学奠基人、美国人普利策，他说："记者的生活是铁脚马眼神仙肚。""铁脚"是指善于到处走动，来往各地而且"跑不死"，消息灵通；"马眼"意思是指眼光敏锐；"神仙肚"是指有气度、有容人之量，心胸开阔——编者注）的功夫。他采得快、写得快，发得快，在报社享有"快笔头"之称。

强震之后，郑书义从地上爬起来，也许是职业的习惯，脑海里出现的第一个信号就是：快把这条重大新闻发送到新华社去。

"唐山发生了毁灭性地震，伤亡惨重，需要救灾部队和物质迅速到来……"

蒙眬中，他好不容易才找到报社原址，这才发现新盖的报社大楼早已变为平地，那台唯一能与北京新华社通话联系的电讯设备完全瘫痪。

郑书义无可奈何，只好来到报社总编的住址，费了九牛二虎之力，才把总编从废墟里救出来。总编虽免一死，但右腿已经砸断，秃顶的脑门有两个窟窿，鲜血直流。他万没想到，危难之际，第一个来报社救他的，竟是眼前这位年青好胜、经常与他争吵、最不听话的记者。心里又是感激，又是内疚。

"总编，我们怎么办？"

"快向新华社发消息！"

"电讯设备全毁了……"

"全毁了？"

总编绝望地叹息了一声，没言语。

"总编，你收到地震预报的消息吗？"

"收到了，但没公开发……"

"为啥不马上见报？"

"没敢……罪孽啊！"

总编仿佛受到良知的谴责，事实的宣判，渎职的惩罚，从心底里发出一声悔恨的长叹。

郑书义非常理解总编，深知责任并不全在他。报社这部宣传机器，是控制在有关方面之手的，无论是总编，还是他都是这部机器上的零件，受人遥控的。有关方面控制着这部机器，迟钝了本来应该最敏感的新闻触须。开始，郑书义曾对总编产生过误解和怨恨，因为他写过几篇说真话的报道，都被总编压下不发稿。他还认为总编不是正人君子哩！

这时，郑书义想起阎金，那位一脸严肃的地震科学工作者。他真佩服他的学识，他的胆略。他能不顾自己地位的卑微，如实地将自己的研究成果，大胆的设想和推测，提交给有关部门和新闻单位，希望引起注意。但是，由于他的地位和影响不被承认，他的研究没有得到足够的重视。现在，在血淋淋的事实面前，他证明了自己，这个人物将会成为他震后第一个要采访的人。

"小郑啊，我不行了，你马上去找市委领导，看他们是否活着，组织自救……"

总编有气无力地说，不知是在下命令，还是请求。

"好吧！我去市委大院……"

天大亮了，地面上的一切都清晰可见，茫茫无际，凸凹不平的废墟之上，一些侥幸从瓦砾中钻出来的人，简直像"出土文物"一般。有的女人只穿一条三角裤衩，有的孩子穿一件长长的背心，有的男人却披着女人的大褂，有的人穿着粗袖口的古装，有的人头上缠着破布条，有的胳膊上系着根粗麻绳，有的手中拄着一根木棍，耷拉着一条折断的大腿……人们千姿百态，奇形怪状，或蹲、或坐、或躺、或卧，歪斜着，搀扶着，依偎着，有呆立着的，也有下跪着的，更多的人在奋力抢救着生命。褐色的瓦砾，殷红的血迹，白色的脑浆，伤残的尸体，活动的人群，构成一幅令人惊悚的画面。

这真是一个悲惨的世界！但又是一个真实的、纯洁的、充满再生活力的世界，一个没有遮掩、没有模式、没有格局、全新的世界，一切都将从这里重新开始。这真是一场人与自然的搏斗，生与死的较量啊！郑书义就是这个世界里的一员，他走在废墟上，用他有限的力量，途中不知救活了多少人，才来到市委大院，这里是最高的权力机构。

毁坏的市委大楼失去往日的庄重和威严。市委领导埋在哪块废墟里？哪个位置？哪一位是市委书记？郑书义全然不知道。此时此刻，政权机构全部瘫痪了，失灵了。从一个干部模样的人嘴里，郑书义得知，市委书记还活着，他已到宾馆去了。是啊，那些外国人的生死存亡，是有国际政治影响的。

宾馆坐落在凤凰山脚下，濒临公园，是两幢造型奇特的小洋楼，背靠黄褐色石壁，绿荫掩映，花卉环绕，景致幽雅而恬静。这是全市区内最高级的住宅别墅了，无论居住环境和生活设施都是上等的，室内有精美绝伦的地毯，旖旎的桂林山水壁画，柔软而富有弹性的席梦思床，古朴而精致的枣木家具，还有浴室、空调、彩电……专供国际友人享用的。

可是，在这场大灾难中，宾馆并没因为特殊而受到特别优待，与其他建筑一样遭到严重的破坏，一幢洋楼全部坍平，另一幢洋楼龟裂万状，摇摇欲坠。楼内那些不同国籍、不同肤色、不同语言的外国人，同样没有逃脱死亡的威胁。

郑书义来到宾馆，并没找到市委书记的踪影，这时，一些黄头发、蓝眼睛、高鼻梁的异国人已经脱离险情。身着各色装束，在中国翻译的带领下，他们安全地走到残楼西侧开阔的空场上，激动万分，互相打着手势，画着十字，向那些自愿来拯救他们的中国公民表示谢意和祈祷。这些身居异乡远涉重洋的外国同胞，与中国公民虽然没有血缘关系，但有友谊的纽结，感情的维系。共同的人性是超越国界的呀！

那幢坍平的小洋楼残骸上，仍然有几位光着膀子的中国人扒拉着废墟，搬抬着檩木，寻找、抢救着……郑书义正要去助一臂之力，忽然听到从那危楼上传来一阵呻吟声，他闻声快步来到危楼前，抬头望去，发现西北角窗台走廊上，一个肥胖的外国老太太被塌下来的檐檩和瓦块挤压得严严实实，只露着一只肥胖的脚丫。这幢楼在不停的余震中摇晃着，随时都有倒塌的危险。

救人要紧！他忘却了生死，忘却了可怕的后果，一个箭步，迅速蹬上断裂的楼梯，踩着摇摆的楼板，撞开错位的房门，来到东北角，猫下腰去，双手飞快地清理挤压在外国胖老太太身上的木棍、瓦片……余震这时突然开始了，危楼东西摇晃着，整个木制框架结构在断裂，发出嘎吱、嘎吱的声音，就像惊涛骇浪中漂浮的小帆船，随时都有倾覆的可能。

郑书义早已忘记了自己所处的境遇，铆足一口气，终于把这位金黄色头发的老太太从废墟里拽出来。老太太左腿已经被砸伤，身上还有道道伤口流着血。人是活着，可怎么弄下楼去呢？

这位老太太腰圆体胖，足有二百斤重，郑书义身小力单，抱也抱不动，背也背不起，咋办呢？忽然，他灵机一动，将一根圆圆的檩木顺到断裂的楼梯上，然后示意老太太抱住圆檩木，他在旁边搀扶着她的臂膀，一步一步地顺着楼梯往下挪……当他拼尽力气搀扶着老太太离开危楼时，两腿一软栽倒在地上，再也爬不起来了。偏巧这时，一阵强余震袭来，危楼西北角全部倒塌了……

好悬！老太太在胸前画了个十字，然后将耳坠、项链、戒指、玉簪及身上所有的金银首饰，全部摘了下来，爬到郑书义身边，硬往他手里塞……

直到下午四点多钟，郑书义才拖着疲倦无力的躯体，回到自己家的住址。他担心妻子一定会怨他来迟了，还会撒娇地狠狠擂他一背槌儿。但当他看到楼房毁坏的惨状时，才清楚地感到迟与早都是一样的……

世界仍然是黑暗的，没有一点光亮和色彩。时间的概念也似乎不存在了，没有节奏的变化。郑书义依然默默地坐在山影般的残楼前，一动不动，不声不响。与其说是恢复元气，倒不如说他像个宗教徒，虔诚地期待着，期待着，期待着奇迹的到来。

（二）

一声呜咽的鸡啼，像一柄锋利的刀剑，把天地间劈开一条长长的缝隙，慢慢揭开了黑暗世界的一角。朦朦胧胧，迷迷茫茫中，东方呈露出一片灰白色。

灰色的天空，灰色的废墟，灰色的复活的魂灵。人们忘记了伤痛，忘记了饥饿，忘记了焦渴，裸身赤脚在废墟上奔跑着、呼叫着、扒拉着，设法抢救那些被埋在废墟里的骨肉。

废墟深处宛若一个偌大的葬坑，不知还有多少人濒临绝境，一息尚存的人们，在不同的角落里，以不同的姿势和境遇，默默地祈祷着，希望着，等待着天使的突然降临……

三楼一个窗口，有个小伙子已经打开窗棂，跃出半截身子，不幸被坍下来的楼板压住脊背而毙命。他的上半身探出窗外，垂着头，耷拉着两臂，仿佛睡着了一样。更惨不忍睹的是楼顶上那位妙龄女子，她已经被震波甩出楼外，但由于一只脚脖子被交错的楼板死死咬住，全身倒悬在空中，既不能上，也不能下，就像杂技节目中的"空中飞人"。开始，她还能像小鸡一样，扑棱着身体，勾着脖子挣扎几下，后来就不行了。

人们没有办法去救她，也不忍心砍断她那只娇贵的金莲。她生得很美，浑身除了关键部位，其他地方全部裸露着；黝黑的发丝在头前垂散着，像黑色的瀑布。也许正在恋爱吧？她高高地悬在空中，偶或随着余震轻轻地摇晃着……

一片残楼断垣，盖板与盖板叠错着，钢筋与钢筋凝结着，光秃秃的框架支棱着，变形的门窗夹挤着，散落的砖瓦堆积着，仿佛一头龇牙咧嘴的巨大怪兽，无情地吞噬着那些善良的生灵。整栋楼几十户人家，现在侥幸活下来的只有十几个人。有的已经伤得不能动弹，即使能活动的人，也已累得疲惫不堪，但仍然竭力抢救废墟里面的人。

郑书义与其他几个人合力，挪开那块几百斤重的盖板，把埋在墙角的老大嫂扒出来。她在废墟里度过了一天一宿，但仍然活着，只是骨盆砸坏，左臂和右腿折断。大家把她抬到安全的地方，围着她喘息着……

郑书义看着她惨白的脸和起伏的胸脯，想到妻子和儿子，他们一定还活着，但他实在是力不能支了。他身体素质本来就很差，从小赶上挨饿，喝面粥长大，长期脑力劳动，再加上心情抑郁，患了神经衰弱症，整宿整宿地睡不好觉，整天整天吃不下饭，面黄肌瘦，像一只病恹恹的鸡，一阵风就能吹走。加上一天一夜水米未进，他身体像散了架一样酸软，不由自主地瘫坐在废墟上……

多少危在旦夕的生灵，等待拯救。只有这时才显示出人力的重要。没有人，没有人就没有生命啊！苦海余生的人们站在波峰浪谷之中，希望着一叶扁舟……

（三）

灰色的阴云隐去了，明朗的天色出现了，圆滚滚的旭日睁开睡眼，冉冉地爬上东山，把无数条射线洒向大地，给灰色的废墟涂上一层金釉。人们看到，在那无边无际的瓦蓝色天幕上，出现了一片绿色的海洋，绿色的波浪，涨潮般地滚滚涌来，绿色中跳跃着闪烁着无数点红色的光斑……

啊！救灾部队赶来了！

啊！救灾部队赶来了！

由于公路堵塞，车辆无法通过，解放军战士只好肩扛着手拿着战备小镐、大锤长钎、急救药箱等工具、药品跑步进入市区，没有口令，齐刷刷，脚步踩着一个鼓点，显示出军纪的严明和战斗素质。他们似乎在进行一场实战演习，先是从四面八方包抄而来，等到了废墟之后，又自然分开若干支穿插而去，宛若无数根绿色动脉，将废墟分割开来；动脉又分成数不清的血管，伸入到各个角落，又把偌大的废墟有机地连缀在一起。

这支部队是驻扎在四百里外的北京卫戍部队，他们接到灾情后，火速上路，结果被震断的大桥拦住，不得不绕道二百里地赶到现场。救灾战士来自全国各地，肤色不同，口音各异，但都是清一色棒小伙子，血气方刚，生龙活虎一般。他们怀着深切的同情心和强烈的使命感，投入了救灾的战斗。他们三五成群组成战斗小组，以灾民为向导，挥镐、抡锤、手扒、肩扛、刨开一片片废墟，砸碎一幢幢房顶，撬掉一块块楼板，将一个个砸伤的、掩埋的灾民救出来，立即进行急救、包扎、注射……

约莫过了三个小时，郑书义和解放军战士们一起，几乎把这幢房所有能救出来的人全部救了出来，这才集中兵力打歼灭战，共同攻克那座压着他妻子和儿子的坚固堡垒。面对小山包似的残楼，没有吊车，战士们只好用小镐、大锤、长钎从外向里，从下向上一点点地清理废墟，挪动楼板，扒开碎石……

阳光照射下，战士们草绿色的军装被汗水浸透了，紧贴在皮肤上，变成深褐色。他们一个个累得筋疲力尽，张着干裂的嘴唇，喘着粗气，吃力地挥动着手中的工具……

郑书义发现干得最起劲的是一位十六七岁的小战士。他生着一张稚气的娃娃脸，细嫩的脸颊上划开一道道血口子，汗水、血迹、粉尘搅和在一起，顺着额头、鼻沟、嘴角往下淌，遮住了清秀的眉目。他的军上衣已经被碎石扯成布条条，散挂在脊背上，肩胛肌裸露在外，青紫脓肿。他高挽着裤筒，小腿肚子蹭掉一大块皮，露着鲜红的血肉；他十根粗壮的指头变成了血葫芦，仍然紧紧攥着一根长钎。他自己并没有觉察到这些，时而像个大力士，撬开一块几百斤重的楼板；时而像只轻敏的狸猫，跃上危楼，推倒一面龟裂的山墙；忽而跑到他面前问："老乡，你爱人和孩子在哪个位置？"

"就在这一块儿，我也说不清……"

听口音和语气，他可能就是唐山人。

一个小时很快过去了，这座"山丘"已经打开一条通道。郑书义顿时觉得有了一线希望，不管妻子是死是活，只要能见到她们，哪怕是尸体，也就放心了。

万万没有想到，偏在这个节骨眼儿又发生了强余震，大地剧烈地摇晃起来，已经打开的生命之路，又重新被坍下来的楼板、碎石填平了……

尽管人们大声喊着：快闪开！快闪开！可是，正在甬道里撬楼板的小战士还是被瞬间滚下来的碎石楼板掩埋住，只露着一双军用胶鞋。

郑书义惊愕了，战士们惊愕了！

大家赶快一齐动手，才把小战士从废墟扒出来，但他浑身上下几乎被坚硬的楼板和锋利的碎石砸烂了，紧紧地闭上了那双稚气的眼睛。

战士们沉痛地将他的尸体抱到一块平整的楼板上，为他整理妆容，然后摘下军帽，默默肃立。郑书义悲痛地扑到小战士的躯体上，摇撼着他的肩膀，拼命地呼叫，但一点回音也没有。他感到心刀割一般地剧痛，因为小战士是为了抢救他的妻子和孩子而捐躯的呀！

听战士们说，小战士从家门口过，都没顾得上回去看一看。他去年入伍，还是连里的"神枪手"哩！此时此刻，小战士还不知道家里亲人们到底怎样就壮烈地离去了。他活着的家属们怎会想到，自己参军在外的亲人，又惨死在震后救灾的战斗之中呢？这真是天大的悲剧！

郑书义的神经已经麻木了，不知应该为眼前这位小战士做些什么。为了留下永久的纪念，他把小战士军帽上的红五星摘下来，向连长请求长期保存，然后小心翼翼地别在裤衩上的小兜兜里……

妻子和儿子确实埋得太深了，没有一点声响，也不知是死是活，此时又没有吊车、铲车等大型清理工具，再加上余震频频，为了避免新的伤亡，战士们无奈暂时放弃了这里，到别的地方去了。郑书义虽然为妻子和儿子的生死存亡而焦心，但他更理解战士们的处境。

经过数小时的紧张战斗，废墟上的伤病员越来越多了，急救箱里携带的药品、纱布早已用光了，军用水壶里的淡水也早就喝干了。一些人的伤口开始感染，一些人马上需要手术，一些人因脱水昏厥过去，一些人因伤得太重不治而去……他们虽被救出废墟，但仍然挣扎在死亡线上……

不知啥时候，瓦蓝瓦蓝的天幕上，出现了一片片、一团团洁白的云，轻柔柔、轻柔柔地飘过来了，白云中央夹杂着红色的十字。人们焦渴的嗓子感到一阵湿润，失望的眼神闪出希冀的光彩。

啊！上海医疗队赶来了！

啊！保定医疗队赶来了！

他们一个个宛若白衣天使，背着红十字药箱，驾着天梯从千里之外来到灾区。一顶顶简易急救帐篷很快支撑起来了，一张张战备手术床搭架起来了，穿白大褂的天使们来往穿梭，给昏迷的人打针注射，为骨折的人正位复原，给外伤的人消毒包扎，还要在简单的条件下进行手术，截肢、剖腹、开颅……抢救伤员紧张而有秩序，忙而不乱。

战士们和还能走动的灾民一起将伤员们抱起来、背起来、架起来、抬起来，一步一步地走下废墟，送到医疗队，马上进行抢救……

放眼望去，绿色的海，白色的云和黄色的人融汇在一起，交融在一起，成为一股强大的、不可抗拒的生命的巨流，冲刷着，冲刷着这片劫后余生的土地……

（四）

下午，瓦蓝色的天幕被一片阴霾遮住了，大地又变得昏暗起来。狭窄的公路上，一辆辆深绿色的军用卡车，满载着重伤员，宛若一条条蜿蜒的长龙，缓缓地、缓缓地向前蠕动……

在龙首，有几个光着膀子的解放军战士挥动着长钎、铁锹迅速清扫着道路。他们将横在路面上的尸体抬走，再将碎石瓦砾铲除掉，或者寻找一条捷径，设法让汽车加快一点速度。

司机坐在蒸笼般的驾驶室里，紧紧握着方向盘，脚蹬离合器，满脸污浊，像京剧里的"花脸"，瞪着一双双焦灼的眼睛，尾随着尖兵班的步履，走一段，停一段……

每一节十二平方米的汽车车厢里，都簇拥着几十个奄奄一息的人。他们有的满头缠着渗血的纱布，有的两肋支出锋利的骨茬儿，有的大腿粗肿得像铁桶，有的紧闭着眼睛昏昏欲睡，有的说着胡话，有的咬牙，有的咧嘴，有的拧眉，不同的姿势，不同的神态……

郑书义蜷缩着瘦小的身子，紧紧地夹挤在靠车楼子的一角，怀里搂抱着一个被砸断右臂，已经疼得昏死过去的小男孩。他用左手扳住孩子的肩膀，右臂勾成一个环形的姿势，拦住拥挤的伤员，别碰住孩子的伤处。他的身体稳稳地靠住车厢板，不能随便乱动。

汽车的长龙缓缓地向前行进着，忽然，一位砸断大腿的中年汉子横躺在公路上，截住去路，非要挪着挤上车不可。

护送的救援战士劝阻，车上已经满了，等下一辆吧！

中年汉子执意不肯，死死地扒住车前瓦，仿佛扳住救生艇的舷梯，好像等下辆车就活不成似的。一群轻伤员趁机而入，纷纷蹬上车轮，扳住车帮，虽然发现车厢里已无立足之地，还是硬往里挤，疼得重伤号发出一阵阵号叫！顿时，咒骂声、吵闹声充斥车厢，救生的小舟搁浅了⋯⋯

黄昏，绛紫色的云霞，像五彩绸缎一样铺满西天。运载伤员的车龙，成了战地收容队，艰难地爬一爬，停一停。总共不到三公里的路程，整整蠕动了两个多小时，才好不容易来到郊外飞机场停机坪。

偌大的机场，被墨绿色的草坪和灌木覆盖着，像一片辽阔无垠的牧场，给人一种广袤深邃的遐思。"牧场"中央，铺着一条细细的、长长的、银白色的飘带，笔直笔直地通向幽蓝色的天幕。在机场跑道北端乱草丛中，掩藏着一顶乳黄色的塔台指挥车，车上站着三位穿着背心，戴着军帽的救援战士，瞪着眼仰头注视着天空，通过手中的电台指挥飞机起落⋯⋯

这是一个中等规模的军用机场，平时只供军用飞机在这里起落，很少有大型民用客机着陆，偶或有直升机和轻型民航飞机降落，也是少数高级官员来唐山视察。

强震之后，机场航行调度室被震裂，通信设备严重受损，机场跑道裂开缝隙，余震频频不断，机场完全失去了应有的效用。但是，空中有无数架救援飞机在等待降落，地上有无数条生命等待抢救⋯⋯机场指挥人员临时决定，用塔台车指挥飞机双向起飞，调度员用目测指挥飞机降落。

人们看到，在那条长长的机场跑道上，有几名年轻的战士奔跑着，手中扬着红、黄、绿色的三角小旗，引导降落的飞机快速到达卸货或载人的位置。他们用沙哑的嗓音呼叫着，调整着不同机种的飞行高度，以免发生撞机事故，宛若十字路口的民警，指挥着川流不息的车辆，源源不断地运行⋯⋯

这真是一场空中飞行大比武，高远无垠的天幕上，有上百架飞机在同时翻飞盘旋，波音式、三叉戟、直升机上下穿梭，此起彼落，机翼在霞光映照下闪着奇异的光彩，震耳欲聋的引擎的轰鸣声充斥整个天际。

救援飞机降落后，立刻放下长长的舷梯，敞开紧闭的舱门，战士们按照伤员轻重缓急的先后顺序，有条不紊地抬的抬、背的背、抱的抱、扶的扶，艰难地攀上舷梯，把伤员送进机舱，待舱满后，迅速返回停机坪，指挥飞机火速起飞离开，这才顾得喘一口粗气，等待下一架飞机的降落。

停机坪上的伤号长龙随着飞机的起落，慢慢地向前蠕动着，但仍然不见减少。前面削去一段，后面马上又续上一段。

郑书义抱着那个断臂的小男孩，随着人流朝前挪动着。这时孩子已经被巨大的轰鸣声惊醒了，宏伟壮观的场景，勾起他的童心，似乎让他忘记了剧痛。他出神地望着盘旋的飞机，翕动着焦裂的嘴唇，兴奋地问："叔叔，我们去坐大飞机吗？"

"是的，我们坐大飞机去北京……"

郑书义看着孩子那张天真的脸上泛起一层笑纹，忽然想到自己可爱的儿子，平时不也老缠着让他带着去坐大飞机吗？可他现在还压在废墟深处，生死未知，心头不禁涌起一阵酸楚。

"叔叔，我爸爸妈妈也去吗？"

"去啊，他们都坐后面那架哩！"

郑书义不想再刺激孩子，只好装作没有什么事情的样子安慰他。这孩子哪里知道，他已经失去了父母，成了可怜的孤儿。

郑书义眼前又出现了孩子母亲惨白的脸，耳边又响起了她微弱乞求般的声音："兄弟，快救救这孩子吧，他爸爸死了，我也……不……行……"她没有说完就断了气。

郑书义看着这断臂的孩子与他儿子年龄相仿，同情心和责任心使他责无旁贷地肩负起拯救孩子的重任。

一架漂亮的直升机降落在停机坪前，郑书义抱着孩子登上舷梯，走进宽敞豁亮的机舱里，找到一个合适的位置，将孩子放下。

这时，年轻漂亮的"空中小姐"走过来问他："你是护送的吗？这孩子……"

"是孤儿，请麻烦你照顾一下他。"

"你不随机吗？"

"我还有要紧事，需要留下来……"

"好吧，请你放心，我会照顾好他的。"

忙乱之中，螺旋桨又迅速地转动起来，直升机像充满了氢气的气球一样，慢慢地脱离地面，升上辽阔的天空……

（五）

夜，降临了。沉重的幕布遮住一切光彩，天地间一片黑暗。偌大的机场沉寂下来了，显得十分空旷。白天那壮观的情景，那紧张的场面，那凄惨的人们全部掩盖在黑暗之中。

狭窄的公路上，郑书义仿佛残兵败将一般，拖着沉重的步子，一摇一晃地朝前走着……

在直升机座舱里，他多么想坐在软绵绵的沙发椅上，望着云海茫茫的蓝天和那个孤儿一起享受一下空中旅行的欢乐啊！不用说小孩子没坐过飞机，就连他这个三十岁的人，也只是看着飞机像燕子一样在蓝天飞翔，而没有乘坐过呀！

但此时此刻，郑书义明白，作为唐山人，他不能离开这块生他养他的热土；作为丈夫和父亲，他不能丢下生死未知的妻子和儿子；作为报社记者，他不能离开这支离破碎、满目疮痍的家乡。他把那个孤儿托给女乘务员，就在飞机启动的一瞬间，挤出机舱，走下舷梯，重新回到这片血腥的、灾难的土地。

他在黑暗中走着，眼前的一切都是模糊不清的。

在他脑海里却悬挂起一幅洁白的银幕，放映着黑白相间的新闻片……地震工作者阎金……秃顶的报社总编……黄头发的外国老太太……悬崖上的维纳斯……被砸烂的小战士……折断右臂的小男孩……蓝天下涌来的绿色的海，洁白的云……机场上空由近百架飞机架起的"生命之桥"……

郑书义以新闻记者特有的敏感，想迅速将一切记录下来。他下意识地去摸采访本和笔，可是什么也没有找到。他身上除了仅有的一条磨破的裤子，就是汗水、血迹和伤口。

他在黑暗中慢慢朝前走着，时而被碎石绊个趔趄，时而扑倒在黏糊糊的死尸上，然后爬起来再走，根本不知道什么是害怕。他仿佛看到废墟深处那个窄小的空间，妻子和儿子相互依偎着，焦灼地等待他的到来。是啊，他要向妻子和儿子允诺，一定带他们坐上三叉戟大飞机，去翱翔，去旅行……还要乘宇宙飞船去太空、月球上游玩，看一看吴刚和桂花树，抱一抱那只红眼珠神奇的小白兔，欣赏嫦娥仙女那优美的舞姿……

黑暗中，郑书义艰难地地朝着市区奔去，朝着毁坏的家奔去，朝着废墟下的妻儿奔去……

他看到一辆辆卡车亮着车灯朝他开来，他听到一阵阵奔跑的脚步声和人们恐怖的议论声："哎呀呀，我们庄东里地下裂开一尺宽的大沟，直往上冒黑水，真瘆人！"

"妈呀，丰南稻地坍了一个大坑，沉下去半拉庄哩！"

"听说震海龙王发怒了，陡河水库一决堤，唐山就变成一片海……"

"现在有人又拉又吐又发热，可能是瘟疫……"

"瘟疫一流行，我们一个也活不了，这儿就会变成一片乱坟岗！"

"地震老是没完没了，说不定啥时会全陷进去呢！"

"快走吧，唐山完啦！"

"快走，快走！走晚了危险……"

谣传、迷信、恐怖笼罩在黑暗的废墟上。危难中，人们已经失去了对科学的信任，怀着一颗颗忐忑不安的心，成群结队地朝郊外出逃，有亲的投亲，有友的靠友，没亲没友的随大流儿，争分夺秒地离开这危险的境地……

逃难的人群摸索着朝郊外走去，郑书义却逆流而上，偏偏从郊外朝市区走来。是的，所有恐怖的后果，他都想到了，但他早已下定决心，即使唐山真的陷进地心深处，他也要与妻子和儿子及这块土地在一起；即使唐山变成一片汪洋，他也要与妻子和儿子及所有活着的人化作一块块礁石……

郑书义是个坚强的人，是个无畏的人，他没有被恐怖的声浪吓倒，没有被出逃的人流卷走，他使出自己最大的气力，支撑着沉重的躯体，一步、两步、三步地朝前走着、走着……跌倒了爬起，爬起又跌倒，跌倒了再爬起……

此时此刻，他情愿像高尔基小说里的丹珂那样，在铺满荆棘的黑暗的山路上，把自己的心掏出来点燃，当作火焰，高举过头顶，为众生照亮前进的道路……

走着走着，他这才感到喉咙火烧火燎地难受，肚子饥肠辘辘，浑身上下发冷颤抖，每迈一步都十分困难。他咬紧牙关，坚持着，但是无济于事，不知不觉地脚下一个悬空，跌落进黑暗的万丈深渊……

四、张志日志

小说家想要给我们一幅生活的确切的图画，必须小心地避免看去特殊的事件。他的目的不是讲故事来娱乐我们或打动我们，而是迫使我们去思索、理解那更深的、隐藏在事件中的意义。

——莫泊桑

公元1976年7月30日　星期五　烈日炎炎

（一）

三伏天，正午时分，烈日炎炎，犹如一顶高频电炉悬在头顶，空气仿佛燃烧起来了，柏油公路融化了，踩在上面滚烫滚烫的，犹如柔软的面团。

一丝风也没有，路两旁的法国梧桐简直像静止一样一动不动，巴掌大疏落有致的绿色叶片打了蔫儿，懒洋洋地伸不开腰肢。浓密的枝杈间，那不知疲惫的鼓噪的蝉声，拼命地叫喊着热啊……热啊……热啊……

路面上那些散乱的尸骨血肉，在烈日暴晒下开始腐烂，散发出一股股熏人的恶臭。成群成群的绿头苍蝇，打着旋儿、绕着圈儿、嗡嗡嗡地嗅着腐臭味觅食……

光秃秃的废墟由于没有遮掩，又高于地面之上，更晒个精透，那一块块水泥楼板晒得像烧红的炉盖，好像脚踩上去就会嗞嗞地冒油。

幸存的人们，光着身子，懒散散的，三五成群地聚焦在一起，有的栖在树荫下，有的用几根木杆撑起一个塑料棚子，有的干脆头上顶盖着一块破凉席，但无论人们躲到哪里，豆粒大的汗珠子还会从额头、脖颈及各个部位渗出皮肤外，汇成一条条浑浊的汗流，顺着光溜溜的脊背、胸脯、大腿潺潺地流动着，滚落在楼板上碎成八瓣，冒出一股股白烟，瞬间就蒸发掉了。尽管人们用那破芭蕉扇或报纸杂志不停地扇动着，但风都是热乎乎的，汗水同样往下淌……

废墟上，人群里，张志倚靠着一棵树杆，身下垫着一块破席头，手里摇着一把开了瓣的芭蕉扇，张着嘴不停地喘息着……

他的职业是脑力劳动者，生活中大部分时间猫在"三味书屋"里阅读，构思，笔耕，很少参加体育锻炼，再加上心脏不好，虽然捂得白白胖胖，但身体浮肿臃滞，增加了五脏机能的负荷，行动笨拙不便。

胖人最怕热，平时一到三伏天，他都会热得汗流浃背，喘不过气来，只能仰面平躺在树荫下的竹子靠椅上，手里摇着大蒲扇，闭目喘息，直到深夜凉风习习时，他才坐到台灯下，动笔写小说……

震波的强大冲击力，使地下自来水管道崩裂、折断，自来水已经全部停了；墙倒屋塌，使水缸、水桶、水盆、水碗等一切与水沾边的器具，大部分被砸碎，别说没水，就是有水，也喝不到嘴里。偌大的废墟犹如大海中的一座孤岛，几十万活着的人被围在孤岛上煎熬着。

伤病号迷迷糊糊地喊着："水……水……"

小孩子哭闹地摇着大人的臂膀喊叫："我渴……我渴……"

"我要汽水，我要冰棒……"

"我吃西瓜，我吃大桃……"

滚烫滚烫的废墟上，人们仍然四处奔走着，寻找水，寻找能解渴的东西，寻找生命的源泉。河里的水，锅炉里、残缸里的剩水抢光了；坑里的、沟里的、游泳池里的污水淘干了；废墟上未碎的汽水、啤酒、饮料、罐头吃净了；地里的西瓜、甜瓜、黄瓜、西红柿、青椒摘没了；果树上未熟的苹果、梨、毛桃捋秃了；就连窑里的、冷冻库里的凉水也抠空了，仍然满足不了几十万张干裂的嘴，几十万颗焦渴的心……

平时生活中最便宜、最普通的自来水，现在却显得比什么都贵重。一碗水，就有可能救活一条命啊！

绝望的人们，望着头顶上毒毒的烈日，开始胡思乱想起来了。他们想到古代神话中那个射下九个太阳的大羿，多么希望他马上来唐山，拉弓搭箭，将那恶毒的太阳射下来……他们联想到《西游记》里那个护送唐僧去西天取经的神通广大的孙行者，拿着神奇的芭蕉扇，腾云驾雾来到灾区，一扇熄灭火焰山，二扇吹来清凉风，三扇普降甘霖雨……

想象终归是想象，解决不了实际问题，烈日暴晒下，人们仿佛干枯的禾苗，耷拉着脑袋，恹恹地躲在废墟各个角落里不时地喘息着。

开始，还偶或有人用碎碗片儿，找来几滴污浊的水，大家每人沾一沾唇；偶或有人找来一块脏冰，摔碎后每人含块小冰碴儿；偶或有人摘来一个小小的青苹果，又酸又涩，每人咬上一点点……到后来，就什么湿润的东西也没有了，人们只好捧着自己的汗珠儿往嘴里抹，捋把树叶儿放在嘴里嚼，甚至把自己的尿洒在背心上，塞在嘴里……

张志是一位作家，用老百姓的话说就是会写书的人，了不起的人。能把人们司空见惯的生活写成厚厚的一本书，密密麻麻的字，吸引那么多的人去读，不是一般脑瓜做得到的事情。全市一百万人口能出几名作家呀？

作家不是整天"坐"在"家"里，闭目养神，就能写出小说来的，而是要与社会、时代、人民同呼吸、共命运，歌颂生活中的真、善、美，鞭笞社会上的假、丑、恶。作家研究形形色色的人，挖掘人的思想、人的行为、人的感情、人的精神，从中找出带有规律性的东西，进行高度艺术概括，集众人于一身，然后再通过不同的生活场景，不同的人物命运，形成一种深邃的氛围，塑造出有血有肉，真真实实的艺术形象来，给人以美的享受，思想的启迪，生活的哲理。作家是人类灵魂的工程师，精神产品的创造者。

张志从小就非常喜欢阅读中外名著，从巴尔扎克、狄更斯、高尔基等西方文学中得到艺术的熏陶；从《史记》《红楼梦》《阿Q正传》等中国佳作得到思想的启迪，因而对现实生活产生了自己独到的见解。他深入生活，酝酿构思，昼夜笔耕，终于创作出第一部作品。小说发表后，受到广大读者的喜爱，从而戴上这顶作家的桂冠。

但是，世界上任何事情都没有绝对的好，或绝对的坏，总是褒贬不一，捧杀参半的。因为这部小说，他还饱受了精神折磨和皮肉之苦哩！由于长期心情压抑和现实生活的模式化，他的创作欲望熄灭了，几乎辍笔不写了。

这次大地震之后，他回到家，在邻居的帮助下，从废墟里扒出了老伴儿、儿子、儿媳妇还有小孙子。但是，儿子和儿媳妇都死了，老伴儿也砸成重伤，需要马上运转外地治疗。他身体不好，本应该陪同老伴和孙子一起去的，但他还是把这一老一小托付给邻居，自己坚持留了下来。作为一名作家，面对这场突如其来的大地震，他有责任将灾难中的人和事艺术地、真实地记录下来。见到教师阎金和记者郑书义以及看到这惨痛的场景后，他的创作欲望又被点燃了……

现在，他不只是作为一名作家，也是作为一个灾民和几十万人一起承受着焦渴的煎熬。这是真正的生活感受啊！他看着眼前一张张焦黄干裂的脸，一个个精神萎靡的躯体，焦灼万分，束手无策。

忽然，他想起"望梅止渴"这个平时只作为笑谈的典故来，《三国演义》里的曹操，不就是用这个典故，鼓舞了士气，渡过难关的吗？作家都有讲故事的才能，他咂了咂嘴，咽了咽唾沫，栩栩如生地讲了起来……

这一招还真灵验，他的声音刺激了人们麻痹了的神经感官，很多人抬起了眼皮，提起了精神，仿佛真的看见废墟上，生出了一排排、一片片低矮的梅树，浓密的枝叶间，垂坠着一串串、一撮撮、红艳艳、水灵灵、酸溜溜、甜滋滋的酸梅果，这真是神奇的果，救命的果啊！

人们咂动着唇舌，嘴里溢出酸水，咽着津液，垂涎欲滴，恨不得马上含上一枚。

张志只讲了一遍，火烧火燎的嗓子就干裂得嘶哑了，再也发不出声来。在这个危难之际，谁也不愿意多说话，因为唾液有限，太宝贵了，随便耗损一滴，就有可能缩短自己生命的时间。

缺水严重威胁着人们的生命……

这时，张志发现很多人围在一棵树下，守候着一位昏迷不醒的小伙子。他走上前去，看见这个人剃着青茬的光头，彪悍的躯体上满是伤口、血迹和汗渍。谁也不知道他姓什么，在哪里住，只有从他那件破碎的黑色内衣，才看得出他是个犯人。但谁也不知道他到底犯了什么罪，也不想知道他犯了什么罪。人们只看到这几天，他不停地穿梭奔跑在废墟之上，扒了东家，扒西家，救了这人，救那人。他到底救出多少人，谁也记不清。他真像个铁人，意志的化身。他不知道焦渴，不知道饥饿，不知道劳累，人们不知道什么力量在支使他这样干，也许在将功赎"罪"吧。

危难关头，谁也不去看一个人的历史，而只看他的现实表现。只有这个时候，才能见识到一个真正的灵魂。在那些围着他，被他拯救了性命的人的眼里，他是恩人，而不是犯人。

此时，这个不知姓名的人，也许太劳累了，躺在那里，一动不动。他紧闭双眼，迷迷糊糊，时而嚅动两下干裂的嘴唇，念叨着："看守，我……出去……救人……"

"我渴……水……"

渴，哪还有水呀！人们望着他挣扎在死亡线上，没有任何办法。

他一定是过度劳累，已经虚脱，再加上高温暴晒，可能中暑了。张志想到"童便"可以降温、解毒、去火，于是，便在废墟上寻找，好不容易才找到一个两岁的小男孩，哄着他撒尿，哪怕一点点也行。可是小男孩渴得要命，体内哪还有尿呀，哭了半天也尿不出，他只好用左手按住小孩的"关元"穴，右手压挤膀胱，迫使小孩排尿。

终于尿出来了！一滴、两滴、三滴……黄黄的、浓浓的、贵如香油的童便，滴在一块破碗片上。张志如获珍宝，小心翼翼地捧到犯人面前，晚了，他已窒息……

这个男子汉，没有被砸死、闷死、打死，却被渴死了。

（二）

水来了！水来了！

水来了！水来了！

渴极了的人们在废墟上呼喊着，手里拿着、举着破碗片儿、扁饭盒、旧钢盔、碎缸片及各种各样的能够盛水的东西，朝着公路上一辆辆乳黄色的水罐车跑去，朝着天空中一个个洁白色飘飘而落的大水袋奔来……

一车车、一袋袋澄澈澈、清凉凉的救命水，灾民眼里的玉液琼浆，很快流进几十万张焦渴的嘴里，流进人们血管里，流进人们心田里，生出一个个绿色的梦。那不是水车、水袋呀，分明是生命的乳腺，力量的源泉。

顿时，废墟上又沸腾起来了，开始激发生命的活力。有了水，一切都有希望了。活着的人们没有时间为死去的亲人而悲伤，侥幸活下来的人为了生存下去，还要同恶劣的环境进行搏斗。

人们从废墟里扒出砸坏了的炊具和被埋的粮食，点起簇簇篝火，做起饭来。

张志喝了个痛快，打起一些精神，这时才觉得肚腹空空，饥肠辘辘。他和几个邻里到废墟中，扒出一口碎了边的八沿大锅和一包断成碎头的挂面，还有几粒干盐巴和几只汤瓷小铁碗，然后找块平整的地方，用砖头搭了个三面透风的临时小灶，塞进灶中几把随手捡来的残破木头家具枝杈，烧起来后再添上几根木橡子，把八沿大锅坐在上面。没有油、葱花、青菜，用不着炝锅，只管倒上清水罢了。

大地震瞬间捣毁了这座有百年历史的城市，打破了原来的社会格局，几十万幸存者成了废墟上共同的主人，大家没有公私之分，你我之分，过上了原始社会的群居生活。张志发现围着这口八沿大锅等着吃清水面汤的，竟来自七八家子，但没有一家是全户的，其中那位短头发性情泼辣的中年女人和那个留着平头的愣头巴脑的大爷们儿，就住在他们西隔壁。两家子曾因争院墙的一寸之地，打得头破血流，他咒她死男人成寡妇，她咒他遭报应当绝户，连祖宗八辈都骂绝了。张志闻风赶去劝架，还无端挨了一棒子，险些被打昏。地震后，那爷们儿从废墟里钻出来，扒他老婆，没想到竟把隔壁的冤家娘们儿扒出来了。危难关头，冤家路窄，娘们儿看那爷们儿不但没给他一石头，反倒不顾一切地把她救出来，真是感激涕零，二话没说，帮那爷们儿一起扒出他老婆、孩子，然后又扒出自己的爷们儿和孩子。人虽然都扒出来了，但全是死的。

院墙倒塌了，诅咒应验了，两家各剩一个鳏夫，一个寡妇。真是造化弄人啊，瞧他俩现在那个黏黏糊糊的劲儿，互相体贴，互相照顾的，说不定往后会有什么故事哩！

无独有偶，还有那个干巴秃顶老头和那个魁实的毛小伙子，都住在他家东隔壁。两家有仇。小伙子的爷爷解放前是个伪保长，曾经勾结日本鬼子把秃顶老头参加八路军的哥哥打死了。"文革"期间，秃顶老头当上革委会头头儿，又把小伙子走资派的爸爸给整治死了，母女俩也吃了不少苦头。小伙子当然对秃顶老头恨之入骨，总想寻机报复。两家一代延续一代，仇恨越来越深，已经到了不可调和的地步。

大地震后，小伙子家的房子全趴了架，人也严严实实地被埋在废墟里面，万没想到竟被这个干巴秃顶老头救出来。如此以德报怨，毛小伙子还有什么可说的呢！

还有对门那亲兄弟俩，震前因为继承一点家产，掰了兄弟情分，动家伙殴斗，来真格的，打得不可开交……现在兄弟重新相认；后院那对恋人，开始卿卿我我、花前月下、搞得热热乎乎，后来因为没处理好双方家庭关系，互相猜疑、怨恨，爱情变成憎恨，谁也不理睬谁了……现在破镜重圆；还有临街同窗好友，交往几十年，情同手足，结果因为争夺一个芝麻大的官儿，互相嫉妒、互相拆台，情崩谊散，貌合神离……现在也重归于好。

一切一切的社会矛盾、家庭问题、民事纠纷，在这场突如其来的大灾难中，瞬间冰释了。这矛盾重重的几家人，谁能料到，竟在大地震之后，在一片废墟上，像一家人一样，围在一起，吃同一锅面汤呢？

锅里的水滚开了，那位泼辣的中年妇女，将那包碎挂面天女散花似的撒进铁锅里，拿起筷子搅了搅。站在一边的那个愣爷们儿用木棍拱拱炉灶里的柴火，又添了几根木头。一会儿，一锅清汤清水的面汤就煮熟了。

这锅面汤啊，汤是汤，水是水的，没有一丝油花，没有任何味道，但在场的所有人谁都觉得是那样的香气扑鼻。但是，面对仅有的这一锅清汤，这些饥饿的人们，谁也没有去争、去抢，而是你推我让的，那少得可怜的几粒盐巴，谁也不舍得往自己碗里搁。

很快地，一锅稀汤被吃净了，只剩下白花花、黏稠稠的挂面条，谁也不好意思先挑上一筷子吃。为打破僵局，张志只好挨个儿，你一筷子，他一勺子地给大伙儿平分了。

张志看大家都分过了，刚要猫下腰去，伸手想把贴在锅底上的最后那几根碎面条刮下来吃掉，就在这时候，脚下平静的大地，又剧烈地晃动起来了，地面上那些尚未全部倒塌的残墙断壁，又在剧烈的摇晃中倾斜，坍塌，落架。

哗啦、哗啦，废墟上又升腾起一股股烟尘。

平静之后，忽然有人高声喊起来："快来人啊，有个解放军被压住了！"

听到喊声，张志立即扔下碗筷，和人们一起朝同一个方向跑去……

（三）

炎炎烈日西斜了，气温才稍稍有所下降，树叶仍然一动不动，大地还是十分闷热。

大片凸凹深陷、高低不平的废墟间，竟然有一块平整的学校操场，绿茸茸的塑料草坪上，架着十几顶白色的大帐篷，帐篷外面一棵树杆前，戳着一个白色的木牌，木牌上端用广告色画着一个标准的红十字，红十字下面书写着五个醒目的黑体大字：上海医疗队。

五百多平方米的操场，已经被伤病员占满了。穿白大褂的医生、护士们相互配合，手术的手术，注射的注射，消毒的消毒，包扎的包扎，紧张而忙碌，豆粒大的汗珠，顺着血迹模糊的口罩滴滴答答地往下落。

张志和其他几个人，共同用军用担架抬着那个被砸伤的解放军战士，迅速来到操场上，来到一个白色大帐篷里，把战士平放在临时手术台上，这时，几个护士簇拥着一个主治医师模样的人走了过来，二话没说，马上进行诊断检查……

这位解放军战士是山东人，生得熊腰虎背，彪悍高大，看上去，足有一米八五的个儿，二百来斤重的块头。方才他和两位战友到废墟上去扒东西，发现楼板下还有一个活着的小女孩，便马上小心翼翼搬开楼板，清理碎石进行抢救。当他下到扒开的洞穴里，把小女孩刚刚抱起来时，余震又开始了。他不顾自己的安危，踩着摇摇欲坠的楼板，像董存瑞高举炸药包一样，将小女孩举过头顶……

大地平息了，小女孩安全地获救了，而他的下半身全部被挤压在滑落的楼板下。当人们闻声赶到，七手八脚地把他从废墟里扒出来后，他的左小腿已经折断，右大腿被断裂的钢筋、锋利的楼板挤碎了、咬烂了，绿军裤、血肉、骨茬儿搅和在一起，血肉模糊，难分清楚，当时就昏死过去了。

现在，他又被剧痛疼醒了，紧咬着牙关，一声不吭。汗水涔涔而下，方方正正的黑脸膛上，闪烁着一双刚毅的眼睛。周围的人为他捏着一把汗。

诊断结果是：右大腿骨开放型粉碎性骨折。骨茬儿切断动脉血管，出血不止，如不马上进行截肢手术，就会有生命危险。

截肢手术需要大量输血，通过化验，战士是AB血型，而这种血型的血浆没有备用，需要马上有人献血。听说为营救小女孩而被砸伤的解放军战士需要献血，操场上沸腾了，不知有多少人伸出自己的胳膊，粗的、细的、白的、黑的、大人的、小孩的、伤员的，汇成一条条长龙……

张志忘记了自己是什么血型，在这种场合，无论是什么人，什么血型，他都会伸出胳膊的。

一位年轻女护士，手里拿着一支长长的针头，挨个儿在各种不同肤色的胳膊上取血化验。与战士血型一样的人都感到很幸运，血型不同的人则非常遗憾！

轮到张志了，经检测，他的血型和砸伤的战士一样。但是，当最后抽血前检查身体健康状况时，医生发现张志的心脏衰弱，供血不足，医生遂不同意张志献血。张志追着医生恳求说：

"医生同志，没关系的，特殊时期，特殊对待嘛！"

"你心脏衰弱，抽了血身体会垮掉的。"

"我挺得住，不能多献，少抽一点总是可以的吧！哪怕几毫升，解放军为了救我'孙女'砸伤，需要输血，我总得尽一份心意呀！"

医生被他的坚决态度打动了，让他作家的三寸不烂之舌说服了，终于破例从他这个不该献血的人身上，抽出了一百毫升的血。

血浆备足了，手术马上开始，但麻醉药没多少了，只够短暂的局部麻醉，这样大的截肢手术怎么行呢？

面对这种情况，受伤战士咬紧牙鼓励医生说：

"麻醉药留给别人用吧，你大胆手术，我会配合好的！"

医生被战士的顽强精神和高尚情操感化了，没有钨影灯，凭借熹微的自然光，为他打上仅有的一点麻药，拿起手术刀，开始进行手术……

这位外科医生是广东人，看样子四十多岁，高高的额头，深深的眼窝，黄白的肤色，又瘦又小的躯体与那位战士形成了鲜明的对照。他是20世纪50年代上海医学院毕业的高才生，曾到白求恩大夫的故乡加拿大留过学，回国后在上海医学院任教。"文革"期间，当然属于走白专道路的臭老九之列，整天劳动改造，枉有一手高超的外科手术技艺，无处施展。唐山地震后，他强烈要求参加救灾医疗队，来到灾区进行思想改造。

听护士们说，他已经三天三夜没下手术台了，七十个小时里先后做了大小几十台手术，不知救活了多少人的性命。三天三夜，他只吃了三个鸡蛋，喝了两缸子红糖水，都是护士用手举着送进他嘴里的。由于精神过分紧张，再加上天气热，他两次昏倒在手术台前……

外科医生深知局部麻醉时间是有限的，为了使战士少受点痛苦，他紧张而麻利地进行着手术，尽量争取在最短的时间内结束。

张志和其他人屏住呼吸，静静地守候在帐篷外面。开始，他们只听到从帐篷里不时传来刀切皮肉的嗤嗤声，刀剐骨茬儿的咔咔声，锯子在骨头上游走的嚓嚓声和外科医生紧张的吆呼声："手术刀、止血钳、镊子、锯……"

到后来，就可以听到女护士和战士的交谈声，这说明麻醉药已经失效了，为了减轻手术的疼痛感，女护士只好用聊天把战士的注意力吸引过来："你今年多大啦？"

"二十三岁，属马的。"

"不像，长得大老爷们似的……"

"风吹日晒的……黑，显得……老。"

"搞对象了吗？"

"还……没有哩。"

"想找个啥模样儿的，我给你介绍一个咋样？"

"不想搞咧，国家……号召……晚婚！"

张志异常激动，突然想起《三国演义》里神医华佗为大将关羽刮骨疗毒的情节，关羽让华佗刮一刮臂骨上的毒疮，就被后人称为盖世英雄，而今天现实生活中的这位战士，在没有麻醉的情况下，锯掉一条腿，却谈笑自如，毫无惨叫之声，岂不更是奇迹吗？

奇迹跟着奇迹。本来平时用两个小时才能完成的大腿截肢手术，在最恶劣的工作环境下，仅用了一个半小时就成功地结束了。战士虽然被截去一条大腿，但他的性命却保住了。战士得救了，外科医生却累得力不能支，又一次昏倒在手术台前。伤员们见此情景，立即忍痛让出一张床板。护士们把外科医生抬上去，真不忍心再叫醒他。因为他太疲劳了，需要好好休息一下了。

张志被战士和医生的精神感动得热泪盈眶，趁人们不注意的时候，他把分配他的滋补品——一斤鸡蛋和两包红糖分别放在战士和医生的床前，走出了帐篷……

（四）

大震之后，城市地下管道遭到严重破坏，污水、粪便、垃圾无法排泄清除；再加上正值三伏，天气酷热，尸骨、血肉、鱼虾、杂物、垃圾，在暴晒下腐烂发霉……

可怕的瘟疫，正威胁着几十万幸存者和救灾部队人员的生命。人们自然会想到"大灾之后必有大疫"的传说，想到历史上瘟疫蔓延的悲惨景象……

不寒而栗！

太阳已经全部落下西山，习习晚风从天边吹来，废墟上几乎烤焦的人们，才稍觉清爽了一些，开始活动起来，各自干着应该去做的事情。

灰色天空中，一架架双层翅膀的"安-2"飞机，嗡嗡嗡，飞得很低很低，肉眼都能看到座舱里驾驶员的身影。他们像蜻蜓一样交错盘旋，机翼下，不时喷吐一股股灰白色的烟尘，雨雾般随风慢慢飘散，弥洒在废墟上空。登时，一阵阵浓烈的马拉硫磷、敌敌畏的药味，扑面而来，但见那成群成片的苍蝇、蚊子、昆虫迅速被杀死。

狭窄的公路上，一辆辆白色的药物喷洒车，缓缓地驶过，路面、路旁的树木及瓦砾上涂上一层白色的药剂。

解放军在没有防毒面具的情况下，赤手挖掘尸体。他们从废墟里、公路旁、操场上将一具具肢体残乱、腐烂恶臭的尸体清理出来，喷上漂白粉精、来苏水或酒精，然后用衣物、棉被包好，装进一条条大塑料袋内，用细麻绳系紧袋口，再往尸体的头、腰、腿部缠上三道，以免散乱，接着抬上"大解放"车厢，拉到市区外废土坑深深地掩埋。

防化兵头戴着闷热的防毒面具，手持机动喷雾器，走向废墟、公路、操场，在所有有血污、霉烂、垃圾的地方喷洒药水，防止细菌繁殖、蔓延……

大蒜、洋葱、辣椒、生姜、白酒及各种能够杀菌的食物，从外地源源不断地运来。尽管如此，灾民中的很多人，还是肚腹阵痛，上吐下泻，发热昏迷，手捂着肚子，佝偻着腰，拧着眉，咧着嘴地跑到医疗队去打针、吃药、输液、灌肠……

张志拖着虚弱而饥饿的躯体，咬着牙关，相继把围着那口八沿大锅吃面汤的人，差不多全部送到上海医疗队。那一对破镜重圆的恋人，头对头地呕吐完，捂着肚子缩成两团，互相倚靠着。那俩重归旧好的同窗好友，比着赛地一个劲儿往旮旯里钻，一会儿提溜着裤子出来。那个以德报怨的秃顶老头发热昏迷，人事不省地躺在床上，挂着输液瓶子，被他救出来的壮小伙子在旁边守候着他；那个愣爷们儿正靠在泼辣娘们儿怀里，等着灌肠子……

这简直像在演戏，几个小时前，他们还围着一口大锅吃饭，转眼间，又一起来到"医院"。若论身体条件，属张志最差，心脏本来就不好，又刚刚献了血，但偏偏似乎属他幸运，没染上痢疾，也许是因为他吃得面条最少的缘故吧。

现在，大家仍然成双结对地互相照顾，张志却跑起"单帮"来，一会儿冲出帐篷，搀扶着那对恋人去打针，一会儿招呼那对好友去拿药，一会儿又钻进帐篷内，为秃顶老头调一调输液的速度，一会儿走到愣爷们儿身旁，给泼辣娘们儿帮帮忙……

张志忽然觉得自己挺好笑的，活像一位造诣高深的导演，在指导一场生活闹剧。对于"剧"中那些没有意识约束的"演员"，根本就用不着喋喋不休地说戏，他们的声音，他们的表情，他们的动作，都是发自内心的，真挚、精彩、自然……用专业话讲这叫什么来着？本色出演。

夜幕降临了，帐篷内外，一盏盏油灯亮了起来。昏黄的光亮下，医护人员白色的身影，仍然在不时地闪动……这时，张志觉得肚子里像有无数虫子在蠕动，他敏感地意识到，这很可能是痢疾的征兆。他马上去找护士，想要两片痢特灵顶一顶，可是，药品已经用光，还没运来。没办法，他只好进行自我按摩，想减轻一下痛苦，先用手指点了几个穴位，然后双手掌按住腹腔，慢慢地揉搓着，揉搓着……

大肠杆菌作怪，并非寒湿杂症，点穴按摩无济于事。

时间一分一秒地难熬，张志觉得腹痛越来越厉害，他感觉大肠与小肠拧搅在一起，编成麻花，理不清，剪不断，揪心地疼痛，还不时发出咕咕咕的响声。他赶紧捂着肚子，想找个适当的地方去腹泻。

谁想到，刚走出帐篷外，胃里就像翻江倒海般地折腾起来，忽而掉过来，忽而正过来，只觉得一股酸溜溜的液体，像水银柱一样，顺着食管一直顶到咽喉，迫使他不得不猫下腰去，张开大嘴，哇的一声呕吐出来，随之一股腥臭味钻进鼻孔。

肚子仍然咕咕乱叫，坠感强烈，张志觉得一股水流已顶到肛门口。来得太突然了，他顾不得什么了，快步跑到阴暗处，脱下裤衩，刚蹲下身子，只听到扑哧哧一阵响声，脚下屎尿乱窜，一会儿之后，他如释重负，方觉舒服一些。

他拉了又吐，吐了又拉，一共好几次，开始还有些许稀水、杂物，后来就全是脓血了，肚子空空如也，五脏六腑似乎全部从口腔里吐了出来。

为了争取药物最快的杀菌效应，医生用镊子敲开三支黄连素注射液瓶，然后让张志张开嘴，直接倒进嘴里去。

一股股黄色的药液顺着他的舌道流进食管，进入胃囊。真苦啊！他第一次亲口尝到黄连的滋味。此法真灵，很快他的上吐下泻都止住了，腹痛也轻了些。但他觉得浑身发冷，牙齿相碰，手脚打战，头晕目眩，一定是虚脱了。

黑暗中，他神志昏迷地走进了另一个世界，耳边隐隐约约听到有人在说：

"是脱水，马上给他输液。"

"医生，葡萄糖没有了……"

五、新生活从这里开始

震后的第十天，非常时期终于过去了，人们的情绪似乎稳定下来，开始面对现实，在这片灾难的土地上，设法生活下去了。

巨大的废墟上，到处是人们奔波忙碌的身影。市内主要的公路、街道已经清除出来了，大批救灾物资从全国各地通过各种渠道源源不断地运来，粮食、水果、衣物、生活用具，还有木杆、苇席、油毡、塑料布等建筑材料堆积如山。这些东西人们不用钱去买，而是按人口平均分配，几十万生活在二十世纪七八十年代的现代人，暂时享受着共产主义的生活方式。

人们开始在铁路、公路两旁，或操场、公园里，找一块平整、安全的地方，在解放军的帮助下，两三家，四五口合伙，用木杆、苇席、油毡、砖头、破旧门窗，盖起一顶顶简易窝棚。

地理教师阎金，报社记者郑书义，作家张志，三个难兄难弟自从十天前那个凌晨在街心花园不期而遇，到地震后分道扬镳，二百多个小时内，他们就像三股清流，在这块方圆百十公里的废墟上，绕来绕去，终究又会合到一起来了。他们可以说是这场大灾难的幸存者，但从另一个角度看又都是最不幸的人。

阳光照耀下，这三位老、中、青不同年龄的男子汉，共同盖着一间简易房。阎金挥着铁锹和泥，张志搬砖，郑书义用瓦刀砌墙，他们干得非常起劲儿，也特别认真，仿佛在精心制作一件艺术品。

这是新生活的开始啊！他们一边干着活，一边交谈着，寻问着各自家庭的遭遇和每人不同的见闻。

阎金那曾经魁伟的躯体，显然清瘦了许多，肤色更黑了，浑身上下道道伤口结满了血痂，好像疮疤一样。但从他那旺盛的精力来看，仍然显得信心十足。他是一个坚强的汉子，经得住一切生活的打击，而从他那眼里不时流露出的一种黯然的神色，似乎可以窥见他的内心正被一种强大的精神压力所包裹和牵动着。

是啊，阎金确实太惨了，在这场大灾难中，他失去了温暖的家庭，失去了文静内向温柔贤惠的爱妻和如花似玉的独生娇女。他们不是被砸死的，而是被废墟活活闷死的呀！地震后的第一天，当他赶到家的时候，和解放军一起扒出妻子和女儿，可是母女俩已经死了。他清楚地看到，她们的尸体上除了尘土之外，没有一点伤痕，没有一丝血迹，只是脸色青紫，眼珠外冒，虽然立即进行了急救，但仍然没有救活她们。她们的胳膊腿儿软软的，皮肤还有些温热，也许是刚刚窒息而亡的，再早一秒钟也许还有生的希望。阎金想象得到，她们最后的时候，一定在拼命地喊着他的名字，期待着他的到来。可是他来迟了，是他耽误了时间，而葬送了她们的性命的呀！这位坚强的男子汉，顿时感到撕心裂肺般的悔恨和愧疚！自从迷上地震预报这门科学后，他将全部精力和生命投入其中，夫妻之情，父女之情都让步于这个神圣而伟大的事业了。

啊！可怜的，九泉之下的爱妻和娇女，你们能理解我、原谅我吗？我答应你们的事情，一定会兑现，我要带你们一起去上海、广州、苏杭玩个痛快！给女儿买一件最漂亮、最理想的连衣裙；给妻子买一件最称意的礼品……

这个男子汉，如今只剩下他孤身一人，和他高于一切的事业。那几卷震后拍下来的照片，是研究地震现象的第一手资料，是他智慧和心血的结晶，更是他妻子和女儿的魂灵。

郑书义本来就矮小精瘦的身体，这几天简直变成了皮包骨头，打上一拳就有可能散了架似的，蜡黄蜡黄的脸色，像得了场大病，怪吓人的。

震后的第五天，当解放军将大型吊车、铲车开进灾区时，他家那座小山包似的废墟才被清除。从废墟深处，扒出了他朝思暮想的妻子和儿子，可他一点也不抱什么希望了，因为他们母子已经埋在废墟深处，见不到阳光，五天五夜没吃没喝，哪里还有活的可能呢？

等尸体扒出来时，他清楚地看到，妻子的躯体被压挤在几块楼板之下，头部、腰部、腿部全被砸散了，真是惨不忍睹。

出乎意料的是，他那宝贝儿子被妈妈最后藏在一个狭小的空间里，还神奇般地活着，虽然紧闭着双眼昏死过去，但脉搏仍在跳动，像睡着了一样，圆滚滚的身体没有任何损伤，白嫩的皮肤只擦破点皮儿。

解放军医疗队给他打强心针，口对口地做人工呼吸，经过一小时的抢救，他终于活过来了，睁开那双天真无邪的黑眼睛，他的第一句话就问："爸爸，妈妈呢？"

"你妈坐飞机去远处旅行了……"

郑书义激动万分地把儿子紧紧抱在怀里，将头埋了下去，用嘴唇、用胡子茬儿贴住他苹果似的脸蛋，吻他、扎他，心里祝福着，这个小精灵啊！你在那废墟深处掩埋了一百二十个小时，是怎么活下来的呀！

"爸爸，今天我们也去坐大飞机吗？"

"带你去！爸爸一定带你去坐大飞机，去北京……"

为了使孩子有个好环境，精神上不再受到刺激，郑书义决定，还是把宝贝儿子送到北京亲戚家去。

当他把儿子抱进飞机座舱，哄着托付给一位解放军叔叔后，自己还是选择忍痛留下来了，因为这片灾难的土地，就是他生命的根基。

张志由于贫血，又染上了痢疾，又吐又拉，折腾了好几天，足足掉了二十斤，原来略显臃肿的体态苗条了许多。他脸色苍白，眼窝深陷，颧骨凸出，两条腿显得十分沉重，每走几步，都会累得气喘吁吁。尽管阎金和郑书义反复劝他歇一会儿吧，他还是坚持着干点力所能及的活计。

地震中，张志儿子、儿媳妇和姑亲外甥都砸死了，受伤的老伴儿和小孙子被转送到外地，也不知道去了什么地方，但他坚信，他们是不会死的，因为世界上有那么多善良的人，那么多品德高尚的解放军战士，那么多救死扶伤的白衣天使……

夕阳慢慢地落下山，绯红的晚霞映照着大地，沙海似的废墟之间，矗起无数个形状各异颜色不同的简易房，升腾起缕缕灰白色的炊烟。

废墟上，点点星火亮起来了。劳累了一天的阎金、郑书义、张志疲倦地坐在自己亲手盖的简易房里，在一盏熠熠闪烁的小煤油灯下，三人围坐着一张用木板搭成的桌子，共进晚餐。

他们谁也不说话，每人捧着一只瓷碗，一双竹筷子，不停地往嘴里扒拉着白花花、香喷喷的米粒儿，各自想着自己的事儿。

阎金想："我一定要把这些地震第一手资料，结合我的研究成果，搞出一篇有价值的学术论文。"

郑书义想："我一定要把唐山大地震惊心动魄的事件和自己的所见、所闻、所感、所思，写成报告文学集。"

张志想："我一定要把这些有血有肉的人物形象，缩成一部纪实小说。"

简易房里，这三个可怜而又坚强的男子汉，虽然在这场大灾难中失去了很多，但得到的东西并不少。他们今天是而且将永远是这场举世罕见的大地震灾难的亲历者和生命奇迹的见证者。

初稿1986年7月于唐山

整理2022年7月于北京

亲历者

为了纪念1976年唐山大地震中的死难者，1986年，唐山市政府在地震遗址公园内，建起唐山抗震纪念墙。纪念墙由三面巨大的通体黑色花岗岩石板组成，呈扇面形分布。每面墙的规格是长二百八十延米，厚度三点四二米。墙高七点二八米、总长五百米。

这座纪念墙，就是一个集体墓碑，属于三十九年前地震中的二十四万亡灵。每一块石板上都镌刻着大地震死难者的镏金名字。在四十多年前的那场灾难中，我失去了父母及十一位亲人，他们的名字此时就镌刻在这座唐山抗震纪念墙上。每年清明节和7月28日地震纪念日，我和家人都要来到这里，祭祀亲人，寄托哀思。

经历大难不死的人，会觉得活着就是一种幸福。

一、美梦——电影梦

我的美梦是从看电影开始的。孙悟空三打白骨精，猪八戒背媳妇，唐僧去西天取经这些真的很好玩，那是我梦中的世界。孙大圣是我儿时的偶像，他一个筋斗翻十万八千里，上天大闹天宫，入地收拾阎王，下海修理龙王。他还有千里眼，顺风耳，七十二变，如意金箍棒说大就大说小就小，无所不能。《小英雄雨来》中雨来的勇敢与机智，《小兵张嘎》里嘎子的顽皮与稚气，《红岩》里小萝卜头的天真与可爱，这些都给我留下了深刻的印象。我还特别喜欢《红岩》《红日》《红旗谱》《地道战》《地雷战》《51号兵站》《铁道游击队》《平原枪声》《永不消逝的电波》等革命战争题材的电影，从小就有强烈的英雄情结，许云峰、江姐、朱老忠、双枪李向阳这些电影里的英雄人物至今还活跃在我脑海里。《马路天使》里的赵丹，《永不消逝的电波》里的孙道临，《今天我休息》里的仲星火，《野火春风斗古城》里的王晓棠等大牌影星一直是我心中的偶像。

小时候，电影就是我的梦，我的世界任我遨游，想上天去电影院，想看海去电影院，白天去电影院看电影，晚上回家躺在床上做美梦。那时，我真是个电影迷，为了第二天的电影，头一天晚上可以睡不着觉。过年爷爷奶奶给的一元压岁钱舍不得花，不买吃不买穿，就留着买电影票。记得有一次看电影停电了，遗憾得我吃不下饭，第二天非要拗着妈妈再去看不可。

后来我长大了，开始看译制片，《莫斯科保卫战》《流浪者》《瓦尔特保卫萨拉热窝》《追捕》《卖花姑娘》等等，这些不同国家的大片我都特别喜欢，从中我看到了世界各国人民在反法西斯战争中表现出的英勇和机智、神奇旖旎的异国风光和让人羞红脸的异国爱情。列宁在莫斯科街头所作的精彩演讲，流浪者拉兹的坎坷命运，瓦尔特与党卫军斗智斗勇，杜秋遭人陷害被追捕过程中与真由美发生的纯真爱情故事，穷苦善良的朝鲜卖花姑娘的悲惨身世，所有这些都让我魂牵梦萦。

电影就是我的世界，我的白日梦。再后来，我由爱看电影上升到要编电影、写电影、演电影，立志做个电影人。我订阅了《大众电影》杂志，去新华书店买过很多与电影有关的书籍，研读过《夏衍论电影》和《电影剧本》选刊，学习电影蒙太奇结构，电影语言的运用，人物性格的细节刻画，影片情节的发展脉络，音乐插曲的巧妙运用等，开始尝试写电影剧本。

当时，被业界称为"字匠"的爸爸看我整天白日做梦，就说，小毛孩，你懂什么就敢触"电"？简直是天方夜谭。我玩文化这么多年，编电影儿，想都不敢想，你小子真是不知天高地厚。不管爸爸怎么看我，我仍然执着于自己的梦想。功夫不负有心人，十八岁时我编写的第一部电影剧本《选手》给爸爸看后，他伸出大拇指赞赏地说，好小子，有天赋，爸爸支持你，我要把我的人生经历讲给你听，你写成电影剧本吧。

电影剧本《选手》写的是培养我国乒乓球种子队员的故事，被河北美术出版社选中，请我先改成连环画脚本出版发行，并为我申请了二十天创作假去张家口坝上参加改稿会。

我曾经梦想自己写的电影能搬上大银幕，能到北京电影学院深造。但屡试未果，我深知"门外汉"触"电"不易，就像做梦一样，于是暂时息梦，考上了中央电大中文系，考试作文《我爱你，电大》高中榜首，老师点评作为范文刊登在《河北电大杂志》创刊号上。

二、噩梦——地震梦

1.环卫女工目击地震

燥热的空气，被一阵清风吹散了，人们仿佛从蒸笼里解脱出来，拖着倦怠的散发着汗味儿的身体，从浓密的树荫下，从平整的草坪间，从宽阔的大街上，从弯曲的巷道里，走进敞着门窗的屋内，懒洋洋地钻进雾纱般的蚊帐里。人们身上只穿着背心、裤衩，甚至一丝不挂地躺在铺着凉席的床板上、地铺上，顷刻之间进入酣睡的梦乡……

刹那间，大地便像暴怒的雄狮剧烈地狂跳起来，地面上矗立的万物都随着地表的起伏升降，上下颠簸不停。头上炸雷轰顶，脚下巨石撞击，天崩地裂一般，给人一种乾坤倾覆的恐怖感。

正在马路上工作的三位环卫女工被这突如其来的景象惊呆了，她们下意识抱在一起，想借助相互支撑力稳住自己的身体。

一阵剧烈的颠簸之后，大地像失去地心的引力，东西摇晃起来，三位女工被巨大的惯性摔倒在路面上，吓得双手紧紧抠住马路牙子，仿佛躺在汹涌澎湃的浪潮之中，眼前的一切都失去了平衡，整个神经系统完全丧失了自我控制能力，只觉得心脏在收缩，肠胃在痉挛，天地在旋转。但见那路旁的水泥电线杆左右摆动，树梢忽而倒向东，忽而又倒向西，几乎扫到地面上。霎时，城市所有的灯火全部熄灭了，天旋地转，天地难分。

黑暗中，只听见哗哗、哗哗、哗哗……像海浪拍岸的声响，由近及远缓缓而去，随之地面建筑物在相继倒塌……紧接着一股股浓烈的烟尘味冲天而起，呛得三位女环卫工肺叶几乎要炸裂开来，不住地咳嗽……

三人亲眼看见这突如其来的一切，不过是几秒钟的事情。大地经过一阵剧烈的骚动之后，出现了死一般的沉寂，世界仿佛突然消失了，时间停止了，连空气也似乎凝固了……

万籁俱寂。突然，地光闪烁，地声轰鸣，房倒屋塌，地裂山崩，数秒之内，这座有百年历史的城市顷刻间夷为废墟。

这场大灾难就是震惊中外的唐山大地震，爆发于1976年7月28日3时42分53.8秒，震中在中国河北省唐山丰南一带（东经118.2°，北纬39.6°），强度为里氏七点八级，震中烈度十一度，震源深度十二千米，地震持续约二十三秒，共造成二十四万二千七百六十九人死亡，十六点四万人重伤，位列二十世纪世界地震史死亡人数第二，仅次于发生于1920年的海原地震。

2.身在千里之外

张家口坝上，招待所一间客房里，我正在做梦，好像自己乘坐一艘小船在大海波涛上挣扎，漂漂泊泊，摇摇晃晃，一会儿小船被推上波峰，小船翻了，我一下被惊醒了！发现屋里一个人也没有，这时，听见外面有人喊叫："地震了，快出来啊！"我一听说地震，下意识裹起身上的毛巾被，光着脚丫子冲出客房。出屋一看，大家都已跑到院子里，战战兢兢地议论着，震中在哪里？

这次由河北美术出版社组织的连环画脚本改稿会刚刚开始三天，人员来自唐山、保定、石家庄、邯郸、沧州等二十多个城市。大家都在猜测震中在哪里，我当时还吹牛：震中一定不是唐山，因为有地质学家说过，唐山地壳是花岗岩结构，非常的坚硬。

那天夜间，大家谁也不敢进屋睡觉，瞪大眼睛挨到天亮。当早晨听到中央人民广播电台新闻播报说震中是唐山时，我顿觉五雷轰顶，一下子就蒙了。大家都为我而担心，不知家人会是什么状况。当时张家口市公交车都调去唐山抗震救灾，我被困在坝上，下不来，如急火上房。

第二天，我侥幸搭上老乡的拖拉机从坝上下来，到张家口火车站买了一张到天津的票。坐在火车上，我总是往好处想，不敢想家里人会有难，自我安慰说，我家住的是新房很结实，不会震倒的。

乘客在议论纷纷：听说，唐山震得可惨了，超平了，尸骨遍野，城市上空一片腥臭，我听后，真有点毛骨悚然，脑子里一片空白。

3.父子天各一方

吉普车在疾驰，时速已开到了八十公里，我仍然心急如焚，归心似箭，催促司机加大油门，快点，快点，再快点，恨不得一步飞到家里！我坐在车厢里，心中盘算着家人。爸爸吉人天相，七天前外出去秦皇岛开会，现在是不是已经安全回家了？家里只有母亲和妹妹。

一年前，我在院子里盖了间小房，房间面积只有五平方米，那是属于自己的小天地，里面仅能放下一张床、一张桌子和一把椅子。房顶上架着几根木檩子很细很轻，角落里放着一张硬木老式床，床头很高，即使房顶落下来，也能被床头接住。我这一出差，妹妹一定会到我房间去住，所以她的保险系数会大一些。我最担心妈妈的安危，因为她住的是新砖房，屋顶上架着五根承重的水泥钢筋梁，如果真的被震塌了，妈妈可能会……我不敢多想。

吉普车驶过玉田县境，前面唐山市在望。雨已经小了，我发现路上有很多汽车上拉着裹头挎臂的伤员。车行驶到唐山市郊，看到一群群，一拨拨儿人相互搀扶着往外逃生。有传言唐山要地陷，侥幸活着的人想尽快逃离这葬身之地，有亲的投亲，有友的奔友，心理恐慌至极。

公路被残砖碎瓦填满了，车已不能向前行驶，突然，我看到邻居兄弟夹在外逃人群中，就跳下车迎上去，向他打探家里的情况。

那位兄弟看见我非常激动地说："大哥，你回来了。"

我问他："家里伤了吗？"

他哭丧着脸回答："只剩下我一个人，爸妈和哥哥都死了。"

我问："我家咋样？"。

他答："就剩你妹子，你爸妈都没出来。"

我说："我爸出门了。"

他说："你爸地震那天晚上十点钟到家的。我们哥几个在胡同口玩牌，看见你爸拿着脸盆和毛巾去水泵冲澡。"

我一听到这个消息，脑袋突然爆炸了，苍天啊！可怜的爸爸，你早不回晚不回，偏偏在地震前到家，那不是送死吗？

兄弟说："大哥，你妹已伤转外地，家里没人了。现在疯传唐山要地陷，活着的人差不多都跑了。你现在找不到家了，快跟我们一起逃命吧。"我甩开他的手，不行，我还没有见到我爸妈面就逃命，算什么儿子。活着见不到人，死也要见到尸！我疯了似的朝前奔跑，道路已经被倒塌的房屋堆满，根本就找不到回家的方向。

放眼望去，地面上的景物依稀可见，惨不忍睹。那些曾经高低错落，形状各异的建筑群现在像被推倒的积木一样，变成一片破败的废墟。山丘似的高楼残骸，裸露出弯曲的钢筋的预制板犬牙交错；北极冰川似的水泥框架，光秃秃地耸立在废墟之上；龟裂的楼壁，高悬在倾斜的框柱之间；水塔、烟囱及路旁的水泥电线杆、法国梧桐，现在是千姿百态，有的连根拔倒，有的拦腰折断，有的只削去个塔尖，有的摇摇欲倒……

不知走了多长时间，我在废墟上转来转去，就是找不到自己的家，直到我看见邻居韩二姐的身影，才辨别出我家就在脚下。原来，我家那个胡同有两排新红砖房，震后已经塌成平地，连一间立着的房子也没有。原本两排房中间有一条三米宽的路，现已被填平，房顶也变成了路面。

我站在屋顶上呼喊："爸爸，妈妈，你们在哪里？"

没有回应。我连喊数遍，仍然没有任何回音，一种不祥之兆袭上我的心头。难道真的见不到父母了吗？我俯下身去，看见我家屋顶上有一条大裂缝。我想，爸爸妈妈一定压在下面，等待我回来救他们的。我把手伸进去，使出全身力气，一点也搬不动。几次尝试无果，跑过去喊来几位解放军战士，用铁钎撬开屋顶，将父母，其实是他们的尸体扒了出来。我扑到他们身上，哽咽着，一时哭不出声音。我好后悔，危难之中竟不在父母身边，没有尽到儿子的孝心，真是悔恨终生。

4.最后一封家书

我将父母尸体掩埋后，回到废墟上扒出家里的东西。父母人已去了，天命难为，悲伤归悲伤，思念归思念，可往后的日子还要过呀，我要把父母倾注几十年心血的家业继承下来，让他们安息于九泉之下。

房盖被揭开后，我先将自行车拽了出来，车链盒被砸坏了，不过收拾收拾还能骑。毁坏的柜子上散落着一些核桃、花生、葡萄干，那一定是爸爸去秦皇岛开会带回来的土特产。他每次外出经常要带一些回来。我发现旁边还有一封信，上面是爸爸的笔迹，一看日期就知道，信是前几天爸爸从秦皇岛写给妈妈的。我打开信纸，爸爸那漂亮的笔迹跃然眼前，内容是这样写的：

芝（爸对妈的爱称）：

家里好吗？大东（昵称）厂里同意他去张家口参加改稿会了吗？如果同意他去，孩子第一次独自出远门，你要多给他带些钱，千万别让他在外面难住啊。

读到这里，我的手颤抖了，喉头哽咽了，再也看不下去了，马上意识到，这是爸爸最后一封家书啊！他已经走了，走向天国极乐世界。他走得那么匆忙，那么无助，那么遗憾，临走前也没有看上儿子一眼。我想他咽气时，一定认为儿子出差还活着，替我庆幸躲过了一大劫难。

爸爸是商业系统的干部，一个很正统的人。他对我要求特别严，脾气有点暴，动不动就打我一巴掌，平时也很少给我零花钱。那时，我心里对他很有意见，觉得他对我太严厉了，就这么一个儿子，一点也不娇惯我。直到看了这封家信，方知严父内心对儿子的一片柔情。爸爸已经遗憾地走了，我再也看不到他那亲切的笑容和身影，再也听不到他喊我的声音，再也体会不到他对我的严厉和挚爱。

想想爸爸真是特别不幸，偏偏在大地震前那天晚上，从秦皇岛散会，就当即乘车赶回唐山，到家时已经夜间十点多钟，仅仅在床上睡了几个小时，就被突如其来的大地震吞噬了。

苍天啊！我和爸爸就这样一个在人间，一个去天国，爷儿俩从此天各一方了吗？我不相信这是真的，觉得不过是做了一场噩梦。我下意识揉揉自己湿润的眼睛，看到面前被摧毁的家，又不得不承认这是事实。

我把这封最后的家书珍藏起来，成为永恒的记忆。

5.全家福

这是唯一一张我小时候全家福的黑白照片，是从四十六年前唐山大地震废墟里找出来的。照片上左边是妈妈，我坐在她腿上；右边是爸爸，怀里搂着妹妹。当时，我只有三岁，妹妹才两岁。照片上爸爸长得很帅气，有点像刘德华。妈妈生得很文静，有一副慈母般的心肠。我特爱笑，很乖，惹人爱。妹妹很自恋，一看就有点小脾气。全家人相依相偎，和睦幸福。那时，爸妈都是唐山市人民银行的职员，又是河北省滦师的同学，自由恋爱结婚。听妈妈说，因为爸爸妈妈个头都不高，身材小巧玲珑，结婚时，同事开玩笑说，你们俩将来生孩子，还不像个小兔子。后来恰好相反，我和妹妹都长得比父母高，再拍全家福时，我身高排在第一，妹妹第二，爸爸第三，妈妈老四。

妈妈说，小时候，爸妈每天上班，没时间照顾我，就花钱雇保姆，怕我受委屈，曾先后换了四任呢。三岁时就把我送进条件优越的唐山市立托儿所，直到七岁上学。

父母安顿好，我开始寻找家族的亲人们，先找到离我家只有两站公交车路程的祖父家。祖父是一位面容慈祥的老头，头顶有点秃，见人总是面带笑容。他是残疾人，腿有点拐，小时候患小儿麻痹症落下的后遗症。爷爷行动不便，但他有木匠手艺，因祖籍在浙江宁波，所以会打南方人用的木盆、家具木器。那年南方闹灾荒，十几岁的他挑着木器家具逃荒到天津，在做沙发的师父家学徒。后来，在唐山南厂（唐山机车车辆厂）裁缝楼上班，直到六十退休。

爷爷手艺好，曾是裁缝楼的元老级人物。听爷爷说，当时，伟大领袖毛主席乘坐的专列上的沙发，还是他亲自设计制作的呢。每每爷爷讲到这段历史，脸上总是挂着幸福的微笑。因为给毛主席专列做沙发，不仅要求技术好，还要根红苗正。抗日战争时期，爷爷经常坐在厂门口做活，用他残疾人的身份做掩护传递情报。直到新中国成立后他当上裁缝楼领导，人们才知道他真实的身份。

爷爷一家住在南工房区9号楼的一层。因为爸妈都上班，经常把我放在祖父家，所以我跟爷爷奶奶的时间比爸妈在一起的时间多，可以说，我就是爷爷奶奶带大的。我奶奶比爷爷小十几岁，是填房。爷爷前妻去世时留下一个大伯，我爸爸按家谱排行老二，下面还有五个兄弟。除了五弟六岁夭折外，剩下他们哥儿六个。

爷爷喜欢女儿就是没有命，盼生个闺女反来了一串光棒蛋。老天就是这么不公平。奶奶身材娇小玲珑，善眉善眼，是朴实的家庭妇女，除了做家务，就是生孩子带孩子，从无怨言。

爷爷一个人上班，这么一大家子人张口吃饭，生活有多艰难可想而知。那时爸爸年龄小还在上学，大伯做点小生意贴补家用。听爷爷说，那时大伯身强力壮，腋下夹起两扇猪肉顺着铁道步行二百里地送到天津卖掉，挣钱回来一家子过年。大伯结婚自己成家后，爸爸成了家里老大，从滦师毕业后，分配到中国人民银行上了班，挣钱贴补家用，供四个弟弟上学。爸爸是个大孝子，用行动承担起孝敬老人的责任。全家人的大事小情都是他说了算。

爸爸和妈妈结婚生孩子另过后，周日他也必到爷爷家做家务处理家事，即使他被调到保定，身不在唐山，心也未离开过父母。妈妈有一次跟我抱怨说：你爸是大孝子，每月开支把多半寄回家里。那年灾荒，我住疗养院半年后回家，看你爸瘦得皮包骨头，我买了草鱼炖了一锅，他一顿就报销了。后来从信中发现，每月他发二十五斤粮票，十九斤都寄给你爷爷家，你爸一个月只吃了六斤粮食，三十天平均每天二两饭，不知他是怎么熬过来的。

记得爷爷奶奶最幸福时春节全家人来拜年，总共有二十多口人。爷爷奶奶很会做饭，炖肉熬鱼，蒸鸡烤鸭样样能行，每年春节都要做二十多个菜。我最爱吃炸咯吱盒和鸡蛋肉角，味道可香了。当时，全家族二十多口子人，爷爷、大伯、爸爸和叔叔们喝白酒的坐在一桌，奶奶、大娘、我妈、婶婶们喝色酒的坐在一起，我和弟弟妹妹们这些小孩子坐一桌。吃完饭，奶奶还要给我们发压岁钱。

我是爷爷奶奶的大长孙，大家都叫我乳名"大东"，都特别宠爱我。老叔经常回忆说：你小时候特淘气，有一次把头钻进床头栏杆里出不来，急得直叫唤，老叔把你脑袋弄出来的。你特爱吃大对虾，那时一尺长的大对虾一角钱一对，你一手拿着一只可爱吃了，谁要也不给。晚上，怕你跑出院去了，老叔就吓唬你，外面有"野狸猫"特厉害，专门叼小孩。晚间院子里一有动静，吓得你抓住老叔的手就猫到屁股后头去了。

爷爷家虽然是楼房，因住在一楼，前面有个院子，爷爷栽了一大株葡萄，秧子爬满院子遮住一片阳光，夏天坐在下面乘凉，仰头看着一串串葡萄从架子上面坠下来，青时像绿珍珠，红透时像紫玛瑙，很诱人。我最爱看爷爷蹬着凳子用剪子剪葡萄的样子，爷爷总是笑容可掬地说：大东，你吃吧。葡萄可以一直吃到冬天。可是，现在的爷爷家是一片废墟，葡萄架早已被坍塌的楼板盖压在下面。我拼命地喊：爷爷，奶奶，你们在哪？大东救你们来了！尽管我喊破嗓子，废墟下也没有一点回音。

我放眼望去，整栋楼坍塌成一块，三层楼房坍成一层，一层楼被压到最底下，没有办法救啊！即使爷爷奶奶当时还活着，这么压几天也会憋死的。

大东，你还活着？身后有人叫我，一回头是我三叔三婶。三叔头上裹着纱布，手里拄着树枝，三婶挽着他胳膊。

我问：你们……

我们伤点皮肉没事。我们去你家，没有找到。你爸妈……

我告诉他们父母安息了。

三婶在喊：大伟、小东、小利，妈妈找你了！听三叔说，他们的孩子小东、小利放假也送到爷爷这来了，这会儿都压在下面没有出来。

你三婶有点神经了，每天都到这里喊几声，不甘心啊！

大伟是三叔的大儿子，长得很俊俏，圆圆的脸蛋，白白的皮肤，很乖巧，一对大耳朵像芭蕉扇。我上学后，大伟就一直跟着爷爷奶奶，我每周日放假都去爷爷家，所以，跟大伟很亲。三叔三婶都在承德市隆化董存瑞中学当教师，地震前半年通过我爸的关系调回家乡来，先落在丰南县委工作。谁能想到地震中老两口儿虽然幸免于难，可三个宝贝儿子都没了，一个也没剩。难怪三婶已经神经兮兮，母亲失去儿子真是切肤之痛。

我三叔说，你大伯大妈也没出来，还有大伯家的大姐和三奶，只剩下二姐和步荣、步刚、秀梅四个孩子。

大伯家七口人，一个人在果品公司上班。大妈是河北沧州人，说话有口音，在街道建个小锅炉卖开水，一分钱一壶，挣点钱贴补家用。堂弟步荣从小就为别人拉板子车送煤送柴，挣钱养家。

盘算起来，我们整个大家族被震魔吞走了一半，爷爷、奶妈、三奶、大伯、大妈、大姐、我爸、我妈，还有三叔全部的三个儿子竟有十一口人。

6.缝纫机

这是一台普通的缝纫机，是我从1976年唐山大地震废墟里扒出来的，至今在我家里已存放了四十多个年头。乍看上去，光滑平整的面板虽然被砸得塌陷下去，显得有些不太美观，但机器零件丝毫无损，匝起衣服来，"哗哗哗"声音很好听。

睹物思人，缝纫机是四十多年前我爸爸用票买来的。爸爸手很巧，会做饭，会织毛衣，会用缝纫机做衣服。自打这台缝纫机买到家，一家四口人的衣服，全是爸爸自己做，缝缝补补，节省了很多钱。新年前，爸爸带我和妹妹去商场买来布料，为我们量好尺寸，在布面上画好线，用剪子一裁，然后上缝纫机一做，一身漂亮合体的新衣服就成了，穿在身上倍儿合适。

春节走亲访友，别人问："新衣服在哪买的？"

我回答："爸爸做的。"

"你爸是裁缝？"

"不是。"

"你爸手真巧。"

看着人们羡慕的眼神，我好幸福！

爸爸手很巧，妈妈手却特"拙"，做饭、织毛衣等家务活都不会干，缝衣服经常扎手。"文革"期间，爸爸蹲了牛棚。我那年十三岁，妹妹十二岁，两个孩子张嘴等着吃饭，妈妈不得不学做饭。记得有一次中午，妈想改善一下生活，为我们蒸包子吃，从十二点下班回家开始忙活，剁肉，切菜，拌馅，包好上锅蒸，整整用了近两个小时。等包子蒸好了，她也到了上班时间。妈妈用手巾裹上一个大包子就去上班了，临走前冲我说一句，你俩慢慢吃吧。我看着妈那个可怜样子好心酸。

家里自打买来缝纫机，妈也要学补衣服。虽然妈妈手脚很笨，爸爸仍然手把手地教她，一遍一遍从不烦。在爸爸耐心指导下，妈妈终于学会了用缝纫机。看妈妈学会了，我也眼热，央求着爸爸也要学。爸先教我蹬轮子，穿针引线。可我总是蹬不好，经常把正转蹬成了反转，针头绞住线，匝不了衣服，爸爸仍然手把手地教我，直到学会为止。

光阴荏苒，这台缝纫机历经唐山大地震的洗礼，几十年伴随我到处迁徙。这台缝纫机头上，留有爸爸妈妈的温暖与关爱，针尖上跳动着父母的亲情与快乐，机身上散发着当年全家人幸福生活的味道。它以后就是我家的传家宝。

见物思人，亲情永恒。儿子祝父母在天国幸福。

7.不会笑了

地震突然夺去这么多亲人，我的精神受到沉重打击，不哭也不笑，吃不下饭，睡不着觉，精神恍惚，浑身没有力气，做什么都没有心思，甚至经常会把家门从外面反锁上，猫在家里发呆发愣，脑子里一片空白。夜间经常从噩梦中惊醒，猛地坐起来，几个小时睡不着，想父母亲人的事情。本来很强壮的身体一下子就垮掉了，面色萎黄，无精打采，整个人瘦了近二十斤。去医院检查，各项指标还算正常，医生说是灾后综合征，唐山普遍现象。这种精神遭受打击的症状，主要靠心理调解，配合吃些镇静药及舒缓神经紧张的药。

我到处求医问药效果不佳。后来，我从报纸上看到一条消息，练习微笑可以治心理性疾病，于是我回到家里，在镜子前试着练习微笑。我看到自己那张木讷的脸上没有任何神采，更没有笑容，神经好像麻痹了，结了冰一样，冷若冰霜。练了一天、两天、三天、五天、尽管我心里多么想笑，但就是脸上没有任何表情。我从小练武术，有一种执着劲，相信功夫不负有心人。坚持练到第十五天时，脸上开始出现笑容，我兴奋不已，坚持练到一个月时，奇迹终于出现了，我已经微笑如初了，久违的笑容重新回到我脸上。

同时，我发现了笑的秘密，笑是可以训练的，快乐是可以创造的，只要你心中喜乐，笑容就灿烂。你对鲜花微笑，鲜花就向你绽开；你对生活微笑，生活就会变得更加美好。我领悟到：只要你心灵力量强大，就能战胜一切灾难；只要你心理健康，身体就会强壮，中医术语叫邪不入干。一笑解千愁，二笑祛百病，三笑聚万福啊！

三、圆梦——实现笑梦

当我进入不惑年龄的时候，敏感地发现周围的同学、同事，欢乐少了，忧愁多了，出现力不可支的状况，这都是由于他们不能及时释放心理压力造成的后果，有人甚至走向轻生的道路。

我当时身为记者到处采访，工作非常繁忙。业余时间我为企业家撰写报告文学，为企业做品牌创意策划，还要抽时间为女儿辅导学习，自己编书写电影剧本，心理压力可想而知，但我坚持练习微笑、欢笑并创编大笑操，及时释放压力，保持快乐的心境，保证了我的身心健康。

我通过四十年亲身经历发现，中年时期的笑是"苦涩"的笑，是人体健康的晴雨表，是最值得引起社会关注的大问题，它关乎我们的生命健康，决不能再漠视了。我将这一阶段的笑分为三种类型：勉强的笑，无奈的笑，苦涩的笑。

先来说说"勉强的笑"。所谓人到中年，身体、思想、性格都趋于成熟，这既是一件好事又是坏事，好的方面表现在待人接物，为人处世越来越理性，臻于完美。坏的方面是，这时候的人往往正是上有老下有小的时候，工作和生活压力很大，但只能压抑在心里，平时与人相处，还得摆出一副故作潇洒的尊荣，嘴上时刻带着微笑，人后哭，人前笑，这种笑就是"勉强的笑"。

再说说"无奈的笑"。经济社会竞争激烈，人口大国僧多粥少，总想挣大钱，难上加难。投资房产楼市跌，投资股票黑马套，钻进直销没个好，孩子反对老婆闹……进不能进，退不想退，走又走不了，逃又逃不掉。多么苦，多么难，在外怕人瞧不起，还得无奈强装笑。

最后说说"苦涩的笑"。中年人就像一头拉套的骡马，拼尽全力，透支身体，十几年如一日，终于熬到孩子大学毕业，刚想喘喘气，又要为孩子工作出路而奔忙。请问，这样当父母能开心吗？容易吗？这笑容里有多少苦涩？只有父母们心里知道！

唐山大地震，使二十岁的我学会"微笑化悲伤"的心法；突然遇车祸，使三十岁的我掌握"欢笑生智慧"的妙诀；妻子意外出车祸，使四十岁的我创造"大笑减压力"的笑操。感谢"微笑心法"，使我从悲伤的剧痛中走出来，修炼心力，懂得笑对人生；感谢"欢笑秘诀"，使我从多重压力的荆棘中跳出来，神采飞扬，学会智慧人生；感谢"大笑操练"使我从身心疾病的泥沼中脱出来，青春焕发，创造健康人生。

我用自己的经历创造出一套"大笑减压"训练系统，不只让我一人受益，还要传授给更多的人共享快乐健康。2008年8月借奥运会东风，我在紫竹院公园开始试推广"大笑减压操"，一年间竟使上万人深受其益。

当我看到因高考落榜想轻生的孩子练习了"大笑减压操"后，重新微笑着走进考场；当我听到因工作压力大而抑郁的企业老板练习"大笑减压操"后，自己精神焕发，企业经营更上一层楼；当我知道因夫妻矛盾闹离婚的人练习"大笑减压操"后，矛盾化解和好如初；当我想到那些因癌症而采取放化疗的身体虚弱的患者练习"大笑减压操"后，逐渐康复的张张笑脸……我就感到非常欣慰！

许许多多"大笑减压操"的受益者对我发出肺腑之言：许老师，非常非常感谢你！我现在心理压力小多了……

我减肥美到理想状况了……

我睡眠安稳吃饭香甜了……

我沉重的胳膊能举过头顶了……

我腰腿活动自如了……

我血压已降到标准"汞柱"了……

我血糖控制到正常水平了……

我现在天天快乐都不知道什么是愁……

我特想乔装打扮去周游世界……

我真没想到一套"笑健操"会给大家带来那么多快乐！每到这个时候，我才真正体会到我创编这套减压笑操的社会价值所在。

一个人笑起来，只是自得其乐；全家人笑起来，才是其乐融融。十四亿中国人都笑起来，那才是真的实现了美丽"中国梦"！

"坎坷人生不平路，压力荆棘脚下行。天灾人祸奈我何，快乐健康笑春风。"让身边人笑起来，用笑传递爱，用爱播撒幸福，将是我余生最大的追求。

唐山大地震四十周年祭文

天地沧桑，日月荏苒，转眼四十年光阴逝去；人世变迁，吾辈更替，一晃儿两代人薪火相传。冀东大地，人杰地灵，且多灾多难，时逢公元1976年7月28日凌晨3时42分，唐山发生震惊世界的大地震。转眼四十年过去了，而今又到清明祭祀之日，人们手持花束和花环，心揣缅怀之情，从天南地北，异国他乡源源而来，肃立于地震墙前，为四十年前那些被震魔吞噬的生灵祈祷。

这是一块世界上最大的墓碑，矗立在唐山抗震纪念碑广场南端，黑压压像铅块一样沉重，墓碑上铭刻着二十多万地震遇难者的名字。每个名字，都曾承载着家庭的希望和幸福、家族的荣光和未来，那些抹不掉的音容笑貌，那些忘不了的亲情岁月，还萦绕在后人的脑海里。每年到了这个日子，人们都到这里与另一个世界的亲人相约，说说心里话，送上一些祭品，以表哀思。

四十年前，三十二秒转瞬之间，唐山天崩地裂，六千多个家庭断门绝烟，二十四万人生灵涂炭，二十八万人身体伤残。这是一个城市的灾难，也是一个国家的灾难，更是全人类的灾难。苍天垂泪，大地呜咽，草木山川顿首，江河湖海呐喊。有多少家庭破损，有多少爱人失散，有多少孤儿无助，有多少伤者无援。是时，解放军从天而降八方抢险，医疗队火速赶到救死扶伤，全民抗震救灾，谱写了一首人定胜天的生命挽歌。

逝者如斯夫，生者知辛苦，亡者魂不散，后者寄哀思。唐山是一块震不断的英雄土地，十年复建，新唐山人创造了更大的奇迹，废墟之上，一座新城拔地而起，城市创新规划和设计，获世界人居奖励；经过四十年砥砺奋斗，朝乾夕惕，唐山经济获得蓬勃发展，辉煌成就日新月异。

四十年光阴，在人类历史长河中，只是短暂的一瞬，但对唐山人来说却是那么漫长，是一页沉重而辉煌的历史。放眼望去，凤凰大厦可谓"唐山精神"的象征，这座"凤凰涅槃"的城市，是中华民族历经无数磨难而始终不屈不挠、永远奋发图强的伟大精神的缩影和象征。

一见钟情

一阵剧烈的颠簸颤动过后，就是猛烈的摇撼，紧接着就是天塌地陷，只在几秒钟时间，一座百年城市被夷为平地，静寂无声，时空凝固在1976年7月28日凌晨3时42分。

她那年十八岁，韶华妙龄，情窦初开，终生难忘的初恋就从这时开始。那一夜，她做了一个甜甜的梦，梦里她和一见钟情的白马王子相依相偎，坐着一叶扁舟在宁静的港湾里随波逐流。没想到玩到尽情时，突然一阵风暴将小船吹翻。当她惊醒时，已经被埋在废墟里面。

她家住在花园街新居，父母都是银行职员，奋斗了大半辈子，才分到这套工房。房屋结构是红砖焦顶，每间屋顶都有六根钢筋水泥浇铸的檩子，很重，檩子头搭在双面墙壁上。在不到十平方米的小院里又盖了间小屋，结构简易，面积只有五六平方米，几根小松木檩子撑着屋顶。她想独处有她自己的空间，硬拗着父母将那张父母结婚时用的老式木床搬进小屋，再在屋里其他地方做了精心布置，便成了她的闺房。谁料想，就是这间闺房和那张老床救了她的性命。

她躺在床上，睡梦中被强烈震波摇来摇去，砖灰结构的房体很快就像核桃酥一样碎了，房顶整个坍塌下来，重重地压在高高的床头上。倒塌的墙体和碎石乱瓦塞满了床铺，压住她的身体，她只觉得一股尘烟袭来，呛得她晕了过去。

不知过了多长时间，她醒来时，发现房子塌了，自己被埋在废墟里面，不知外面到底发生了什么事，眼前，漆黑一片，静得可怕，她忽然想起父母，大声喊叫起来："爸爸！妈妈！……"

没有回声。

"爸……妈……"

尽管她喊破嗓子，仍然没有回声，她真的害怕起来。他们到哪里去了，难道也……她不敢想了，打算动身起来，但胳膊、腿好像被什么东西捆着似的，一动不能动，浑身没有疼痛的感受。她脑子还算清醒，知道自己不会死的，只是觉得胸口有些闷。

大地不停地抖动，她觉得浑身埋得越来越紧，呼吸困难，这时，她听到屋顶上有脚步声，于是拼命地向上喊："救命啊！救命啊！"

"小妹妹，你在哪里？"屋顶上有男人问。

"我在房顶底下……"

"你等着，我来救你！"

她觉得有希望了，躺在床上焦灼地等待。

她听到屋顶上有人在搬东西，约莫过了一刻钟，屋顶被一位壮实的小伙子掀开了，一股强烈的光束射进来，刺得她眼球生疼，模糊中，她看见小伙儿强健的双臂吃力地搬着偌大的屋顶，一点点地往上移动，抬到膝盖高处时，便将屋顶放到双膝上，然后腾出双手鼓足一口气猛地将屋顶托到肩头，脚下跟上两步，手、肩头同时用力，总算推开屋顶。她得以重见天日。

"小妹，能动不能动？"

"一点都不能。"

"别急，我马上救你出来！"

小伙儿开始用手清理她身上的废墟，小心翼翼地将砖头瓦块挪开，一点一点，手轻得很，生怕伤着她的肌肤。

她看见小伙子年龄比自己稍大一些，皮肤黑得流油，身体壮得像头牛，方脸平头，浓眉小眼，高鼻梁，大嘴巴。他光着脊背，裸露着发达的肌肉，很有阳刚之气。从他那扒石块的动作看，是个内心细腻，内柔外刚的男人。姑娘的心中油然升起一股别样的情愫。

小伙儿一块块地清理着她身上积压的碎砖烂瓦，慢慢露出她虽然灰头土脸但仍不掩其白皙皮肤的身体，白嫩细长的脖颈，圆滑的肩头，粉红色的内衣包裹着的高耸的乳峰，呈现出青春少女特有的韵味和魅力。但是此时此刻，他根本没有欣赏的心情，只想着尽快将姑娘救出死神的魔爪。

她的内衣一角被挂住了，尽管他小心翼翼，费了很多心思，试了几次，也无法做到完好地把衣角搜出来。

"大哥，扯吧……"她提醒说。

"对，救命要紧。"他不容多想，轻轻地将沾满血污的手拽住她内衣用力扯开，那对高耸的乳房倏然荡出。他怕她羞涩，故意扭过头去，继续清理她身边的砖瓦。

那一瞬间，姑娘有一种触电的感觉。小伙费了九牛二虎之力，总算把姑娘从废墟里救出来，已累得精疲力竭，但仍然咬紧牙关，坚持抱着她一步一挪地走出废墟，仿佛抱着一件珍品，生怕掉下来摔碎。

姑娘双手紧搂着他的脖子，紧贴在他起伏的胸脯上，她可以清楚地感觉到他的心跳，听到他的喘息。

小伙儿的双手搂住她的腰部和肩部，由于用力过大，竟有些生疼，这种疼感让她更清醒地意识到，她正在有生以来第一次赤身裸体被一位不知来自何方的陌生小伙儿搂抱着，那种特殊的感觉与小时候爸爸搂抱的感觉完全不同，朦朦胧胧中，她隐约感到自己的一生也许与这个男人在一起了。

小伙儿喘着粗气，抱着姑娘跌跌撞撞挪动着脚步，终于被檩条绊倒瘫坐在废墟上，但仍抱紧姑娘，断断续续地说："搂紧我脖子，我把你抱到安全的地方。"说完，他使尽全力重新站立起来，继续往前艰难地挪动。

重生的喜悦，初开的情窦，让姑娘浑身酥软，她搂住小伙儿的脖子，把脸颊贴住他的肩头耳畔，闭上眼睛，享受小伙儿宽阔的胸背和有力的臂弯带给她的安全感、幸福感。

情绪平静下来后，姑娘被吓得散乱的意识慢慢恢复了，看着身边侥幸活着的人们奔跑着、寻找着、呼唤着自己的亲人，姑娘忽然想到自己的父母，大叫起来："爸，妈……你们在哪儿？"

小伙儿不管她怎样喊叫，仍然坚持着把她抱到不远处的篮球场上，一下子瘫软下去，四脚朝天躺倒在平地上，闭上眼睛，喘息不止。姑娘摇着他的胳臂问：

"大哥，你没事吧？"

"累死我了，一点力气也没有了。"

小伙儿喘了几口气，这时意识到姑娘正上下一丝不挂地躺在自己身边。"你等着，别动，我去给你找件衣服。"小伙儿起身就走。

"大哥，快救我爸妈！他们都压在东面大房子里！"当小伙儿拿着背心、裤子回来的时候，姑娘哭喊着对小伙儿说。小伙儿告诉姑娘，他刚才去看过了，她的父母已经没有生还的可能。

"别难过，家家都这样，我爸我妈、弟弟妹妹全死了，就剩下我一人了。"

"爸爸妈妈都死了，我跟谁过？我家这里没有亲戚，不如死了算了！"

"跟我过，就当我妹妹吧！快穿上衣服。"小伙儿帮姑娘穿上一件男式衬衣，长长的下摆，一直遮到她的大腿。

"大哥，我的腿怎么不能动弹。"

"废墟里压得时间长了，活动活动就好了。"小伙儿安慰她。

"大哥，你家住哪儿？"

"马家村，离你家不远，站在这儿就能看到。"

"噢，离这么近，以前我怎么没见过你？"

"我跟祖母在秦皇岛长大，暑假回家看看父母，没想到……"

"你真命大，谢谢你救了我！"

"你真漂亮！"小伙儿情不自禁地盯着她说。

姑娘被他灼热的目光看得有点不好意思，羞臊使她不由自主地把头扭到一边去，但马上又扭回来，含情脉脉地看着小伙儿。万没想到，梦中的白马王子会在天灾突降时出现，这也许是命中注定吧！

夜幕降临，细雨绵绵，大地在不停地抖动、摇晃，废墟在余震中飘摇。

"大哥，我害怕！"

"怕什么，有我呢。"

"天黑得像锅底，会不会塌下来？"

"天塌，有我撑着！"

"地老在颤抖，会不会陷下去？"

"地陷，有我托着！"

"我们会不会渴死、饿死？"

"不会，睡吧，有我在，明天一切都会好的！"

漫漫长夜，姑娘依偎在小伙儿的怀里，度过最可怕也是最幸福的一夜，这是爱与悲交织的一夜，情与缘交融的一夜。

天亮了，她的两条腿仍然像木头一样没有感觉，小伙儿决定送她到机场，转移到外地去治疗。他背着她，健步走在城市坍塌的屋顶上，径直朝飞机场奔去。尽管没有建筑物的遮拦，街道的曲线变成直线，还是走了大半个上午才到。

这是个军用机场，平坦宽敞的停机坪上，坐满了血迹斑斑的伤员，就像战场残酷的场面。一架架飞机时起时落，犹如拯救生命的天使。小伙儿足足等了三个小时，才把少女送到飞机座舱里，移交给医护人员。

"大哥，你陪我一起走，没有你我害怕！"

"别怕，有医生呢，我不能就这样走，还有事要办……"

"这里太危险，我怕你……"

"你不说我命大嘛！没事的，好好养伤，我在这儿等你回来跟我过。"他说完推开她的纤手，转身走下机舱，消失在人群中。

她无奈地望着他离去的背影，仿佛失去了依靠，失去了支撑，失去了一切……

两个月后，当她重新回到这座毁灭的城市后，就再也没见到他的踪影。听邻居们介绍，他是在掩埋他父母尸体的时候，被强烈的余震吞没的……

她悲恸欲绝，肝肠寸断！

他来得这么及时，这么突然，闯进她爱的世界，用他男子汉宽厚的身躯托着天撑着地，在一片死亡废墟中，给她营造了生存的空间和今后幸福生活的希望。但是他走得又是这么快，这么急，急得没有与她再见一面，就同她父母一样，把她的爱、她的情、她的希望又全部带走了。

少女的初恋，难道就是这么短暂吗？像昙花一现，随风而逝……

两枝连理

世界上并蒂莲很多，而连理树却很少，可就在唐山市的南郊真的有棵"连理树"，两棵树干花开两枝，独立生长，参天叶茂，根须却盘根错节连在一起，远远望去，树冠相依，宛若一对相亲相爱的恋人，朝夕相处。轻风吹过，树影婆娑，婀娜多姿，特别是每年四月，绿叶葱茂，槐花飘香，更是醉人，因此就成为恋人定情的地方。

他和她就是在这棵"连理树"下定下终身的。他俩同在一所学校，都对生物特感兴趣。他对植物情有独钟，见树就着迷，爱跟树交谈，傻傻的；她对花木钟爱有加，见花就动心，爱与花对话，痴痴的。

一个傻傻的、一个痴痴的，不知不觉中，在树与花的争论中，结下一段情缘。

他说地球上生长最广的就是树木，除了海洋、河流、荒山之外，任何地方都会看到树，绿色是生命之色，上帝造就生命，除了水就是树。树木是最无私的，只要有阳光、空气和水就能活，就能生根、长叶、开花、结果，为动物及人类创造生存环境。树是最伟大的，就像男人，身躯挺拔、意志坚强、从不张扬，默默地甘当绿叶，陪衬红花。

她说世界上最美丽的就是花卉，开起来万紫千红、流光溢彩、风情万种，草本的兰花、喇叭花、菊花、各种蔬菜花、庄稼花，漫山遍野，烂漫无际，木本的桃花、梨花、枣花、杏花等满树飞霞，璀璨如云。

春夏秋冬，梅兰竹菊，城市乡村，户外室内无处不见花，可以说，没有花开花落，世界就没有色彩变化。花是最无私的，就像女人娇艳柔美，妖媚动人，供蜂采蜜，供人欣赏，从不要求回报，正如陆游所写"零落成泥碾作尘，只有香如故"。

他说男人伟大，有了树有了绿叶，才有红花，所以我爱树、赞美树。

她说女人无私，花开一时，有了花开才能结果，所以我爱花、欣赏花。

两人各执一词，争得面红耳赤，最后，她只好服输，其实花离不开树，树也离不开花，就像这棵连理槐，虽然树干独自生长，根须却紧紧相连，树冠相依相偎，就像男人和女人伟大与无私的结合。

“你赖皮！”她说不过他，只好作罢。

在她眼里，他长得真像一棵挺拔的白杨树，高大笔直的腰板，黝黑而粗糙的皮肤，方方正正的脸庞，浓眉大眼，直鼻方口，说话洪钟大嗓，震耳欲聋，走路一阵风，她都撵不上。她非常喜欢他那种执着认真劲儿，认准的事儿，八头牛也拉不回来，特有男子汉气魄，靠得住。

在他眼里，她生得就像一朵娇艳的茉莉花，娇小玲珑的身条，一张白里透红灿烂的脸，弯眉细眼，笑起来又像百合，樱口红唇，哭起来像带露的玫瑰。她柳肩细腰，喜爱穿绣花衣裳，简直像花之仙女。他就喜欢她那种温柔撒娇劲儿，只要缠上他就没完没了，赌气噘嘴，跺脚甩头，特有女人味，过瘾。

在别人眼里，他俩是天配佳偶，地赐良缘，男刚女柔，刚柔相济。一个爱树，一个恋花，树爱花，花恋树，花树连理枝。他俩每到四月时，都去那棵连理槐下幽会，谈情说爱，海誓山盟。

“你是山上树，我是地上花，所以我渺小，不如你伟大。”她坐在他腿上，头依偎着他宽厚的胸脯，望着他的眼睛，俏皮地说。

“你为什么不做树上花？踩着男人的肩膀多高大。”他说。

“我才不呢！”

“为啥？”

“万一掉下来，还不摔个粉身碎骨啊！”

“你嫁给我，不就保险啦！”

“想得倒美，我才不嫁给你呢！认树不认人的家伙。”

“我要你嫁给我，做树上花。”他双手托住她腋窝，猛地站起来举过头顶，嘴里喊着“树上花”旋转起来，转了几圈，累了，就把她放在自己的肩头。

她美美地骑在他肩上，双手下意识地揪住他浓密的黑发，撒起娇来。

“快放我下来，我才不想粉身碎骨呢！”

“不许胡说！”他用右手捂住她的嘴巴，然后将她抱在胸前，对着她明亮的眼睛说：“我爱你，是认真的！”

“真的，你不后悔！”

"永不后悔，就像这棵连理槐，脸贴脸，根连根，天塌地裂心不分。"

她忽然想到两个人就要分手了，他要调到外地的植物研究所去工作，何不在"连理树"下定下终身呢，蛮有诗情画意的。她拉住他的手，钻到连理树干之间盟誓："连理槐做证，树爱花，花恋树，花树光阴不虚度。"

"脸贴脸，根连根，天塌地陷心不分。"

他也盟誓："三年以后，我一定回来娶你。"

柔风吹来，树冠亲昵，花和树紧紧拥抱在一起，定下终身。

三年光阴过去了，他真的回来娶她，就在昨天。

谁能想到大地震来得这么突然，死神是这样无情无义。她与家人抬着他的尸体，脚步如同铅块般沉重，缓缓地来到这棵定情树前，她要把他葬在连理槐旁，因为他最喜欢树，这里有他的情、他的爱。

她泪眼模糊地来到连理槐前，突然惊呆了，她发现连理槐的树根被一种神奇的力量分开，地面震开一条两米宽的缝隙，树根扭断了，露着牙黄色的伤口，像在淌血……但根茎仍连着，两根树干前后错位半米多。她不敢相信自己的眼睛，用手使劲揉了揉，才证实了眼前的一切。

天意，难道上帝真的要把花和树永远分开吗？她不敢相信这突如其来的一切，嘴里喃喃自语："我不该让你来结婚，是我害了你！"

"树上花，我到了快乐岛，发现了几十种矮秆树，只有两个人高，枝叶茂密，这里真是个神秘的地方，四周全是海水，岛上却是淡水，每年春季，还有几百种世界稀有候鸟来这里栖息，蜜月我一定带你来这里玩……"

"山上树，你跑得好远，我都看不到你，你来信为啥老是树呀树的，怎么不说你的地上花，花没人欣赏，都快落了……"

"树上花，不要悲观，你永远开在我心里，每天都在欣赏你，都在吻你。"

"你别哄我，快到连理槐花开时节，你回来一起赏花吧！"

"心上花，我出远门回不去了，对不起明年再补偿吧！我爱你！"

"山上树，我一人赏槐花好孤独，我抱着树干在哭，纷纷落下的花瓣就是我的眼泪……"

"树上花，你拥抱我（树干）好幸福，我吻着花在笑，笑得好开心，好甜蜜，落叶就是我的祝福……"

"四月，又到花开时节，你不要回来了，我已习惯孤芳自赏……"

　　"我爱你生气的样子，今年我一定回去娶你，给你带回几百种树叶标本作为礼物，像花一样美的形状的树叶，你一定喜欢……"

　　"我什么都不要，只要你'这棵树'快回来扎根、开花、结果……"

　　现在他终于回来了，回到他们盟誓的地方。她将他的躯体，他的情书，他的信物全部埋在连理树旁，让他永远扎下根，默默地守候着爱。

三次约会

他的恋爱只有三次约会就结束了。第一次她失约了……第二次他又失约了……第三次两人赴约定下终身，又成为永恒。他像流星转瞬即逝，她像烈火化为钢锭。

一、相亲

元旦之夜，迎新辞旧，烟花爆竹震天响，龙灯庙会璀如昼。

媒人家里，桌上摆满了烟茶糖果，他穿着一身洗涤干净的炼钢服来了，她披着一件风雪衣来了。媒人介绍双方后，俩人相对而坐，互相目视片刻，淡淡一笑，没有掩饰，没有寒暄，只有真诚对视，仿佛前世约定。

他是唐钢一炼高炉工人，一身壮实的腰板，一双握惯钢钎的茧手，一对火眼金睛，能准确无误地看到钢水的火候，人称炼钢能手，企业标兵。他在家里排行老大，下面一群弟妹，像小鸟一样张嘴等食，他只好拼命上班挣钱，帮助父亲撑起天，耽误了恋爱的年龄。

她是陡河发电厂的标兵，一张洋娃娃脸，一副细腻的心肠，她能非常娴熟地操作复杂的仪表，并能从仪表微妙的变化中，发现发电机组的故障，迅速采取措施排除，曾为发电厂立过大功，受到嘉奖。她过早地失去母亲，身有慈母情怀，对上关心父亲，对下关爱三个弟弟，挣钱养家，撑起半边天，一直没有谈恋爱。

媒人看两人谈得很投机，很实在，开心笑了："反正你俩都到了晚婚年龄，又不是毛丫头愣小伙儿，挑来挑去，打打闹闹瞎折腾。个人想法、家庭条件都摆在桌面上，半斤八两相差不多，如果双方没意见，以后就自己约会恋爱吧！"

二、四月

四月，他让媒人传话，第一个礼拜天在铁菩萨山公园见面。

那天风和日丽，暖风习习，他二十八岁第一次穿上休闲衣，骑着永久牌自行车，来到久违多年的铁菩萨公园前门等她。壮实的小伙子第一次和姑娘相约，心里还有些发慌，也许恋爱就是这种感觉吧！

铁菩萨山公园坐落于唐山市中心地段，方圆五公里。园内有一座山，叫凤凰山，虽说凤凰山不算高，仅有几百米，但称得上这座平原城市唯一的山峰了。山上岩石陡峭，松柏掩映，山南脚下，一条石阶小道错落有致地盘旋而上，直通往峰顶，那里是一个宽敞平坦的平台，平台上修有一尊身高两丈的铁菩萨铜像，慈眉善目，玉手纤指，合十作揖，祈祷苍天保佑，所以凤凰山也被称作是铁菩萨山，也是所在公园得名的由来。

小时候就听老人讲，唐山是风水宝地，地下有煤，山上有铁矿、瓷土矿，物产丰富，依山傍海，山珍海味，食米菜蔬，应有尽有，与铁菩萨保佑不无关系。

太阳升到一竿高，公园门口游人多起来，情侣依依，孩童打闹，全家福合影，烘托出假日轻松欢乐的气氛。

他焦急地等待她的到来，不时问问行人几点，时间早已过了约会的钟点。他心里有些发虚，她是不是不愿意了？

他脑海里浮现出她那张洋娃娃脸，笑起来真好看，比商场里布娃娃还可爱，有灵性。上班累一天回家，看到这张洋娃娃脸一定会惬意的。她的心那么细，结婚过日子，准是把好手。他不甘心，相信她会来。

两个小时过去了，还不见她的身影。她一定有什么急事来不了，他这样安慰自己。既来之，则安之，他索性随人群走进公园，朝着山脚石阶走，准备爬山，放松放松。十八年没来这里爬山了，公园变化很大。他拾级而上，深深呼吸，想到小时候与同学来山上玩耍，秋天采摘灌木里的野酸枣吃，险些摔下悬崖去。

他一口气登上山顶，阳光普照，微风吹拂。昔日的铁菩萨已不见踪影，变成一座八角古亭，飞檐雕梁，矗立巅峰。他登上古亭，放眼唐山全景，看到高楼广厦，大街小巷，如同积木……看到唐钢高炉燃着红彤彤的火光，看到发电厂高耸的水塔，也许那张洋娃娃脸就在水塔前朝他笑呢！

踏青爬山，空气清新，赏春，心情愉悦，只是没有她的陪伴，总觉得缺点什么。他回来时，媒人送他一封信，打开一看，她清秀隽永的字迹跃入眼帘：

"大哥，真对不起，第一次约会我就失约了，因为昨天夜间发电机组出故障，实在脱不开身，望你多谅！等下一次约会，我一定补偿！大哥，下次约会，定在五月初夏的第一个礼拜天到陡河水库如何？"

三、初夏飞花

初夏，万木葱茏，飞花点翠，陡河像一条玉带横穿唐山市区，阳光照耀下，斑驳陆离、流光溢彩。两岸堤坝上，垂柳婆娑，花草灿烂，蜂蝶欢舞。晨练的人们，舒臂折腰，舞枪弄棒；顽童追逐打闹，扑蝶捉蜂，乐不可支！

潺潺河水旁，偶或有几位垂钓者，支竿打坐，目不转睛盯着彩色鱼漂，时而有人挑竿收钩挂弦，钓上一条欢蹦乱跳的大鲤鱼，喜悦无比。陡河是这座方圆几十里的城市唯一的一条河，百万唐山人就是喝陡河水库的水长大的。陡河两岸风光旖旎，是夏日恋人最好的幽会去处。

她工作的发电厂就坐落在陡河水库一隅，偌大的发电机组群依河排列，几栋高耸入云的水蒸气塔矗立在其中。陡河电厂是华北电网的重要组成部分，除供应唐山市用电外，还负责向首都北京供电。她父母亲都是发电厂老职工，从小就在工房区长大，对陡河水有一种独特的感情。时光随流水逝去，她从天真无邪的毛丫头出落成丰满韵致的大姑娘。

这天，她早早来到约会地点，趁等他的工夫，采了一朵小红花戴在自己发辫上，给那张洋娃娃脸平添了几分妖媚，找回了儿时的童趣。

约会的时间到了，视野里没有出现他的身影。又过了一个钟头，他还没有到来。她想可能他这是礼尚往来，有意惩罚她，让她也品尝一下苦苦等待的滋味。他那张憨厚忠实的络腮胡浓密脸在她心里浮现。他不会失约的，她很自信。她脑海里编织着如何同他说明，请他原谅上一次失约的理由，想着如何补偿。

河水静静地流淌，时光慢慢地逝去，太阳升到头顶，人们早已散去，只剩下一位垂钓者执着地在等鱼上钩。仍然不见他的踪影。他真的没有原谅她的失约吗？她开始怀疑自己。肚子饥肠辘辘，无心赏景，她直接朝媒人家走去。媒人是她班上的热心肠大姐，她的丈夫就是他的工友。

媒人笑着同样送她一张他托人送来的纸条数落起来：

"你俩玩捉迷藏，一报还一报，上次你失约，这次他不来，有这么谈恋爱的嘛！不过，嗨，可以理解，两位生产标兵，都是大忙人，以工作为重，恋爱为轻。"她总是刀子嘴豆腐心，冷面热心肠。她打开纸条，两行歪歪扭扭的字迹映入眼帘：

"你别见笑，我这双握钢钎的粗手写不好字，但心是热乎乎的。请你原谅，我不是有意报复你，唐钢大战红五月创纪录，礼拜天不歇班，过了这个月，我请你看电影，当作赔罪吧！"

她咧嘴笑了，从那两行钢钎般的字里行间，看到他那颗燃烧的爱心。

天气很热，草木茂盛，生机勃勃。新华电影院，他和她如期赴约见面了。从两人第一次见面到三次相约才约成功，有整整半年时间，两次相互因工作失约，更证明了两颗心的相知相通。当两只手握在一起时，双方没有抱怨，只有喜悦。

电影是《李双双》，黑暗中俩人相依而坐，不时随着剧情开怀大笑。

"你说这人为什么非得成双成对，结婚成家，养儿育女。"他傻傻地问。

"除非你上山当和尚，念经撞钟。"她回了他一句。

"有你陪我，打死我也不去！"黑暗中，他握住她的手。

这个握钢钎的手，麻麻扎扎的全是老茧，恋爱也像钢钎一样直来直去，一点弯子也没有，幸亏在电影院里。她娇嫩的手被握得生疼，但仍觉得有股电流涌遍全身，暖融融的，这就是触电的感觉吧。

他试探着她没有故意反对，就把她的手拉到自己身前，低头吻了一下。

看完电影，她要求陪他去登凤凰山，补偿第一次约会的遗憾。他右手轻托着她的腰肢，两人拾级而上，边走边谈，她谈的是发电，她如何热爱这份工作，那天机器如何发生故障，如何排除故障，如何立功受奖。他说的是炼钢，他如何火眼金睛掌握火候，如何成为炼钢标兵，还告诉她喜爱凤凰山，小时候经常爬山摘酸枣吃。

他和她相依相偎爬到山顶，登上古亭平台，举目眺望唐山，心怀敞亮。

"你看我们发电厂水塔多高，多雄伟，多气派。"

"你看我们高炉多红火，多壮观，多么好！"

"你怎么老是钢啊，炼钢啊，高炉啊高炉……"

"你怎么老是发电呀，发电呀，水塔呀水塔……"

"我们不发电，你们能炼钢？"

"我们不炼钢，你们能造发电机组？"他搂住她圆滚的肩头。

"我们别争了，钢离不开电，电也离不开钢，就像我离不开你，你也离不开我。你看电厂与钢厂不是挨着吗，本来就是一对兄妹嘛！"她依偎在他宽厚的臂弯，幸福地默许了。

登完凤凰山，他要求陪她去陡河水库赏景，弥补第二次约会的缺憾。情侣依依，漫步在堤边柳荫下，两个背影投进明镜般的河水里，亲亲密密的。他们开始谈婚论嫁，互赠信物。他的信物是炼钢能手的奖状，希望她成家后，能支持他的工作，他也一定承担起家庭的责任，除了为家做贡献外，经济大权全部交公，甘愿当"妻管严"。她的信物是发电厂的立功奖状，希望他婚后不要她当家庭主妇，俩人下班后，共同做家务活，还希望他经常刮络腮胡子，免得亲近时扎疼她洋娃娃的脸。

一切谈妥，敲定终身，"十一"结婚，休假旅游度蜜月。

7月28日，大地震突然爆发，当时他正在高炉炼钢，强烈的震波使偌大的炉台倾斜，倒塌，他和工友被剧烈摇晃的大地甩出老远，就是他手中的钢钎救了他的命，挡住了塌落的砖石，使他能从狭小的空间钻出来。钢包倾斜，铁水流淌火红一片，他下意识地循着呼救声，救出了几位活着的工友。

当他来到发电总厂找她时，看见偌大的发电机组已经瘫痪，活着的工人师傅正在采取措施保护尚没有破坏的3号机组。人群中，他看见媒人大姐，才知道，她已经化作一道"闪电"，飘然而去了。地震时，她正在仪表室值班，震波吞噬着发电控制室，她用身体挡住断裂的高压线，触电身亡，使控制室幸存。

三次约会，决定他和她的终身大事。一次天灾，两个相爱的人就天人永隔……老天啊，你为什么这么残酷无情！

营造新生活

——唐山大地震后的家庭新组合

【编者按】 家庭，是人类最基本的社会细胞，是人们不断繁衍生息和生活的归宿。在位于中国华北燕山冀东平原的唐山市，二十年前发生了一场震惊世界的毁灭性大地震，一座百年老城夷为墟土，二十四万人丧生，十六万人伤残，八千个家庭一夜之间成了绝户。震后至今已经二十年了，很多残破的不幸的家庭，在经历了极大的哀痛之后，又以顽强的毅力站起来，重新开始生活，开始对幸福的追求。他们很多人在灾后互助中产生感情，选择了重新结合，创建了新的家庭。记者采访了三个较有代表性的新组合家庭，真实地记述了他们经历的风风雨雨、悲悲喜喜。

一、两个"半个人"支撑一个新家

一对在唐山地震中致残的截瘫青年男女艰难地也是幸福地结合在一起，彼此以"半个人"的肢体相互支撑，相濡以沫，顽强地撑起了一个新家。女人叫姚蕾，男人叫田禾。

姚蕾曾经的梦想是当一名歌舞演员，但是无情的大地震彻底打碎了她的梦，打残了她的身体，甚至让她失去了正常人的生活自理能力。下肢的麻木和恋人的悄然离去，曾使她一度精神崩溃。她想躺在床上永远地"睡去"，离开痛苦的折磨。那时她才二十四岁，正是韶华妙龄的时节。然而，她是一名共产党员，在唐山截瘫疗养院众多同类病友的乐观情绪中，她汲取了力量，学会了操作手摇车，学会自己洗头、洗衣，摇着手摇车离开病床。她与病友一起在春风柳絮中感受大自然的美好，在人群中体味大千世界的多彩。她告别了自卑怯懦，开始正视现实，努力改变现实。她重新亮开歌喉登上舞台，为唐山人唱，为中外来宾唱，为老山战士唱。著名作曲家施光南曾握住她的手说："振作起来吧，音乐也许会成为你命运的奇葩！"她拿起笔，记录自己与命运抗争的真实感受，相继在各类报刊上发表了《红梅初绽》等十几篇作品。

在姚蕾的生命历程中，1985年5月1日是个值得永远纪念的日子。那天，她与有着同样命运的男病友田禾举行了简单的婚礼。两个残疾人一同撑起了生活的重负，在茫茫人海中拥有了自己的家。田禾生在农村，性格内向，但不失幽默，办事果断，很有男子汉气度。姚蕾从他身上得到一种依靠感和安全感。姚蕾懂得生活、正视人生是从田禾身上学到的。田禾能一语道破她的心境，引她走出迷途，并像老人似的经常提醒姚蕾挂面应该拿到外面晒晒，夏天不要吃太多西瓜……姚蕾爱听田禾唱走了调的流行歌曲《再也不能这样活》，田禾爱评论她写得不很成熟的作品。两人包饺子，女拌馅，男擀皮，配合默契。姚蕾从田禾身上得到精神动力，田禾从姚蕾细腻的情感中感受女性的体贴和温柔。两个生活不能自理的截瘫病人成家立业，互相扶持，同声相应，同气相求，相濡以沫，像正常人一样过起了琐碎而平静的小日子。

然而，上天像对这对苦难的夫妻有仇一样，在对他们一次重击之后，似乎看到没有达到他想要的结果，就再伸出了黑手。田禾虽已截瘫，但没失去生育能力，婚后两年半，姚蕾怀孕了。正当夫妻俩喜不自禁时，刚刚惨淡操办起来的家被贼光顾，新买的菲利浦录音机，一条提花毛毯，还有攒着过年用的好烟、好酒等财物被洗劫一空。本来就体弱的姚蕾经受不住打击，流产了……但她做母亲的梦并没破灭，第二年她又怀孕了，经过医生不懈的保胎努力，终于生下了一个六斤重的胖小子。儿子长得清秀，高鼻梁，像田禾，脸蛋、眼睛像姚蕾，集夫妻优点之大成，多少人为之欣喜，要知道这个小生命是两位几乎失去自理能力的残疾人的爱情结晶，是多么来之不易啊！但谁能想到命运之神还是那样无情，儿子来到这世界上仅四十天，就倏然而去，给这对苦命的夫妻留下的是撕心裂肺的悲痛……

姚蕾的母亲梦破灭了，沉重的打击使她精神恍惚，每天泪水洗面，哭到深夜。做母亲是女人的天性。她从小就爱用小手绢叠成"布娃娃"，与小伙伴们玩"过家家"，扮妈妈给"娃娃"喂奶，今天好不容易做了母亲，却又失去了……姚蕾万念俱灰，又想到死！

"哭！哭！哭死有啥用，儿子能复活吗？"

田禾几句硬邦邦的斥责使她猛醒。是啊，自己死了，解脱了痛苦，可相依为命的田禾怎么办？善解人意的丈夫知道她心中的苦痛，每天陪她到深夜。姚蕾意识到，自己不应只为自己而活着，还要为自己的爱人活着，为所有关心自己的人活着，为不屈不挠的唐山人、中国人活着，甚至是为了证明给老天爷看而活着——来吧，把你的本事都施加在我身上吧，只要我还活着，就是你的失败！

医学资料记载，截瘫病人最多能活七到十五年，可这对生命力顽强的夫妻却已经存活了二十年（本文截稿于1996年）。这个奇迹就是他们对不公平的命运最有力的反击。

二、一位地震孤儿的创业奇迹

苗凤桐在唐山大地震中失去了母亲，而后不到一年，父亲又抑郁而亡。他成为孤儿时才十四岁。逢年过节，他孤寂地走在清冷的街市上，望着楼宇里万家欢聚的情景，双眼盈满了泪花。他多想有个家啊！

苗凤桐是个要强的孩子，不甘受命运的摆布，后来他在街道办事处带领几名孤儿从零起步，凭着一辆三轮车起家，办起了一个小五金商店。每天起早贪黑，他们挨家挨户送货上门，用自己的双手、心血、汗水和智慧，改变自己的命运，创造自己的生活。几年来，在大家的共同努力下，他们的生意越做越大，生活越来越好。之后，苗凤桐又搞起了"自行车王国"。

二十八岁那年，经媒人搭桥牵线，苗凤桐与大专毕业的张继萍结婚成家。问起他俩的恋爱史，张继萍毫不隐讳地说，当时她大专毕业后分配到学校当教师，而苗凤桐只有高小文化，也不是国家正式干部，只是街道办事处下属商店的经理。一般说来，她应该选择一位文化水平同她相近或者更高一些的人为伴侣，那时也确有这样的追求者，但她还是选择了小苗，因为她觉得小苗聪明、内秀、事业心强，有真本事。他秉性刚烈、正直义气，是个男子汉大丈夫。记得恋爱时，两人之间没有海誓山盟。他们婚礼办得很简单，两家亲属与媒人喝杯喜酒、吃顿婚宴就算礼成了，下午苗凤桐就去上班，十八天的婚假一天也没休，蜜月是在紧张的工作中度过的。

苗凤桐性格内向，不爱说话，只是默默地笑。婚后不论工作多忙，应酬多紧，每天午饭他都回家来吃，还要亲手为妻烧上两道可口菜。即便出差在外，他也要及时给家里打个电话来，告诉他在哪里，哪天回家，特别是有了女儿苗娃后，他更加殷勤地照料家里。谈起妻子张继萍，苗凤桐总觉得心里淌着蜜。说实在话，当初结婚他想得很简单，只是想成个家，每天有个归宿，有个说知心话的人，但万没想到家庭生活还有那么丰富多彩的内容。继萍很会持家过日子，虽然又上班又带孩子，却里里外外拾掇得井井有条。她很会体贴人，知道苗凤桐胃不好，怕凉、怕急、怕气，就亲手为凤桐做条棉腰带围扎在腰上。继萍每天早晨上班前都要煮杯牛奶，煮好鸡蛋放在床前。看到凤桐有时起晚了凉了没吃，她又专门去买来一个暖瓶，专门用来盛装热牛奶。

结婚六年来，苗凤桐这个地震孤儿从继萍身上得到了女人的柔情和母爱般的温暖，还有家庭的幸福与欢乐。他说："我之所以能把'自行车王国'搞成全国信誉企业，十年来固定资产由零发展到三百万元，我也成为河北省青年企业家、青联委员、区人大代表，是与继萍的默默奉献和我们共同建立的这个稳固的家庭分不开的。"

三、"另一半"寻回新的"另一半"

也许是命运的安排，一家失去丈夫和儿子的寡妇携孤女，嫁给了一家失去妻子和女儿的鳏夫带独子，重新组合成一个全新的家庭，演出了一场人间悲喜剧。

三十六岁的陶瓷女工李桂香在唐山大地震中不幸失去了丈夫和三个孩子，只剩下她和一个年仅六岁的小女儿习红，还有一个郁郁寡欢的婆母。经媒人介绍，李桂香改嫁到震中失去爱妻娇女，年长她七岁的建筑设计师黄玉华家。当时就有人说她傻，那么年轻的女人，本可以找个当官或有钱的男人，可李桂香却拿定主意，不图官位高低，不考虑贫富贵贱，只要人品好，有才气，干事业，能吃苦耐劳就行。

1977年4月5日，也就是唐山大地震过后九个月，李桂香带着女儿习红将铺盖卷儿和几件旧家具搬到黄家过起了日子。当时黄玉华爷儿俩就住在地震废墟旁一间自建的简易房里，火炕上铺一层报纸当褥子，几块砖头蒙一条毛巾当枕头，身上盖一件破皮袄当被子。两家并一家后共四口人，黄玉华每月收入四十八元，李桂香只有二十一元，再加上黄玉华十八岁的儿子黄建唐顶工学徒十八元，生活过得十分紧巴。李桂香时常教导女儿习红："爸爸和哥哥是家里的顶梁柱，在外面做事挣钱养家糊口，吃穿都要可着爷儿俩，咱娘儿俩饿不死冻不着就行了。"

有一天，习红放学回到家，李桂香给她一块菜饽饽让她去同学家做功课，然后给刚下班回家的爷儿俩煮鸡蛋吃。习红回家来取东西时，看见鸡蛋皮后就跟妈要鸡蛋，李桂香说："没有了，明天再给你煮。"懂事的习红看着妈眼眶里噙着泪花，完全明白了妈是有意支她出去的。妈妈何尝不想给女儿煮鸡蛋吃呢？正是长身体的时候，可是条件不允许啊！

两股血脉的人变为一家子，如果只是单纯搭帮过日子也好凑合，但要长久地生活在一起，彼此间的感情沟通是个大课题。黄玉华生来就喜欢女儿，他把习红当作亲生闺女看待，每天下班回来为她补习功课，讲故事，爷儿俩很快成为知己。习红主动跟妈说要改姓黄，理由是女儿就应该同爸爸一个姓。黄玉华为不让习红忘掉死去的亲生父亲，坚持让她叫黄习红，在名字里保留她生父的姓氏"习"字。最难的是黄建唐开始不跟李桂香叫妈，下班也不愿回家，常躲到邻居家去。李桂香只好每天在做熟饭后，去邻居家叫他过来吃。有时建唐心情不好喝醉了酒，她就送去苹果、茶水给他解酒。李桂香决心用母爱去感化他。她知道，要让十八岁的大小伙子接受她这个继母得需要时间。

有一次，黄玉华去厕所的路上看见黄建唐嘴里叼着烟卷从邻家出来，这位自己不吸烟又怕儿子学坏的父亲气坏了，动手把儿子打跑了。李桂香知道后，第一次对丈夫发了火："儿子是你亲生的，现在也应让我来教育，我是他的继母，以后你要再背着我打他就离婚！"

她找到建唐说："妈对不住你，知道你没了亲妈可怜，你有心里话以后就跟我说，想抽支烟解闷找我要，但不能上瘾。"她的真诚，终于打开了母子感情的闸门，儿子第一次敞开心扉向继母倾吐出心中的苦水：地震前几天，建唐在江苏的祖母去世了，他妈亲自送他去车站，买了面包和苹果，嘱咐他送走祖母后早回家。地震发生了……当返回唐山发现只剩下父亲一个人时他蒙了，他不相信眼前的事实，总觉得亲妈就在面前。

李桂香终于理解了建唐不叫她妈的原因，因为她还没有在儿子心中占据亲妈的位置。李桂香用毛巾擦去建唐脸上的泪痕，真挚地说："建唐，我一定像你亲妈那样对你，心里有啥委屈跟我说，妈会让你满意的。"

黄建唐深深地感受到了继母的真诚，第一次脱口叫了声："妈妈。"打那以后，他有事就跟继母念叨，就连交女友谈恋爱也不瞒着。儿子的婚事是桂香最关心的事，托了好多媒人，可都没碰上中意的，结果还是她的亲侄女有缘分，亲上加亲做了儿媳妇。唯一让她遗憾的是儿子的婚事操办得太寒酸了，因为当时正赶上建唐祖父闹病花去一千多元，还拉下五百元外债。两年时间，她节衣缩食存下钱偿还了债务，还给儿媳妇买了结婚戒指、项链，买了彩电。

李桂香用胜过对亲生女儿的母爱，真诚地对待养子黄建唐，用贤妻的温情去体贴半路丈夫黄玉华。她知道丈夫早晨爱吃粥，晚上爱喝汤，就打破自己与其相反的饮食习惯来适应他。黄玉华对妻子的关怀照顾非常满足，家务、孩子几乎都是妻子管，他一心扑在工作上。他怕桂香闷在家里生病，让她每天早晨去公园跳跳老年迪斯科，晚上去街头扭大秧歌，哪儿开心去哪儿。黄玉华待养女习红像亲闺女一样，当习红出嫁时，一次就花费了六千元。如果不是他俩自己讲，工厂里谁也不知道这爷儿俩竟不属亲血缘的。

李桂香嫁到黄家后，主动随丈夫去江苏老家看望了丈夫前妻的母亲和小叔子，并每月寄钱给他，以后逢年过节都去探望，像亲闺女一样。黄玉华也随李桂香到她前夫的母亲家中探望，像亲儿子一般。双方互相理解，二十年来从未间断。

（此文1996年7月发表在《家庭生活指南》杂志，收入
本书时已作重新编辑）

四、邻里感恩四十年

地震四十年，噩梦魂已还。感激救命恩，邻里手相牵。

2016年7月28日9时55分，晴空朗朗。习近平总书记到唐山视察第一站，就来到唐山地震遗址公园，向唐山大地震罹难同胞和在抗震救灾中捐躯的英雄敬献花篮。

同一天，笑孝文化传播大使、笑专家许笑天携同夫人一起从京城回到唐山老家，与妹妹妹夫来到唐山地震遗址纪念墙前，为在地震中罹难的父亲、母亲、祖父、祖母及其亲属献上花圈，祈祷默哀。

笑面人生　四十年怀念

父爱如山，母子情深。四十年的怀念，一万四千六百天的遗憾永远萦绕在许笑天的心头，久久难以消散。

回首四十年前地震的那个时刻，历历场景如在眼前。当许笑天从外地赶到家时，父母亲已经罹难离他而去，他悲痛欲绝，肝肠寸断。掩埋好父母尸体后，许笑天从废墟里扒出父亲写的最后一封家书，信中提到，父亲嘱咐母亲为他外出多带些钱，许笑天真正感受到了严父内心的一片柔情。命运多舛，天意难违。

许笑天一度沉湎于痛苦的阴霾中不能自拔，经常将自己反锁在家里承受抑郁的折磨，甚至曾想到过轻生。后来许笑天真正领悟了苦中作乐的人生哲学，开始苦练微笑，从失去父母亲人的巨大悲伤中解脱出来，创编"三笑养生法、五行笑疗术"，谱写"笑笑歌"，创编"笑健操"系列笑运动健身方法。许笑天从一位初谙世事的青年成为笑专家，笑孝文化传播大使。四十年来，他倡导人们笑着面对人生，以孝行天下。他经常到大专院校、企业、社区传播笑孝文化，深受大众喜爱。

邻里救命　四十年感恩

四十年前，许笑天撰写过一篇题为《一碗清水面汤》的署名文章，真实记录了在唐山大地震灾难中，邻居韩惠贞二姐一碗"清水面汤救他一命"的故事，发表后报纸杂志纷纷转载，感动过无数人。

地震时，许笑天虽然幸免于难，但因为喝了被污染的脏水，吃了不干净的东西，身染痢疾，连续三天呕吐、腹泻、发热，折腾得死去活来。正当他孤独痛苦生死未卜之际，邻居韩惠贞二姐送来一碗热气腾腾的面汤，救活了他的命。许笑天感激韩二姐救命之恩，经常带些礼物回唐山看望她。

无巧不成书，想二姐，二姐到，许笑天竟然在纪念唐山大地震四十周年的茫茫人海中，邂逅了韩二姐。韩二姐今年已是七十七岁高龄，虽说满头银发，比前几年瘦弱很多，但精神很好。她高兴地紧紧拉住许笑天的手，像见到久别的亲人一样，兄弟长兄弟短嘘寒问暖，还是当年那样热情可亲。许笑天和夫人带上礼品，同往年一样来到二姐的家，畅谈邻里亲情的四十年变化。他说，每次看望韩二姐我都会有新的感悟。韩二姐是个心地善良热情助人的人，地震中她一口气救出六位邻居的孩子，唯独没有救出自己的二女儿，至今她还非常遗憾！

笑到孝道，感恩知报。博父母开心一笑，就是最好的孝道。韩二姐不仅是地震中救出六位孩子的无名英雄，还是一位伺候公公到九十三岁寿终正寝，多次被街道办事处评为孝顺楷模的好媳妇。好人有好报，善心有善果。如今韩二姐夫妇俩退休在家，两个女儿都有称心的工作，结婚成家养儿育女。四十年转眼逝去，两代人薪火相传。韩二姐同唐山百万同胞一样重建家园，幸福泰然。

孤儿不孤　四十年寻找

晓丽，唐山地震孤儿，现为天津某医院病理科主任医师。四十年前，听韩二姐说，晓丽也是她和邻居满山一起救出的孤儿之一，震后一直感恩她到如今。许笑天打通了晓丽的电话，话筒里传来晓丽激动的声音："许大哥，我是晓丽，你还记得我吗？经常听韩二姑（韩惠贞）说起你的故事，我非常想见到你。"

许笑天和韩二姐、晓丽三个人出生于三个不同家庭，没有任何血缘关系，地震前住在同一条胡同里。三个人都是在唐山地震中失去父母亲人的不幸者，又是逃离灭顶之灾的幸运者。同样的命运将他们三个人紧紧连在一起。震后四十年来，三个人分别生活在唐山、北京、天津三个不同的城市，历经人世沧桑，生活磨难，不幸中万幸，都有了自己的家庭和事业。

在唐山大地震四十周年祭这个历史节点上，三人不约而同地相聚在唐山地震遗址纪念墙前。当年十五岁的晓丽如今已是五十五岁的中年人，事业有成，家庭幸福。她跟许笑天讲述了她如何感激救命恩人韩二姑，寻找救命恩人王满山的感人故事。地震那天，韩惠贞上夜班没有被砸伤，回家先后救出五位邻居小孩，最后抢救正在喊救命的晓丽。她用手扒开碎石瓦砾，发现一块大焦石板压在晓丽身上，她费了九牛二虎之力，石板竟是纹丝不动。情急之下，她呼叫王满山过来帮忙，共同将晓丽救了出来。

地震后，晓丽成为孤儿，投亲来到天津亲属家上中学、大学直至参加工作。她满怀救命之恩，视韩二姑为亲人，每年清明时节和7·28地震纪念日，她都要带上礼物借去唐山祭祀父母英灵之际，到韩二姑家看望恩人，几十年如一日，雷打不动。韩惠贞非常感动，当年地震灾难中自己的举手之劳，却成就一桩数十年的邻里亲情。晓丽把韩惠贞当作再生母亲，韩惠贞也将晓丽看成自己多个亲生女儿。晓丽听韩惠贞常说，救助她的还有满山大哥。晓丽想，也一定要找到这位救命恩人。她把心事告诉韩二姑，在二姑帮忙下，历经周折，今年初终于找到了王满山，实现了她的夙愿。

笑面人生，四十年的怀念；邻里救命，四十年的感恩；孤儿不孤，四十年的寻找。许笑天和韩二姐、晓丽三位地震中失去多名亲人的不幸者，用微笑战胜了悲伤与磨难，用勤奋和努力创造着幸福生活，用诚挚的邻里之情维系着四十年亲情关系，谱写出一曲大爱无疆的人间赞歌。

（2016年7月28日发表在《唐山晚报》，收入本书时已作重新编辑）

第三辑　人物访谈

勇于追求　勇于奋斗

——访作家铁凝

　　前不久，青年女作家铁凝应唐山市文联邀请来唐讲学。教育学院的阶梯教室挤满了听众，人们的目光汇聚成同一个焦点，平心静气地听她绘声绘色地畅谈自己的创作体会……当讲到获奖小说《哦，香雪》的构思过程时，场内气氛热烈起来，小纸条不断飞到她面前，竟让她有些应接不暇了。

（一）

　　铁凝出身于艺术世家，父亲铁扬是河北画院专业画家。她从小就受到艺术的熏陶，养成了一种敏捷、细腻、内向的性格，为后来的文艺创作打下了坚实的基础。铁凝今春跨入而立之年，其实早在几年前就已屹立于中国文坛之上了。继成名作《哦，香雪》之后，一九八四年，她一人连获全国优秀短篇小说《六月的话题》、优秀中篇小说《没有纽扣的红衬衫》两项大奖，成为中国文坛瞩目的新闻人物。曾先后两次出国参加国际笔会。现为中国作家协会最年轻的理事、河北文联专业作家。

　　晚上，在唐山饭店一间客厅里，我采访了她。铁凝虽说出生在北京，但相貌很像南方人。长脸型、宽额头、大眼睛，上身穿一件褐色羊皮外套，脖子上系条紫红色浅花纱巾，朴实端庄，落落大方。她待人热情平易、真诚，既没有傲慢、娇狂之态，也没有拘谨、做作之感。所以，我们的交谈很顺利。

（二）

　　"你是受谁影响，写起小说来的呢？"

　　铁凝先是笑了笑，随即眼帘微微上挑，似乎陷入回忆，说道："还是我上高中时，偶尔看到孙犁先生的一本小说集，越看越爱看。后来，在徐光耀老师（电影《小兵张嘎》的作者）的指导下，就动笔写起了小说。"

"难怪你的小说近乎白描，清淡雅致，流畅自如，读来颇有孙犁小说的味道哩。读过你小说的人都会有同样的感觉，乍看起来清淡，细品起来味浓，总给人一种深邃的意境。但每篇小说的主旨是什么，很难用一两句话说清楚。"铁凝喝了一口水，从沙发里向前欠欠身子，打着手势说，"社会生活本身，就是很难用一两句话说清楚的。生活并不是抽象的平面，而是形象的球体。所以，我不愿意采取那种直奔主题、图解式的表达方式，总试图将自己对生活的看法，深藏在字里行间。小说写得含蓄一些，留给读者想象的空间宽裕一些，这样才能收到内核小、外延大的艺术效果。"

"文学不是政治说教，不是从主观上强制别人必须按某种模式去生活；文学的功能是渗透、潜移默化地影响人们自觉地去改造客观世界。"冷静地、细致入微地体察生活的潜流，从毛细血管触摸大动脉，用一滴水珠折射太阳的光辉，这也许正是铁凝获得小说创作成功的高妙之处。看得出来，她思想的成熟以及生活的修养，显然远超实际年龄。真乃文如其人，言为心声啊！

（三）

现在，铁凝虽已名扬全国，但创作态度仍然是十分严谨的。她深受贾岛吟诗、福楼拜练字的影响，把修改文章当成一种由衷的乐趣。几乎每篇小说都要改上七八遍。除了写作之外，她还广泛涉猎烹调、针灸、花卉等方面的知识。

"你对前年荣获'双奖'，中国文坛掀起'铁凝热'有何感想呢？"

"荣誉对我来说只是起点，作品获了奖，心里得到慰藉，就该写句号了。因为毕竟已成过去。如果总是陶醉在以往的成功之中，拿不出新作品来，很快就会被读者淡忘。"

"你有失败、苦恼的时候吗？"

"当然有，成功只是意外的收获。但不管成功与否，只要能追求就够了。"

"只要能追求就够了。"实实在在，掷地有声。有耕耘、必有收获。铁凝今年又先后发表了十余部中、短篇作品，其中《近的太阳》《麦秸垛》《错落有致》在社会上有很好的反响，这应该都是她追求的结果。现在的她，正构思一部大部头作品，创作前景也是十分广阔的。

为不耽误她休息，我起身告辞。临行时说，"铁凝同志，你给唐山人留下了很好的印象，他们非常关注你的创作，希望你能常来唐山讲学。"

铁凝微笑着双手合在胸前，真挚地说，"谢谢你们的款待！唐山人热情、好客，新城市很有魅力，我一定来，一定来！"

（此文刊载于1987年3月17日《人民日报（海外版)》）

土生土长

——访中华传统文化促进会名誉会长李土生

李土生，名字听起来很土，但他长相很洋气。一张"田"字脸，鼻正口方。头顶小分头，光滑油亮，显得特别精神。两眼炯炯放光，嘴唇薄薄的，鼻梁挺拔。李土生老师虽然个头不高，但武功高强，修炼得很深。从照片上看，他曾坐禅于冰雪之上，展示于大堂之中，伸手能让大病者转危为安，剑指能使瘫痪人站立起来。要不是亲眼所见，真是难以置信。

一、缘

我与李土生老师结识于敬老院，那天我们同时参加一个活动启动仪式，他站在台上讲话，说他下午去北京东直门敬老院，诚邀爱做公益的企业家同往。下午，我第一次来到东直门敬老院，见到老人集聚在房间不大的活动室里，与来自社区各界做公益的明星联欢。悬挂的横幅上写道：李土生老师第四十八次慰问老人。原来他是敬老院的常客啊，每月来一次，已经坚持四年之久，他早已把敬老院当成他的第二个家了。

敬老院刘院长致欢迎词，我代表全体老人欢迎李土生老师及社会各界人士第48次回家。李土生老师走到台前，跪拜老人，直率地说："爸爸妈妈，儿子我李土生又来看望你们啦！今天是春节第六天，送每人一份吉祥礼物，祝爸爸妈妈健康长寿，每天都有好心情！"

刘院长接着说："今天除了明星和企业家外，李老师还特别带来笑星许笑天老师。大家欢迎许老师教我们'三笑养生'"。我带着一张笑脸上台带领老人们一起做拍手笑运动：

笑哈哈，哈哈笑，笑笑哈哈哈哈笑。
笑笑笑笑笑哈哈，哈哈哈哈哈哈笑。

老人们笑得可开心了。刘院长悄悄对我说:"这些老人都是老小孩,上来犟脾气,可难缠了,经常因为一件小事吵闹起来。欢迎你常来逗老人们开心。"那是我第一次带领"笑爱会"成员到敬老院做公益活动,很是开心愉快。

活动后,我随李土生老师来到敬老院旁边一个小区院里——他们的土生文化传播公司。走进公司大门,古董字画、奇石风景,映入眼帘,很有文化气息。那些歌星、影星也都是李老师的粉丝,对李老师的为人和才学佩服得五体投地。

我问李老师为啥每月坚持到敬老院慰问老人,他眼含热泪地讲述他老父亲的故事。由于工作繁忙,他每天都坐在桌子前,用毛笔书写传统文化经典长卷,一写就是十年,没有时间回家好好尽孝道。最让他后悔的是没有带父母亲到天安门看升国旗。老父亲仙逝后,他曾经捧着老父亲的骨灰盒到天安门广场看升国旗,以完成父亲的心愿,我也真正理解了"子欲孝而亲不待"的内涵。

他的妈妈远在浙江东阳老家,已经九十多岁高龄了。而他在北京工作,不能伺候在妈妈身边。他说:"来看望敬老院的老人,尽一份孝心,就是孝敬我的妈妈。看望老人们不是走走形式,是在传播传统文化呀!"每次去敬老院他都要带一些人做公益,特别是那些有影响力的明星人物,百忙之中看看敬老院的老人们,可以带动更多的人。

李土生老师虽然成就非凡,身居高位,做人仍然不离根本,让人肃然起敬。他是一个纯粹的人,他说:"每年春节送礼物,小区里所有勤杂人员每人一份,包括门卫,他们也不容易,远离家乡来北京打工,我得想着他们。"难怪到了小区门口,一说找李土生老师,门卫总是热烈欢迎。

二、巧

楼记黄酒楼老板楼仕华是我在北京大学讲座时的学生,他与李土生老师是浙江同乡。楼老板也是个大孝子,欣逢老母亲九十大寿,特别邀请我为他策划并主持。将寿宴活动做得隆重一些,活泼一些。我欣然接受,经过半个月的筹备,宴会终于确定在北京蟹岛梦幻宴会厅举行。

宴会厅豪华气派,半弧形电子大屏大气稳重,音响设备专业一流,服务人员热情到位。楼老板亲自邀请各界名流有条不紊地入席,还有变脸大王莫元季,中央电视台春节晚会终身编导、《大宅门》主题曲原唱胡晓晴,男中音歌唱家杨洪基，喜剧演员句号等明星也前来助兴。我站在舞台上主持节目，李土生老师突然出现在我面前，要求上台演个节目。

我问他演什么？他说演"近景魔术"，只见他打开一副崭新的扑克牌，让我证明是刚从超市买的，绝对没有猫腻。然后，邀请两位台下的观众上台，现场监督。全场所有人都拭目以待，台上两位监督员更是瞪大了眼睛。李土生老师当众将扑克牌洗好，让两位观众各抽出一张记住，并握在手里。李土生反复洗牌后，说出牌底，两个人一看牌傻了眼，奇怪，底牌怎么变了呢？明明是这张，怎么变成那张了。李土生老师也不作解释，一笑了之。接着他又叫上两位观众，让四个人每位抽一张牌，李土生竟用数字组成了老寿星的诞辰年——1928，顿时场上掌声雷动。

后来，我问李土生老师何时对魔术有如此研究，他笑着说他是国际魔术协会荣誉会长。李土生老师真是博学多才，深不可测。

三、真

第三次与李土生老师谋面，是我们去他公司求写墨宝。他笑着送给我一本《中华英才》杂志，封面是他英俊潇洒的照片，非常抓人眼球。里面有他的一篇专访文章，他的经历，他的思想，他的才学都蕴藏其中。我才知道他的书法作品如此珍贵。李土生老师开玩笑地说，他要封笔了，现在求他一幅字，已不是"钱"的问题，而是"人"的问题了，只有爱笑的人，他才会赐予墨宝。我们相视一笑，他开始挥毫泼墨，命笔题字。龙飞凤舞，字如其人。

我们注意到李土生老师的书架上，齐刷刷摆着一排新书，那是他研究"文字学"十多年，出版的套书《土生说字》，这本书洋洋洒洒百万言，字字珠玑，段段精彩，蜚声海内外。可见他对中国的汉字有着独到的理解。

李土生认为，汉字本身就是一种文化。汉字是世界上最古老、最有延续性、最优美、最有表达力和最有智慧的文字，它在人类的思维发展、文化繁荣、文明传播中立下了赫赫功劳。尽管汉字经历了甲骨文、金文、篆书、隶书、楷书等许多阶段的演变，但它依然保存了丰富的文化内涵，每个汉字几乎就是历史资讯的储存箱，它的结构及其笔画都蕴藏着大量的文化资讯，既能追寻过去，又能表达现在。先民造字，远取诸物，近取诸身，仰观天文，俯察地理，可以说，汉字中，天地鬼神、山川草木、鸟兽昆虫、王制礼仪莫不周载，古人的生存智慧、生活经验、社会意识、审美情趣、文化心理等都深深地熔铸在这一个个汉字之中。与西方用纯粹的抽象概念和严格的逻辑演绎去揭示物质世界的理性思维方式不同，中国人注重的是直观、形象和感悟，也就是说，汉字是一种通过感性、直观、形象的符号去体现客观世界抽象意义的"象思维"方式。

"象思维"是汉字形成的重要理据。先民在创造汉字时，不论是创造什么字，都要使文字"象"那个所表达的物体。比如，山有山形，水似水貌，鹿有鹿茸，鸟有鸟象。"牛"字角前伸，"羊"字角后卷，"豕"字尾下垂，"犬"字尾上翘等。如果一个字无形可像，则想方设法在象形字的基础上去指示或者会意，用具体的象来表达抽象的概念。

汉字作为世界上仅存的正在使用的表意文字，素有历史文化"化石"的美誉。汉字不仅记载了中华民族几千年的历史，而且以其独特的形式，体现了汉民族认识事物的特定思维方式和审美习惯。比如"医"，繁体为"醫"。"醫"字从殹，从酉。"殹"是治病时的叩击声，"殹"中有"殳"，为敲打，代指调药用的木棒或拍打、敲击、点穴、推拿、按摩等手法。"巫"为巫医，"医"从巫，是因为医与巫初期是合二为一的。"酉"本义为酒坛子。"酉"为酒的本质，酒为药引子或指熬药或酿药酒用的罐子，所谓"无酒不成医"。"医"从繁体到简体的演变，其实就是中医在发展的过程中尤其是在近现代不断地受到西医影响的一个折射。它的简化意味着现代中医逐渐弱化了传统中医"望、闻、问、切、针灸、按摩、推拿、砭针"等整体诊疗医治的方法，有意无意地实践了"西医是治人的病"的局部诊治理论，远离了"中医是治病的人"的全局诊疗优良传统。

李土生老师试图在充分吸收借鉴前人成果的基础上，大胆提出自己的观点，并努力做到言之成理，持之有据。《土生说字》遵循的体例是先拆字，然后解释每个汉字的基本义项，最后对该字进行阐释。如繁体"國"字由"囗""或"组成，"囗"为范围。主权、领土与人口是国家的三要素。一个国家唯有保持国土完整，才算得上主权独立的国家。"或"中之"戈"为保卫国土与主权的武器；当国家的主权和领土受到外来的侵犯时，百姓都有持戈捍卫的权利和义务。

著名学者李土生矢志十载研究汉字，终于完成了10卷本的系列丛书《土生说字》。

"我父母给我起了'李土生'这个名字，好像命中注定，我要肩负研究和传播中国传统文化的使命。从部队转业以来，我的全部精力都投入了对中国土生土长的传统文化的研究中。《土生说字》是我在汉字研究方面较为成熟的成果，目前我同时也在整理这几十年在儒、释、道、养生、中医等方面的研究成果。"

李土生博学多才，其于易学、武术、气功、魔术、汉字、书法、绘画、养生、宗教诸艺均能登堂入室，造诣颇深。多年来，李土生以弘扬传统文化，传承民族精神为己任，先后多次应邀到国内外知名大学演讲，受到专家学者的高度评价。2009年10月16日，在人民大会堂新闻发布厅举办的"《土生说字》全卷版座谈会"，受到了海内外读者的广泛关注。李土生出版的著作还有《儒释道论养生》《李土生静思录》《土生感悟》《中国传统文化散论》《汉字与汉字文化》《你就是佛》等。

2008年，李土生被《中国妇女报》评为"魅力男性"；2009年被《中华儿女》杂志评为"2009年度中华儿女"；2011年被中国艺术研究院评为"建党九十周年九大殿堂级艺术家"；被中国书画交流协会评为"风云百年中国十大书坛名家"。

四、笑

我与李土生老师是平行的两条线，我搞我的笑文化传播与推广，他做他的传统文化研究与实践。平日里都很忙，很少有联系，但也有一些联络。东直门敬老院就是一个聚焦点，孝道文化是中华传统文化的"根"，几年来，我们在李土生老师影响下，每年节假日都要带领"笑爱会"成员去慰问老人们，至今已有几十次之多，每次我们都要把相关文章发表在"笑传正能量"公众号上。李土生老师每月一次带着明星去东直门敬老院看望老人，几年来从未间断过，给我树立了榜样。可见他敬老爱老是真心，没有任何其他所图之意。

李土生钟情于传统文化，专注于文字学研究，但他并不刻薄古板，心态阳光，爱笑爱闹，经常与孩子们打闹玩耍，像个老顽童。说话幽默风趣，老爱跟我开玩笑："笑天老弟，我想你了，你怎么不来看看我，见不到你的笑脸，我就睡不着觉。哈哈哈！"他觉得我创编的笑文化系统很接地气，每次我主持的社会活动颇受大众欢迎，他也是打心眼儿里钦佩与赞赏。他又撰写了十二本有关文字学系列专著，并计划搞一场大型新书发布会，他邀请我为他主持，希望我融入笑文化快乐元素，给古老的传统文化赋予新的内容，让每个文字笑起来，充满正能量。但因为新冠疫情一推再推不能成行，但我非常期待。

2022年，我要出版《笑赢天下》专著，诚请李土生老师题写书名并作序，他欣然应允。下面是他的序言的一部分：笑字，最早出现于战国时代，本从犬不从夭。有云："下士昏（闻）道，大笑之，弗大笑，不足以为道矣。"笑字皆从艸从犬，与楚帛书同。古文献中较早出现"笑"字的是《易·旅》："旅人先笑后号啕。"后来的有《论语·宪问》："乐然后笑，人不厌其笑。"《孟子·梁惠王上》："以五十步笑百步，则何如？"《庄子·秋水》："吾长见笑于大方之家。"

《说文解字》曰："笑"是一个会意字，从竹（竹子）从夭（弯曲），由上面的"竹"字头和下面的"夭"字组成。竹子被风吹弯且发出声响，如人笑时，常会曲体弯腰发出笑声，因而得名。

"笑"指的是人在高兴时流露出的一种真实情感。"笑"除了代表个人情绪之外，还代表人与人之间的融洽关系，如"喜笑颜开""谈笑风生"等词语，发展到后来便有人用与"笑"有关的词语，来形容那些表面和善而实际上严厉或阴险的人，如"笑面虎""笑里藏刀"等词语。"笑"由高兴的意思又引申出了讥笑、嘲笑的意思，如成语"五十步笑百步"。李老师从"文字学"角度高屋建瓴地阐述了笑的形态与功能，为我的《笑赢天下》新书增光添色。

李土生老师是中华大地"土生土长"的文化大师，这位植根于黄土地上的骄子，驰骋在国际文化交流的疆场上，创造出骄人的奇迹。他说，我就是土生土长农民的儿子，躬耕于中华文化的沃土，掘金刨银，为祖国传统文化镶嵌美丽的瑰宝。

一笑天开 百变鬼才

——访艺术家萧宽

"一笑天开，笑行天下"，萧宽铺开皱巴巴的宣纸，挥毫沾墨写出这八个遒劲潇洒的大字，然后仰面哈哈大笑。眯着眼睛对我说，笑天老弟，来，我们站在主席画像前留个影。

我兴奋不已，欣然从命，拉起他为我刚刚书写的沾着墨香的条幅，拍下具有时代意义的照片。

萧宽张口出诗，侃侃而谈，让我敞开胸怀激情荡漾。我与萧宽是故交，思想共振，心灵同频。20世纪90年代末我在新华社工作时，曾与朋友穆青到他"卧牛斋"拜访并结识。一晃20年转瞬即逝，今日又邂逅温都水城他的画舫书斋，真是别有一番情趣。这些年同在首都京城，他搞他的艺术创作，我搞我的笑文化传播，在时空节点上，时有穿插，时有会合，思想在宇宙间碰撞，心灵在时空中交融。

萧宽与共和国同龄，今年已七旬高龄，长我五岁。但心态与气质非同一般，像一个快乐的顽童嬉笑人生，像一位勤奋的学者苦读博学，像一个思想的探索者笔耕不辍，像一追求完美的艺术家挥毫泼墨。他有李白的仙风，也有王羲之的道骨；他有齐白石的随性，更具雕塑家的意蕴，人称"百变鬼才"。

萧宽画像——其相貌：仙风道骨；其思想：才思敏捷；其才学：百变鬼才；其艺术：书画雕刻，诗歌诵斌。其性情：率真耿直；其人品：诚恳待人，宽怀载物。

萧宽的百变艺术，不能囊括他的思想；但萧宽的哲思禅悟，却能统领他的创作灵感。我们一起通过四个方面剖析萧宽走进萧宽。

一、思想的萧宽　大彻大悟

萧宽自幼家境贫寒，课余常到市郊挖野菜，打草卖钱添置铅笔、毛笔、画纸。他牢记一条民谚："一勤天下无难事，"这也是萧宽父亲家传的座右铭。他深有感悟地写下诗集《草籽宣言》：

在野草的怀里断奶 / 又被秋风的巴掌打落 / 从此成了流浪汉 / 不知在何处落脚谋生 / 沦落天涯相思绿 / 把命运交给风 / 扑到春姑娘怀抱 / 此处不绿他乡绿 / 还有来年春风 / 被遗弃了 / 从不沮丧 / 只要不拒绝岩缝中一撮泥土 / 便扎下生活的根 / 只要一块卧牛之地 / 便织出春的一角。

小的浓缩。萧宽把自己比作一颗草籽，以她顽强的生命力，绽放一片绿色，点缀永恒的春天。找到人生的坐标，生活的定位，才能落地生根，发芽结果，创造生命的价值。

《生命宣言》：我从哪里来 / 我到哪里去 / 巨大的问号悬挂北斗 / 我静静地欣赏银河系 / 那是母亲的一缕发梢 / 飘飞着我的幻梦 / 天母的乳房在哪里 / 求生的潜意识需要乳汁滋养 / 天父的神根在哪里 / 朝拜的高香不知在何处供奉。

大的感悟。萧宽面对浩渺宇宙探寻人类的起源，面对大千世界寻觅生命的价值，面对变幻莫测的社会形态拓展出路，面对复杂的家庭关系与爱恨情仇寻找和谐的音符。

萧宽创作漫画"道德经"，用大美艺术同中国道教鼻祖老子对话。

超然宇宙时空，感悟人世变迁，探寻生命大道，领悟卓越非凡。提笔写下《灵悟宣言》：

眼神与眼神聚光 / 心灵与心灵碰撞 / 今天与明天对话 / 远古与未来衔接 / 喜悲对饮——酒杯幻梦醉在一起 / 哀乐交融 / 瞳孔古陶恋在一起 / 命运共济——鲜花骷髅相约一起 / 爱恨共枕——天堂地狱梦在一起 / 诗人折一枝柳眉 / 画家抽一根睫毛 / 瞬间 / 永恒……

人文情愫。萧宽从迷茫的探寻中大彻大悟，从孤独的前行中大明大白，从文学艺术的瀚海里搏击风浪，从哲思禅悟的体验中大道至简。萧宽谈中国人文文化，悟道思想的精髓：人诚为根，高风亮节；人信为根，志坚情深；人孝为根，歌神泣鬼；人善为根，道骨仙魂。终于探寻到萧宽思想的深邃博学，才是他非凡艺术创作的源泉与沃土。

二、艺术的萧宽　大家风范

"百变鬼才"，艺术大师级萧宽。萧宽挥毫书法，龙飞凤舞，潇洒自如，一气呵成。有人在网上搜"百变鬼才"萧宽，他笑侃：做人做不好，就当"鬼"吧。诙谐幽默是他的性格特征。萧宽提笔绘画，天地灵性，山川草木，万象彩虹。萧宽握刀雕塑，城市街景，人物神态，尽收眼底。

萧宽哲思泉涌，妙语连珠，侃侃而谈。他说，北京天桥西街北广场一组雕塑群立体化，他是按照太极图设计的。因为中华民族是太极文化。3.14圆周率数都数不清，画无数个圆心点来连接。禅悟是个感觉，出神入化。他搞天桥雕塑本着"大象无形、大繁就简、大色即空"原则。因为中国太极图黑白交织，曲径通幽，犹抱琵琶半遮面。这是中国形象文化、哲学文化、心理文化、现实文化的融合。他搞雕塑按照老祖宗含混的、朦胧的、模糊的、哲思的、禅悟的立体思维创作，才能搞出抓眼球，挠心窝，入梦境的雕塑艺术作品。

几十年来，萧宽徜徉在艺术王国里，挥毫自如，云中飞马。其书法，法无定法；其绘画，画中有画；其诗歌，哲思喷涌；其雕塑，出神入化。他从小擅长速写、素描、版画、漫画、连环画、雕塑造型等，有很深厚的艺术创作功底。他没有上过一天美校，没有拜过一天老师，居然成了画家。无论是素描、国画、漫画、壁画、油画，还是版画都信手拈来，造诣极高，他凭借自己过硬的实力，赢得了国内外一片赞誉。怪不得称他"百变鬼才"，真是当之无愧。

"涵养沃土，轩辕神州。哲思禅悟，梅花三弄。"萧宽也认为：艺术妙在'似与不似之间'。这绝非浑浑噩噩，故弄玄虚似是而非，而是聪思慧想、鬼斧神工的探新索奇，创造感觉认可的新世界与现实对应。

三、人性的萧宽　大爱无言

"智"从淡薄来，"德"从宁静生。人性的光辉有三：一是懂得感恩；二是尽到孝道；三是做到诚信。懂得感恩才会有慈爱之心，知恩图报；只有孝敬父母，才能奉行天地人伦，光宗耀祖；只有诚信待人，才能德行天下，不负众望，决胜于千里之外。

萧宽非常感恩父辈对自己的谆谆教诲，他在《父爱如山》一书中写道：父亲生于1924年，他的一生经历了旧中国的沧桑忧患，也经历了新中国的甘苦悲欢，父亲在他勤苦的生涯中，用他的智慧、心血、情操、善念，修身养德，启迪我们要懂得生活，更要热爱生活；懂得学习，更热爱学习；钟爱自己，更要钟爱他人；关爱家庭，更要关爱社会。萧宽回忆：父亲重病之际，年逾八十，仍梦中呓语"要去上大学"，我欣然应答"我已经给您交了学费"，父亲竟欣然拍掌……他这种学无止境，乐在其中的精神，成为我们后代进取的精神支点。

萧宽说："我一直以父亲艰苦朴素、诚心为人和'一勤天下无难事'的精神为指针，指引着我的人生旅途。"人们看到，萧宽为什么几十年如一日，那样的勤奋，那样忘我，那样的执着，那样的淡定。是因为在他儿时起就在慈母严父的教导下健康地成长，萧宽身上深深地传承着父亲坚韧刚直、执着勤奋的性格。直到现在萧宽不管多忙多累，总是惦记着年过九旬的老母亲，把别人馈赠他的养生礼品，及时运送到住在天津老家的母亲面前，与老母亲一起分享天伦之乐。

萧宽是一个追求艺术高境界，看淡名利的人。他从不以名家自居，心智如原野沉静、博大而深远。他感恩社会对自己人生理念的启迪，使他为回馈社会做了诸多公益慈善之事。他坦言：只要是慈善之举和公益行为，他都愿意挥毫泼墨、绘画和篆刻艺术作品，而分文不取。近年来，他应邀走南闯北，飞东往西参加各种慈善公益活动，创作铺陈，大爱无言，脚步踏遍祖国山山水水，墨迹泼满大小城镇乡村。价值，无法用数字计算；爱心，无法用语言描绘。

萧宽认为，诚信是做人的根本，诚信是社会的基石。

2018年3月16日，萧宽策划"诚信品牌书画展"在北京工艺美术博物馆隆重举行。主题围绕"诚信"展开，诚信是民根，弘扬诚信，融汇国粹，复兴中华。让诚信贯通生活一诺千金，让诚信图腾华夏一言九鼎。让我们手拉手共建诚信同盟，让我们肩并肩挺起诚信脊梁。"走进新时代，诚信创未来"，落实"文化强国、诚信为本"的国策是本次活动的主旨。

一个艺术家必须具备德行与诚信，爱心与情操，艺术创作的渊源是做人的品德，爱与操守是艺术家的魂灵。没有德行的艺术家，其作品无根无本；没有爱心的艺术家，作品不会有灵性的血肉。

人性的萧宽，德艺双馨，本着孝行天下——德行天下——爱行天下——笑行天下的人生理念，彰显中国的大美艺术，释放艺术家的大爱情怀，在弘扬社会道德的康庄大道上，励志前行，慈善公益，创造人性的辉煌。

四、生活的萧宽　大道至简

萧宽是一个生活简朴，心态似清水滋润万物而不与万物相争的人。他不喜欢在喧嚣中标榜自己，只是希望以艺术之美给人以震撼和启迪。

萧宽是一个特立独行、不图虚华的人，但也是懂得生活，拥有生活情趣的人。除了艺术创作之外，他爱好乒乓球，运气吐故纳新，室内阳光浴等。他认为，饮食要清淡，想吃啥就吃啥，自己下厨做菜品。不要刻意奢求什么。天天有人打电话请他吃大餐，都被他婉言谢绝。衣着要从简，不要太花哨，追求时尚也无妨。他生活似乎有些不修边幅。偶尔喝点小酒抽根小烟，随意自然。他看室内阳光充足，索性脱掉衣服，光着脊背进行阳光浴。他总是自嘲：养生没那么复杂，要随心所欲，空气不花钱，经常要吐故纳新；水源不花钱，每日多喝水排毒；阳光不花钱，天天要阳光浴，补钙壮骨强身体。萧宽激情赋诗：

精神饱满是健康，一颦一笑皆乐章。

人生本来活得累，唯有心情好药方。

萧宽站起身说，走，聊了半天啦，咱哥俩打打乒乓球，活动活动身子。就在他画舫里空场中间置放着一张标准的乒乓球台。我们哥俩一口气战了三局，真没预料到，我这个学生时代得过冠军的选手，竟然全盘皆输。萧宽得意地边擦汗边说，打球也有智慧，对待什么人有什么打法。对基本功好的，就不能按规矩出牌，出其不意才能制胜。

萧宽的家庭，可谓艺术之家。夫人杨悦是他在内蒙古下乡时结识的，也是一位专业油画家。他指着墙上悬挂佛教油画和人物画介绍夫人的作品。形神逼真，神灵活现。女儿萧楠毕业于中央美院，专攻国画，其作品意蕴深远，创意新奇。

就连六岁的小外孙女，也初显画家灵气，蜡笔画画得到处都是。萧宽笑着说，小孩子淘气，想画就画呗！我不但不说她，还大大鼓励她创作。画家就是这样诞生的。我看到萧宽说话时眼神里充满喜兴和希望。

哈哈哈！一笑天开，笑行天下。七旬萧宽始终保持快乐的心态，他大大赞赏我创造"笑文化笑运动养生体系"，并愿意为推广笑文化传递正能量策划活动。

北京天桥萧宽市井人物雕塑群，有座"笑口常开"雕塑作品，俨然是两个相声演员的剧照，一瘦一胖，一高一矮，一静一动，一俯一仰，一直一曲，一文一武，通过这种对比，表现了最为大众化的民间剧种相声的幽默与诙谐。有诗曰：

> 你笑我笑他笑，天好地好人好。
> 只要笑口常开，人间万忧俱消。

走进萧宽，感悟萧宽，思想的、艺术的、灵性的、生活的萧宽，令我激情慨叹，便欣赏命笔写下立体萧宽一诗，曰：

> 大彻大悟禅通天，大家风范艺百变。
> 大爱无言乐公益，大道至简笑自然。

萧宽畅想春暖花开之时，在天桥城市雕塑广场同我共同策划一场别开生面的"笑文化艺术节"，将大笑文化与大美艺术融会贯通，走向全国，走出世界。

2019 年元月写于北京

爱笑的崔老师

——访中国健康专家委员会委员崔国安

2021年春天，我应邀为企业家朋友讲笑运动健康课，传授笑运动方法，课堂上学员们笑得前仰后合，乐不可支。台上有位小老头竟然躺倒在地上，像个顽童一样，开心地打滚儿。我赶紧上前想将他扶起来，老头笑着，一骨碌从地上爬起来，说："许老师，我没事儿。你的笑运动训练课，让我笑出儿时的感觉，好痛快呀！你讲得真好！"

人老了，就应该这样开心地笑着活。我仔细打量眼前这位老者，一米五几的个头，精瘦精瘦的，穿着一身灰色纯棉布衣服，看上去就是一位邻家老大爷。一双炯炯有神的小眼睛，眸子里充满了智慧。据介绍他来自上海，是一位世界闻名的满腹经纶的健康专家，他发明了很多健康养生的方法，为众人解除痛苦和烦恼，成为大众信赖的老师和专家。

一、笑容可掬的小老头

课下，我和这个"小老头"相谈甚欢。他叫崔国安，七十五岁，退休二十多年。经常背着一个大背包，拉着两个旅行箱子满世界跑，手里拿着"伏羲针"，探寻人类健康长寿的秘密。他是一位笑容可掬的老头，笑起来眼睛眯成一条缝，我问他为什么每天总是一副笑呵呵的模样儿？他答："笑活百岁，我要是每天哭着活，以泪洗面，能活100岁吗？你多教我一些笑的方法，我来给你传播。"因笑结缘，我成为他的学生，他也成为我笑文化的粉丝。

那几天，崔老师专门安排我在他组织的课堂讲授笑文化，他听得可认真了。我讲三笑养生法——微笑开脑门儿，欢笑开心门儿，大笑开命门儿，三门打开，百脉贯通。

他像个天真的孩子一样大笑着，前仰后合满地打滚儿，年轻人都被他感染了，课堂也变成了欢乐的海洋。我领唱"笑笑歌"，他也跟着唱，哪怕走了调，也乐在其中。我教练"笑健操"，他跟着音乐节奏摆柳腰，骏马跑，动作滑稽可爱，同学们都要笑破肚皮了。这个憨态可掬的崔老师，放下大专家的架子，开心地笑，好像年轻了30岁，他因此成了我笑文化课堂上的"笑星"。

二、积德行善的小老头

别看崔老师个头儿小，但能量却很大。他大学毕业，发明了多项专利，并创办多家公司，开发多种产品，将专利转化成生产力，为社会提供物质财富，既解决了生活难题，又挣得盆满钵满。他毫不犹豫地将赚到的钱，用来研发健康产品。他参加过很多次国际国内的科学论坛大会，凭自己的研究成果获得过很多荣誉。崔老师早已皈依佛门，带发修行，度化了很多人。他每天行善，用"伏羲针"为民众探病诊断，祛病除魔，救人于危难之中。而且从不收取一点费用，无偿地助人为乐。他是一个有作为的积德行善的好老头，他的弟子满天下。这其中有大学教授、科研人员，也有企业家、科学家、养生专家、中西医生、领导干部。他从不收取学费和诊疗费，口碑非常好。

三、脾气倔强的小老头

交往一段时间以后，我才知道崔老师除了是一个笑老头、善老头外，还是一位犟老头，犟到八头老牛也拉不回。我家有位亲戚遇到难处，想求他指点帮忙。他让我发给他一张近照，用"伏羲针"一探，就说我这位亲戚是一个恶人不能帮。我好说歹说也不行，他说帮了恶人，损了善心，也毁了自己。直到我那位亲戚皈依佛门，潜心修行一年，忏悔罪过，痛改前非，化恶为善，重新做人，他才肯施以援手解决问题。

还有一次，我来到一座陨石馆，看到很多来自天外的陨石，奇形怪状，形态各异。我拍了几组照片发给崔老师，请他鉴定一下是真是假，他回复说，大部分是仿造蒙人的。并说来自天外的陨石，从哪里来，落在哪个国家都是有记载的，是有科学依据的。崔老师有脾气，但一点不装。倔强真倔强，眼里不揉沙子，泾渭分明，绝不和稀泥。

四、勤快精进的小老头

七十多岁的老人，我们很想知道崔老师每天在做什么。有一次，我们安排食宿，才知道他的日常行踪。他不离身的旅行箱里塞满了东西，足足有五六十斤重，压在他这个瘦小身体上，这完全是小马拉大车啊。听他介绍说，他每天早晨三点钟起床，开始工作，通过手机，为遍布世界的学生们回答问题，解决问题。并用文字条条回复，而且写得工工整整，明明白白。每条信息都编上号码储存起来。现在已经达到一万两千多条。

崔老师习惯六点多钟睡个回笼觉，以保证自己精力充沛，气血旺盛。八点钟起床吃早餐，九点钟又开始工作，处理日常事务，科学应对来自社会方方面面的问题。他每天比年轻人还要忙上十倍，但仍乐此不疲。因为新冠疫情，他不能满世界的飞，他就在线上忙得不亦乐乎。他真是一位勤快的老头，令我敬佩又望尘莫及。他这个年龄，手机玩得很好，发信息、发截图、发照片都能做到。

崔老师上知天文，下知地理，知识渊博，无所不通。几乎每天都在读书学习，他拥有很多养生祛病秘诀，且经过反复实践验证是有效的。有些既简单又有效的方法，崔老师是在反复科学验证后，才大力推广的。他真是一位神老头，我对他简直佩服得五体投地。

崔老师帮我确定了新书的书名"笑赢天下"，并亲自为书作序。他可认真啦！要我把书的内容和目录发给他，还要了几个样章。他要好好研究研究，才提笔写序。我耐心地等待他的佳作，我也相信他肯定能为我的新书增加一抹亮丽的色彩。

一周后，崔老师亲自撰写的序言出炉了。与我料想的一样，序言内容朴实真切，语言流畅动人。无论是从科学角度，还是文化艺术的深度和广度，都能阐述笑文化的益处，笑运动的好处。

他在序言中写道：我查阅古今中外有关资料，世界上有两个人讲过《笑的研究》，第一位是法国的哲学家亨利·柏格森。他的著作颇多，1927年还被授予了诺贝尔文学奖。在他的许多著作中，《笑的研究》一书是更为全世界众所周知的。这本书的别名为《笑：论滑稽的意义》，属于美学范畴的著作，专讲滑稽和嬉戏，运用了"由外而内"引人发笑的文字艺术技巧。

第二位是我国20世纪50年代家喻户晓的相声演员侯宝林先生。周总理曾安排他将相声送进了中南海。他与郭全宝说的一段相声《笑的研究》，是从医学角度研究"笑话和幽默"的段子。这也是"由外而内"引人发笑的语言技巧和艺术。

当代又有许笑天老师异军突起，他不仅有"笑的研究"，而且有"研究的笑"。更令人最可贵之处：他创编的笑文化笑运动体系，涵盖笑训练、笑歌训练和笑操训练全方位的课程。他的笑文化不再是"由外而内"，而是"由内而外"积极主动的笑训练，声音和动作双管齐下的笑运动艺术。它包含笑与身心、歌声和各种舞操等肢体动作，成了一种全身心投入简单易行的，人人都能做到的综合笑运动。怎么能不值得全社会去学习、普及和推广呢？我通过对13名参加课程中的学员进行前后变化的测查比较，发现笑运动对心脏、大脑、全身及健康都有明显的改变。

崔老师说明年在上海桃花岛举办的世界健康养生大会，一定邀请我去讲一讲笑文化，让更多的人感受快乐与健康的福音。

我眼中的崔国安老师，就是这么一个人，爱笑、善良、倔强、勤快、直率、豪爽，值得尊敬与信赖。他是我的良师益友，是我生命中的贵人，追求路上的导师。

堂堂正正一辈子
——访中国著名词曲作家姜延辉

人活一辈子，要好好深思；

当有成绩时，要常照镜子；

没有成绩时，学习不停止。

词曲作家姜延辉身穿一套洁白的海军军装站在舞台上，演唱由他填词谱曲的传唱两亿多人次的歌曲《堂堂正正一辈子》那气势，那做派，那腔调，将歌曲演绎得如此深情，宛若一位历史老者站在讲台上，谆谆教诲如何做人，追求励志。歌词平白无奇，全是掏心窝子大白话，听者入心，歌者出神。曲调平和委婉，旋律朗朗上口。会场上500人自然而然地随着优美的曲调轻轻地说唱起来：

人这一辈子，都会做错事。

尽量避免做傻事，坚决不能做坏事。

人生就是这回事，堂堂正正一辈子。

笑派主持的我，被这首压轴歌曲震惊了。第一次结识了我国著名词曲作家姜延辉老师。我通过聊天被他的健谈，他的幽默，他的才艺所吸引，产生了采访他的想法。那天，我与姜老师约定在海军大院附近的咖啡厅进行访谈。

一、生命的歌者

世界著名音乐人几乎都是天才，莫扎特、肖邦、贝多芬这些顶级大师都没有显赫的学历背景，没有系统地学习音乐创作知识，但他们凭借着天赋和灵感，创作出举世震惊传世百年的音乐精品。评论家说，音乐大师们是上帝赐予人类的天籁之音。谁能想到1、2、3、4、5、6、7这七个跳动的音符，能够组合成无数变化莫测的旋律。如果添上歌词，就是一首万众传唱的流行歌曲。

姜延辉就是一位音乐奇才，二胡、京胡、板胡高胡样样精通，作词谱曲门门通晓。18岁的他靠着一把京胡闯京城，直入海军大院文工团，可是文工团不招人，他经过半个多月的周折，终于说服文工团领导同意听他演奏，被破格录用。从此，他的命运像开了挂一样，顺风顺水，成为文工团的台柱子。后来，部队百万裁军解散文工团，他又成功转型成为一位作曲家。有人说他是做导演的料，作曲不行。可在姜延辉的字典里就没有"不行"二字。你说我作曲不行，我就做给你看看，到底行，还是不行。

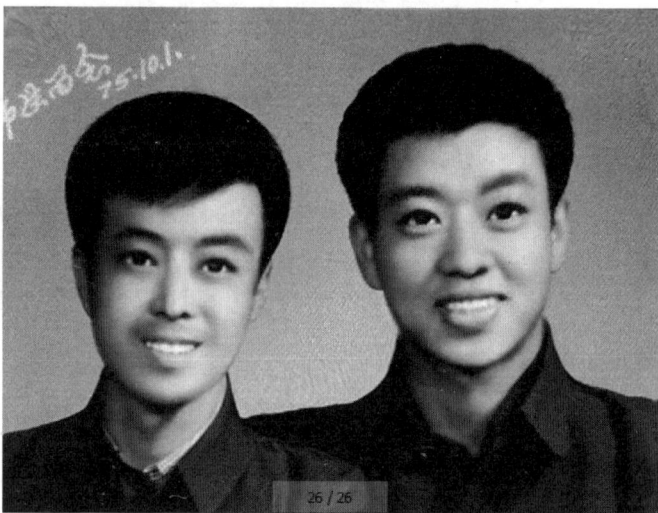

姜延辉参军前和他的京胡老师辽宁戏校校长李刚合影

音乐是歌词的翅膀，歌词是旋律的灵魂，只有好的歌词配上好的旋律，再由好的歌手演唱，才能推出一首好歌来。姜延辉是器乐高手，配器、演艺能够做到完美程度。触类旁通，作曲必须得配好器，才能演奏出最佳效果。但作曲要熟透歌词的意境，激发创作灵感，用音符节奏渲染歌词才能出好作品。

姜延辉说干就干，一头钻进词库淘歌词，立马进行创作，一口气谱写出十几首新歌，找歌手演唱，参加歌曲比赛。但不温不火，没有什么反响。一次，有位总政剧团高水平歌手要参加"青歌赛"，找他创作新歌，还要求有高难度。

　　姜延辉从歌词作者厚厚的信封里翻找好歌词，从里面掉出一张纸条，上面写着几句关于"藏羚羊"的词，一下子使他有了创作冲动。他仿佛看到藏羚羊被宰杀，扒皮吃肉，血淋淋的镜头，拿起笔写出《藏羚羊的述说》歌词，立即开始谱曲。他要写成世界级的中国咏叹调，歌词：

> 为什么？为什么？为什么？
> 一身防寒的皮毛
> 竟惹来杀身的祸
> 我已退到可可西里的角落
> 还有追随的枪口对着我

　　藏羚羊的内心独白，如泣如诉，道出了人类与动物和平相处，息息与共的深刻主题。音乐的委婉动听，旋律的跌宕起伏，节奏的抒情缓慢，拟人的手法，将藏羚羊的述说表现得淋漓尽致。歌词：

> 我多么渴望和平相处
> 友好的人类呀
> 你热爱生活
> 我也热爱生活

　　歌词由述说转向质问，为什么牺牲我们的生命，装扮你们的美丽。你们热爱生活，我也热爱生活！歌唱到此，音乐由慢转强，由深情委婉到激越高亢，为什么？为什么？为什么？连续几个为什么？将音乐节奏推向高潮，将藏羚羊的命运摆在人类面前。姜延辉讲到这里突然戛然而止，神情激动，眼睛湿润，再也讲不下去了。

　　姜延辉最后说，这首《藏羚羊的述说》震惊了整个音乐界，成为短时间内传遍世界音乐大厅的中国歌曲。并入选新中国成立50周年600多首经典歌曲集的压轴作品。说到这，他脸上露出自信的神态。

二、人民的歌者

　　姜延辉开始讲述他创作歌曲的过程，说得有滋有味。他挥手比画着说，他写《记住那一天》歌曲之后，让一个嗓子像韦唯的女孩录了一个小样，后来就给韦唯的秘书小刘打电话，说他这里有首香港回归的歌曲，小刘说香港回归的歌曲已经有上百首，她们不要，姜延辉说这首歌可不一样，你让韦唯抽出五分钟听一下，要是觉得一般就扔进纸篓里。人家就笑他，他说你听过再笑。韦唯正好在旁边也听到了，勾起了她的兴趣，有这么神吗？我倒要看看这是什么人说话这么狂！对方回复那好吧，韦唯明天中午在东三环万家灯火吃饭，你送过来吧。姜延辉匆匆从公主坟赶到东三环找到秘书小刘，把歌片小样留下说：我什么都不说，韦唯听完再说，他坚信她会喜欢的。

　　下午三点电话响了，对方告诉姜延辉，韦唯要和你通话，他马上精神头就上来了，"喂！韦唯听了你那首歌很棒，这首歌非她莫属！"话筒那边传来韦唯浑厚的声音："这首歌真的非常好，你真的不是在吹牛，只有我才能把你这首歌唱好，别人唱不出这种深情和气势来"。他和韦唯电话煲了半个小时，韦唯说她联系好录音棚就通知他。

　　录音棚定在八一制片厂，姜延辉开车在建国饭店接上韦唯，匆匆赶到录音棚，香港回归歌词：

　　　　　让时间记住这一天，
　　　　　让历史记住这一天，
　　　　　让中国记住这一天，
　　　　　让世界记住这一天。

　　韦唯一唱，哇！那浑厚金属般的声音，大家都感觉眼前一亮，这是什么歌啊？太震撼了！当时把正在配音的很多电影演员都被"震"出来了，围在大录音棚听韦唯演唱。就这样，《记住那一天》这首歌赢得了韦唯，也赢得了太多的掌声。1997年6月30日晚上，这首歌在天安门演唱，中央电视台一套《综艺大观》播放；在清华大学举办的晚会上演唱，中央电视台上海电视台联合拍摄制MV。香港回归一周年时凤凰卫视还专门做了报道，播放了这歌的MV。

姜延辉与著名歌星韦唯在录音棚

讲到得意处，姜延辉老师开心地哈哈大笑，表情是那么真挚、乐观、开心。

当歌曲《堂堂正正一辈子》写出来之后，在2013年金秋十月的人民大会堂里，120名戴红领巾的少年男女打着手语，声情并茂地演唱这首歌曲，现场台上台下特别震撼。上级领导当场表态说：这歌太好了，无论是从做人到做事都有了，大家应该好好学习这首歌，并且一定要照着办。姜延辉还到甘肃的贫困山区小学校教唱这首歌，那里的孩子真朴实唱歌特卖力气，教育局局长特别认可这首《堂堂正正一辈子》作为人生座右铭在当地广泛推广。

现在有很多学校都把它做成学子之歌，他到广东、西安、成都、甘肃等地去参加活动文化大讲堂，现场演唱这首歌，大家都反映这首歌太好了，唱出了领导人对大家的叮嘱和期望。

三、时代的歌者

一首好歌，词曲和歌者达到完美和谐，才能登峰造极，传唱爆火，流行风靡。《我的祖国》《唱支山歌给党听》《妈妈啊妈妈》一首经典老歌，跨时代传唱，经久不衰。一位著名歌手，一辈子只唱火一首好歌足矣、王菲《传奇》、阎维文《妈妈》、刘和刚《父亲》、杨洪基《滚滚长江东逝水》等。

一位作曲家可不是那么幸运，一辈子默默无闻地谱写若干首歌，传唱大火后才能被社会知晓。姜延辉确实是一位慢火型的作曲家，就像他的名字一样，他厚积而博发，长盛而不衰。

有人说姜延辉是当代的诗仙李白，狂傲不羁，谱曲填词，打拼江湖，无所阻挡。有人说姜延辉像当代的肖邦A大调，G小调无所不能，通吃。其作曲音域范围最宽，风格涉猎最广，他像变魔术一样，可以把小调谱写成大歌，将大调写成委婉动听的小夜曲。

1979年自卫反击战姜延辉随中央慰问团赴广西慰问演出留影

一位著名作曲家，其思想成就要远超过艺术成就。一首好的歌词，要有鲜明的主题，要有大爱情怀，要有思想高度，要有美学意境，再配上优美旋律，或欢快、或抒情，或委婉，或激昂的曲调，才能创造出一首好歌来。

《藏羚羊的述说》《记住这一天》《新中国》《堂堂正正一辈子》，每一首歌都是小焦点，大主题，震撼人心，和谐社会，不火都不行。

歌词，灵魂也；歌曲，艺术也；歌手，演艺也。一项做好了都不容易，而姜延辉三者兼之，词填得好，曲谱得妙，唱得准，作词、作曲、演唱三项重担一肩挑。

四、永远的歌者

姜延辉是生命的歌者，用生命歌颂大自然，歌颂生命价值；他是人民的歌者，用旋律反映人民的疾苦，人民的诉求；他是时代的歌者，用音乐记录时代的变革，时代的步履；他是永远的歌者，用永不停息的创作，孜孜不倦的追求，创作出无悔于时代的音乐精品。《堂堂正正一辈子》这首歌的旋律又响起来了

　　人在年少时，一定要立志，经得起风雨，才能长见识。
　　莫好高骛远，稳健才扎实，做事讲诚信，做人讲良知。

姜延辉，大半个世纪凭良心创作，用诚信做人，成绩颇丰。现在他是国家一级作曲家，胡琴演奏家，海政歌舞剧团演奏员。中国社会音乐研究会副秘书长，中国广播电视音乐学会常务理事，中国音乐家协会会员，中国民族器乐学会理事，被编入世界华人名人录。

歌曲代表作：万山红《中国妈妈》，王霞《新中国》，韦唯《记住这一天》，阎维文《当兵走天涯》《感谢老爸》《中国航母之歌》，戴玉强《今夜心曲》《明亮的眼睛》，王宏伟《应急救援之歌》，谭晶《彩云南》《展翅高飞》，于文华《不要惦记家》，蔡国庆《北京的门》《家》，张也《梅花紫荆》，白雪《女兵十八》，杨洪基《工人的手》《歌唱新时代》，刘斌《绿色大军营》，吕继宏《我的女兵老乡》，郁钧剑《战友惜别情》，韩磊《大胆走》《黎民百姓爱情天》，满文军、林萍《祖国生日快乐》，于魁智《唱诸葛》，索朗旺姆《天路福音》，王丽达《军嫂来了》，黄华丽《藏羚羊的诉说》，刘玮《教师颂》《随着老百姓的愿望走》，火凤《明天的太阳》，刘和刚《志愿者之歌》，吴娜《美丽中国》，张华敏《悠悠一曲洪湖水》，张建国等生旦净末《中华大戏台》等数百首歌曲戏曲。

姜延辉曾为中央电视台大型纪录片《穿越大峡谷》《昆明世博园》及电影《小小升旗手》电视剧《寇准》等作曲和主题歌词曲创作并获奖。《新中国》荣获全国电视文艺"星光奖"、中宣部"五个一工程"奖及匈牙利国际艺术节"最佳作曲奖"。曾在中央电视台北京电视台及地方卫视担任比赛评委。在"世纪坛"举行的跨入新世纪向全世界直播大型文艺晚会及十六省市大型联合文艺晚会担任音乐总监。三十余首原创歌曲作品被编入全国音乐学院教材。

姜延辉作词谱曲不是为了挣钱，不是为了出名，也不是为了炫耀自己。只是因为老父亲小时候一句话，在他心田播下一粒种子，"人不能白来一次，要活出自己的价值"。当时他根本不理解父亲这句话的含义是什么，但是他从父亲那希冀的眼神里，知道是一句好话。随着他年龄不断长大，这粒种子开始生根发芽，开花结果。他这才恍然大悟，老父亲好有远见卓识啊！

做事先做人，人做好了，事情就做大了。孝道是本，感恩是根，世界上没有无源之水，无本之木。姜延辉每谱一首好歌都要先唱给父母听，让父母看着自己成长而开心快乐。家里有两位近百岁的父母就是传家宝，两尊活佛护佑着子女们发展，多么幸福啊！

姜延辉讲到父母的故事，脸上洋溢着幸福的微笑。他打开手机屏幕，向他父母汇报："爸妈好！我正在接受记者采访"。

你有能力时，决心做大事，没有能力时，快乐做小事；

你有余钱时，就做点善事，没有余钱时，做点家务事。

《堂堂正正一辈子》姜延辉就是这么想的，也是这么做的。这就是他的"骨气"，为追求真理，不畏权贵。这就是他的"志气"，不创出世界第一，决不放弃。这就是他的"义气"，为人类社会呼吁，保护野生动物，保护大自然。这就是他的"豪气"，创造出无愧于时代的经典好歌，唱出时代的最强音。

第四辑：文学剧本

电影故事：死城绝恋

清明时节，许氏家族地震幸存者许田携妻儿和家人手持花篮前往唐山大地震纪念墙前，祭祀遇难的亲人。

许田接受电视台记者采访：回忆几十年前那场震惊中外的大灾难，许田的眸子淡出……

发狂的大地，剧烈颤抖、摇晃，几秒钟将一座城市毁为墟土。

许田外出幸免于难，当他赶回家时，眼前一片狼藉。唐城要"地陷"了，侥幸脱离死神魔爪的人们，搀扶着纷纷往城外逃命。许田却往城里冲，爸爸妈妈、恋人玲玲是死是活，他全然不知。

后来，在解放军战士的帮助下，许田掩埋了遇难父母的尸体后，成了一名孤儿。

许田费了九牛二虎之力，在废墟中找到恋人玲玲的家，呼喊她的名字，没有回应。他不相信玲玲会死。因为三天前，俩人一起看完电影《梁山伯与祝英台》后拉手盟誓：今生永不分离。那几天，许田在废墟上玩命地奔跑，呼来唤去，始终没有找到玲玲踪影。但他坚信一个念头：只要见不到玲玲的尸体，就说明她还活着。

地震后，许田成为一名剧作家。大地震灾难夺走了多少幸福的家庭，他先后采访了"父子一走一回，天各一方""母女一活一死，黯然情殇""男女洞房之恋，天堂地狱""夫妻一脱一劫，撕心裂肺"等诸多地震亲历者，写出一部振聋发聩的大型纪录片《亲历者》，真实记录了地震灾难对人类造成的心灵创伤。

爱情的驱使，使许田始终没有放弃寻找恋人玲玲的愿望，逢人便打听，听到一丝线索就出发，但寻找过程中常因为重名重姓闹出很多误会，结果屡屡失望。但许田没有气馁，仍然到处打听她的下落，苦苦地寻找了十年，始终没有玲玲的音信。

一天，当许田站在恋人曾经盟誓的银杏树下，回忆美好时光时，一位相貌酷似玲玲的姑娘，名字也叫玲玲的人出现在了身边，用她真挚的爱，融化他孤独的心灵，两个人坠入了爱河。从此，许田放下长达十年的孤独的寻找，开始了新的生活。与生命中第二个玲玲结婚成家，养儿育女，一晃过了二十年。大女儿许好，当上电视台记者，小儿子许兴，大学毕业后也成为电影导演。

生活一切都归于平静，但万没有想到，地震三十周年纪念日那天，大女儿许好在地震纪念墙前采访一位坐着轮椅的女作家玲玲，说出她奇异曲折的经历后，拍出一部催人泪下的纪录片。许田看后，大为震惊。原来，他思念已久并苦苦寻找的玲玲并没有死，地震时她逃出家门外，被倒塌的楼房砸倒在废墟里，当时不省人事。不知过了多长时间，待她苏醒时，已经被好心人救出，转到外地，竟成为植物人，在病榻上已经沉睡了十年。

玲玲苏醒后身患高位截瘫，只能坐在轮椅里行动，再也不能回到她心爱的舞台了。玲玲在外地养母精心的照料下，逐步恢复了记忆，过上了正常人的生活。她看了大量的地震资料和新闻报道，写出一些灾难小说和她曾经与许田的爱情美文，成为一名残疾女作家。三十年后，在养母鼓励和陪伴下，她终于来到阔别已久的灾难之地，寻找自己失去的爱情回忆。

许田在女儿许好的安排下，与分隔已久的玲玲终于见面了，两个被震魔无情拆散的恋人，平静地接受了残酷的现实。两位盟誓热恋的情人，在地震灾难中遭受了不同的命运。许田在希望与失望的寻找中，熬过了十个年头；玲玲在爱情的美好中度过了十个春秋。

天塌了，地陷了，城毁了，身残了。只要人还活着，爱情永远不会消亡。

剧中人物

许田：地震孤儿，灾难剧作家，六十岁（剧中主人公）

玲玲：地震孤儿，残疾作家，五十八岁（父母车祸双亡，与爷爷奶奶生活）

玲玲：地震孤儿，许田妻子，年轻时二十五岁、中年时五十岁

许好：许田之女，电视台记者，二十七岁

许兴：许田之子，摄影爱好者，二十五岁

兰花：许田之婶，图书管理员，五十岁（母女之恋）

梅花：许田堂哥之妻，陶瓷厂贴花工，二十九岁（夫妻之恋）

许伟：许田堂哥之弟，厨师四喜丸子，二十八岁（洞房之恋）

武打电视连续剧：节振国

内容简介

从山东逃荒到赵各庄煤矿做窑工的节振国想挣大钱，回乡买田地跟看不起他的地主老财斗，结果不但钱挣不着，还经常挨监工把头欺负。忍无可忍，他和几位同乡刻苦习练武术拳脚，在红枪会和大刀会械斗场初露锋芒。后经抗日英雄、江湖武林名师"单刀张"指点，功夫精进。他怀揣强烈的民族气节，怒砸日本商号白面馆。在地下党员周文彬的帮助下成为工人代表，领导工人大罢工，震慑了英方统治者。

为救大哥节振德，节振国临危不惧，刀劈鬼子兵，表现出大无畏的英雄气概。他拉杆子上山成立工人队伍，消灭汉奸大队，袭击日本宪兵队，平反冤案，大得民心。其队伍被冀东司令李运昌改编为冀东抗日联军特务大队。在八路军邓华首长帮助下，他刀斩众匪首，稳定了抗日统一联盟，由一位讲哥儿们义气的武侠豪士，逐步懂得了顾全大局的革命道理。

节振国智勇双全，孤胆降服叛军，大闹宴春楼，为民锄奸惩恶，成为交口称赞的民族英雄。日本大扫荡，他带领队伍进行游击战，夺取王官营，突围南小寨，夜袭林西镇，端炮楼，埋地雷，打得日本鬼子悬赏五千大洋要他的脑袋。日本鬼子抓不着节振国，就把他母亲和妻儿抓去严刑拷打，诱降拜把子哥儿们夏连凤，但使尽所有伎俩都动摇不了节振国的意志。为了抗日，他冲破哥儿们义气的羁绊，在夏连凤前来劝降时，亲手处决了这个叛徒，完成了他性格的升华。

节振国武侠豪气，没有受到正规军训，流寇思想严重，小胜沾沾自喜，过低估计敌人，下水路村被日军围困，队伍几乎全军覆没。失败后，他接受了八路军领导的批评，认识到自己的错误，重整旗鼓，接受正规军训后，血洗陈苍峪，虎穴掏敌首，打了几个漂亮仗，表现他非凡的指挥天才。但遗憾的是，正当他走进党校接受共产主义教育，成为中共党员的前夕，不幸在尤各庄战斗中被敌人冷枪击中，结束了年轻的生命。

全剧共23集，今将两集剧本展出，供读者欣赏。

序幕

拂晓，赵各庄矿区一片沉寂，偶有几声犬吠。节振国家庭院被鬼子宪兵和伪矿警围个水泄不通，到处是寒光闪闪的刺刀，黑洞洞的枪口，虎视眈眈的眼睛。

室内，翻箱倒柜，衣物遍地，杂乱不堪。

堂屋，节振德被五花大绑捆在锅台前的立柱上，遍体鳞伤，血迹斑斑。

鬼子武长气急败坏地抡起巴掌，啪啪打了节振德两记耳光，只见殷红的鲜血从他嘴角渗了出来。

节振德怒目而视，腮帮一鼓，吐出一口血水，喷在鬼子武长脸上。鬼子武长左手抹脸，右手握住东洋刀柄，哇里哇啦地号叫……

这时，节振国突然出现在鬼子面前，鬼子武长为之惊愕……鬼子武长紧握刀柄的手，将寒光闪烁的刀锋抽出半个鞘……

节振国手疾眼快，抓起锅台上的菜刀，以迅雷不及掩耳之势，照准他右太阳穴斜劈下去，只听"啊"的一声，鬼子武长扑倒在地……

两个守门的宪兵猛怔了一下，端着刺刀恶煞似的朝着节振国胸口刺来……节振国一蹲身躲过刺刀尖，伸手"嗖"的一声抽出鬼子武长的东洋刀，一个纵步虎跳，左右开弓，寒光闪闪，鬼子的两颗脑袋便滚落在地……

节振国右手提着东洋刀，左手拉着节振德冲到院子中央，迎面遇上七八个鬼子宪兵和伪警端着刺刀冲上来，把住大门口。

节振国见此情景不妙，将节振德往左一推，自己手握东洋刀故意向右转了转，把敌人吸引过来，展开一场恶战……

明晃晃的刺刀白蛇吐信般刺来……

亮闪闪的战刀狂风暴雨般舞动……

鬼子们虎狼逼近的脚步……

节振国左闪右躲的躯体……

兵器撞击声、鬼子号叫声、节振国咒骂声混成一团。

片刻，鬼子、伪警死的死，伤的伤，横尸满地，侥幸活着的已经逃出院外。节振国定了下神，纵步跃到节振德跟前，拽起他刚要冲出院门，鬼子机枪便雨点般扫射过来……

节振国一摸左脚，已经挂彩，拍了下节振德肩头，朝南墙一指，纵身一跃，蜻蜓点水般上了墙头……

这时，鬼子的机枪口已经伸出院门口，疯狂地扫射，喷吐火舌……

节振德后背中弹，扑倒在南墙下缸底上……

节振国的脚已经蹬离高高的墙头，悬空而下……定格。

激昂的乐曲声中，迅速推出片名《节振国》和演职表。

第一集　初震械斗场

黑幽幽的窑洞，曲折地向前延伸……昏暗而潮湿，几柱灯光在晃动，宛若暗夜中闪烁的鬼火。光柱下面，隐隐约约有几条黑影，慢慢地向前蠕动，犹如地狱里的幽灵一般。

滴水声、刨煤声、叫骂声混成一团……

狭窄而低矮的巷子里，有三条黑影匍匐着身子，左手拿着手镐，右手拽着纤绳，艰难地向前爬动……

特写：咬紧牙肌黝黑的脸腮。

深深勒进肩胛里的纤绳。

麻花形的背肌、腿肌。

用劲蹬住煤壁的脚趾。

纤绳拖着满登登的煤筐。

爬在前面的黑影是个矮个子，敦实的身材，光着膀子，圆脸、球头、虎眼、剑眉，看上去不过十六七岁。他就是节振国。

节振国紧蹙的眉宇，思索的目光。

画外音——

冯老卿：小顺呀，你这干巴小子，到哪也没出息！哈哈哈……

节振国：冯老卿，你甭美！我到赵各庄挣大钱去。等发了财，你出二十块大洋要一亩地，我出三十块！

节振国埋下头，拼命地拖筐……

加快速度的脚步，滴答滚落的汗珠，化作哗啦啦撒下的铜钱……

突然，一声闷响，坍塌的煤壁，尘烟弥漫的掌子面。惨叫声，吆喝声，脚步声充满整个窑洞……

槽出口。

把头一举将一位欲冲出去的工人打倒在地，气呼呼地叫骂："臭窑花子，你往哪跑！"

节振国跟上来，扶起工友关切地问：二发，伤着没有？

邵二发抬起头，鼻孔直淌血。

节振国放开他，握紧拳头，瞪大虎眼，猛地朝把头扑去……

把头没防备，被节振国抱住大腿，没等他得手打，哎呀一声坐在地上。这时，夏连凤也冲上来，照准把头劈头盖脸地猛打……邵二发也寻机上来，仨人将把头打得嗷嗷直叫……

仨人打累了放开手，把头挣扎着从地上爬起来，提提裤子，摸摸脑袋，一瘸一拐地往后退着，指着节振国说：你们等着，我找尹总管来剥你们的皮！

巷道石门口。

一个彪形大汉堵在中央，满脸杀气，络腮胡子，熊腰虎背，胸口布满黑毛，像个凶狠的恶煞。

三条人影从巷道深处急跑进来，累得气喘吁吁，到了石门口，跑在前面的邵二发胆怯地往后缩，恐慌地说：不好，尹大头！

节振国：别怕！

节振国把邵二发往身后一拨，猛地朝尹大头扑去，想来个"黑狗钻裆"。没想到尹大头腿一抬，身子一闪，顺手轻轻一掌，就把节振国弄个"前爬虎"。

夏连凤看节振国失手，冲上去照准尹大头就是一拳。尹大头用肘往外一磕，抬腿一脚，就把夏连凤踢个仰面朝天，然后得意地一笑，恶狠狠地逼向邵二发，刚要抡拳打，竟被节振国从后面抱住大腿，狠狠地咬了一口。夏连凤也乘机抱住尹大头另一条大腿不放，喊：二发快上，揪他头发！

尹大头看事情不妙，猛一运气，来了个"千斤坠"，一下将节振国、夏连凤弹出老远。没等他们再爬起来，上去就是一顿拳打脚踢……直打得他们爬不起来，这才扬长而去。

夏连凤挣扎着从地上抓起一块矸子，朝着尹大头的背影刚要砸去，却被节振国按住手腕，咬紧牙关说：君子报仇，十年不晚。咱哥儿几个得先学点拳脚！

凌晨，赵各庄矿区。

洋槐树林中，有块方圆十米的空场。这是红枪会习武之地。只见红枪会员们身着短衣，腰扎武功带，两人一对，仨人一组打拳踢腿，舞枪弄棒，好不热闹。

树林中，节振国、夏连凤、邵二发站在武场外，看花了眼睛……

武场上，一位会员扔给另一位会员一杆大枪说：师兄，走趟"子龙枪"让兄弟们开开眼！

那位师兄纵身接住大枪，轻轻一抖，弓步一拉，练了起来，只见银枪闪闪、红缨跳跃，枪杆宛若银蛇飞舞……

银枪化作节振国舞动，枪尖直刺尹大头咽喉……

节振国开心的眼神……

大枪练毕，会员们无不叫好：今年比武，师兄的"子龙枪"一定会胜大刀会的"梅花刀"了！

那位师兄似乎有点洋洋得意，这时节振国、夏连凤、邵二发跑上前来，扑通跪在他面前，同声说：师父，请收我们做徒弟吧！

那位师兄先是一愣，然后低头细细打量一番他们的衣着气质，蔑视地头一扭，转身走开了。

那个俏皮的会员看师兄瞧不起这几个小窑花子模样的孩子，走过来戏弄他们：喂，起来，想练把式好说，你们谁能把这个石锁举起来，就收他做徒弟。

节振国第一个起来，跑到石锁前，伸出右手抓住石锁柄，使出最大臂力，石锁才离地一寸高，再也起不来了，但他不甘心，只好双手往上提举，尽管使出浑身解数，不仅石锁没举过胸，自己反被石锁拽个跟头。

红枪会师徒们哈哈大笑……

节振国从地上爬起来，跑向石锁还要举，却被那个会员踩住，将他拨开，伸手抓起石锁一举过顶，然后轻视地朝他一瞥。

节振国不服气地狠狠瞪他一眼，转身走了。

北山坡。

一块平地上，大刀会的会员们在练功。只见刀光剑影，腾空飞跃，令人眼花缭乱……

一位大汉手握长柄鬼头刀，劈砍抡砸，刀闪风响……正练到精彩之际，另一位会员忽来制止：师兄，红枪会来人偷艺！

大汉停住练刀，节振国、夏连凤、邵二发看他们走来，喜出望外地迎上前去，刚要叩拜，只听一声：打！

拳脚便像雨点般袭来，打得他们晕头转向，只好寻机跑了……

郊外草坪。

节振国、夏连凤、邵二发三人平躺在地，大口大口地喘着粗气。蓝天白云，几只孤雁徘徊飞翔。

夏连凤垂头丧气地说：二哥，我可受不了这窝囊气！明天回山东老家去！

节振国翻了下身说：我们逃荒到赵各庄，不就是为了挣几个钱儿！再说我们也不能这样便宜了尹大头！

夏连凤无奈地说：我们仨都打不过他，怎么办！

节振国沉思地说：要在赵各庄站住脚，非得学会拳脚不可！

邵二发失望地说："人家都瞧不起咱，跟谁去学？"

夏连凤又无精打采地躺在草地上，叹了口气。

节振国在草地上转了两圈，突然走到夏连凤跟前，兴奋地说：你明天回老家把我远房大叔请来，他叫节廷芳，拳脚在山东是很有名气的。特别是"三节棍"……

回忆画面：

武场上，节廷芳在练三节棍……

小振国手拿树枝跟在旁边比画……节廷芳发现后停下来，拍了拍他肩膀问：喜欢练武吗？

小振国点点头，又拿起树枝做了个动作。

节廷芳笑了笑：大一点，大叔教你。

节振国满怀希望的眼神。

夏连凤怀疑地说：你大叔肯来吗？

节振国把握地说：你一提我他准来！咱们撺掇几个老乡，拉杆子成立个"同乡会"，就没人敢欺负我们了！

夏连凤没信心地说：二哥，就算你大叔能来，咱们也没个场子练武呀！

节振国想了想说：场子好说，你去山东请我远房大叔。场子的事，我和二发包啦！

黄昏，天边一抹余晖。

赵各庄矿东门外，废旧的武场杂草丛生，破乱不堪。节振国和邵二发光着膀子，拿着锹镐迅速清理场地……

矿东门饭馆里。

矿工们在吃饭，伙计吆喝着来回忙碌着。

一伪矿警喝完酒，放下杯，抹抹嘴就走。

伙计赔着笑脸迎上来问：老总，给现钱，还是赊账？

伪矿警：赊账。说完晃晃悠悠地走出饭馆去。

傍晚，矿东门外。

一块方圆十米的武场已平整好。

节振国和邵二发举着锹把和镐柄叮叮咣咣地对打起来。

伪矿警晃晃悠悠地走来，叫喊着：住手！你俩在干什么？

邵二发：老总，我们平个场子。

伪矿警：平场子，交地皮税了吗？

邵二发：没人来的地方还要地皮税？

伪矿警：除了乱坟岗子，哪儿都得花钱。少废话，想用这场子，就掏二十块大洋，明天我在局子门口等着。

转身晃悠悠地走去。

邵二发追上去说：老总……

节振国拽住他说：二发，别跟他啰唆！没用。

邵二发为难地说：二十块大洋，咱们上哪儿去找啊？

节振国：晚上，找哥儿们凑一凑。

晚上，工棚里。

节振国、邵二发找穷工友们凑钱……

路灯下，节振国、邵二发碰到一起，将各自凑的大洋集到一块。

邵二发数了数说：才四块，怎么办？

节振国皱皱眉说：走，找我三叔去。

保险胡同。

节振国三叔家室内，节振国随便地坐在椅子上，期待着三叔的施舍。

三叔吃惊地说：二十块大洋？不行！你那么多穷工友，都来找我要钱，能掏得起吗？

节振国：三叔，你总不能让我看着工友遇难见死不救吧！

三叔：小顺子，你这孩子真是得寸进尺，哪块大洋不是你三叔的血汗钱！过去你三块五块地要，三叔知道你重义气，给了你。现在你要二十块大洋！那能买十袋面，能开个小烟馆……你是不是嫌做工苦，想在市面上搞点什么名堂？小顺子我告诉你，咱们节家世世代代都是靠功劳厚道吃饭，从不搞歪门邪道！

节振国见三叔误会了他，说出实情：三叔，我实话说了吧！我想买块场子和穷哥儿们练拳脚，跟尹大头斗！

三叔震惊地说：什么！小孩子不知深浅。你知道尹总管是什么人？原来他是赵各庄这块土地的土匪头，心毒手狠，现在是英国老板的人。当初，你们爷几个从老家来投我，要不是我成把成把的大洋往他手里塞，你们能在赵各庄落脚做工？你招惹他，不是砸自己的饭碗子吗？

节振国气愤地说：尹大头不拿我们当人看，我受不了！

三叔：受不了也要受！当初我也没少挨他的打。

说着扯开衣服亮出斑斑伤痕，继续说：你看，三叔受的气比你大，可忍过来拼命干，还是样样活儿都学到了手。今天不是也端上员司的饭碗了吗？如果和他闹翻了，我哪有今天。你们爷几个来不了赵各庄，也早饿死在老家了。

节振国：三叔，当初你写信说，赵各庄能挣大钱，我才跟俺爹来的。临来时，狗财主冯老卿骂我没出息，我想挣了大钱给他看看！可现在我不想挣大钱了，也不想跟你学忍气吞声。我就图个咱节家、咱家哥儿们不要受欺负！三叔，你就先借我二十块大洋，等我出息那天再还你！

三叔：不行！你这是败我的家！

节振国乞求地说：三叔，我没别的路可走，最后求你这一回啦！

三叔不耐烦地说：你这孩子怎么这么不懂事？你这样干，早晚会把咱老节家闹得家破人亡！你也别磨叽了，我不会给你一个子儿！

节振国气愤地看着三叔，忽然发现床角露出的手枪皮缰，计上心来，强硬地问：三叔，你给不给？

三叔气呼呼地说：不给！

节振国走到床前，麻利地掏出枕头下的手枪，看了看说：三叔，这是你逼出来的……

三叔一见他拿手枪惊愕地说：小顺子，你别胡来，顶着火呢！

节振国：我知道你这支护身枪是花三十块大洋买的。你不给钱，我就把它压在当铺去。

三叔气急败坏地说：你！你敢！

节振国牙一咬，转身就走。

三叔无可奈何地喊：小顺子，你回来！

节振国停住脚步，转过身来望着三叔。

三叔额头渗出汗珠，声音颤抖地说：你就要二十块大洋！

节振国：对，一个子儿也不多要！

节三叔只好从钱袋中数出二十块大洋，在手里掂了又掂，终于恋恋不舍地给了侄子。

节振国接过大洋，迅速数了数，然后把手枪还给三叔，兴奋地给三叔跪下，感激地说：总有一天，侄儿会报答三叔的恩情！

说完起身而走。

三叔无奈地望着侄儿的背影，坐在椅子上叹了口气，摇了摇头。

朝霞似锦，丽日晴空。

赵各庄矿东门外，一块平整的武场上，十几个短衣打扮的矿工围住节振国，他正挥着胳膊慷慨激昂地讲话：哥儿们，我们山东老乡要抱把子练拳脚，才能在赵各庄不再受欺负！

工友们异口同声地说：对！二哥，练拳脚我们没有师父教呀？

节振国看到了时候，朝夏连凤一使眼色。

夏连凤示意，将身后的节廷芳领到工友们中间，介绍说：这位是二哥的远房大叔，专程从山东来赵各庄教我们拳脚的！

大家的目光同时集中在节廷芳身上，只见他短衣打扮，干瘦精干，目光炯炯有神，约莫五十来岁。

节振国看大家都惊喜地愣住了，上前一步扑通一声跪在地上，双拳往胸前一抱：弟子叩拜师父！

同时，工友们模仿着他的姿势，扑通，扑通，相继跪在地上，将节廷芳团团围在中央。

节廷芳转了一圈，看着这群天真烂漫、学艺心切的弟子们，心情很激动，马上双手往上一抬：快起来！快起来！我们都是同乡，规矩免啦！

工友们看节振国起来了，也跟着起来，围住节廷芳七嘴八舌地说：

师父，先教我们啥拳？

师父，先教我们棍吧！

节廷芳不动声色地说：大家先别急，丑话说在头哩，练拳脚可不是姑娘学绣花，要吃很多苦头的，你们受得了吗！

众人异口同声地说：受得了，只要学会一身武艺，再苦也干！

节廷芳满意地说：好！我们练拳脚是为了习武强身，除暴安良，绝不能去拦路抢劫，胡作非为，败坏武林名声，更不能目中无人，欺师灭祖，这是武林的规矩，明白吗？

异口同声地说：明白。

节廷芳：好！我们先从基本功开始，跟我来。

工友们在节振国的指挥下，排成武阵，跟着节廷芳踢腿，站桩、打拳……摆动的大腿，腾挪的脚步，冲出的拳头，滚落的汗珠……

旭日东升。

工友们练功完毕，累得东倒西歪，大汗淋漓，气喘吁吁……

节廷芳环顾一下弟子们说：万事开头难，今天先到这。练拳脚基本功很重要，往后你们每天早晨要坚持踢腿五百次，冲拳一千下，站桩三十分钟。

弯月如钩，繁星点点。

工棚下，一盏小油灯闪烁着顽强的火花。油灯下，节振国、夏连凤、邵二发双腿跪在地上，每人各端一杯"鸡血酒"，昂首挺胸，对天盟誓：不求同年同月同日生，但愿同年同月同日死。

三个酒杯撞在一起，然后一饮而尽。

这时，节廷芳走进来，见此情景，乐呵呵地说：结拜成兄弟，你们就会同心同德了。

三人扭头见师父进来，马上起来迎上前去，同声说：师父，往后全凭你多指教了。

节廷芳：好说。先练拳脚，再练家伙。

夕阳晚照，远山近景。

矿东门外武场上，节振国、邵二发在踢腿……

夏连凤没精打采地坐在草坪上，垂着头。

邵二发招呼：凤哥，快来踢腿呀！

夏连凤没趣地说：踢了半天有啥用，师父啥时教咱真玩意儿。

邵二发：到时候会教的，腿踢不好怎么学真玩意儿啊。

节振国：是啊，没有好腿功，拳脚学不成。

节廷芳出现在身后。

夏连凤嗖地站起来，惭愧地说：师父。

节廷芳启发地说：连凤呀，你别小瞧这双腿，有了好功夫，纵能上屋，踢能倒墙。你看振国多下功夫，加把劲呀！

夏连凤点点头说：是，师父。

节廷芳：来，今天我教你们"功力拳"。

清晨，草坪上。

弟兄们在练"功力拳"……

节廷芳给他们纠正姿势……

练完"功力拳"，夏连凤喘着粗气走到节廷芳跟前，性急地问：师父，我们啥时才能练成？

节廷芳回答：按武门的行话说，没有三年不出功，没有五年不出艺，没有十年不成名……

夏连凤吃惊地说：最少也得三年？

节振国默诵着：三年不出功，五年不出艺，十年不成名……

北风凛冽，大雪飘飞。

武场一片洁白，只有节振国坚持练功……

节廷芳画外音：三年不出功，五年不出艺，十年不成名……

节振国扬起捆着沙袋的腿。

节振国打出拳头，草把摇晃……

雪地上划出一道道深沟，踩出一个个脚窝……

树叶繁茂，蝉声大作。

武场上，节振国在学"三节棍"。

节廷芳画外音：三年不出功，五年不出艺，十年不成名……

节振国苦练"三节棍"套路……

打在地上的棍头……

打在树上的棍梢……

柳绿桃红，河水澄澈。

武场上，节振国手舞"三节棍"与夏连凤的"子龙枪"对打……

节廷芳画外音：三年不出功，五年不出艺，十年不成名……

吐刺的银枪头，挥动的三节棍，打飞的银枪杆……

瑟风呼啸，草木凋零。

武场上，节振国手舞"三节棍"与邵二发的"昆仑刀"对练……

节廷芳画外音：三年不出功，五年不出艺，十年不成名……

劈砍的鬼头刀……

挥动的三节棍……

震落在地的大刀……

发芽的树枝，欲开的野花。

草坪上，弟兄们围着看节振国练"三节棍"。

节廷芳一身正式打扮地走过来，看着侄儿的架势满意地点点头。

节振国练毕，谦虚地对节廷芳："请师父指教。"

节廷芳满意地说：功夫比以前大有长进。不过要记住，软兵器以柔克刚，以巧取胜。

节振国会意地点点头，忽然疑惑地打量着节廷芳：师父，你这是……

节廷芳：振国啊，一晃我教你们四年功了，该回乡看看你婶婶去了。现在你们已经入了武门，修炼全凭自己了。

节振国扑通跪在地上：师父！

弟子们跟着跪在地上，异口同声：师父……

黄昏。

节振国、夏连凤、邵二发和同乡们一起，将节廷芳送到矿区郊外。

节廷芳停住脚，转身对弟子们说：你们别送了。

节振国：大叔，代侄儿问婶婶好。

节廷芳点点头，拍拍他肩头嘱咐道：振国，你基本功很扎实，坚持练下去会有成色的。

节振国：侄儿决不辜负大叔的希望！

节廷芳狠狠心说：你们都回去吧，我走了。

转身大步离去。

弟子们同声说：师父，多保重！

凝望着节廷芳的背影消失在暮色中……

翌日，下午。

南教场，被看热闹的人围个水泄不通。

人群中央，红枪会和大刀会两队人马手持兵器，怒目相视，剑拔弩张。

尹大头站在两队中间，扯着嗓子喊：红枪会和大刀会今年比武，规矩照旧。

上场比武者自报姓名，生死不论。

说完往后退了几步，让出场地。

话音刚落，红枪会嗖地窜出一个人，接过一杆大枪，报了姓名：季振生。

随之大刀会也窜出一个小伙子，接过一把大刀，报了姓名：梁凯。

尹大头喊了声：双方准备，比武开始。

话音刚落，刀枪相碰，银光耀眼……

枪刺刀舞，好不激烈，双方会员都为自己弟兄捏着一把汗。

红枪会首领对弟兄们暗声说：等季振生挑了梁凯后，你们就给我大开杀戒，尹总管是站在我们这边的。

大刀会首领对心腹弟子小声说：今年红枪会给尹总管送的钱少，他生气了。你们若见梁凯支持不住，就用飞镖打倒季振生，废了他的"子龙枪"。

武场上，刀枪厮杀，打了几十个回合，不分胜负，双方体力消耗甚大，刀枪相交，开始较劲，眼看双方就要你死我伤……

这时，红枪会、大刀会双方会员紧张万分，蠢蠢欲动，一场恶战一触即发……

千钧一发之际，突然从空中落下一个人来，只听啪啪两声，刀、枪分离。

双方一愣，发现节振国手持三节棍站在面前。尹大头发现节振国，吼叫着："快把他赶出去！"

刀、枪一齐向节振国袭来，节振国毫不畏惧，上挡下拦，左拨右拐，和他们对打起来，只见刀、枪、棍上下翻飞，叮当乱响，混在一起，令人眼花缭乱……

打了几个回合，只见节振国猛一蹲身，一纵步，雄鹰展翅般腾空跃起，三节棍用劲一挥，来个棍打连环，啪啪两声，枪飞刀落……

尹大头气急败坏地吼叫：快把他赶出去！

双方刚要去捡失落的刀、枪，被节振国用三节棍逼住，激动地说：二位兄弟，天下武林是一家。你们为啥听凭尹大头操纵，自相残杀呢？

季振生、梁凯听了这番话，看看节振国的神态，似乎有所醒悟，转身回到己方队列去。

节振国看了看双方会员，激愤地说：诸位兄弟，你们都上了尹大头的当！他是英国主子的狗，年年是他挑起事端，以比武为名，让你们自相残杀！多少兄弟死在你们自己的刀枪之下！你们还年年送钱给他，反把他当成朋友……

双方会员目目相观，议论纷纷。

尹大头一看阴谋败露，恶虎般朝节振国扑来，举拳便打……

节振国举棍相迎……

节振国怒火中烧的眼睛、尹大头咬牙切齿的嘴脸、打在尹大头腰背上的棍头棍梢。

没有几个回合，尹大头就被打得嗷嗷直叫……

这时，尹大头手下的人一哄而上，围住节振国，红枪会、大刀会、山东师兄一怒抄起家伙迎上来。

尹大头一看大事不妙，只好带着手下人狼狈逃走。

看尹大头吓跑了，人们一下将节振国抱起来抛到空中，不住地欢呼：二哥，打得好！打得好！

节振国脸上露出自豪的微笑。

这时，夏连凤气喘吁吁地跑到他跟前说：二哥，有个自称"京东无敌手"的人，把咱场子给占啦！

节振国猛地一惊……

定格——

第二集　京东无敌手

节振国脸上露出自豪的微笑：打得好！打得好！

这时，夏连凤气喘吁吁地跑到他跟前说：二哥，有个自称"京东无敌手"的人把咱场子给占啦！

节振国猛地一惊，看了看夏连凤问：你跟他过手了？

夏连凤愤怒地说：让他给打了！

节振国手一挥：走，看看去！

矿东门外。

树上挂着一面锦旗，上面写着"京东无敌手"五个醒目大字。

场子被人们围个水泄不通，中央一个武林好汉手舞单刀，嗖嗖风响，刀光闪闪，博得一阵阵掌声……

武林好汉练毕，扔下单刀，抱拳叩谢：诸位乡亲，父老哥儿们，江湖艺人，四海为家。走遍天下，寻师访友，切磋武艺，请大家多多包涵！

观众不住地往场子里扔钱，要求着：再来一套，让我们开开眼界。

这时，观众分开一条路，节振国和弟兄们走进武场，人们一阵哗然……

节振国上前一抱双拳：请问师傅尊姓大名？

好汉爽快地说：姓张名青。

节振国：张师傅，这是我们的场子，你也应该打个招呼！

夏连凤：这是练武人的规矩！

说完一把将那面锦旗从树上扯下来扔在地上。

节振国：连凤，不得无礼。张师傅，请赐教。

张青：好，痛快！

节振国迅速将上衣一脱，双拳一握，拉开架势朝张青猛打过去……

张青左躲右闪，只是招架而不还击。

山东弟兄们看节振国越打越勇，一起为他鼓励助威。

突然，张青趁节振国击拳迅猛，一侧身左拳一架，右肘往外轻轻一磕，节振国竟被弹出一丈开外，摔倒在地。

夏连凤和山东弟兄们看节振国吃了亏，准备一哄而上……

没想到节振国一个鲤鱼打挺从地上起来，冲上去拦住弟兄们，然后将地上那面锦旗捡起来还给张青，双拳一抱道了声：张师傅，后会有期。

转身离去。

山东弟兄们无奈，也随之走了。

张青望着节振国离去的背影，若有所思……

工棚里。

节振国蹲在地上，紧锁双眉思考着什么。

夏连凤大发牢骚：二哥，想不到今天你这么窝囊，眼看着人家骑在咱脖子上拉屎，你都忍气吞声！

节振国表面没有任何反应，一语不发。

夏连凤：场子让人家给占啦，我们山东兄弟怎么见人？让红枪会、大刀会看笑话！

节振国无动于衷，似乎根本没听见。

夏连凤还想说，被邵二发拦住：别说了，二哥心里比咱们着急！

夏连凤：光心里急有啥用！把场子夺回来才算本事！

邵二发：人家是武林高手，咱们哥儿们也打不过他！

夏连凤：打不过他，也要溅他一身血！

他走向节振国：二哥，你干不干！

节振国猛站起身，右拳往掌里一砸。二话没说，大步走出工棚。

晚上，光华楼客栈。

灯下，张青独自坐在床板上，擦拭那把闪光的单刀。擦拭完毕，送进刀鞘，然后躺在床上，拉熄电灯。

突然，咔嚓一声，窗户开了，随之两条黑影窜进屋来，手拿斧头朝着张青砍去……

张青嗖地从床上滚翻落地，眼疾手快，猫钻狗闪，躲过斧头，没用几个回合，就将两个黑影死死擒住……

室外，节振国来到门口，听了听里面有动静，破门而入，愣住了。

夏连凤挣扎着喊：二哥，快上！

张青蔑视地说：又来找我过手？

节振国扑通跪在地上，双拳一抱：张师傅，请收我们做徒弟吧！

张青：有种的明着来，别耍阴谋诡计！

夏连凤气急地说：二哥，你……

节振国：师父，二位小弟鲁莽，冒犯了师父，请师父原谅！

节振国跪在地上一动不动。

张青看节振国确有诚意，将夏连凤、邵二发放开，夺下斧头。

夏连凤、邵二发走到节振国身边，莫名其妙地问：二哥，我们……

节振国生气地说：快跪下，向张师傅赔礼道歉！

夏连凤、邵二发看看节振国，然后不情愿地跪在地上：请师父原谅！徒弟冒犯了！

张青一看他们确实没有歹意，求师心切，便说：好！快起来，快起来！

节振国高兴地说：师父，您答应了？

张青：既然那块场子是你们的，你们又对我这样看得起，我还有什么话可说！

节振国嗖地从地上起来，兴奋地说：明天我就向兄弟们宣布，您就是我们的师父啦！

张青客气地说：你们请坐，刚才完全是误会！

夏连凤急切地说：师父，我们初入武门，只会点皮毛，您一定教我们点儿看家活呀！

张青：好说好说！你们想先学什么？

节振国性急地说：师父，说实在的，我现在就想学您今天打我的那招。

张青笑了笑：平地搬桩。

清晨，矿东门外武场。

山东弟兄们正在练"平地搬桩"，张青耐心地为他们纠正姿势。

他突然发现弟子中没有节振国，走到夏连凤跟前问：节振国，这阵子咋没有练功？

夏连凤摇摇头：我也纳闷呢。

邵二发说：师父，听说他总去北山。

张青思索道：北山？

北山根下，埋着几根木桩子。

节振国独自一人穿梭其中，用双臂小肘猛击木桩……

张青出现在他身后，凝视的眼神。

节振国拉开的架势，猛击木桩的肘臂。

摇摇的木桩梢！

节振国额头滚落的汗珠，紧咬的牙关……

张青急走上前，一把将开节振国的袖口，露出被木桩扎烂的皮肉，一阵心疼：振国，这样会练伤的！

说完从腰带里拿出一小包药敷在伤口上。

节振国抹抹额头的汗水说：没事儿，师父，过几天就好啦！

张青启发地说：你肯下苦功很好，但不能胡来，要多动脑子。学招不学劲，等于瞎胡混。以腰带臂，以臂带肘，三者合一，使出爆发力，就是冷劲、寸劲……

节振国默默地点头，重复张青的话。

只见张青肘臂轻轻一挥，咔嚓一声，木桩便折成两截。

节振国不禁为之叫绝，也学着张青的样子，使出浑身劲头猛击几次，木桩愣是摇晃几下，气得他一个旋风脚，将木桩打飞……

张青安慰道：别急，功夫是慢慢练出来的！只要有恒心，总有一天会成功的。振国，晚上到我客栈，咱们好好聊聊。

光华楼客栈。

室内，一桌简单的酒菜。

张青与节振国对饮而尽。

节振国吃了口一菜问：师父，我们师徒这些日了，还不知您的身世哩，恕徒弟冒昧！

张青放下筷子：长话短说。我是河北三河县人，从八岁开始跟有名的商老师学艺，得"梅花刀"真传。从小常听老师讲戚继光抗击倭寇、岳飞精忠报国的故事。后来我闯荡江湖，在天津租界亲眼看到很多中国妇女被外国人糟蹋、爱国青年被杀害，我一气之下投到东北奉军当了护卫班长。哪想到，"九·一八"事变后，二三十万奉军不抵抗，撤退到关内来，使东三省沦落到日寇之手……我便离开奉军……

节振国：那后来……

张青：后来，我又开始走江湖，但和以前不一样了。以前只是为了寻师访友，切磋武艺，这回是为了结交武林好汉，精忠报国，抵御外辱！

节振国：师父，您怎么到赵各庄来了？

张青：我早就听说，赵各庄是五方东处之地，也是藏龙卧虎之地。有骨气、有血性的中国人甚多。来到此地，果然遇到你们这些有民族气节的小伙子！

节振国：师父，我们就是不愿受外国人欺辱才练武的。赵各庄这地方英国人、日本人横行霸道，拿我们中国人不当人看……

张青：只要我们中国人抱成团，拧成一股绳，就不怕他们！

他拿起那面锦旗，接着说：我为了结交好汉，就打出这面旗来……

节振国：师父，这面锦旗是……

张青介绍说：直奉战争以后，奉军进占天津。军阀张宗昌在天津设擂比武，擂主是当时天津的地头蛇，使一手好枪法，两天之内就挑了七八条好汉。我实在气不过，才上台用"梅花刀"劈了他。此后，张宗昌三番五次请我当保镖，送给我这面锦旗……

节振国拿起那把单刀，用左手摸摸锋利的刀刃，急切地说：师父，这"梅花刀"……

张青会意地说：你喜欢，明天就教你。

矿东门外武场。

清晨，山东兄弟们在练习各种拳术。

张青在认真教节振国练"梅花刀"。

他手握单刀边示范边讲解：刀砍七寸剑砍三。单刀看手，左手在前领着走，右手握刀藏身后……十字披红，嫦娥舞袖……

节振国刻苦地练刀……

北山根。

黄昏，节振国独自在练刀，只见他身随刀走，刀随手舞，削铁如泥，木桩梢一个个被刀砍飞……

赵各庄闹市区。

光华楼客栈斜对过是日本白面馆，门匾上写着"东亚洋行"四个字。黄昏时分，两个日本浪人嬉笑着拖着一位中国姑娘朝白面馆走来。

姑娘拼命地挣扎着……

忽然，节振国出现在面前，上去就是三拳两脚，将日本浪人打倒……

日本浪人迅速从地上爬起来，丢下中国姑娘，拉开架势朝节振国逼去……

三人扭打在一起，打了几个回合，节振国终因功夫不成，连连被日本浪人击倒，眼看就要吃大亏了。

这时，张青从光华楼出来，见此情景，冲上去照准两个日本浪人，啪啪来了左右"平地搬桩"，将他们震出老远，然后将节振国扶起来，关切地问：振国，没事吧？

这时，两个日本浪人从地上爬起来，同时朝张青扑来……

节振国提醒地说：师父，注意！

张青猛一缩身，一发力，两个浪人被震出老远。待他们再扑过来，张青使出绝技将日本浪人打得再也爬不起来了。

节振国还要上去打个痛快，被张青拦住：振国，走，这里不可久留。

那位中国姑娘走上前来，感激地说：太谢谢二位师傅了！

张青关切地说：姑娘，往后多加小心，振国你送她回家。

节振国二话没说，送姑娘而走。

光华楼客栈。

张青住室，节振国坐在床上，张青在给他按摩挫伤处，钦佩他：你能见义勇为，为咱中国人抱打不平，我很高兴！

节振国惭愧地说：师父，只是我的功夫……

张青：那两个日本浪人都是高手，又通中国武术。今天你敢冲上去与他们交手，其勇气够叫人佩服的了！至于功夫欠点火候，再苦练一年也就上去了。

节振国：日本浪人被打，他们绝不会了事的。师父，我们得防备着点。

张青满不在乎地说：没事儿，赵各庄是英国人的势力范围，日本人不会把我们怎么样。

白面馆后院。

室内，两个日本浪人东倒西歪地躺在床上，疼得直叫唤……

掌柜斋滕气得训斥他们：你们这些饭桶，真给我们大日本帝国丢脸。我的人在赵各庄待了这么多年，还是第一次被中国人殴打，叫我们往后生意怎么做下去！

浪人甲：斋滕先生，那人身手太厉害了！

斋滕：身手厉害怕什么！你们二位照顾生意，明天我去古冶领事馆。

古冶日本领事馆，飘着太阳旗。

办公室内，墙壁上悬挂着中国字画，古书架里摆满中国古代珍品，大书架里整齐地排列着中国古代线装书籍，写字台上摆着地球仪和中国台历，房子里的布置几乎全是中国式的。

村本次郎年纪四十岁左右，长方脸，皮肤细白，近视镜片后面有一双狡猾的眼睛。此时，他正安然地靠在沙发里，捧着一本《中国明史》在看。

领事馆高级职员、中国翻译推门进来报告：村本领事，东亚洋行的斋滕先生求见。

村本漫不经心地说：找我有什么事？

翻译：斋滕先生一定要面告。

村本放下书说：叫他进来。

说完走到写字台前，坐在转椅上。

翻译领斋滕走进书房，斋滕向村本鞠躬行礼。

村本：斋滕，有什么事？

斋滕：村本领事，昨天，我手下浪人被中国人殴打。

村本询问道：他们是什么人？

斋滕：可能是山东棒子，为首的是个自称"京东无敌手"的武林高手……

村本惊愕地说："京东无敌手！"

斋滕：是的。

村本很快镇静下来，从档案柜里抽出一张照片送到斋滕面前，问：是这个人吗？

斋滕仔细看了看照片，惊奇地说：就是他。村本领事，我们……

村本软中带硬地说：斋滕，你以为我会帮助你吗？错了。我早就听说你对手下人训诫不力，要有所收敛。不得有妨碍我大日本帝国"中国提携之方策"的越轨行为！

斋滕立正道：哈依。

村本从转椅上站起来，朝他摆了个离开的手势，转身走去。

斋滕追上去说：村本领事……

村本站住脚，扭过头质问：难道你没听懂我的话吗？

斋滕立正道：哈依。

不敢再多问，只好无奈地走出书房去。

翻译疑惑地说：村本太君，这个号称"京东无敌手"的人……

村本：他是我大日本帝国驻天津军特机关的通缉犯……

翻译吃惊地拿起那张照片，仔细看了看。

村本介绍说：他真名叫张瑞晨，绰号"单刀张"。这张照片还是他早先在日本租界打擂时拍下的。当时我是《日本时报》的记者。

历史镜头——天津日本租界。

高高的擂台上，张青手挥"梅花刀"，一下将地头蛇劈死……

村本：从那以后，他名声大振，投奔了张学良部下，是个死硬的抗日分子。满洲事件后，东北军被我关东军击溃入关，他没南下，行至天津租界，又打死我方宪兵一人……

历史镜头——天津日本租界。

一个酒气冲天的日本宪兵正在嬉笑着准备强奸一位中国妇女。张青赶来，怒火中烧，冲上去一掌将日本宪兵打死……

村本：现在，我天津军特机关正在通缉他，没想到跑到我眼皮底下来了。

翻译：太君，你的意思是……

村本：这个"单刀张"不仅功夫好，而且很有煽动性。

翻译：趁他还没在赵各庄站住脚，我们就……

村本狰狞地笑了笑：你的很聪明，用你们中国的话说，就是防患于未然。

翻译心领神会地说：我马上派宪兵去缉拿归案。

村本摆摆手道：不，赵各庄是英国人的势力范围，会引起中国人的反日情绪……

翻译为难地说：那张瑞晨武艺高超，我们的浪人……

村本没说话，提笔在纸上写了几个中国大字，递给翻译。

翻译接过一看，"明枪好挡，暗箭难防"八个大字映入眼帘，点了点头……

晚上，矿东门的武场。

月光下，节振国正在手舞"梅花刀"，弟兄们不住地叫好。节振国练毕，张青走上前去，拍拍肩膀说：刀法大有长进啊！

节振国谦虚地说：师父，请指点。

张青接过那把单刀，比画着说：眼随刀转、刀与心合、心与意合、意与气合，这样才能转运气于刀、发力于刃……

张青边舞边说：演练时做到"无人当作有人练"，实战时做到"有人当作无人打"，即可以刀刀见红，屡战屡胜。

节振国默诵：无人当作有人练，有人当作无人打……

张青将单刀递给节振国，嘱咐道：照这样练下去，你的功夫会日渐精深的，那些日本浪人怎在话下！

节振国接过刀，下决心说：师父，我记住了！

张青：振国，你带着弟兄们练吧！我去古冶办点事，明早就回来，再教你新刀法。

节振国把刀扔给弟兄们：师父，我去送送你！

张青谢绝道：不用了。弟兄们还等你指教哩！

节振国没再勉强，对夏连凤说：连凤，你代我送师父一段。

张青：振国别担心，我闯江湖这些年，走夜路习惯了。

夏连凤提醒地说：师父，带着家伙吧。

张青：不用带，更麻烦。连凤，咱们走。

夏连凤跟节振国道声别，追上张青。

节振国和弟兄们关切地说：师父当心，多保重！

张青胸有成竹地说：放心吧！明天见。

赵各庄闹市区，星火点点。

张青在前，夏连凤在后，穿过烟花柳巷。

街口有个花枝招展的妓女，朝夏连凤挤眉弄眼地挑逗他……

夏连凤春心萌动，看师父已经走出老远，朝前追了几步喊：师父等会儿，我去方便方便。

张青脚步没停，回头说：连凤你回去吧，不用送了。

夏连凤看张青大步流星地走去，也没去追赶，转身看看那个妓女仍然站在街口，便转身向她走去……

矿处洋槐树林。

漆黑的路。猫头鹰在叫……

张青斗胆大步朝前走着，瑟瑟秋风吹拂着哗哗的树叶，沙沙作响，令人毛骨悚然。在紧张而怵人的音响中，突然从树上窜下来四条黑影，将张青团团围住。他们头戴黑纱，手持匕首，一起朝张青猛扑过去……

张青机警地一缩身，闪过刺来的匕首，顺势来个就地十八滚，打倒两个黑影……

（待续）

话剧：智力乐园

（剧场正面悬挂一幅偌大的电视屏幕，屏幕上方写着"智力游戏"四个大字。屏幕前下方置放一个造型新颖的平台，男女主持人正端坐在平台前主持节目。）

赵福乐（简称赵）：观众朋友们，"智力游戏"节目又与大家见面了，我是赵福乐，今天我们请来了教育学家刘佳丽教授做嘉宾主持。

刘佳丽（简称刘）：大家好！

赵：刘教授，您是教育学家，今天我们探讨一下关于智力开发的问题。

刘：这是大家都非常感兴趣的话题。现在一对夫妇只有一个孩子，所以智力开发、早期教育就显得尤为重要了，哪个父母不希望自己的孩子聪明伶俐呢？

赵：望子成龙，盼女成凤，是天下所有父母共同的愿望。刘教授，您说智力是不是遗传的呢？俗话说龙生龙，凤生凤，老鼠的孩子会打洞。

刘：科学研究证明：儿童的智商与父母的遗传基因有一定的关系，但不是绝对的，主要取决于后天智力开发。

赵：世界上有些事儿，就是让人捉摸不透。刘教授，前几天，我采访了一对艺术家夫妇，男的是著名导演，女的是知名演员，夫妇俩都是聪明绝顶的人物，可遗憾的是，他们却生了个智障儿……

刘：智障儿？他们是不是近亲结婚？

赵：既不是近亲结婚，夫妇俩也没有什么先天性疾病。

刘：这倒是一种特殊现象……

赵：我和他们开玩笑说，你们生孩子那一瞬间，可能造物主正在打盹哩！

刘：你真幽默，绝妙的解释。

赵：幽默是一剂生活的良药嘛。夫妇俩眼看着孩子一天天长大了，为开发他的智力，愁得没有办法。

刘：开发智障儿的智力，确实是个棘手的问题。

赵：观众朋友们，谁能帮助这对艺术家夫妇解决智障儿的问题呢……

第一场　智障儿

时间: 20世纪90年代末

地点: 艺术之家

剧中人物

马强: 导演, 三十六岁

李娟: 演员, 三十四岁

明明: 智障儿, 五岁

王代理: 智强集团, 二十八岁

钱主任: "忘不了"集团, 二十六岁

徐园长: 爱心妈妈, 五十六岁

（屏幕【暗场】。此时, 设在剧场正中央的舞台灯光亮了。这是一个简易开放式的舞台, 舞台的南面摆放着一条装饰精美的沙发, 西面摆着一张写字台, 男主人公马强坐在写字台前, 正在聚精会神地写分镜头剧本, 舞台东面摆放一架立式电子琴, 女主人公李娟正在手把手教智障儿明明弹琴, 北面是房间大门口。）

李娟（简称李）（生气地）: 明明, 你怎么这么笨, 我已经教了十多遍了, 还是不会弹。

明明（简称明）:（用双手笨拙的按琴键, 嘴里念叨着）妈……我会……会……

李:（生气地打他手指一下）明明, 要用手指去弹, 不要用手掌去按。

明:（挣脱妈妈的手, 跑到马强身边告状）爸, 妈妈打……打……打我……

马强（简称马）:（放下笔, 无可奈何地哄孩子）明明, 听妈妈的话, 不要让妈妈生气。

李:（追了过来, 生气地对马）马导, 你该接班了, 我得赶紧去背台词, 下周就上戏了。

马:（商量地）娟, 求求你, 再坚持一会儿, 明天制片人就审剧本, 我今天得赶出来啊!

李: 不行, 你当导演忙, 我当演员也忙, 谈好的每人一小时教明明学琴。（看手表）三点到四点, 正好一小时, 接班吧。

马:（看手表, 无奈地摇摇头）真拿你没办法。明明, 来, 爸爸教你弹琴

（领明明重新回到电子琴旁）。

李：（走到写字台前，从桌上拿起一个剧本，背了起来）

（屏幕上显示"第一幕　强智"字样）

第一幕　强智

（这时，从剧场东面走来一名男观众，手里抱着一箱东西，上前按门铃。李放下剧本，去开门。）

李：同志，您找谁？

男：您是著名演员李娟老师吧？

李：（疑问地）您是……

男：我是智强集团的北京总代理，这是我的名片。

李：（接过名片，看了看，热情地）哦，王代理，快请进。

王代理（简称王）：（走进屋里，将手中的箱子放在写字台上，环顾房间）真是艺术之家啊！

李：家里很乱，别见笑。

王：李老师，我看过您主演的几部片子，演什么像什么，真不愧是著名演员啊。

李：谢谢您喜欢我演的电影。（递上一杯水）王代理，您今天来，是不是请我拍广告？

王：广告嘛，是要拍的，但不是我们今天要谈的事情……

李：（迷惑不解地）王代理，我们谈什么呢？

王：李老师，您有个智障的孩子叫明明吧？

李：是啊！您怎么知道？

王：我在电视上看到的，今天就为看明明来的。

李：（疑问地看看他）您是医生？

王：不，李老师，智障不是病，智障是先天性缺陷，医院是没有办法的。

李：（叹了一口气）您说，我们俩智商都不低，却摊上这么一个孩子……

王：（安慰地）李老师，别犯愁，我有办法。

李：（兴奋地）你有办法治智障？

王：有！您先别急，让我先看看明明。

李：马导，领明明出来。

马：哦！（马强领明明走了过来，李：相互介绍）

李：（指马）这是我先生。

王：马导，您好！

李：（指王）这是智强集团的王代理，专门来看明明的。

马：王代理，您好！谢谢您对明明的关心。

王：（看了看孩子）这就是明明吧？

李：明明，叫王叔叔。

明：王……王……王叔叔（把叔叔说成猪猪）。

王：（抚摸着明明的头）多可爱的孩子呀！白白胖胖的，漂漂亮亮的。明明，告诉叔叔几岁啦？

李：明明，告诉叔叔……

明：（想了半天，才伸出五个手指头）五……五岁……

李：王代理，您有什么好办法开发明明的智力吗？

王：对于智障儿的办法很简单，就是"强智"！

马："强智"，怎么强智呢？

王："强智"顾名思义，就是强化开智……

李：我们教明明学琴，怎么强化训练，效果也不佳。

马：王代理，你有什么好办法强化开智？

王：强智的方法很简单，就是每天让明明吃智强核桃粉……

李：（莫名其妙地）智强核桃粉？

王：是呀！就是智强集团生产的，每天冲着喝的智强核桃粉。

李：（疑问地）吃智强核桃粉就能使明明开智？

王：没问题！李老师，您想一想，您把"智强"两个字调过来，不就是"强智"吗。

李：（自言自语地）"智强"……"强智"……（恍然大悟地）王代理，您可真会推销产品。

马：推销到家来了！

王：（打开纸箱，拿出一袋智强核桃粉，介绍地）李老师，马导，记住，每天饭前给明明冲两袋喝。

李：王代理，多少钱一箱？

王：分文不收，这是我们公司专门送明明的，保证每月送一箱……

李：每月送一箱？

王：对！保证每月送一箱，一年以后，等明明"智强"了，我们集团一定请您和明明一起拍一条活广告，怎么样？

李：（兴奋地）请我和明明一起拍广告？

王：对！一言为定。

李：好！一言为定。谢谢您，王代理。

王：李老师，马导，你们都很忙，我不打搅了，再见！

李：（送王出门）王代理，欢迎您再来！

马：得，你还烦明明呢。瞧，明明也能带来效益，拍一条广告至少几十万元，顶你拍多少部戏！

娟：这些商家可真厉害，很会抓卖点宣传自己。

李：（高兴地）电视专访还真有用！我真后悔推脱了两年。

马：现在是信息时代嘛，你还老顾及面子，智障儿也不是我们一家有，怕什么，瞧，上了电视，"智强"就上来了。

李：亏你劝我接受采访，得，广告收入有你一半。

马：广告收入嘛，以后再说，你先耐心教明明学琴就是了，我得赶写剧本（走到写字台前，重新拿起笔）。

李：（看手表，无奈地）还欠我半小时，明天一起还。

马：好好好，明天一起还。

（李领明明走到电子琴旁，坐下来，继续教琴）

（屏幕上显示"第二幕 忘不了"字样）

第二幕 忘不了

李：（正在教琴）1234567……

明：（正在学琴）13642517……

李：明明，你弹十多遍了，老也记不住，气死我了！

（这时，从剧场西面走来一位年轻姑娘，手里拎着一个漂亮礼包，上台按门铃）

马：（无奈地放下笔，去开门）您找谁？

姑娘：我找著名导演马强先生。

马：您是……

姑娘：（礼貌地递上自己的名片）我是"忘不了集团"的。

马：（看名片）噢，是宣传部钱主任啊，请进……

姑娘：（进屋）马导演，我看过您导演的片子，部部都是精品，无论是思想性、艺术性、塑造人物性格堪称一流，看了以后，真让人忘不了！

马：过奖，过奖，钱主任，请坐。今天来访有什么事儿？

钱主任（简称钱）：马导演，我今天是来看明明的。

马：（自言自语地）也来看明明，醉翁之意不在酒。（看了一眼礼包）钱主任，是不是来推销你们的产品？

钱：不是推销，是送礼，还有邀请。

马：（疑问地）邀请？

钱：对！邀请您导演一部电视剧。

马：什么剧？

钱：一部家庭轻喜剧，剧名叫《忘不了》，就让明明和李阿姨来主演。

马：（兴奋地）家庭轻喜剧？李娟，戏又找上门了。

李：（停止教琴，领明明走过来）啊，什么戏？

马：（介绍）这是"忘不了集团"宣传部的钱主任。

钱：（上前握手）您好，李阿姨，您真漂亮，您是我最崇拜的偶像。您塑造的角色，真让我永远"忘不了"！

马：他们公司想拍一部家庭轻喜剧，还要请你和明明去主演呢。

钱：（看看明明）这就是明明吧！

李：明明，叫钱阿姨。

明：钱……钱……钱阿姨……

钱：明明，真乖！

李：钱主任，拍电视剧有剧本了吗？

钱：剧本已经写好了，正在打印，我先过来联系一下。

马：钱主任，您先说说大概剧情，我们心里好有个谱儿。

钱：剧情并不复杂，主要表现真情实感：有一对艺术家夫妇，恩爱有佳，事业如日中天，每天忙得不可开交，但美中不足的是，他们有一个智障的孩子，使夫妇俩非常犯难，到处寻求灵丹妙药，也无济于事。智障儿就是智商低，接受得慢，忘记得快，比如学弹琴吧，一般孩子学几遍就记住了，他学几十遍，也记不住，今天记住了，明天又忘了。

马：（接着说）后来，智障儿的父母从广告上看到了"忘不了集团"生产的能开发幼儿智力，增强记忆力的"忘不了口服液"，如获至宝，天天买来给孩子喝，结果一年后，奇迹出现了，这个智障孩子不但学的东西记住了，而且"忘不了"啦！

钱：对，忘不了，忘不了，终生忘不了！马导，你没看剧本，怎么知道剧情的，莫非您有特异功能？

李：他功能可大了，他能让你一跳飞上天……别忘了，他可是大导演啊！

马：开玩笑，开玩笑。钱主任，说实话，你们公司真想拍这部电视剧？

钱：君无戏言！

马：那剧情太简单了，我们是搞艺术的，总不能把电视剧拍成广告片吧！

钱：马导，只要您对这部戏感兴趣，我们可以把剧本和大量素材给您拿来，您是行家，大笔一挥，编导编导嘛，不就成精品啦！我们老总说啦，只要您能出任导演，明明主演，这部电视剧，集团投多少资都成……

李：（兴奋地）钱主任，只要集团肯投资，马导这儿没问题，我当家啦！

钱：（兴奋地）啊，太棒啦，我明天就把材料送过来。这是送给明明的礼物"忘不了口服液"，我告辞啦！

李：马：（送钱到门口）钱主任，慢走，明天见！

钱：明天见，李阿姨，想着每天让明明喝"忘不了口服液"。

李：忘不了！

钱：忘不了，就成。（慢慢走下台，回到观众席中）

马：成！广告定了，电视剧又有了，真要忙活起来呀，明明这孩子怎么办啊？

李：发什么愁，这么多年都熬过来啦，明明，我来管，你忙你的。

（哄明明练琴）

马：（重新拿起笔，写起来）

（屏幕上显示"第三幕　爱心妈妈"字样）

第三幕　爱心妈妈

（这时，从剧场北面走来一位老年妇女，手里拎着一个普通公文包，上台按门铃）

马：（开门）您是……

妇女：您就是马导演吧？电视上见过您。（自我介绍）我是"爱心乐园"的园长，我姓徐。

马：哦！徐园长，请进……

徐团长（简称徐）：（走进屋，坐在沙发上）爱心乐园就在西城区，离您家不过十几站地。

马：徐园长，"爱心乐园"是慈善机构吗？

徐：也算是吧，不过不是国营的，完全是我个人筹资开办的，主要收留学龄前的残疾儿童和智障儿。

马：徐园长，您真是位有爱心的好人，平凡而伟大啊！

徐：伟大谈不上，爱心是有的。对于那些残疾儿、智障儿，最重要的就是爱心，然后才是耐心、细心……

马：徐园长，看样子，您一定是从事教育事业的吧？

徐：猜对了，我以前是聋哑学校的教师，干了几十年特殊教育。退休后，才筹资办起这个"爱心乐园"，刚开半年时间。

马：祝您"爱心乐园"越办越好！

徐：谢谢，托您的福！

马：徐园长，您今天来我家是想……

徐：我从电视上看到，您家有一个智障孩子，叫明明吧，今年满五岁啦。

马：您也是为明明来的……

徐：是的，我想征求你们的同意，接明明到我们"爱心乐园"。

马：接明明去"爱心乐园"，倒是一件好事，我们正为明明发愁呢。

徐：你们两口子一定很爱明明吧，虽然孩子有点智障，但毕竟是你们的亲生骨肉……

马：是的，我们非常爱明明。

徐：教育这些智障儿童，做父母的光有爱心是不够的，重要的是有耐心，恒心。

马：当然，要有耐心……

徐：有耐心，恒心，就必须有足够的时间和技能，一遍两遍五遍十遍，甚至百遍千遍的去手把手地教这些智障儿童同一种知识。而您是导演，您爱人是演员，一个忙着导戏，一个忙着演戏，你们能有足够的时间专心地教明明吗？

马：说得切中时弊，徐园长，您真能理解我们做父母的，光有爱心而没有充分的时间啊！

徐：长此以往，不但拖累你们，还把孩子耽误了。所以，应该把明明送到"爱心乐园"去，我们帮你们教育明明，社会分工不同嘛，各得其所，各得其乐。

马：这事儿，我赞成，不过得和李娟商量一下。（叫李娟）李娟，"爱心乐园"的徐园长来看明明了。

李：（领明明出来，看到徐园长，惊奇地）呦！您不是那位被人们称为"人间伟大的母亲"的爱心妈妈徐惠纯吗？

徐：（上前握手）您就是大名鼎鼎的演员李娟吧？

马：（愣了）你们认识……

徐：只知其人，今天是第一次见面。

李：徐妈妈，快请坐。您的事迹，我早就在《中国妇女》杂志上看到了，使我非常感动！

马：（自言自语）爱心妈妈……

李：徐妈妈年轻的时候，曾放弃了出国留学的机会，毅然选择了残疾人教育事业，一干就是几十年。徐妈妈人生坎坷，早年失去父母亲人，中年丈夫得病去世，晚年唯一的儿子，因见义勇为而光荣牺牲……她强忍着悲痛，把自己全部的爱无私地奉献给了残疾儿童教育事业。退休后，她还拿出自己的全部积蓄，开办了一所"爱心乐园"。

徐：能让更多的残疾儿童得到良好的教育和智力的开发，是我毕生的愿望。

马：多么伟大的胸怀啊！

李：爱心妈妈常说，残疾儿童虽然身体某些部位有些残疾，但还有个完整的大脑，应该得到同正常儿童一样的教育。几十年来，徐妈妈就是为实现这个伟大的目标，用她那伟大的爱心，帮助了一批又一批的残疾儿童，使他们像正常人一样上小学、中学、大学，甚至出国留学……有些残疾儿童还取得了优异成绩，得到了社会的公认。

马：（感慨地）"爱心乐园"真是一部好电影题材。徐妈妈，我要把你的事迹拍成电影！

徐：谢谢马导，拍电影是你们艺术家的事儿，我搞教育的，还是先看看明明吧。（搂过孩子，爱抚地）

李：明明，叫爱心奶奶。

明：爱……爱……爱奶奶……

徐：哎！多乖的孩子，明明，跟奶奶去"爱心乐园"好不好？"爱心乐园"有许多小朋友，还有许多好玩的玩具，许多好吃的东西，许多可爱的小动物……

李：徐园长，"爱心乐园"的条件怎么样？

徐：乐园的环境还算可以，正在逐步完善，这得需要一段积累的过程。教学设施、生活设施基本上是完备的。再说，我已经积累了几十年的残疾儿童教育经验，你们放心！

李：有您这份爱心，我们是一百个放心。乐园有几个班？

徐：两个聋哑儿班，一个智障儿班。

李：智障儿班有多少个孩子？

徐：不到二十个孩子，由两名教师，一位阿姨照管。

李：孩子是每周接一次吗？

徐：每周接一次，半个月接一次都成，随家长的要求办。你们俩都是艺术家，都忙，明明就由我来接送。什么时候接，什么时候送，打个电话就成。（递上宣传单）这上面有电话号码。

李：（李接过宣传单）太让您费心了，徐妈妈。每年托费多少钱？

徐：托费免了，智障儿，我们免费服务。

李：那可不成，您将全部积蓄和爱心都献给了孩子们，不收托费，我们心里过意不去。

徐：你们两位艺术家为人民生活创造精神食粮，我们照管一下你们顾不上的明明，不是应该的吗？！

李：（激动不已，握住徐的手）徐妈妈，您真是爱心妈妈，伟大的母亲啊！

马：（将一张汇款单递给徐）徐妈妈，这是我和李娟对"爱心乐园"的一点心意，请您务必收下。

徐：（看了一眼汇款单大声念）《为了残疾儿童专题片》稿费伍万元整。马强，李娟收。马导，这钱是你们的劳动所得，我不能收……

李：徐妈妈，这些钱虽然不能解决"爱心乐园"的大问题，但也略表我们的一点点心意。本来，我们想捐给中国残疾人基金会的，捐给"爱心乐园"不是一样吗，您就收下吧！

徐：既然如此，我就收下了，记在"爱心乐园"功德簿上，我代表所有孩子谢谢你们！明明就放心交给我吧！

马：徐园长，我们完全相信您，有了"爱心乐园"，明明就有希望了！

李：爱心妈妈，明明就交给您了。

徐：你们就放心吧（这时，全场响起热烈的掌声。【暗场】）

（电视屏幕重新亮了，"智力游戏"字样依稀可见，两位主持人继续主持节目。）

赵：刘教授，一个智障儿引起那么多的社会关注，食品厂的，药品公司的，乃至爱心妈妈，无不伸出热情之手，进行无私的帮助，这不能不说明社会的进步。

刘：这要在那个温饱不能解决的年代，结果是可想而知的，甭说是个智障儿，就算是个超常儿，也会被说成"两耳不闻窗外事，一心只读圣贤书"走白专道路的人，扼杀在摇篮中。

赵：刘教授，您刚才说的"超常儿"我也见过，那次去山区采访，无意中发现，一对地地道道、普普通通的山区农民却生了个聪明绝顶的女儿，一岁就会说三个字的话，两岁就会算两位数的数，三岁就会背四季歌，真是个小神童……

刘：这是属于那种特殊的超常儿童，智商发育比同龄孩子要早。一般体现在特殊方面，比如莫扎特三岁就能谱曲，出生在普通家庭也是常见的。

赵：老天爷真会开玩笑，将一位智障儿投胎在非凡的艺术之家，将一位超常儿投胎在平凡的农民之家，阴差阳错，无可奈何。这些事实，给那些认定智力是先天的遗传的谬论以有力地批判！

刘：儿童智力因素是不确定的，并不是聪明的父母一定能生出超常儿。儿童先天智商固然重要，但后天的培养开发更不容忽视。人是环境的产物，有什么样的环境，就出什么样的孩子。这种环境就是家庭环境、学校环境和社会环境三个方面……

赵：由此说来，艺术之家为有个智障儿而发愁，而农民夫妇为有个超常儿而犯难。

刘：犯难超常儿的教育问题……

赵：对！就像您说的家庭环境。现实就是这样残酷，一个天才的超常儿降生在"面朝黄土背朝天"的农民家庭，怎么对孩子进行良好的早期教育？长此下去，不就把一个前途无量的孩子给耽误了吗？

刘：超常儿童不仅是这对农民夫妇的孩子，也是国家宝贵的财富，应该把她送到一个更好的环境。

赵：就在超常儿三岁半的时候，这对夫妇从城里找来一位搞教育工作的亲戚，想办法……

（电视屏幕显示"第二场 超常儿"字样）

第二场 超常儿

时间：20世纪90年代中期

地点：农民之家

剧中人物

金山：山区农民，二十八岁

郝英子：金子的妻子，农民，二十六岁

金山娃：超常女童，三岁

郝春华：京城教师，二十五岁

赵记者：电视台记者，二十七岁

郭教授：超常儿童研究中心，三十五岁

【暗场】

（这时，设在剧场中央的舞台亮了。布景已由城市艺术之家变成山区普通农民之家，南面沙发上铺着一条花单子。）

农民金山坐在那里翻着一本书，西面木桌上放着一台十四英寸的旧电视，妻子郝英子正坐在前面守着一堆玉米，用工具搓棒子，东面是一张木板小床，上面摆着一堆被拆散的玩具，女儿金山娃站在床前正聚精会神地摆弄一台半导体收音机，不知碰到哪里，收音机突然大声响起来，声音嘈杂……

金山（简称金）：（不耐烦地）山娃，快关上，烦死我了，爸爸看书呢！

郝英子（简称郝）：这孩子整天瞎鼓捣，一会儿也不闲着！

金山娃（简称娃）（熟练地关上开关，好奇地摆弄收音机自言自语）：它为什么会出声声，里面有人说话吗？

金：（把书扔在沙发上，伸伸腰）这本《十万个为什么》山娃都问完了，往后再问为什么，我怎么回答……

郝：瞎编呗，山娃知道什么，你老大不小的，活人还让尿憋死！

金：瞎编？说得倒轻巧，山娃是咱的娃，不是小猫小狗，哄哄就行了，如果咱们现在骗她，等山娃长大了，会找咱们算账的！

郝：唉，山娃这个小精灵算是投错了胎，生在我们这个土包子家庭。你念到高中，我念到初中，咱俩加起来也不够上大学，整年除了种苞米，收苞米，打苞米，不知道外面的世界是什么样子。山娃今年三岁了，整天围着屁股转，问这问那，你干瞪眼，以后可咋办？

金：诶，英子，你城里的妹子不是写信说来看山娃吗！

郝：是啊，信中说这几天就来。今天是礼拜，说不定一会儿就冒上来呢。

金：如果你妹子喜欢山娃，就让她带山娃到城里去上幼儿园，见见世面，将来有出息。

郝：去京城里上幼儿园，长大一定有出息！可我们现在就山娃一个孩子，你舍得？

金：舍是有点舍不得，但为了山娃的前途，也得这么做。山娃去了京城，我们可以再生一个嘛，你养孩子跟鸡下蛋似的，咯咯两声就出来了。（学鸡叫）

郝：（打他一下）你才母鸡下蛋呢，真讨厌！

金：你这只老母鸡生了山娃这么个小精灵，立了大功啦。真所谓，鸡窝里孵出了金凤凰。

郝：等山娃大了，金凤凰飞出去了，我们这个"鸡窝"也就变样了！

金：变成什么样儿？

郝：变成"金窝"啦！就像我们家门口的那座"金山"一样，人人看得起！

金：你想得倒美，那你还舍不得，山娃不出这穷山沟，能变成凤凰吗？

郝：反正我舍不得，娃是娘心头的肉嘛。

娃:(拿起收音机,跑过来)爸爸,收音机里没有人,为什么会说话呢?

金:山娃,你又给拆了?

郝:(抢过来拨弄开关,没有声音,气得打了山娃一巴掌)你这个败家的孩子,这个戏匣子十几块呢,得用多少苞米换呀!

娃:(扑到爸爸怀里追问)爸爸,戏匣子为什么会说话?

金:山娃,这是收音机,不是电视机。收音机是天线接收信号,所以我们只能听到声音,不能看到人。

(屏幕显示"第四幕 姨妈测试"字样)

第四幕 姨妈测试

(这时,东面走来一位文静大方、教师模样的姑娘,她就是山娃城里的姨妈——郝春华。她左手拎着一个礼包,右手提着一辆儿童山地自行车,走上台敲门。)

金:(上前开门)哎呀,真是说曹操,曹操到,刚才我们还念叨你呢快进屋……她姨。

姨(郝春华,简称姨):(叫了声)姐夫(进屋)姐……

郝:刚才还念叨你呢,快进屋,山娃,叫老姨。

娃:老姨,您好!

姨:好乖,长得蛮像姐夫,就是个头儿小一点。

郝:这孩子吃得也不少,就是光长心眼儿不长个儿。

金:这叫大脑发达,四肢简单,不像我们四肢发达,大脑简单。

郝:去你的,看她姨来了就嘴贫。

姨:姐夫真会开玩笑,山娃个头儿小不要紧,我给她带来了"成长素"(从礼包里拿出来,递过去)

郝:(接过来)现在,还有这玩意儿?

金:山沟里的人,哪里见过"成长素",总以为多吃大葱就能长个儿呢!

郝:哪凉快哪歇着去,洋葱脑袋。妹子,山娃吃这"成长素"就能长个儿吗?

姨:根据科学家研究,儿童长个儿靠大脑"成长素",而这种"成长素"大脑不能直接生成,只能靠一种叫……转化成酸,再慢慢钙化,才能形成骨骼,促进儿童成长。我儿子吃"成长素"一年多，长了十公分哩！

郝："成长素"这么灵，我正为山娃不长个儿发愁呢，这下好了。

姨：（拿出药盒）还有这"生命一号"，保证孩子大脑成长的各种营养。这是给山娃买的山地车。

郝：这回山娃美了，又是"成长素"，又是"生命一号"，还有山地车。妹子，让你破费了。

姨：京城比你们山区生活条件好嘛。

郝：山娃，快过来，谢谢老姨。

娃：（跑过来）谢谢老姨。

姨：（赶紧将她抱过来，搂在怀里）山娃，给老姨来一段《九九歌》就行了。

娃：（背起来）一九二九不出手，三九四九冰上走，五九六九沿河看柳，七九河开，八九雁来，九九加一九，铁牛遍地走。

姨：山娃，不是耕牛遍地走吗，怎么成铁牛了？

娃：爸爸说，现在山里都是会跑的拖拉机耕地，所以把"耕牛"改成"铁牛"啦！

郝：这孩子就是贫，跟她爸一样。

姨：聪明嘛，山娃，你还会什么？

娃：（山娃想了想）我还会背：锄禾日当午，汗滴禾下土。谁知盘中餐，粒粒皆辛苦。

姨：太好了，山娃，老姨教你古诗，好不好？

娃：好，老姨教我，老姨教我……

郝：山娃，别烦老姨。

姨：山娃，老姨教你：唐朝王之焕的《登鹳雀楼》：白日依山尽……

娃：白日依山尽。

姨：黄河入海流。

娃：黄河入海流。

姨：欲穷千里目。

娃：欲穷千里目。

姨：更上一层楼。

娃：更上一层楼。

姨：山娃，跟老姨再来一遍。

娃：老姨，我已经记住啦！

姨：一遍就记住了？你背给老姨听听。

娃：白日依山尽，黄河入海流。欲穷千里目，更上一层楼。

姨：（惊奇地）真是神童，五言古诗一遍就能背下来，幼儿园五岁的孩子还得学几遍呢。姐姐，姐夫，山娃是神童呀！

金：她姨，你喜欢山娃吗？

姨：这么聪明的孩子，谁不喜欢。

金：喜欢，你就带她到京城去吧，找个好幼儿园，重点培养培养，也许山娃能出人头地呢！

姨：是啊，山娃在山沟里，可就耽误了。不过山娃是个超常儿，即使到了京城，一般幼儿园也不行。

金：（着急地）怎么不成，好歹比山区强多了。

郝：她姨，你就想法让它成！山娃出息了，也有你一份功劳。

姨：姐姐，姐夫，你们理解错了，不是京城的幼儿园不收，是因为，山娃是个超常儿，去一般的幼儿园屈枉了，我得给山娃找个能开发她智力的地方。

金：原来是这样，我们还以为你不愿带山娃去城里呢。

姨：哎……我认识一位电视台的记者，他经常对我说，发现超常儿童一定要告诉他。对，我找他来采访山娃，电视台一播放，山娃就出名了，也许有关部门就会找上门来了呢。

郝：什么？她姨，叫记者来我家采访，山里人没见过世面，笨嘴拙舌的，我怕……

金：你怕哪家子！电视台记者也是人，不是老虎。再说人家是来采访咱山娃，也不是采访你。

姨：姐夫，记者来了，不但采访山娃，也采访你们二位，怎么养出这么一个神童……

金：采访我们这山里人，到时候镜头一照，别看我这五尺高的汉子，也得傻眼。

姨：姐姐，姐夫，没那么可怕，我第一次上电视时，心里也发慌，锻炼锻炼就适应了。

郝：山娃，老姨让你上电视里说话，你高兴吗？

娃：高兴，老姨，我上电视说老姨教我的古诗"白日依山尽，黄河入海流……"

姨：山娃真乖，老姨马上跟赵记者联系。（掏出手机，拨号）喂，是赵记者吗？我是京城附小的郝老师，您好，我山区姐姐家的女孩是一位超常儿童，三岁就能学背五言古诗，一遍就记住了。您是否能够抽时间来采访……啊，明天就来，好，我告诉您地址，金山镇沟坎儿村八十一号。好，我在这里等您，明天见！

（屏幕显示"第五幕　记者采访"字样）

第五幕　记者采访

（这时，电视台赵记者提着摄像机从剧场西侧上场，看看门牌号，叩门）

姨：（开门迎接）啊，赵记者，您好，快请进。

赵记者（简称赵）：（进屋）郝老师，这就是您姐姐家？

姨：是的，我来介绍一下，（指金）这是我姐夫金山，这是我姐姐郝英子，这就是我的外甥女金山娃。

金：赵记者，您好您好。我们山里人没见过世面，您别见笑。

郝：赵记者，请您喝茶，大老远地从京城跑到这山沟，累坏了吧？

赵：别客气。我们做记者的整天东南西北的采访，习惯了。

娃：（学着大人）赵记者，听我老姨说，您是来采访我的，我要上电视……

赵：是啊，来采访你的，让你上电视说话。好聪明的孩子！

娃：那我怎么上电视说话呀？

赵：（指摄像机）你从这个摄像机走进镜头里去呀。

娃：（高兴地拍摄像机，双手抱住镜头）我怎么钻进去啊？（逗得大家乐）

郝：（吓坏了，赶紧去拉山娃）山娃，听话，把叔叔的摄像机弄坏了，咱们可赔不起呀！

姨：（将山娃搂在怀里，哄着）山娃，咱们站在这儿背古诗，好让赵叔叔拍电视。

赵：（扛起摄像机，镜头对准山娃）山娃，看着我背，大声点……

娃：（毫不畏惧地）白日依山尽，黄河入海流。欲穷千里目，更上一层楼。

姨：这就是我昨天教她的，只教一遍就背诵如流！

赵：郝老师，你再教山娃一首新的古诗，我把整个学习的过程拍下来，才是真实的。

姨：赵记者，我再教她一首七言古诗，试试看，怎么样？

赵：七言古诗学一遍，山娃能记住，就更有说服力了。

姨：山娃，姨再教你一首李白的《早发白帝城》，姨念一句，你学一句：朝辞白帝彩云间。

娃：朝辞白帝彩云间。

姨：千里江陵一日还。

娃：千里江陵一日还。

姨：两岸猿声啼不住。

娃：两岸猿声啼不住。

姨：轻舟已过万重山。

娃：轻舟已过万重山。

姨：山娃，你能自己背诵吗？

娃：能！朝辞白帝彩云间，千里江陵一日还。两岸猿声啼不住，轻舟已过万重山。

赵：（惊奇地）哇！惊人的记忆力，山娃，你还会背什么？

金：山娃，给叔叔背段《季节歌》。

娃：（背《季节歌》）春雨惊春清谷天，夏满芒夏暑相连，秋处露秋寒霜降，冬雪雪冬大小寒。

赵：（拍摄）好，背得好！

郝：赵记者，山娃还会唱山歌呢！

姨：山娃，给叔叔唱一段听。

娃：（边表演边唱）山里红，山里红，山里的果子红彤彤，红红的果子压弯枝，晚霞映照满山红……

赵：好，山娃还会表演，将来准是个歌唱家。山娃还有什么特长？

金：爱玩玩具，自己玩……

郝：什么玩玩具，纯粹是拆玩具。赵记者，您看床上那一堆布娃娃，小汽车……哪一件是好的。昨天又把戏匣子给拆了。

赵：聪明孩子都是破坏者，好奇心强是优点，做父母的要支持她。

姨：山娃，告诉姨，你把布娃娃的衣服脱下来，她不冷吗？你把小汽车的轮子弄下来，它不疼吗？

娃：我想看看布娃娃长什么样儿，我想看看小汽车没有轮子还能跑吗？

赵：山娃，你能给布娃娃穿上衣服，给小汽车安上轮子吗？

娃：我会！（跑到床前，动手给布娃娃穿上衣服，给小汽车安轮子。）

赵：（扛着摄像机，追着她拍下来）真是个超常的孩子，很有动手操作能力。

姨：怎么样，赵记者，山娃是个超常儿吧？

赵：她的智商比我采访过的超常儿都高，真想不到，在这山沟里也有这样的孩子！

金：赵记者，我们山娃可以送到城里去培养吧？

赵：当然，这样的孩子，哪个学校都会抢着要的，好好培养培养，能为学校增光添彩嘛！

金：那就拜托您了，赵记者，给山娃找个好婆家。

郝：（捅他一下）好学校，什么好婆家，又不是嫁闺女，美颠儿你了！

赵：山娃这个名字……

金：是我取的，我姓金，孩子生在金山镇，又是个女孩儿，山里的娃，所以叫"金山娃"。

赵：山里还可以叫山娃，如果去京城土了点儿。

金：那没关系，名字可以改吗？叫金凤满可以吧，山沟里飞出金凤凰，丑小鸭变成白天鹅嘛！

赵：您还挺幽默的，您是什么文化？

金：本人高中毕业后，在"山地学院"学习"种地本科"至今，已得到本院长（指郝）颁发的三块金牌了！

赵：哦？哪三块金牌？

金：（自豪地）种小麦，种苞米，种红薯，样样都是"种子选手"。

郝：赵记者，别听他胡诌，他高中毕业，我是初中毕业，天天在这穷山沟务农，生儿育女过日子。

赵：你们两位都是普通农民，生了这么聪明的山娃，一定很高兴吧！

金：高兴是高兴，可眼看着山娃一天天长大，窝在这穷山沟，怎么会有出头之日呢?

姨: 姐夫, 你别着急, 赵记者有办法让山娃尽快走出这穷山沟的。

赵: 我把这部专题片做出来, 送给"中国社会科学院超常儿童研究中心"的郭教授, 他一定会感兴趣的。

金: 那可太好了, 山娃真幸运!

赵: 你们等着看电视吧, 郝老师, 我们走吧。

(扛起摄像机, 走出门, 姨随后)

金、郝: 山娃, 快和赵叔叔、老姨说再见。

娃: 赵叔叔, 老姨, 再见……

(赵和郝走下台,【暗场】)

(屏幕上显示"第六幕 山娃出山"字样)

第六幕 山娃出山

(金坐在沙发上看书, 郝坐在电视机旁搓苞米, 山娃骑山地车玩)

金: (期待地, 放下书) 赵记者的节目该播了吧, 英子, 打开电视。

郝: (伸手按下电视按钮) 整天儿惦记着电视节目, 你多大的人了, 比孩子还慌慌!

(电视里传出节目主持人的声音, 专题报道《山沟里飞出金凤凰——超常儿童金山娃采访纪实》)

金: (兴奋地) 英子, 快看山娃上电视了, 瞧, 还有我们俩……

郝: (扔下手中的苞米, 看电视) 瞧你那傻样儿, 咱山娃可比你强多了, 一点儿也不怯场!

娃: (电视里传出她背古诗的声音: 白日依山尽, 黄河入海流。欲穷千里目, 更上一层楼。拍手跳起来。) 我上电视喽, 我上电视喽!

金: (搂过山娃) 山娃这回进京城上幼儿园有希望喽!

郝: (难舍地) 你就知道让山娃走, 我舍不得!

(这时, 郭教授戴着眼镜, 手拿公文包从观众席走上来, 看看门牌号, 伸手叩门)

金: (上前开门) 您找谁?

郭教授 (简称郭): 这是金山娃的家吗?

金：是啊！您是……

郭：我是"中国社会科学院超常儿童研究中心"的。（递名片）

金：（看名片）噢，您是郭教授，您好，快请进！

郭：（进屋）金山同志，我已看过赵记者拍的专题片了，今天专门来拜访。

金：欢迎您（指郝），这是我媳妇，（指郭）这就是赵记者说的那位中科院的郭教授。

郝：您好，郭教授。（招呼）山娃，来，快叫郭伯伯。

娃：郭伯伯，您来给我拍电视……

郭：山娃，伯伯从电视上看到你的表演，专程来家看你的。

娃：伯伯也来看我表演，您怎么没拿照相机呀？

郭：山娃，伯伯是教授，不是电视台的记者。山娃，给伯伯唱首歌吧。

娃：（小手摸着嘴唇，想）那……我给您说一段《种地歌》吧。

郭：好哇。

娃：（站在那里，熟练地）打春阳气转，雨水沿河边。惊蛰乌鸦叫，春分地皮干。清明忙种麦，谷雨种大田。立夏鹅毛住，小满雀来全。芒种开了铲，夏至不拿棉。小暑不算热，大暑三伏天。立秋忙打靛，处暑动刀镰。白露割蜜薯，秋分不生田。寒露不算冷，霜降变了天。立冬交十月，小雪地封严。大雪河汉牢，冬至不行船。小寒三九天，大寒就过年。

郭：（惊奇地）真棒，山娃，是谁教你的？

郝：（递上一杯水）她爹呗！山里人就会《种地歌》。我怀着山娃那阵儿，每天晚上她爹就在我的肚皮边儿上说《种地歌》。山娃生下来刚会说话，她爹就教她《种地歌》，怪了，山娃一学就会，现在说得比她爹还溜。

郭：（掏出本子记下来）这叫"胎前教育"。山娃这么聪明，这与她爹教《种地歌》有关系。

金：这叫"胎前教育"，懂吗？郭教授，这么说我就是山娃的启蒙老师喽？

郝：去你的，你种一辈子地，还让山娃和你一样种一辈子地不成？

郭：这不见得，基因可以遗传，种地可不遗传！何况山娃这么聪明呢，你们夫妇祖辈都在金山镇务农吗？

郝：他家祖宗三代都在金山镇，我从南方投亲嫁过来的。

郭：哦！一个南方，一个北方，两股血脉离得越远，后代智商就越高，山娃聪明与这有关。

金：（跟郝开玩笑）你嫁到这穷山沟，得了山娃不后悔吧？

郝：没有山娃，我的肠子都悔断了，每天跟你唱《种地歌》，种到什么时候能熬出头儿……

郭：看来你们夫妇一定是自由恋爱，恩恩爱爱的。你们是否还记得，怀山娃那天，遇到什么高兴的事儿？和往常不一样的地方？

郝：（想了想）除了山娃在肚子里伸胳膊蹬腿儿，没什么不一样啊。

郭：比如说，你怀山娃时爱吃什么东西？

金：她爱吃红辣椒，胡萝卜，爱嚼生花生米，还爱吃辣子鸡。

郝：酸儿辣女嘛。郭教授，我还爱听戏匣子。戏匣子一响，肚子里的山娃就安静了，好像她也爱听似的。

郭：您爱听什么节目？

郝：我爱听音乐，爱听山歌，爱听戏……

金：郭教授，我记得她怀山娃那阵儿，特勤快，老爱干家务活。我怕她累，对胎儿不好，劝她歇会儿，她都不干。

郝：是的，人家怀孕都懒得动弹，我那时老想干点什么……

郭：山娃聪明与你怀孕期间劳动也有关系。你怀孕期间爱吃什么，爱干什么，都会对孩子产生直接影响，母婴一体嘛。

郝：我们山里人哪知道这些，早认识郭教授就好了。

金：早认识郭教授，您指点指点我们，咱山娃就成人精了。

郭：（对郝）您生山娃是顺产，还是难产？

金：人家是"一路顺生"，进了产房眨眼儿工夫，山娃就生出来了。

郭：顺产好哇！分娩时，山娃的大脑没有受到一点儿挤压，不影响孩子以后的智力发育。山娃多大断奶，爱吃什么？

郝：不到一岁就什么都吃，不到一岁半就会说"妈妈抱"。

金：不到两周半就会背《种地歌》……就会拆玩具……

郭：（走到山娃跟前）真是个超常儿！山娃，跟伯伯到京城去，找跟你一样聪明的哥哥姐姐玩，好不好？

娃：（拉住郝金的手）伯伯，让爸爸妈妈一起去，我就去。

郭：（点点头）当然，让爸爸妈妈一块送你去喽！

郝：（难为地）郭教授，山娃去京城上幼儿园，每月得花多少钱，我们家……

郭：像山娃这样智力超常的孩子，是国家的宝贵财富，所以，中国科学院特设"超常幼儿班"，专门重点培养，一切费用由国家承担，您就不用担心了。

金：太好了，郭教授，谢谢您。英子，山娃这回真的要走出这穷山沟了。（兴奋地抱起山娃转了起来）金凤凰要飞了，金凤凰要飞了……

郭：（对郝）"超常幼儿班"的条件非常优越，最好的科学膳食，最好的生活环境，最好的智力教师，您就放心吧，山娃一定会成为国家栋梁之材的！

郝：郭教授，有国家的重点培养，我一百个放心！可就是当妈妈的有点舍不得（搂着山娃难分难舍，热泪盈眶）。

金：（安慰地）英子，山娃是国家的人了，我们为了国家，也应该伟大一点儿嘛！

郝：（自言自语）对，山娃是国家的人了，当妈的应该伟大一点儿……

郭：（高兴地）这就对了，你们准备一下，送山娃进京城去"超常幼儿班"。

（全场响起热烈的掌声，音乐起）

【暗场】

（电视屏幕重新亮了，"智力游戏"节目依稀可见，两位主持人继续主持节目）

赵：刘教授，我们采访的这两个特殊家庭，简直演绎了一场"智力游戏"，但无论是艺术之家的智障儿，还是农民之家的超常儿，同样都受到国家的重视，社会的关注。现代社会竞争非常激烈，几乎我们每个家庭都把孩子的智力开发放在首位。

刘：智力开发是我国教育改革的首要问题。我国过去的教育体制注重知识灌输而忽视素质开发，因而培养了许多高知识低能力的人，缺乏创造性。人脑到底有多大潜能，至今仍是科学之谜。所以，科学的开发儿童的智力，特别是从幼儿入手，是一个新课题。

赵：刘教授，现在有这样一种说法，电子时代，电脑越是发达，相反人脑就会越退化……

刘：这话怎么讲？电脑是人脑创造出来的，电脑越发达，人脑就会更发达，怎么会退化？

赵：这话是从另一个角度来说的。现在我们城市家庭基本上实现了电气化，电灯、电风扇、电冰箱、电饭煲、电话、电视、电脑……应有尽有，我们的孩子生下来就在这样一个电气化的环境中生活，只要学会一按电键，一切都能做到了，这样，从小就丧失了亲自动手锻炼能力的机会。手是人脑的开发工具，人们用手的劳作过程就是对大脑的开发过程，而家庭的电气化代替了这个劳动过程。人脑得不到开发，不就相应退化吗？

刘：如果从这个角度说，也不无道理。我们那代人从小就得学会劈柴，生火烧饭，担水洗衣，一切家务亲自动手去干，在劳动中开发大脑。但科学研究证明，我们的智商并不比现在的孩子高。因为，现在孩子虽然不亲手做家务活，但他们从小就亲自动手玩我们那个年代想都想不到的智力玩具，大脑同样得到了开发，不但没有退化，反而更加发达了，而这些玩具不都是人脑创造出来的电脑操作的吗？

赵：您是说，由于人脑的创造转化成了智能玩具，而智能玩具反过来再开发人脑这样一个循序渐进的过程？

刘：对，我们现在的智力开发过程，已经发展到一个更高的层次，这个更高的层次就是智能化。

赵：怪不得，现在很多的家长都想把自己的孩子培养成智能儿哩。刘教授，我前几天采访过这样一个工人家庭，男的是一位自动化工程师，女的是一位普通女工，有一个五岁的男孩。男的智商非常高，整天研究电脑，没有时间研究孩子的"人脑"，而女的智商一般，但非常重视孩子的智力开发。后来她下了岗，为开发孩子的智力不惜一切代价，登报、上网招聘"家庭智能教师"，一定要把孩子培养成智能儿。

刘：招聘"家庭智能教师"，这倒是一件新鲜事儿，结果怎么样？

赵：刘教授，下面请您观看我们制作的专题片……

（屏幕显示"第三场 智能儿"字样）

【暗场】

第三场 智能儿

时间：20世纪90年代末

地点：工人之家

剧中人物：

黄淑珍：下岗女工，三十二岁

孙伟：电脑自动化工程师，三十五岁

聪聪：黄、孙之子，五岁

周芳：应聘幼师，二十二岁

于飞：应聘男幼师，二十二岁

许立：智力研究所所长，三十五岁

【暗场】

（陈设在剧场正中央的开放式舞台的灯光亮了。布景已由山区农民之家，变成城市工人之家。南面沙发上换成电脑绣花白色沙发巾，女主人公黄淑珍正坐在那里认真地翻看一张报纸，西面电脑桌上放着一台十七英寸电脑显示器，男主人公孙伟正在聚精会神地编程序，东面写字台上摆放着很多智能玩具，男童聪聪精力集中地玩电子游戏机）

黄淑珍（简称黄）：（看到兴奋处突然站起来，将报纸扔在沙发上）瞧人家的孩子是咋开发的，六岁参加奥林匹克数学竞赛得了一等奖，真神了。瞧瞧这爷儿俩，（指孙）一个"电脑虫"，整天就知道开发软件，（指儿子）一个是"游戏虫"，整天就知道玩电子游戏。大礼拜天的，也不带孩子去大自然里换换脑筋……（她看看这个，又看看那个，爷儿俩没有一点反应。她生气地走到丈夫后面，用手捅了一下他）喂喂！亲爱的"电脑虫"，我刚才说的话，你听到了没有？

孙伟（简称孙）：（手不停地按键）哦，哦！听见啦，听见啦！

黄：（生气地按住他的手）你听见什么啦，该从电脑里爬出来了。你整天就知道研究电脑，咋不研究研究人脑。聪聪今年就快五岁了，再不开发智力就晚了，我们工友的孩子三岁进入奥林匹克班，六岁就得了大奖，都上报纸了，你看看！

孙：（解释地）珍，你知道我是自动化工程师，学的是电脑专业，编程序开发软件是本行。我学的不是幼师……

黄：照你这么说，开发孩子的智力就只是幼师的事儿，而不是我们父母的事儿喽。你知道吗，现在家家就这么一个孩子，将来竞争多么激烈，你忍心看着别人的孩子一个个都成为智能儿，学习样样走在前面，而咱们的聪聪落在后面？

孙：当然不忍心！我们已经尽力了，从小就给聪聪买了那么多智能玩具，还有电子游戏机……

黄：亏你还说得出口，智能玩具、电子游戏机都是电脑，能代替人脑吗？现在谁家的孩子没有这些东西？重要的是除了这些人家都有的，我们还有什么特殊方法开发孩子的智力……

孙：我可没有什么特殊方法，除非你招聘"智能家教"。

黄：（神秘地）我已经登报、上网为聪聪招聘"智能家庭教师"啦！

孙：（责怪地）啊，这么大的事儿，你也不和我商量商量。

黄：我早就跟你说过几次啦，你满脑子都是电脑，根本不搭这个茬儿，我只好就……

孙：（无奈地）好好，招个家教也好，省得你整天烦我。

黄：反正你这个当爸的是工程师，智商高，但没有时间开发孩子的智力。我这个当妈的是普通人，倒是有时间，但智商不高，想开发也开发不了，也只好找个"智能家教"了。这回下了岗，国家保证基本生活费，我就与"智能教师"一起开发聪聪的智力了。（这时电话铃响了，黄去接电话。）

黄：（接电话）喂！我是黄淑珍，您一会儿到家来应聘？好，我等您。（放下电话）

孙：得，家教找上门来了。这回我可解脱了。（重新坐下来编软件）

黄：（走到聪聪身边）游戏虫，爬出来歇会儿吧！待会儿跟妈妈一起考考"智能家教"。

（屏幕上显示"第七幕　应聘"字样，【暗场】）

第七幕　应聘

（这时，"智能家教"周芳从剧场西面走上来，看看手中的报纸，对对门牌号，按门铃）

黄：（应声开门）来了，哦，是周老师吧！

周：（进屋）是的，您是黄大姐吗？

黄：是的，周老师，快请进，请坐。

周：黄大姐，您好，这是我的个人简历，请您过目。

黄：（接过来看看）周老师是学幼师专业的？

周芳（简称周）：是的，我学完三年幼师后，又上了两年大专，专修计算机。刚刚毕业就在网上看到您的招聘广告……

黄：学计算机的（看着简历念出声）特长是编程，曾编有"智能教育"软件啊，（自言自语，小声地）又来了一个电脑虫！

周：黄大姐，您真有超前意识啊，现在是智能化时代，智能化教育要从幼儿开始，您可以说是第一个上网招聘"智能家教"的母亲，可谓第一个吃螃蟹的人，了不起！

黄：（自言自语）什么了不起，家里有两个"电脑虫"，又来了一个"电脑虫"，我可招架不起呀。（对周说）周老师，我找的是家庭幼师，不是搞电脑的！

周：黄大姐，没错，您不是招聘"智能家教"吗？要求是幼教毕业，会英语，懂电脑，特别是要富有爱心，能开发幼儿智能的人……

黄：是啊，我没说……

周：黄大姐，我就是您最理想的人选，我在教育学院系统地学习过幼教专业，上完电脑大专后，自己结合幼教知识，开发了"智能教育"软件，我的外语也不错……

黄：（不耐烦地）好啦，好啦，我找的是研究人脑的人，能开发孩子智力的家教，不要研究电脑的"电脑虫"。

周：黄大姐，智能化时代，就是用先进的电脑开发落后于时代的人脑啊！

黄：周老师，我请教您一下，什么是智能化。

周：智能化，简而言之，就是用具有智能的电脑代替人脑工作的现代化。

黄：用具有智能的电脑代替人脑工作的现代化，这话怎么讲？

周：比如说，我们现代家庭电气化，电风扇、电冰箱、电饭煲、电视机都是用电脑控制的，孩子出生在这样的时代，不会电脑怎么行呢？又比如说，工厂自动化流水线，机械手、机械人都是靠智能芯片操作的，不会电脑怎么操作呢？所以，现代的幼儿必须从智能化教育入手才行。

黄：说得头头是道，条条是理。我丈夫就是搞自动化的工程师，（指孙）"电脑虫"一个，我何必再找一个……

周：（惊喜）黄大姐，您丈夫是搞自动化的，太好了（自言自语）真是踏破铁鞋无觅处，得来全不费工夫！（走到孙旁边）老师，您好，我想跟您请教请教……

孙：（抬起头）周老师，您好，我姓孙，您就叫我孙工吧！

周：（从挎包里掏出软盘）孙工，您看看我编的"智能教育"软件怎么样？

孙：（接过软盘插进电脑）周老师，您搞电脑几年了？

周：孙工，您别见笑，这是我的毕业作品，还很幼稚，请多指教。

黄：（不满地自言自语）得，"两条虫"入网啦。（看着孙与周的认真劲儿）我可真是引狼入室。（走到聪聪跟前，一把抢过游戏机）聪聪，你玩疯了，整天跟你爸一样钻进游戏机里不出来，有啥出息？

聪聪（简称聪）：（追过来）妈，我再玩一会儿。

黄：（坚决地）一会儿也不成，该背古诗了。

聪：（央求地）好妈妈，就玩一会儿，再背……

周：（走过来）黄大姐，这就是您儿子？（抚摸聪聪）小朋友，告诉周老师叫什么名字，几岁了？

聪：周老师，您好，我叫聪聪，五岁了。

周：乖孩子，听妈妈的话，玩游戏要有时有晌，玩的时间长了，大脑就累了，会影响身体发育的。聪聪，老师给你讲一个故事好吗？

聪：好，好，周老师，我想听故事。

周：有一个小男孩儿，特别惹人喜爱，爸爸妈妈非常喜欢他，总希望把他培养成智能儿。爸爸妈妈从小就给他买了好多好多的智能玩具，还有电子游戏机……可小男孩儿一玩上电子游戏就上瘾了，什么也不学了。妈妈看了非常生气，就上网招聘"智能家教"。周老师应聘来到他家，教他玩"智力游戏"，使小男孩儿变得越来越聪明……

聪：周老师，那个小男孩儿是不是我呀？

周：聪聪真聪明，愿不愿意跟周老师玩"智力游戏"？

聪：（拍手叫好）愿意，妈，我要和周老师玩"智力游戏"。

黄：（生气地）玩什么"智力游戏"，一玩就上瘾。现在骗人的事儿多了。

孙：（招呼周）周老师，您这"智能教育"软件，就是按照幼儿的心理，以电子游戏的形式编成的吗？

周：对，让孩子在玩的乐趣中得到智力的开发。

孙：好，这个想法好。聪聪，你来玩一玩。

聪：（应声跑过来）哎！爸爸，教我玩……

周：聪聪，我来教你玩。

黄：（无奈地）哎，又多了一条"虫"，三条"虫"合起来就更难对付了。（这时，电话铃响了，黄去接）喂！我是黄淑珍，噢，你来应聘，一会儿就到，好，我等你。

聪：（兴奋地跳起来）真好玩，真好玩！

孙：聪聪，告诉爸爸，是周老师的"智力游戏"好玩，还是电子游戏好玩？

聪："智力游戏"好玩，我要周老师教。

周：好，那你就叫妈妈聘请周老师当"智能家教"吧。

黄：周老师，您这软件多少钱？

周：黄大姐，聪聪爱玩，就送给他吧。

黄：您苦心研究出来的成果，我们可不敢当。不要钱，原物奉还。

周：好，以后您在我的工资里加上不就行了吗？

黄：周老师，何时聘用您等我通知吧。

周：那好吧，黄大姐，孙工，聪聪，我先走了，再见。（说着走出房）

黄、孙、聪：周老师，再见。（送周）

黄：又是一条"电脑虫"，想当家教，没门儿！

孙：我看这位周老师不错，聪聪也很喜欢她。

黄：你看着不错就行了，你们两条"电脑虫"就够我烦的了，又来一条……

聪：妈，我要周老师教我"智力游戏"。

黄：聪聪，听妈妈的话，还有比周老师更好的呢！

（屏幕上显示"第八幕　竞争"字样）

第八幕　竞争

（这时，男幼师于飞从剧场东面走上来，按门铃）

黄：（开门）您是……

于飞（简称于）：您好，我叫于飞，是来应聘"智能家教"的，您就是黄大姐？

黄：噢！您好，快进屋，请坐。您一个大小伙子，能当幼儿家教……我还以为你为朋友联系的呢。

于：黄大姐，我是幼师毕业，什么儿童心理学、儿童教育学、行为学，整整学了三年哩！

黄：大小伙子学什么不好，哄孩子是姑娘的事儿，还轮不到男人干。

于：黄大姐，让您见怪了。现在男幼师是时尚职业，非常受家长们的欢迎。

黄：家长们欢迎男幼师，我还没听说过。

于：现在的孩子生活条件好，又都是独生子女，娇生惯养，再加上幼儿园都是女幼师、女阿姨，连男孩子也偏于女性化，懦弱胆小，非常缺乏阳刚之气，因此……

黄：（打断于的话）因此家长们就欢迎男幼师，照您这么说，男人都去当幼师，那女人干什么，下岗……

于：现在是信息时代，电子时代，竞争的年代，社会分工，男女有别，已经越来越淡漠了，社会越发达，这种差别就会越小。

黄：男人干女人的事儿，女人干男人的活，就像您五尺高的汉子当幼师，整天哄孩子……

于：我们班三十名学生，一半是男生，往后呀，幼师也不是女孩的专利，也得竞争上岗了。

黄：男孩和女孩竞争上岗，没出息，我不赞成。

于：黄大姐，您应该改变改变观念，男幼师对孩子的成长发育是很有好处的。您看体育教练大部分都是男的，培养出来的运动员个个像小老虎，敢打敢拼，奥运会上夺金牌。

黄：于老师，我今天倒要请教一下，男幼师到底对孩子有什么好处？

于：首先，男幼师的性格气质，可以影响幼儿从小产生阳刚之气、竞争意识，将来步入社会后勇于面对生活，不怕失败，不怕挫折。

黄：这一点儿倒是比女幼师强，还有什么？

于：男幼师具有男人的特点，好运动，思维敏捷，很适应孩子好动、好奇心强的心理特征，教学很容易与孩子沟通。

黄：您说具体一点儿……

于：比如男人好踢球，孩子也好玩，在玩中开发智力，再比如男人爱练武，孩子也好动，在练武中锻炼身体，开发智力。

（他做了一个孙悟空的动作，非常像猴子）

聪：（感兴趣地跑过来）叔叔，我要学猴拳，我要学猴拳。

黄：（拉住他）聪聪，别捣乱，妈妈跟叔叔说话呢。

于：这就是您儿子。

黄：是的。（对聪聪）聪聪，叫于老师。

聪：于老师，教我猴拳……

于：多聪明的孩子，聪聪，老师收你当徒弟怎么样？

聪：师父，受徒弟一拜。

（做下跪的动作）

于：（喜欢地）好聪聪，听话，老师和妈妈说完话就教你。

聪：（伸手指）师父，拉钩，说话算数！

于：好，说话算数。

（伸手拉钩）

聪：我玩游戏去了！

（跑去玩游戏）

黄：这孩子就是犟，"游戏虫"。

于：黄大姐，您广告上说招聘"智能教师"吗？

黄：是啊，我要求能开发聪聪智能的家庭教师。

于：我就是您最好的人选。

黄：您有什么开发孩子智力的好方法？

于：我从小就练武，以后又上了幼师专业。根据幼儿好动的特点，专门编了一套"智能形体操"。

黄："智能形体操"……（自言自语）得，刚走一个"智力游戏"，又来一个"智能形体操"。

于：我把能开发孩子智力的动作编入形体操中，伴着优美的音乐，每天让孩子们练习，既锻炼身体又开发智力。

黄：于老师，您能表演一下吗？

于：可以。（从包里掏出一个小录音机，按动电钮，音乐起，伴着音乐做起来）大人小孩都来玩，猴子上树乐颠颠儿，老鹰捉鸡跑不了，老鼠打洞藏冬粮。

小猫钻钻一条线，小狗闪闪一大片，小兔蹦蹦眨眨眼儿，小球转转找不见。

聪：（丢下游戏机跑过来，跟在于飞后面瞎比画）老师教我，老师教我……

于：好，聪聪跟我学，我做一节，你做一节。（音乐起）"智能形体操"现在开始。第一节：大人小孩都来玩，猴子上树乐颠颠儿。

聪：（学动作）大人小孩都来玩，猴子上树乐颠颠儿。

于：第二节：老鹰捉鸡跑不了，老鼠打洞藏冬粮。

聪：第二节：老鹰捉鸡跑不了，老鼠打洞藏冬粮。

于：第三节：小猫钻钻一条线，小狗闪闪一大片。

聪：第三节：小猫钻钻一条线，小狗闪闪一大片。

于：第四节：小兔蹦蹦眨眨眼儿，小球转转找不见儿。

聪：第四节：小兔蹦蹦眨眨眼儿，小球转转找不见儿。

黄：于老师，您编的这套"智能形体操"倒挺好玩的，但我看不出它怎么开发孩子的智力呢？

于：您看，第一节"大人小孩"，是用人的形体动作表现出字的形状，告诉孩子从小就立志做个顶天立地的大人，大人是由小孩成长起来的道理，小孩就要像猴子一样的机灵。

黄：那第二节呢？

于：第二节告诉孩子天上飞的老鹰在上，地上跑的老鼠在下，让孩子有上下的概念，老鹰捉鸡，老鼠打洞都是动物的习性。

黄：第三节？第四节呢？

于：第三节、第四节，猫钻狗闪，兔蹦球转，就是告诉孩子左右旋转，上下蹦蹦跳跳的知识。

黄：看不出来，你还一套一套的，人不可貌相，海水不可斗量啊。

于：要想别人认识自己，首先要恰如其分地自我表现嘛。黄大姐……

孙：淑珍，网上有人应聘，你来对话……

黄：于老师，对不起。（去上网对话）

于：没关系，您忙，我先教聪聪"智能形体操"。（给聪聪纠正动作）

孙：（走过来观看）于老师，这套智能操编得不错，搞出一套教材，可以去幼儿园推广推广。

于：谢谢夸奖，我想把第二套第三套编出来以后再推广，先形成完整的东西。我一定要用智慧与女幼师竞争，打出我们男幼师特有的气势来。

孙：好小子，有男子汉的气派，我支持你。

黄（走过来）又是一个应聘者，都有点儿绝活。

于：黄大姐，我是第几位？

黄：您是第二位，第三位又上来了。

于：不管来几位，我要用我的实力与他们竞争，不会服输的。聪聪，等老师应聘成功再教你。黄大姐，我先走了，再见。（走出大门）

黄：（送出门）再见，于老师，您等我通知吧。

孙：（坐回电脑前）淑珍，我真服你了，你这一招真灵，能人都冒上来了。

黄：瞧好吧，还有更好的呢！

孙：下一位是……

黄：（得意地）智力开发所的所长，一位智能专家。

（屏幕上显示"第九幕 智力乐园"字样）

第九幕 智力乐园

（这时，智力开发研究所所长许立从剧场北面走过来，看看门牌号，按门铃。）

黄：（开门）哦，您是……

许：您好，您是黄淑珍吧？我是智力开发研究所的……

黄：哦，哦，是许所长，快请进。

孙：许所长，快请坐。（孙递上一杯水）

黄：这是我丈夫孙伟。

许立（简称许）：您好，（对黄）我在网上看到您的招聘广告，对我很有启发。

黄：是吗？许所长，我很关心你们研究所有什么开发儿童智力的研究成果，还有好的方法……

许：我们研究所成立一年来，已经发明六项专利，开发出五项开智产品。

孙：都有什么开智产品？

许：我们有开智勺筷、立体教具，"智力游戏"，智慧树……

黄：这么多产品，我怎么没在市场上见过？

许：我们还没有全面上市。现在的家长都重视子女的智力开发，市场潜力是非常大的，特别像您这样的母亲，宁愿付出一切代价，也要培养孩子成为智能儿，赶上时代的步伐。

黄：许所长，您是智能专家，我很想听听您的高见，让我们这榆木脑袋也开开窍儿！

许：先说智力吧。从字面上来讲，智就是智慧，力就是能力，合起来就是智慧和能力。孩子从小有了智慧和能力，长大就可以发明创造。发明就是想，创造就是做，无论干哪一行，只要能想出来，然后再做出来，就为社会创造财富，就体现出自身的价值，就能出人头地。

孙：是这个理儿，主要是靠什么才能开发孩子的智力，能够发明创造呢。

许：这首先得从生理角度说，人的大脑是分两次诞生的。

黄：人的大脑分两次诞生？

许：是的，第一次是婴儿从母体诞生"物质的大脑"，第二次是婴儿出生以后在生活中诞生"精神的大脑"，这个"精神的大脑"就是智商。

孙：我第一次听说。

许：科学研究证明：幼儿的脑重两岁半时只有25%，五岁达到75%，七岁时达到95%，八岁到二十一岁只增加5%，这就说明幼儿智力开发期在七周岁以前。幼儿的大脑就像一块未开垦的处女地，你种什么，它长什么，可塑性非常强，想塑什么样儿，就是什么样儿。

许：对，我国有句谚语，三岁看大，七岁看老，就是说，孩子三岁时智商达到哪种程度，可以看到他三十岁所达到的程度，比如说音乐家莫扎特三岁时乐感特别好，到他三十岁时成为世界著名的音乐家。

黄：照这么说，孩子七岁智商是什么样儿，基本上七十岁时也就是那个程度了。

许：对。开发孩子智力就像组装电脑一样，在开发期组成"286"就是"286"，组成"586"就是"586"，中央处理器永远不会改变。但是电脑可以升级，而人脑定型了就不能改变了。

黄：原来是这样，咱脑瓜笨，总也转不过来，所以就不能让孩子也像我这样。

许：愿望是好的，就是苦于没有好方法，您才上网招聘的，是吗？

黄：是这样，许所长，看来您一定有好方法，您快说说……

孙：（对黄）你先别急，我们先弄清智商高是怎么回事儿？

黄：智商高就是聪明伶俐呗，您说是吧，许所长。

许：我认为，孩子的智商高低主要体现在思维方式上。

黄：思维方式？

许：一般孩子看问题，只看到一个方面。比如算数吧，4+4=8，如果我们换成2+6=几，他就不会了，这叫单一思维方式。如果智商高一点儿，就是双项思维，既看到事物的正面，又看到事物的反面；智商再高一点儿，就是四项思维，还能看到事物的左面和右面；如果再高一点儿，就是六项思维，既能看到事物的正面与反面，左面与右面，还能看到上面与下面，这就是立体思维方式。当然，这个"看"不是用眼睛，而是用脑子去想。

孙：这样的孩子才头脑灵活，无论干什么事情，都从多角度去想，这样做不成，就那样做。

许：对，这就是"286"与"586"的区别，大脑的内存不一样，反映孩子的智商就有高有低。其实，大脑是智慧的蜡烛，每个孩子都有，一旦在开发期点燃了，上学后放上知识的干柴就能够越烧越旺，产生发明创造。

黄：学什么课程样样都接受得快，对吧？许所长，用什么方法才能让孩子形成这样的立体思维？

许：当然是"立体开智"方法喽。我们研究所开发的专利产品都是根据这个理论做出来的。

黄：那什么时候才能投放市场，我让我儿子先试试。

许：谢谢您的支持。我看了你们的招聘广告以后，很受启发。我现在正着手创办我国第一所"智力乐园"哩，从吃、穿、住、行、玩的生活过程中，全方位开发孩子的智力，创造出一种独特的"立体教学"模式，为新世纪造就一批神童……

黄：太好了，许所长，您的伟大抱负，让我们看到了二十一世纪的曙光，也看到了聪聪的希望。

许：谢谢，我已找好了园址，办理了各种手续……

黄：许所长，您现在一定缺少人手吧？我下岗了，愿意为您创办的"智力乐园"尽些义务，不要报酬。

许：谢谢您的热心支持，我现在正需要人手……

孙：许所长，听您的一席话，使我茅塞顿开。过去我一直认为开发孩子智力、教育孩子是老师的事儿，所以我一直埋头研究电脑，而忽视了人脑的研究。您对开发人脑的研究，已经有了这样显著的成就，我非常高兴。我是搞电脑自动化的，如需要我做什么，尽管开口，我全力以赴！

黄：孙工，您终于想明白啦。

许：孙先生，我们开发产品太需要您了，为了人类共同的事业，我们一起创业吧

黄：聪聪，快过来，这回妈妈送你去"智力乐园"喽！

聪：妈妈，我还要玩"智力游戏"，我还要学"智能形体操"……

许：好孩子，"智力乐园"什么都有，你一定喜欢的。

黄：这回有了"智力乐园"，我们就不用聘"智能家教"了。

许：所有应聘者，欢迎您带到"智力乐园"来。

黄：好，我们一言为定，"智力乐园"见！

（全场响起热烈掌声。【暗场】）

（屏幕灯光重新亮了，男女主持人继续主持节目。）

赵："智力乐园"应运而生了，我一定送我孩子去。

刘：是的，我也会的。

赵：刘教授，21世纪是人类社会逐步走向智能化的时代，每位父母将新世纪的幼儿培养成适应时代发展的智能儿，是历史的必然趋势，这是一股不可逆转的巨大的潮流。

刘：是啦，21世纪是人类优化的世纪，优化人类就得从教育入手，从开发幼儿的智力入手，多角度，多层次，全方位，立体地开掘人脑的潜能，使其最大限度地释放出智慧的能量，为人类社会的发展创造财富。

赵：这是我们中华民族的责任。好，刘教授，谢谢您来到我们的演播室。观众朋友们，我们下期"智力游戏"节目，再见！

赵、刘：（向观众摆手）再见！

（欢快悠扬的音乐起，屏幕上出现"全剧终"字样）

排练台本：开心笑吧

笑老师：爱笑的哥儿们，六十六岁（男）

快乐猫：笑吧经营者，三十二岁（女）

开心记者：媒体记者，二十八岁（男）

尹总：企业家、抑郁症患者，四十八岁（男）

肥姐：网店老板，肥胖、糖尿病，三十九岁（女）

高教授：三高患者，五十三岁（男）

（在《笑笑歌》欢快音乐声中，笑老师将一块"开心笑吧"牌匾挂在门楣上，四个大字跃入眼帘）

快乐猫：笑吧，笑吧！笑吧，笑吧！笑老师，来到开心笑吧，不笑也得笑！不开心也开心。

笑老师：笑吧笑吧，开心笑吧！笑吧笑吧，一起笑吧。这是第一层意思。笑吧笑吧，是学习笑的场所，是第二层意思。

快乐猫：一语双关。

笑老师：快乐猫，咱们快布置一下，一会儿开心记者就来了。

（尹总与肥姐手里拎着版画唱着笑歌欢乐上台）

快乐猫：笑老师，尹总和肥姐来了。

尹总：笑老师，祝贺"开心笑吧"挂牌营业，（递上）这几幅名家版画挂在"开心笑吧"墙壁上，美化环境调节气氛。

笑老师：尹总，感谢您慷慨资助"开心笑吧"，支持笑文化健康事业。

尹总：笑老师，感恩你调理好我的抑郁症。

肥姐：（送上版画，快乐猫接过版画放在笑吧牌匾下）

笑老师：肥姐，你又破费了。

笑老师：高教授没和你们一起来？

肥姐：高教授去医院做检查去了。他说，今天拿最好的检查结果给记者，证明笑运动养生的效果。数据更有说服力。

（高教授唱着《笑笑歌》上场，像个老顽童一样）

尹总：说曹操，曹操就到。欢迎高教授。

快乐猫：高教授，我们正念叨您呢。

高教授：（递上体检表，幸福地）报告笑老师，体检结果一切指标正常。应该摘掉"三高"帽子了吧？

笑老师：恭喜您！

大家响应：好！恭喜高教授摘掉"三高"帽子。

笑老师：笑哈哈，哈哈笑，笑笑哈哈哈哈笑……

（这时，开心记者拎着摄影机上）

开心记者：（看门牌）开心笑吧，有点儿意思，没入其门，先闻其笑。

快乐猫：欢迎开心记者采访！

大家齐声：欢迎开心记者来到笑吧！

笑老师：（握住开心记者的手）欢迎你参加"开心笑吧"开业典礼。

开心记者：开心界的新闻，我一定要来采访的。

笑老师：人到齐了，我们就开始吧！

快乐猫：我宣布北京首家"开心笑吧"今天正式营业。（众人鼓掌）

今天到场的嘉宾有——

许笑天老师，笑运动健康专家，"开心笑吧"开创者；

企业家尹总，笑疗受益者，"开心笑吧"赞助商；

网店经营者"靓"姐，笑疗受益者，"开心笑吧"合伙人；

高教授，笑疗受益者，"开心笑吧"合伙人；

快乐猫（本人）笑疗受益者，"开心笑吧"管理者。

首先有请笑老师致欢迎词——

笑老师：今天是个特别的日子，在大家积极支持下，"开心笑吧"开业了，感谢大家的积极参与，同时，欢迎《开心》杂志社的开心记者莅临"开心笑吧"指导工作。

开心记者：我是来学习的，祝贺"开心笑吧"正式开业！

笑老师：好，我唱一首《微笑歌》权作我的欢迎词：

> 挑挑眉梢，咧咧嘴角，微微一笑，笑得美妙。
>
> 笑开了心门，笑去了烦恼，笑得我心里乐陶陶哇！
>
> 微笑是嘴边一朵花，微笑是脸上一片霞，
>
> 微笑是心中一团火呀，微笑是口头一首歌。
>
> 朋友，你今天笑了吗？

大家互动：笑啦，笑啦，我笑啦！哈哈哈！哈哈哈！

快乐猫：下面，开始微笑训练——

笑老师：大家拿出手机，打开自拍镜头，看看现在样子，微笑训练后，比较一下。

挑挑眉梢，咧咧嘴角，眼神聚焦，神态美妙。

（大家开始训练，嘴里念着口诀）

挑挑眉梢，咧咧嘴角，眼神聚焦，神态美妙。

开心记者：笑与不笑就是不一样。挑眉梢笑如弯月，咧嘴角就像元宝。脸上笑起来，一片阳光灿烂。

笑老师：微笑是心灵在脸上绽放的花朵，微笑是世界上最美丽的语言，微笑能超越国界，架上人与人之间心中的桥梁。好，我们"微笑传递"，握住身边人的手，朝他微笑，传递你的热情，看着对方的眼睛赞美：看见你很高兴！

快乐猫：微笑很美！笑起来就走出了自我，融合在快乐的世界里。

开心记者：（点赞）快乐猫，说得好！

快乐猫：这是笑老师说的，开心记者，我曾经是一位自闭症患者，闷在自己的象牙塔里与世隔绝，是"笑老师"带我从封闭状态中走出来，成为今天的快乐小猫咪。（做鬼脸）

开心记者：快乐猫网名就是这样来的？

快乐猫：是的，我们每个人都是笑文化的受益者，感同身受。下面让笑老师带我们做"拍手笑运动"。

笑老师：笑哈哈，哈哈笑，笑笑哈哈哈哈笑……

（大家一起做"拍手笑运动"，现场人一起笑动起来）

尹总：开心记者，我是一位抑郁症患者，经常彻夜不眠，白天没有精神，曾

经多次都不想活了，是笑老师拯救了我，拍手笑运动，拍走我的抑郁，笑出我的自信，迎来新的生活。

（同笑老师握手，真情地）：感恩笑老师！笑老师送我这些名人字画也对我精神有调理作用。每天笑运动，我受益匪浅啊！

开心记者：笑运动还能调理抑郁症？现在社会竞争激烈，人们心理压力大，我也经常失眠、焦虑、不开心……

笑老师：世界卫生组织指出：21世纪人类身体性疾病将向心理性疾病发展，我们每人都要增强抗抑郁的能力，每天做做笑运动。笑哈哈，哈哈笑，笑笑哈哈哈哈笑……

开心记者：笑老师，听说你也患过抑郁症。1976年唐山大地震中失去父母等十一位亲人，心灵遭到巨大创伤，突然就不会哭不会笑了，后来，你通过练习微笑重新笑对生活。

笑老师：从此以后，我与笑结缘，潜心研究三十多年，创编出"三笑养生法""五行笑疗术""开心笑健操"，还谱写十三首"笑的歌曲"。

开心记者：高教授，您也是受益者吧？

高教授：当然了，我是典型的高血脂、高血压、高血糖的"三高"代表。通过跟笑老师练习笑运动半年，现在检查一切指标正常。

（开心唱起笑歌）

每天笑三笑，笑容多美好。笑弯眉，笑弯腰，笑破肚皮不知道。

笑老师：我倡"九字大养生理念"：

情志养生：笑、唱、跳；

运动养生：美、飞、跑；

经络养生：拍、打、敲。

不用一针一药，健康快乐百病消。

开心记者："九字大养生理念"非常符合大健康国策了，绿色环保。

笑老师：肥姐，你带大家体验一下"开心笑健操"吧！

（音乐起，肥姐带领大家做"骏马跑"动作）

肥姐：开心记者，我曾经是肥胖和糖尿病患者，体重达到一百八十斤，空腹血糖超过12，走起路来身体像一坨凉粉，嘟噜嘟噜的，气都喘不过来。

开心记者：做笑运动多长时间变成现在这样？

肥姐：仅练半年时间，体重减了四十斤，血糖已经正常了。（做走秀动作）看我现在是不是把"肥姐"改成"靓妹"了。

快乐猫：靓妹，给大家秀一段。

（靓妹走猫步，步态优美，逗得大家哈哈大笑。开心记者也跟着扭起来，快乐不已）

开心记者：笑老师，我也加盟"开心笑吧"。

笑老师："开心笑吧"欢迎你加盟！

快乐猫：你这一加盟，"开心笑吧"更出彩了。

高教授：干脆将《开心》杂志搬到"开心笑吧"来吧！

尹总："开心笑吧"每天都会产生快乐的故事。

肥姐：每天都有笑料，笑去烦恼，笑去忧愁。

开心记者：我要把"开心笑吧"编成一部《快乐喜剧》搬上舞台，给更多的人带来快乐！

笑老师：欢迎大家来到"开心笑吧"做笑运动。微笑、欢笑、大笑……

快乐猫：唱"快乐笑歌"——

高教授：做"开心笑操"——

肥　姐：跳"欢快笑舞"——

笑老师：梳秀发，摆柳腰，摇爱桨，海燕飞，骏马跑，从头到脚全练到，每天坚持六百秒，健康快乐百病消。

（音乐起，笑老师领唱"笑的祝福"，大家一起唱）

歌词：敲响开心的锣鼓，跳起欢乐的歌舞。春天播下希望的种子，秋天收获丰硕五谷。笑的祝福，嘿嘿嘿嘿嘿，祝你天天快乐幸福。笑的祝福，嘿嘿嘿嘿嘿，祝你年年风光一路。

大家众口：欢迎大家来"开心笑吧"。

笑吧，笑吧，一起笑吧！

笑吧，笑吧，开心笑吧；

哈哈哈！哈哈哈！

（全剧终）

2019年12月10日许笑天创编于北京

群口相声剧：中医世家

（演员：甲、乙、丙、丁）

第一段　中医世家

（甲、乙演员哼着《中医谣》小曲同上）

甲：望闻问切神知了，八纲辨证找病灶。

乙：草药煎服祛百病，综合调理正气高。

甲：（对甲）诶，一看你就是中医。

乙：（对乙）没错，从哪看出来的？

甲：望闻问切神知了——只有中医才爱哼《中医谣》这个小曲儿。

乙：你也是中医，贵姓？

甲：姓"中"。

乙：哪个"中"字？

甲：当然是中医的"中"喽。

乙：蒙人！（面对观众）百家姓没有这个姓！

甲：中医的中，中国的中，中国人都姓"中"。

乙：这么讲也对，中国人不姓中还能姓西吗？

甲：你贵姓？

乙：姓"医"。

甲：哪个"医"字？

甲、乙合：中医的"医"。

甲：有意思，我姓中，你姓医，咱俩合起来就是

合：中—医。

甲：中医传承至今几千年历史了，我的祖辈都是搞中医的，传到我这辈已是

第十八代了。

乙：没错，我也是中医世家，爸爸是中医，爷爷是中医，太爷是中医，传到我辈儿也有十五代了。

甲：哎，等等，你家传承十五代，我家传承十八代，论字排辈儿，我还得叫你祖师爷呢。

乙：没错，张仲景是我太老爷，扁鹊是我祖师爷，李时珍是我二大爷。

甲：孙思邈是你太爷爷，这辈分从哪论的。

乙：开个玩笑。大健康时代来了，中医火了，天上飞的，水里游的，地上跑的，野地里开的花花草草都可入药。

甲：身为中医感到无上光荣，现在社会人人都看好中医，争相报考中医治疗师呢。

乙：我的中医诊所开在北京、上海、深圳、广州，今年还开到了国外，俄罗斯、美国、法国、英国……

甲：联合国，你就尽捡大个的吹吧。

（丙、丁演员哼着《中医谣》同时上）

乙：瞧，又来两位同行。

甲、乙：（合）望闻问切神知了，八纲辨证找病灶。

丙、丁：（合）草药煎服祛百病，综合调理正气高。

丙：（对甲）中医同行好，贵姓？

甲：免贵姓"中"，中国的"中"。

丁：（对乙）你也姓"中"？

乙：我姓"医"，中医的"医"。二位贵姓？

丙：我姓世，世界的"世"。

丁：我姓家，国家的"家"。

甲：巧了，我姓"中"。

乙：我姓"医"。

丙：我姓"世"。

丁：我姓"家"。

甲：咱们四个姓连起来就是。

合：中医世家。

（集体亮相，全场掌声）

第二段　中医诊疗

甲：咱们都是做中医这行的，今天唠点中医的行话。中医诊断第一步，望闻问切。

乙：第二步，八纲辨证。

丙：第三步，草药煎服。

丁：第四步，综合调理。

合：望闻问切，八纲辨证，草药煎服，综合调理，这十六字，概括了中医的医疗特色。

甲：中医"望诊"与西医不同，只要用眼睛一看你的面相与气色，就知道你哪里有病。

乙：别吹牛，你看我哪里不好？

甲：你，肝火旺，动不动就发脾气，对不对？

乙：（对观众）说得挺准，肝火大的人，就是爱发脾气。

丙：看我呢？

甲：精瘦精瘦的，你一定脾虚，动不动就拉稀。

丙：（对观众）没错，脾虚的人消化不好，就是爱拉稀。

丁：我呢？

甲：你呀，心脏不好，晚上睡觉爱做梦？

丁：没错，晚上躺在床上就开始梦游啊，上天入地到处飞。

乙、丙、丁：（合）中医诊断就是这么神！

甲：中医四诊：望诊，用眼睛看；闻诊，用鼻子嗅；问诊，用嘴巴说；最后就是把脉……

合：按住手腕寸、关、尺三脉，便知顽疾病症。

甲：你们都知道啊！那我问：切脉是谁发明的？

乙、丙、丁：（合）神医扁鹊啊！

甲：扁鹊称得上古代神医。一次，晋国卿相赵简子五天不省人事，扁鹊按了脉说，不必大惊小怪，不出三日，他就会康复的。

乙、丙、丁：结果怎么样？

甲：果然过了两天半，赵简子就醒过来了。

乙、丙、丁：（惊叹）神医啊！

甲：司马迁高度赞扬说：至今天下言脉者，扁鹊也。

乙：一听就是行话，"望闻问切"完了，就是"八纲辨证"，讲究阴阳平衡，虚补实泻。

丙：脾虚就得补脾，心虚就得补心。

乙：没错，脾虚就得补脾，心虚就得补心，脾虚越泻越拉稀。

甲、丙、丁：（合）好汉子架不住三泡稀！

丁：肝火大，不会越补越大吧？

乙：火大还补，那叫火上浇油。肝火旺盛就得泻火呀！

丁：怎么泻？把肝儿拉个口子，将火倒出去？

甲：那叫手术，西医的方法。中医一把脉，吃上几盒"舒肝理气丸"肝火就没了。

乙：总之，辨证论治，就是中医的基本原则。

丙：古医云：药不投方，药拿船装，药用准了，三五味草药就治大病。

丁：我们中医花花草草能治大病，盆盆罐罐颐养天年。

甲：中医不是头疼治头，脚痛医脚，讲究综合调理。

乙：中医讲究世代传承的，光古代汤头就有几百首，四气歌、五味歌、六陈歌、七情歌、十八反歌、十九畏歌……

丙：四君子汤、参术汤、珍珠翡翠白玉汤……

丁：打住，珍珠翡翠白玉汤是一道菜名，别蒙人了。

甲：中医也讲究食疗，药食同源嘛。

乙：中草药入方为药，入饭为食。

丙：不能熟记上百个"汤头"，中医是不能下药的。

丁：中医有病治病，无病养生，非常符合健康中国的国策。

第三段　中医传承

甲：中国古代有五大名医，先说第一位是医圣张仲景，著作《伤寒杂病论》，中医药大学必读教科书。

乙：第二位医神扁鹊，上医治未病，中医治已病，下医治绝症。

丙：第三位神医华佗，代表作《青囊书》，麻沸散是其创制的用于外科手术的麻醉药，传说曾为关羽刮骨疗毒。华佗创编"五禽戏"，常练能延年益寿，乐享百余岁。

丁：第四位药王孙思邈，名著《千金要方》。孙思邈是古今医德医术堪称一流的名家，他把"大医精诚"放在首位。

甲：为医者，医德要放在首位。在当前经济社会里，中医界很乱，有人打着中医旗号到处行骗，号称能治大病治绝症。

乙：这些行为为中医界所不齿。中医者，医德最重要。

丙：古人云：不为良相，便为良医，做一位有良心的中医，以治病救人为本，精于技术，行于仁德。

丁：说得好！医德第一，医术第二。第五位药王李时珍，代表作《本草纲目》。他一生踏遍群山，遍尝百草，撰写出中草药典。

甲：古代五大中医世家历代相传，不断精进，不断创新，为中国中医发展作出了不可磨灭的巨大贡献。

乙：仁德第一，医术第二。

丙：中医是靠世代传承的，没有传承就没有中医的今天。国人的健康保证，就靠我们老祖宗传承下来的中医护佑的。

（全场掌声）

丁：中华医学瑰宝，谁来传承？

甲：我们！

丁：中华医德，谁来弘扬？

乙：我们！

丁：中医技术，谁来发展？

丙：我们！

丁：中医市场，谁来拓展？

（台下同声）我们！

甲："中"先生、"医"先生、"世"先生、"家"先生，我们"中医世家"要首当其冲落实习主席重要讲话精神，将伟大不朽的中医事业发扬光大，带动全民族为实现中国梦作出贡献。

乙：中医传承！

丙：大医精诚！

丁：中医万岁！

（全场掌声）

甲：望闻问切神知了，

乙：八纲辨证找病灶。

丙：草药煎服祛百病，

丁：综合调理正气高。

甲：（领唱）笑的祝福，嘿嘿嘿嘿嘿，祝你天天快乐幸福！

笑的祝福，嘿嘿嘿嘿嘿，祝你年年发家福禄！

（在音乐与锣鼓声中，甲、乙、丙、丁　集体谢幕）

（全剧终）

2019 年 12 月 10 日创编于首都北京

第五辑　诗歌集

赞美诗：国赞

序曲　国庆放歌

当时间的钟摆定格在
2020年庚子十月一日
当光聚焦在
国庆与中秋的喜庆时刻
当金秋收获着累累的果实
当奏响的国歌响彻山河
当国徽闪烁在人民大会堂
当国魂凝聚在人民英雄纪念碑
当欢声笑语歌唱这美好的新生活
我站在历史的节点
高声赞美伟大的中国

第一乐章　国歌

铿锵带血的歌词
裹着呐喊
奔腾在广袤的土地

愤怒激越的旋律
卷着风暴
炸响在中华民族的上空

众志成城的军队
冒着炮火
冲锋在危难的时刻

中华人民共和国《国歌》响起
庄严而激越
凝聚着
一个民族的希望

开国大典
天安门城楼上唱响了《国歌》
伟大领袖宣告
中华人民共和国诞生了

我们再次唱响《国歌》
矗立起了心中的
浩浩长城

我们再次唱响《国歌》
铸就了一道道
坚不可摧的
铁壁铜墙

啊！我们唱《国歌》
奏响中华民族
永恒的旋律

第二乐章　国旗

同朝霞一同出征
伴国歌冉冉升起
国旗上闪耀的红星啊
那是国家的标志

五星红旗升腾在
天安门广场
飘扬在
中国人民的心里

五星红旗飘扬在
万里长城
点亮了千万游客的眸子
感慨中华祖先的创造
尽情地抒发着惊叹语

五星红旗飘扬在
万里长江
染红了一条玉带
她哺育了广袤的田地
硕大的麦穗在国旗下
尽享丰收的欢愉

五星红旗飘扬在
珠穆朗玛峰顶
中国科考队探索的脚步
叩响世界屋脊

五星红旗飘扬在
奔驰的高铁上
载着大国的担当与希望
一路高唱

五星红旗飘扬在
太空之上
中国航天勇士
乘着飞船
遨游探寻茫茫环宇

啊！五星红旗
十四亿人举起手臂
汇聚成红色的云霞
你永远飘扬在他们心里

第三乐章　国家

齿轮和麦穗
悬挂在
人民大会堂中央

歌词与旋律
震响在
英雄纪念碑上

火焰伴着五星
染红了国旗
五十六个民族团结和睦
喊出同一种声音

中国万岁

我自豪降生在中国
享受着五千年传统文化的滋养
老一辈革命者
抛头颅　洒热血
创建独立自主的新中华

我骄傲生活在中国
江山多娇美景如画
新一代领导人
改革前进
万象更新骑骏马

我知足生活在中国
每个人都容光焕发
全民脱贫奔小康
和谐幸福乐游天下

我发奋拼搏在
中国这片热土上
实现美丽中国梦
描绘最美的图画

啊！我们都有一个家
亿万颗心汇成一句话
我爱你——
我伟大的国家！

第四乐章　国徽

金色的盾牌
彰显中华人民共和国
国家的威严

殷红的底色
铺陈东方民族吉祥
喜庆的寓意

旋转的齿轮
环绕护卫着人民的力量

金黄的麦穗
输送来自黄土地上
无穷的动力

天安门城楼
矗立古老的民族
彰显厚重的历史

五颗红星
闪烁着新中国
耀眼的光辉

啊！国徽
一枚高举民主旗帜的
大国徽章
你镶嵌在每一位国人心里

第五乐章　国民

我们从山顶洞中走来
我们从殷墟文化中走来
我们从五千年文明中走来
我们从东方黎明中走来
黑头发　黄皮肤
啊！我们是中国国民

齿轮和麦穗是我们的标志
起来是我们的呐喊
飘扬是我们的形象
前进是我们的脚步
拼搏是我们的脉动
创造是我们的行动
大国家
大民族
大气派
啊！我们是中国国民

我们挺起巨龙坚实的脊梁
我们高举独立自主的火炬
我们守卫地大物博的宝藏
我们打造黄土高坡的风景
我们保护大兴安岭的屏障
大视野
大格局
大梦想
啊！我们是中国国民

华夏民族历史悠久
五十六个民族团结奋进
傣族孔雀舞动翩跹
黎村苗寨巧织锦绣
维吾尔族舞蹈亚克西
藏族哈达送上祝福
大家庭
大团结
大融合
啊！我们是中国国民

我们是中国国民
自豪自强自尊自信
我们是中国国民
飞起来　一条龙
站起来　一座山
啊！我们是中国国民

第六乐章　国学

国学
是亿万人
融入灵魂的学问

国学
是亿万人
悉心践行的教育

国学
是14亿双眼睛

拜读的经典

国学
是14亿大脑
认同的智慧

啊！国学
国家之学
国人之学
熔铸五千年历史
凝练文化的璀璨

一个个方块字
承载天地日月
山川草木之灵性
一支支狼毫笔
记录千秋万代
世代繁衍

啊！国学
国家之学
国人之学
书写人类社会
书写惊人的文明

啊！国学
万物负阴而抱阳
一生二
二生三
三生万物

天地自然法则生生不息

啊！国学
博大精深的《四书五经》
见证历史规律
"窈窕淑女，君子好逑"
开启国学之源头

啊！国学
路漫漫其修远兮
吾将上下而求索
屈原衷心报国
自投汨罗

啊！国学
有朋自远方来不亦乐乎
己所不欲　勿施于人
孔圣人倡导做人治国之礼乐

啊！国学
先天下之忧而忧
后天下之乐而乐
范仲淹慷慨陈词
高唱生命的赞歌

啊！国学
长风破浪会有时
直挂云帆济沧海
李太白豪饮纵酒
赋诗千百篇

啊！国学
大庇天下寒士俱欢颜
风雨不动安如山
杜甫沉郁顿挫
肠热黎民

啊！国学
人有悲欢离合
月有阴晴圆缺
苏轼豪放高歌
气魄非凡

啊！国学
三十功名尘与土
八千里路云和月
岳飞坚守道义
精忠报国

啊！国学
如同涓涓乳汁
哺育代代精英

啊！国学
打开心灵的门窗
绘就华夏文化的长廊

第七乐章　国粹

一管毛笔　挥舞天地
书写华夏五千年文明美意
一横一竖　一撇一捺
龙飞凤舞的泼墨
书写着几千年的历史传奇

几支画笔　尽情渲染
描绘山山水水浩然正气
一笔一画　一层一染
绽放国画写意的艺术魅力

一张脸谱　变化万千
上演历朝历代京腔京韵
一念一唱　一做一打
风靡世界令观众鼓掌唏嘘

一身旗袍　风姿绰约
美轮美奂　缤纷绚丽
一走一秀　一颦一笑
尽显东方　典雅风韵

一架古琴　余音绕梁
弹奏高山流水遇知音
一弦一琴　一曲一调
唱出古今的奇迹

一条彩绳　穿梭巧织
编成千结万扣中国红

一结一扣　一环一绕
巧手创造民族手工艺

啊！中国国粹
书法绘画山水间
古琴弹奏奥运曲
中国结　唱京剧
国粹旗袍秀美颜
啊！中国国粹世界奇观

第八乐章　国花

梅花
岁寒绽放傲严冬
踏雪寻梅第一支
一梅忽先变　百花皆后香
欲传春消息　不怕雪埋藏

兰花
高洁清雅盖一国
幽兰天下第一香
一枝开在室
春兰满屋香

菊花
傲冰霜百花肃杀秋绽放
喜鹊登枝举家乐
松树赏菊益寿长

荷花

洛神玉立荷叶上
冰清玉润水中央
出淤泥而不染
濯清涟而不妖
花中君子美赞扬

牡丹
唯有牡丹真国色
国色天香统群芳
花开花落二十日
一国之人皆若狂

桂花
蟾宫折桂九里香
飞黄腾达青云上

山茶花
如火如茶灿云霞
爱情代言山茶花

杜鹃
花中西施映山红
杜鹃啼血情意浓

水仙
玉质冰肌水仙花
清秀俊逸脱俗雅

月季花
花容秀美千姿态

百花摇曳四时开

啊！花之国　国之花
中国绽放美如画
啊！花之诗　诗之花
美轮美奂景最佳

党啊！亲爱的妈妈

党啊！亲爱的妈妈
熬过百年沧桑
脸上没有一丝皱纹

党啊！亲爱的妈妈
历经百年风云
辛勤养育
九千多万党员儿女

党啊！亲爱的妈妈
闯过惊涛骇浪
带领十四亿中国人民
穿越世纪
震惊世界

党啊！亲爱的妈妈
携着春天
五彩缤纷的鲜花
您熬过多少艰难的岁月

党啊！亲爱的妈妈
采撷天下
姹紫嫣红的花束
我们为您百年华诞编织

一顶桂冠

站在昆仑之巅

挽着云霞

为您百岁诞辰

欢呼雀跃

用巨龙般延伸的长城

为您百年功绩树立伟大的丰碑

用川流不息的黄河彩带

为祖国装点繁花似锦的大地

九千多万党员之心

和着十四亿人民的心声

一起高唱

《党啊！亲爱的妈妈》

藏头诗：日子感怀

5月1日（星期四）

工人伟大　劳动光荣

工字顶天立
人在正中央
伟岸身高耸
大气真风光

劳用一双手
动则有真诚
光耀创奇迹
荣誉赞深情

5月2日（星期五）

笑度五一　欢乐敬老

笑容可掬心花绽
度日光阴似流年
五月风光景色好
一展歌喉家同欢

欢声笑语美无边
乐不思忧身康健

敬天敬地敬父母

老有福寿享百年

5月3日（星期六）

世界关注　新闻自由

世间有奇闻

界限不可分

关心人自由

注重事件真

新鲜是灵魂

闻者多探寻

自在天地间

由他去评论

5月6日（星期二）

浴佛甘露　慈悲济世

浴水九龙吐甘霖，

佛祖降临现真身。

甘心济世修佛法，

露宿深山念经文。

慈爱为怀善为本，

悲天悯人菩萨心。

济世佛陀释迦祖，

世代相传为人尊。

5月8日（星期四）

世界微笑　人生美好

世上最美是笑容
界限不分天下同
微微一动心头乐
笑意满脸化春风

人人相见善门开
生机勃勃握真诚
美丽语言笑传递
好景常在乐人生

5月9日（星期五）

人道博爱　真心希望

人间有真情
道义心肚明
博爱重千斤
爱仁值万顷

真情播火种
心系最底层
希冀圆美好
望众度苍生

5月12日（星期一）

白衣天使　护神生命

白云战地飘
衣裙床前绕
天仙降人间
使者手儿巧

护花心专注
神情争分秒
生死一线间
命还人微笑

5月16日（星期五）

生命呼唤　健康第一

生龙活虎灵气现
命运曲折瞬息变
呼之欲出人风流
唤生唤死一线间

健硕身姿悦眼目
康体心神度光年
第次高低无所谓
一生无患最平安

5月17日（星期六）

夜路明眼　星火组合

夜明珠闪亮
路不平何障
明白世间事
眼盲心无恙

星河里面阔
火凤凰成双
组队成兄弟
合作有力量

5月19日（星期一）

快乐旅游　公益惠民

快马游天下
乐趣在天涯
旅行千万里
游历大中华

公园万朵花
益民织彩霞
惠顾奖励多
民众是一家

5月20日（星期二）

健康餐盘　舌尖中国

健美聪明多运动
康体营养饮食佳
餐食五谷搭配好
盘中养育幼苗花

舌头守住大门口
尖刀刺喉也不怕
中天一柱在饮食
国之栋梁你我他

5月25日（星期日）

野鸭嬉水　母女笑言

野生动物喜天性
鸭子成群浮水中
嬉游穿行任自在
水波荡漾乐无穷

母亲池边赏鸭趣
女儿依偎妈怀中
笑谈野鸭人相知
言欢孝道有亲情

5月27日（星期二）

笑健操练　养生百年

笑得身心欢

健康多矫健

操房做笑操

练就铁腰板

养心需修炼

生命在运转

百事有节度

年高比南山

5月30日（星期五）

百年党史　天天读报

百代千秋岁月长

年复一年谈理想

党风党建存入档

史诗辉煌国人藏

天经地义为人民

天方地圆顶大梁

读经聚典学党史

报得黎明东方亮

5月31日（星期六）

烟草有瘾　生命有限

烟雾缭绕云弥漫

草衔嘴边赛神仙

有客来临递支烟

瘾大难挨成笑谈

生来知道烟有害

命里注定往里钻

有福享受无烟日

限购世界救人还

哲理诗

奋斗

奋斗是股泉
喷涌力无边
奋斗是团火
释放光与热

奋斗是棵树
浇水就发芽
奋斗是支歌
谱曲就能和

歌甜人欢乐
树大结满果
只要你奋斗
美名留史册

规律

银河浩无垠
行星轨道走
日落明月升

乾坤转同轴

夏雨润河泽
秋霜凝枝头
冬雪三尺寒
春风拂杨柳

人往高处走
水往低处流
万事皆规律
我行任自由

真理

真理并不神秘
她藏在你的心里
真理并不遥远
她跟随你的足迹
相信自己能行
这就是人生的真谛
超越自己
这就是真理的火炬

实习

读书千万遍
不如亲手干一干
耳听千万次

不如亲眼见一见

实践里面出真知
见习之中长才干
走出校门进社会
跨入人生大门槛

简历

白纸黑字一张表
印着我生命的足迹
彩色微笑一幅照
溢着我青春的勇气

阶梯

一步登天是幻想
一鸣惊人是愿望
千里征途步步走
万丈高楼层层上

分寸

铁匠锻件讲究短
木匠做活讲究长
盖楼高一分不成栋
造林矮一寸不成行

真理过头是谬误
好话过多是假象
为人处世讲分寸
科学合理大路畅

偶像

心房有块圣地
供着一尊偶像
无论是人还是神
生活就会有方向

偶像是崇拜
偶像是至爱
偶像是金脑海存
偶像是宝心中藏

巨人

生活的巨人
只是普通肉身
身材越高大　越显愚钝
思想的巨人
才是高尚灵魂
精神越伟大　越是真纯

幸福

幸福不是美丽的花
幸福不是快乐的鸟
幸福是人类最高级的享受
幸福是人们最渴望的需求

拥有金钱是一种幸福
她能使你享受世间万物
拥有爱情是一种幸福
她能使你宣泄人类情愫
拥有荣誉是一种幸福
她能使你备受别人羡慕
拥有地位是一种幸福
她能使你显示权利风度

实现理想是幸福
获得成功是幸福
其实人间最大的幸福
莫过于追求幸福

回忆

一张思绪的网
罩着几条生活的鱼
活蹦乱跳离不开你
因为那是幸福的回忆

一本永久的日历

存着几件难忘的记忆
活灵活现围绕着你
因为那是心中的甜蜜

回忆思绪的网
回忆永久的记忆
挥也挥不掉
抹也抹不去

时空

时间像条河
奔流向前不回头
空间像座山
昂首向上腰不弯

时间之河是经线
空间之山是纬线
河绕着山向上盘旋
山拥着河向外扩展

人和

一根筷子力量单
十根筷子折不断

一个和尚难念经
百名遵士庙成仙

一条好汉不成事
五指攥拳力无边

为失败者放歌
——献给所有追求着的奋斗者

失败是一首悲壮的诗
同样可以谱写历史
失败是一支感奋的歌
同样可以召唤胜利
失败是一幅希望的画
同样可以描绘未来

（一）

军事家不打十次败仗
就不会戴上将军的头衔
科学家不经过百次实验
就不会有伟大的发现
政治家没有千次探索
就不能承担治理国家的重担
冠军没有万次失败的冲刺
就不会拥有成功的花环
失败是将军的肩章
失败是冠军的摇篮
失败是政治家的基石
失败是科学家的昨天

失败是成功之母
失败是伟大的
伟大之处就在于
她默默无闻
却又不可或缺

（二）

全世界没有一个人
生来就是成功者
无论牙牙学语
还是姗姗学步
都是用失败的台阶
铺就成长的路
无论追求理想
还是奋斗无涯
都是用失败的砖石
垒筑人生金字塔

（三）

失败并不可怕
可怕的是
放弃成功
失败与成功
只有一步之遥
一次失败就回头
永远与成功无缘
十次失败不气馁
就能获得小成功
百次失败仍坚持到底
定会取得大成就

（四）

耕耘是土

收获是金

失败如耕耘

成功如收获

如果没有失败者的付出

哪会有成功者的获得

绿叶如云

红花如霞

失败是绿叶

成功是红花

如果没有绿叶陪衬

哪会有成功的红花如霞

人生如梭

前程似锦

成功是经线

失败是纬线

纬线织得越稠密

人生锦缎越灿烂

（五）

里程碑是高大的

铺路石是渺小的

成功是失败的里程碑

失败是成功的铺路石

没有铺路石的渺小

哪有里程碑的高大

（六）

苦是悲

甜是喜

失败是苦

成功是甜

没有失败的苦中苦

哪有成功的甜上甜

成功是台上一分钟

失败是台下十年功

成功只是

短暂的瞬间

失败才是

辉煌的永恒

超短诗

圆明园

那石风化了
一场烈焰
那园毁灭了
一国尊严

慈善日

大爱
熔铸在
慈善行动
没有声张
默默地奉献
不求回报

慈善
蕴藏在
骨子里面
没有标签
深深地付出
谱写
感人诗篇

创造

创智慧的板斧
劈开一条通天大道
在没有足迹的地方
竖起一块崭新路标
造知识的金砖
建造一幢耸云大厦
在没有云梯的空间
挂起一片七彩虹霞

推销

推销产品
只能换来有数钞票
推销自己
才是人生最好广告

莲蓬

绽开青春美如霞
收获天地真精华
绿伞撑住风和雨
莲蓬紧抱智慧娃

莲趣

红颜绿裙水中趣
芙蓉佛国蛙蝉语
微风吹拂舞婆娑
雨打荷塘弹乐曲

附录一：策划案

一　中国龙文化大型音乐诗演展策划案（2000年）

　　千禧龙年，辉煌十月。炎黄子孙都是龙的传人，继承了龙的文化。中国龙文化起源于新旧石器交替的远古时代，包罗万象，贯穿于五千年的文明史。

　　从距今八千年的"查海文化"辽宁阜新遗址发现的两块陶器残片上的浮雕龙的"龙体龙尾"，到六千年前的"石雕龙蛇"，乃至龙山文化的"蚌塑地龙"，表明龙的概念很早就已创造出来，是华夏民族最古老的图腾之一。无论是商周时期神灵崇拜的原始图腾，还是春秋战国至隋唐升天永生的吉祥寓意；无论是秦汉时期真龙天子君权神授的宗法观念，还是明清时期龙生九子，子子不同的宫廷龙与民间龙并驾齐驱的发展变化，龙，已成为民间吉祥祈福的象征，美好心愿的寄托，理想境界的化身。

　　祥龙，中华民族的形象，在中国无处不在，黄河寓为水龙，长城寓为石龙，钢铁寓为火龙，煤炭寓为乌龙，宫廷建筑称龙宫，行水大船称龙舟，民间喜庆称舞龙，就连饮品的茶道也称龙井。在九百六十万平方公里的疆域上，带有龙字的名胜古迹数不胜数，蔚为大观。但是，千年万载，朝朝代代，龙，作为一种中华民族吉祥物传承发展到今天，人们还只是停留在象形取意上，并没有给中国龙以实际内涵。

　　中国五千年文明史实浩瀚无边，我借千禧龙年之际，突发奇想，以古代九龙图腾作为形象载体，巧妙地将书法、绘画、服饰、美食、酒文化、民间工艺、传统武术、科技文化及名胜古迹九个方面纳入其中，赋予中国龙新的生命，新的内涵，让人们在欣赏中国龙文化的同时，感受华夏五千年文明的辉煌灿烂，体会到作为一位中国人的骄傲与自豪。

"中国龙文化演展活动"，将是一次中华民族形象的展示，一堂生动的爱国主义教育课程。

一、演展方案

九，是中国最大的数字，九龙图腾，取九"最大"之意，象征中国之大。
背景图案：选自不同朝代的九条龙纹，展现九种活灵活现的神态。
图案色彩：九龙身披九彩祥云，赤、橙、黄、绿、青、蓝、紫、黑、白。
展览内容：九种不同形状的龙鳞，囊括九条龙脉的文明史实。
音乐伴奏：九种古老的民间乐器，演奏九首曲调各异的中国名曲。
服装道具：九位属龙的演员身穿九套历代服饰，手持九种不同道具。
演解诗词：朗诵九首雄伟绮丽的诗词。

序曲

> 啊！中国龙……
> 一吟乌龙出海，
> 二吟画龙飞天，
> 三吟香龙飘逸，
> 四吟锦龙入世，
> 五吟绣龙璀璨，
> 六吟武龙神韵，
> 七吟云龙腾空，
> 八吟巨龙雄风，
> 九吟醉龙狂舞，
> 尾歌九龙图腾。

中国龙文化大型音乐诗演展，使中外游客置身于中华民族五千年文明长廊中，畅游文字之瀚海，翱翔绘画之天空，品尝美味之佳肴，浏览服装之时尚，赏识工艺之神工，惊叹武道之精神，感悟科技之威力，旅游名胜之风光，沉醉美酒之欢乐。

1.精心设计"中国龙纹"，精选中华大地上的九条龙脉，制作大型喷绘；

2.为"九龙图腾"演展配诗，配乐，选演员，并为讲解员设计制作九套不同朝代的龙服；

3.翻译外文，设计出版大型宣传画册；

4.拟请党和国家领导人题词，为中国龙点睛；

5.召开新闻发布会，商业炒作"中国龙文化演展活动"；

6.争取在国庆前后，中央电视台播出"中国龙文化大型音乐诗演展"节目；

7.举办大型中外"中国龙文化演展活动"。

二、九龙图腾介绍

一吟乌龙出海　文字龙

中国五千年文明起源于文字，文字是知识之母，历史之父。中国文字是中华祖先创造的独立于世界各国的象形文字，每一位华夏子孙都是从学习这种文字开始步入文明社会的。象形文字是中国人成长的精神食粮，是社会发展进步的基石。（古琴、箫伴奏：《渔樵问答》）

绘画龙，中国绘画是人们展现自然记录历史的表现手段，是智慧的结晶，艺术的再现。山水画得灵秀俊逸，花鸟画得神灵活现，人物画得形象逼真，佛教画得奇异怪诞，无不凝聚着华夏民族的创造力和智慧。

二吟画龙飞天　美食龙

中国美食拥有灿烂的文化内涵。民以食为天，食为人生第一要素。从中国猿人的生吃活剥—古代的篝火烧烤—现代的煎炒烹炸—当代的营养膳食，经历了漫长的发展过程。无论是风味独特的民间小吃，还是山珍海味的宫廷大餐，享誉中华，美誉世界。

三吟香龙飘逸　服饰龙

中国服饰具有东方特色。爱美之心人皆有之，爱穿之美人皆盼之。从原始社会遮羞暖体的树叶兽皮，到奴隶社会等级分明的袍服冠履；从古代仕女的曲裾、深衣，到现代女性的旗袍、裘皮；从历朝历代的五彩霓裳，到五十六个民族的奇装异服，展示出五彩缤纷的服饰世界。

四吟锦龙入世　工艺龙

中国工艺美术是一颗璀璨的明珠。彩陶瓷器、鼎铸青铜、漆器纹饰、秦砖汉瓦、雕塑刺绣、金银器皿、草编竹制……巧夺天工，蔚为大观，无不凝聚着中华民族的智慧，体现着劳动人民的创造精神。

五吟绣龙璀璨　武术龙

中国武术是华夏独有的奇葩，南少林，北武当，太极拳，形意八卦，门派众多。南拳北腿，各路招法功夫奇绝；刀光剑影，十八般武艺样样精通。内家拳、外家拳，打遍全球无敌手，令世界震惊。

六吟武龙神韵　科技龙

科技是第一生产力。从古老的四大发明，到新中国第一辆解放牌汽车奔驰在华夏大地上，第一台万吨水压机轰鸣，第一颗人造卫星升空，标志着中国科技水平一直在不断进步；从孙大圣的火眼金睛，到新世纪飞速发展的电子信息时代，科学技术使幻想变成现实。

七吟云龙腾空　名胜龙

中国名胜古迹是炎黄子孙智慧的结晶，历史的见证。雄伟的天安门城楼，壮观的万里长城，雕梁画栋的宫廷楼阁，飞檐凌空的名寺古刹，风景秀丽的名山大川，独具特色的民居宅院，珠联璧合，流连忘返，美不胜收。

八吟巨龙雄风　酒文化龙

中国酒文化源远流长。从古代的酒烧锅到当代的大酒厂，从国宴到家宴，无不举杯庆贺，畅饮高歌。中国酒文化，酿造甘甜，酿造欢乐，酿造希望。

九吟醉龙狂舞

九彩祥云，九龙图腾。商、周、秦、汉、唐、宋、元、明、清，九条龙脉九曲同工，乌、画、香、锦、绣、武、云、巨、醉，九龙聚首九龙吟咏。

三、啊！中国龙

裹着闪电，裹着雷鸣，托着红日，托着祥云
飘飘然，呼啸啸，从浩渺的天宇飞来
卷着浪涛，卷着水花，拥着朝霞，拥着夕晖
活灵灵，神现现，从浩瀚的大海飞来
扬着风暴，扬着雨雪，带着绿色，带着希望
呼啦啦，浩荡荡，从广袤的黄土地飞来
携着祖先，携着后代，挟着历史，挟着文化
鼓实实，沉甸甸，从远古的祭坛飞来
啊！中国龙！中国龙！
我们是中国龙，古老华夏的生命象征
五千年智慧，五千年历史，五千年文明
塑造龙的灵魂，龙的形象
五千年发明，五千年创造，五千年辉煌
铸就了龙的骨架，龙的脊梁
五千年繁衍，五千年生息，五千年发展，传承了龙的民族，龙的血脉
五千年追求，五千年拼搏，五千年探索
形成龙的精神，龙的性格
啊！中国龙！中国龙！
我们是中国龙，神州的灿烂星空

1.乌龙出海

炎黄祖先仓颉创造象形文字

描绘天的辽远，地的广阔，人的伟大
在石碑木片上尽情挥力
刻写山的形状，水的灵性，岛的骨架
于是人类第一次认识自然，认识宇宙
灵巧的双手开始启蒙的文化
于是人类第一次认识自己，认识社会
智慧的火种点燃求知的企盼
啊！乌龙出海，乌龙出海
我走出人类蛮荒愚昧的时代
甲骨文、金文、石鼓文、篆文、隶书
（甲骨文、金文、篆文三种是字体，千字文是文章名称）
记载夏、商、周、秦、汉的梦幻
草、行、楷、碑、宋（体）
记录唐、宋、元、明、清历史的演变
欧、颜、柳、张、苏、黄、米、蔡
书家云集，巨匠迭现，如星光璀璨
说文解字道出许慎的远见卓识
王羲之泼墨挥毫，攀登书法的峰巅
中国文字的金砖玉瓦
垒筑华夏文明的摩天广厦
啊，乌龙出海，乌龙出海，
我跨入飞龙腾空的新纪元

2.画龙飞天

用眼睛摄录大自然美丽的景观
用神笔描绘心中理想的画卷
用颜料涂染五彩缤纷的世界
用创意设计辉煌灿烂的明天
一盒颜料渲染一个朝代的风貌
一支画笔凝聚一段历史的变迁

一幅壁画展现一部中华的史实
一轴长卷吟咏一首绝妙的诗篇
啊，画龙飞天，画龙飞天
我把美丽留给人间
顾恺之《女史箴图》绝妙于世
展子虔《游春图》开山水画之源
唐伯虎《仕女图》惟妙惟肖
张择端《清明上河图》气象万千
齐白石写意《虾》妙趣横生
吴昌硕作《花卉图》争奇斗艳
徐悲鸿《群马图》矫健奔放
张大千《山居图》清新自然
啊，画龙飞天，画龙飞天
我把历史留给人间

3.香龙飘逸

兽之肉，禽之翅
烧烤烹炸，焦黄流油，沁人心脾
山之珍，海之味
爆炒清炖，香气四溢，垂涎欲滴
传统名菜，满汉全席
龙飞凤舞，百花争艳，风情万种
南甜北咸，东辣西酸
八大菜系，独具千秋，风味迥异
啊，香龙飘逸，香龙飘逸
我是大自然赐给人类的赠予
孔府品锅，红烧大虾，佛跳墙
鲁闽菜系，山珍海味，香又香
东坡肘子，西湖酥鱼，太白鸭
浙川菜系，名不虚传，棒又棒

霸王别姬，子龙脱袍，龟羊汤

苏湘菜系，营养丰富，美名扬

北京烤鸭，上海醉蟹，全家福

京沪菜系，天天品尝，吃不腻

啊，香龙飘逸，香龙飘逸

人类生命延续的第一

面点塑家，千姿百态，五谷丰登

冷拼雕刻，姹紫嫣红，绝妙手艺

宫廷大菜，美味佳肴，世代飘香

民间小吃，丰富多彩，小有名气

厨师传艺，漂洋过海，名传天下

华裔子孙，走遍世界，吃到各地

五洲同胞，大快朵颐，赞不绝口

四海宾朋，品尝竖指，连连称奇

啊，香龙飘逸，香龙飘逸

人类永远离不开的福气

4.云龙腾空

中国古代的四大发明

点燃人类科学的火种

造纸、印刷、火药、指南针

世界科技史上一次划时代革命

天体测量仪、候风地动仪

祖先的智慧，令后代震惊

记里鼓车，郑和航海

古人的发现令今人猛醒

啊，云龙腾空，云龙腾空

我是发明创造，科技先行

当新中国第一列内燃机车万里通行

第一座长江大桥飞架彩虹

第一台万吨水压机隆隆轰响
第一台拖拉机奔驰田野高唱东方红
第一辆大解放汽车满载希望
第一颗人造卫星遨游太空
无数个第一告别昨天的历史
迎接我们的将是明朝的美景
啊，云龙腾空，云龙腾空
我是发明创造，科技先行
新世纪的曙光揭开祖国的黎明
科技的翅膀翱翔璀璨的星空
荧屏彩电映照万家灯火
呼机手机连接五洲宾朋
情侣依依电脑网吧聊天
儿童幻想成真圆了美梦
揭秘人类遗传基因指日可待
乘载宇宙飞船太空旅行
啊，云龙腾空，云龙腾空
我是发明创造，科技先行

5.九龙图腾

赤、橙、黄、绿、青、蓝、紫、黑、白
九彩祥云九龙图腾
商、周、秦、汉、唐、宋、元、明、清
九条龙脉九曲同工
鸟、画、香、锦、绣、武、云、巨、醉
九龙聚首九龙吟咏……
乌龙出海，乌龙出海
走出人类蛮荒愚昧的时代
画龙飞天，画龙飞天
我把美丽留给人间

啊，香龙飘逸，香龙飘逸

我是大自然赐给人类的赠予

锦龙入世，锦龙入世

我是华夏文明的奇彩锦衣

绣龙璀璨，绣龙璀璨

我是黄土地边黄皮肤智慧的结晶

武龙神韵，武龙神韵

我是中国功夫让世界震惊

云龙腾空，云龙腾空

我是发明创造，科技先行

巨龙雄风，巨龙雄风

我是东方最美丽、最神奇的希望之神

醉龙狂舞，醉龙狂舞

舞出中华民族五千年辉煌灿烂

赤、橙、黄、绿、青、蓝、紫、黑、白

九彩祥云九龙图腾

商、周、秦、汉、唐、宋、元、明、清

九条龙脉九曲同工

鸟、画、香、锦、绣、武、云、巨、醉

九龙聚首九龙吟咏……

二　中国心中国印中国结——北京奥运图腾简介（2008）

以北京全民办奥运为主题的中国结手工艺精品，作品高二点九米，寓意第二十九届北京奥运会；长两千零八厘米，寓意2008年。整个画面由两千零八位中国各界人士代表亲手编制的心印结和象征中国龙腾的雄伟长城景观、祥云绚丽的万里晴空、色彩斑斓的奥运五环及北京欢迎你的亲切字样组成。

北京奥运图腾标志如下。远远看去，奥运五色点缀其间，2008个心形聚合成众，气势恢宏，动静结合，相得益彰，和谐统一。整个图案悬于厅堂壁挂，会给人以惊叹赞美之誉。

创意：

千人万结亿颗心，充分体现中国全民办奥运的精神。中国红，是古老华夏代表色，寓意红红火火；中国结，是吉祥结，平安结，盘长结，寓意结结实实。

意义：

中国人文奥运的标志性代表作，充分展示出华夏人民智慧文明和谐团结的精神风貌，辉煌于世界的雄心壮志。这幅中国结手工艺精品将创造七个世界之最。

1.世界最长的中国结手工艺作品（总长度达两千零八厘米、高二点九米，总计绳子一万米）。

2.世界参与制作人数最多中国结手工艺礼品（两千零八个中国各界人士代表亲手编制而成）。

3.世界人工手编制作最密集的绳结手工艺精品（作品总计有十万个中国结绳扣）。

4.世界最大最重的中国结手工艺作品（总重量达到八百八十八斤）。

5.世界设计最精美、颜色最丰富、最具民族特色的中国结手工艺精品。

6.世界创意最科学、制作时间最短、成品最快的中国结作品（两千零八个居住在世界各地的中国人士仅用一个月时间完成）。

7.世界最新颖、最抢眼、最令人感叹、最有民族特色的奥运手工艺品，将成为世界奥运史上一道亮丽的风景线。

所有带着满腔热情真诚参与制作的中国人的名字，将伴随作品永刻世界奥运青史，留下永久记忆。

参与手工制作北京奥运图腾的各界人士（附花名册）来自各行各业，包括产业工人、农民兄弟、在校学生、解放军战士、公务员、企业家、商人、运动员、科学家、艺术家、卫生员、新闻记者、出租车司机、情侣、三口之家、港澳同胞等。

五十六个民族代表——总计两千零八人。

三 中国结奥运组合摆件

中国结手工艺礼品"奥运组合摆件"，由北京标志性古老建筑天坛、现代奥运场馆建筑鸟巢和水立方组成，完全采用独具中国民族特色的绳结艺术手工编制而成。蓝绿红色的天坛，金碧辉煌的鸟巢和银波斑斓的水立方交相映衬，雄伟壮观，气势恢宏，形成独具中国民族特色的艺术珍品，极具收藏价值。

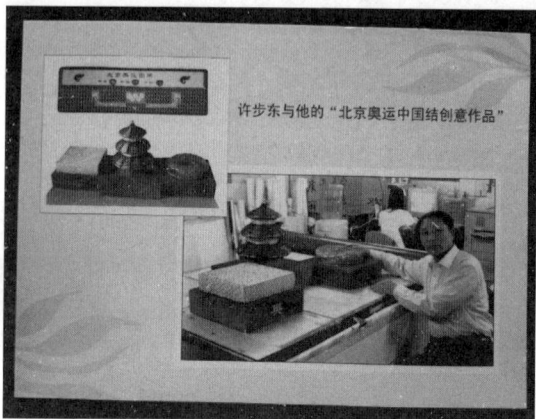

许步东与他的"北京奥运中国结创意作品"

天坛是华夏古老建筑，蓝色飞檐圆形塔顶，象征中国的天空祥云缭绕；绿色木制雕梁画栋，象征东方大地五谷丰登；十二根红色擎天圆柱，象征人民月月耕耘年年收获，乃称为祈年殿。天坛历经百年历史沧桑见证华夏文明，祈福2008北京奥运圆满成功。金色鸟巢象征中国的太阳，充满阳刚之气势；银色水立方象征中国的月亮，溢出阴柔之美丽。刚柔相济，和谐中国，为世界健儿提供创造佳绩的环境氛围。

中国结，是华夏传统的民间手工绳结艺术，至今已传承几千年。但产品仅局限于民俗饰品，尚未形成走向国际市场的产业规模。借北京奥运时机，创中国结民族品牌势在必行。用中国结编制华夏标志性建筑——天坛、鸟巢、水立方，无疑给古老传统民间手工艺注入深厚的文化底蕴。

将民间手工绳结艺术与巧夺天工的华夏建筑融为一体，令人耳目一新。上百米绳子，上千个结扣，上万年文化，上亿人情结，凝聚成天坛、鸟巢、水立方奥运组合摆件手工艺精品，寓意北京奥运定会红红火火、结结实实、平平安安、圆圆满满。

市场定位：国际友人、中国城市、企业商家。

外国宾朋对中国机加工金银水晶钻石饰品并不看好，而对具有中国民族特色的手工艺品情有独钟。中国结"奥运组合摆件"正好适应他们的心理需求，既能将中国奥运场馆、古老建筑等创意摆件带回国，又可将独具中国民族特色的绳结手工艺品珍藏居室，欣赏把玩，岂不乐乎！中国城市、企业商家可做珍藏佳品馈赠好友，新颖别致，物有所值，可作为首选奥运礼品。

投资回报：按限量发行一万套算，每套组件成本三百元，发行价三千元到五千元，一万套预计投资三百万元，可分期投入，销售额为三千万元到五千万元，可见回报率是高附加值的。全手工编制，不用投入厂房设备，可谓是投资少，周期短，见效快的绝好项目。

运作步骤：确定生产厂家、奥组委授权、展销落单、批量生产、效益分成。

附产品样品照片，供生产厂家定夺。

四　大型彩灯建筑——北京欢迎你

中国五千年灿烂文化靠"诗、字、画、歌、乐"五个字传承至今。中国是诗的国度，从《诗经》到《离骚》，从盛唐诗歌到大宋词赋，从元朝散曲到"五四"新诗，无不体现时代的脉动。诗，是文明古国活的灵魂；字，是华夏文明传承的载体，形象贯穿中华文明的龙脉，记录千年灿烂文化；中国画，是时代的写真，形象的历史，艺术地传承中国文化，供人们欣赏并珍藏。

我奇思妙想，用诗歌的意境韵律、汉字的形态特征，组合成北京标志性建筑天坛的形象画面，再配上新创奥运新歌和传统民乐古曲，借助现代亚克力发光材料，精心制作成大型彩灯建筑——北京欢迎你。它集中国古代文化艺术元素与现代高科技手段于一体，浑然天成，大气磅礴，精妙绝伦，既有古代神韵"诗字画歌乐"，又有现代律动"光电彩灯烁"，使中外宾朋从一座艺术建筑中形象地感受中华五千年灿烂文化的底蕴。

大型彩灯建筑：

宽二千零八厘米(寓意2008年北京奥运)

高二点九米(寓意第29届奥运会)

歌乐十二首(寓意每年十二个月，每天十二个时辰)

五　大型音乐赞美诗会简介

北京充满诗情画意，诗情画意，美化北京。

北京胜景古老而璀璨，中国形象现代而辉煌。在用无数片树叶拼接而成的北京八大名胜彩门衬景下，伴着《我把北京带回家》轻松欢快的乐曲，八位来自海峡两岸暨香港、澳门及欧洲、非洲的海外宾朋结伴而游北京。他们在八大民乐演奏的八大名曲声中，览故宫、攀景山、游北海、登万里长城、玩颐和园、醉陶然亭、赞香山、叹天坛；在八大西洋乐器演奏的八大新曲中，天安门留影、电视塔览胜、立交桥环绕、地铁奔腾、科技馆惊奇、奥运村感动、世界公园周游、中华世纪坛吟咏，所到之地无不发出赞美之声。

由无数彩色叶片拼成的故宫、景山、北海、八达岭、颐和园、陶然亭、香山、天坛，古老的八大名胜象征着环保的北京自然天成。由无数彩色花朵组合而成的天安门广场、环城立交桥、中央电视塔、地铁大动脉、中国科技馆、奥林匹克村、世界公园、中华世纪坛，现代的八大景观象征着科技的北京繁荣昌盛。

古琴、古筝、琵琶、二胡、唢呐、笛子、扬琴、箫八大民族乐器，或悠扬或深沉或浪漫或缠绵，使雄伟壮观的古老建筑更加神秘。钢琴、小提琴、萨克斯、黑管、吉他、小号、大提琴、竖琴八大西洋乐器，或高亢、或激昂、或美妙、或悠扬，使气势恢宏的新型景观更加绮丽而壮观。人、景、情、乐、歌、诗融为一体。中国和外国的少年、青年、壮年、老人游兴正浓，畅怀抒情，由衷赞美。

古老的北京、现代的北京、神奇的北京、美丽的北京。景的美、人的美、乐的美、诗的美交融在一起，形成生活与艺术的完美融合。观众会随着这场大型音乐赞美组诗，在一百分钟内神游北京，感悟古都三千年灿烂文化，惊叹新中国建设成就，得到一种美的享受。中国形象，北京神韵也会随着电视画面、诗歌韵律走向世界。

六 《北京奥运有我一个》——中国结艺术创意义演活动

7月13日，北京奥运申办成功日，×××举办"《北京奥运有我一个》中国心、中国印、中国结义演活动"，邀请奥运冠军、残疾人、志愿者、大学生、企业家、军人、出租司机、三口之家、港澳台同胞、华侨、民间体育爱好者、社区合唱团、影视明星、电视主持人及二千零八个编制中国结的人士参与，共同演唱"二十九首许笑天原创奥运歌曲"，演唱会突出真人真事，真心真情，充分体现"北京奥运有我一个"的民众情结，以实际行动迎接奥运火炬的到来。演唱会分为：

序幕　这片天空

第一乐章　奥运冠军梦

第二乐章　北京奥运情

第三乐章　奥运北京城

尾歌　北京奥运定成功

七 叶画《把北京带回家》大型展览简介

叶画展览《把北京带回家》是完全以自然界里的树叶和鲜花为主要表现手段，将古老民族艺术与现代科技完美融合，通过电脑平面设计拼合自然景观和动物世界，并配有华彩诗章的新颖的艺术精品，它以艺术构思的奇巧，表现手法的独特，展示内容的丰富，生动形象地将首都北京的壮美渲染得淋漓尽致。

叶片和鲜花的天然质感，画面组合的匠心独运，充分展示出北京环保、科技、人文的奥运主题。叶画展览由"京都胜景""新城神韵""奥运北京"三部分组成。

第一部"京都胜景"是由无数片天然树叶拼合而成的故宫、景山公园、北海公园、颐和园、八达岭长城、香山、陶然亭公园、天坛八大名胜景观，并配有《慨叹故宫红墙》《歌咏颐和园幻梦》《欢唱北海游艇》《你早景山》《高亢八达岭长城》《盛赞香山红叶》《沉醉陶然亭》《长颂天坛永恒》八首优美诗歌

点缀其间，令人梦魂萦绕，心驰神往。

第二部"新城神韵"，是由无数朵鲜花组合而成的天安门广场、中央电视塔、立交桥、地铁、中国科技馆、奥林匹克城、世界公园、中华世纪坛八大新景奇观，并配有《放歌天安门广场》《仰视中央电视塔》《惊异环城立交桥》《感受地铁大动脉》《走进中国科技馆》《漫步奥林匹克城》《展望中华世纪坛》八首华彩诗章，令人心旌荡漾，目不暇接。

第三部"奥运北京"，是二千零八厘米巨幅长卷，由二十八个五环标志连接"奥运北京""京都胜景""新城神韵""长城火种""奥运圣火""龙腾虎跃""百

灵争雄""鸟飞鱼翔""万马奔腾"九幅精美画面组合而成。前后两首雄浑绮丽的赞美诗画龙点睛,令人拍案叫绝,惊叹不已。

(此叶画作品已申请版权　北京版权局获批)

八　艳花美韵笑婚礼

婚礼创意：

春暖花开，风和日丽，美人美景，交相辉映，艳花美韵，流光溢彩。笑脸、笑声、笑语、笑歌，欢乐甜蜜，幸福浪漫。新郎、新娘鲜花簇拥，童男童女笑歌喜舞。笑一路新婚喜庆，舞一行爱情幸福，唱一曲浪漫情歌，拍一生难忘写真。

玫瑰花环镶嵌着新郎、新娘婚纱照片；彩色气球扎成浪漫凯旋门和甜蜜快乐走廊；红色地毯铺设一条幸福阳光大道。

礼炮鸣响，彩带飘飞，鲜花散落，场面热烈而大方……

婚礼仪式：

（1）笑拍照　（2）笑典礼　（3）笑洞房

1. 笑拍照

时间：上午4点钟至10点钟

地点：新婚洞房

笑化彩妆、笑穿婚纱、笑接彩礼

时间：上午10点钟至11点半

地点：公园草坪（或影院、门前、影楼场景）

主持人，笑话开道：

新郎、新娘依偎相拥，乘花车前行，新亲眷属谈笑风生乘彩车随后，童男童女笑歌笑舞乘篷车跟进。

笑歌祝福：

开心笑呀笑，笑容多么俏，新郎追、新娘跑，追追跑跑乐开了。歌声中，公园草坪间新人追逐笑，新亲拍手笑，摄影忙拍照。

歌曰：甜蜜笑呀笑，笑声多美妙，阿妹唱、阿哥笑，唱唱笑笑爱上了（歌声中，影院门口，新郎笑搂新娘甜笑，新亲眷属凑热闹，摄影忙拍照）。

歌曰：快乐笑呀笑，笑福满身绕，新郎亲、新娘抱，亲亲抱抱结婚了（歌舞中，影楼背景，新郎、新娘拍婚纱照，新亲祝福笑，摄影忙拍照）。

2. 笑典礼

时间：中午　十二点钟

地点：结婚礼堂

道具：龙凤彩门、嬉笑巨人、舞台音响、乐队歌手

主持：笑典礼，是中国式鸡尾酒新派婚礼，雅俗共赏，中西合璧。整个婚礼在新人的欢笑、亲朋的大笑氛围中进行，鲜花、美韵、欢笑，见证一对新人永结百年之好，生活幸福甜蜜。

（1）笑脸亮相

（新郎、新娘闪亮登场，《婚礼进行曲》演奏，童男童女快乐引领，伴郎、伴娘陪伴左右，新郎、新娘微笑庄重缓缓上台，彩带花雨从天而落。）

（2）笑恋录像

（爆料新人恋爱秘籍，哄堂大笑，欢乐开始。）

（3）笑话致辞：主婚人——

（4）笑语祝福：证婚人——

（5）笑词贺喜新亲代表——

（6）笑拜天地

新郎、新娘：

一笑，夫妻相爱；二笑，父母同拜；三笑，天地福来。

（7）笑结同心：新人

（8）笑戴花环：新郎将九百九十九朵玫瑰花编的花环套在新娘脖子上，笑唱爱歌（新娘回唱爱歌一段），笑吻拥抱（逗乐亲吻、搞笑拥抱）。

（9）笑赠信物

新郎赠："爱"，新娘赠："子"，寓相亲相爱，早生贵子。

（10）笑歌祝福

童男童女为新人百年好合，表演唱新婚祝福歌《爱的歌谣》，大屏幕放录像，新郎、新娘相识相知相爱，背景照片。

（11）笑饮交杯

中国式鸡尾酒会开始：新郎、新娘笑，喝交杯酒

第一杯，夫妻相爱；第二杯，恭喜发财；第三杯，子贵福来。

（12）笑开喜宴：香槟瀑布、啤酒泉，白酒、果汁、鸡尾酒，金杯银盏锣鼓响。

3. 笑洞房

时间：晚上八点钟至十点钟

地点：新婚洞房

（1）笑话取乐（新郎、新娘各说一段笑话，逗不笑大家罚节目）

（2）猜花搞笑（新郎猜一种鲜花，说出花名寓意，说不出罚节目）

（3）听歌逗闷（让新娘听一段歌曲录音，说出歌手是谁，说不出罚节目）

证 书

许步东同志：
　　在全国现代婚礼设计竞赛中，荣获银奖，特发此证，以资鼓励。

中央电视台青少年部
家庭生活指南杂志社
一九九五年十月

此策划方案获1995年由中央电视台青少年部
与《家庭生活指南》杂志社联合举办的全国
现代婚礼设计竞赛银奖

九 "花好月圆"永结同心新型婚礼策划方案

格调:洞房花烛夜,喜庆满堂彩。

中国结是华夏传统的民间手工艺品,百结千结,花样繁多,红红火火,喜喜庆庆,很受人们欢迎。新郎、新娘爱情的情结,如果用中国结系在一起,岂不是"永结同心"吗!用红红火火的中国结手工艺品布置新房,定会为新婚典礼平添几分新意,几分喜庆。

新郎礼服镶嵌用中国结编成的"爱"字,象征一颗爱心,新娘婚纱镶嵌用中国结编成的"情"字,象征十分真情。

一心一意:用一百个中国结编成一个桃心框,镶在婚纱照边上;

双喜临门:用二百个中国结拼成两个大"喜"字;

四通八达:用四百个中国结圈成四个大红灯笼悬挂客厅;用八百个中国结编成一串金龙鱼(八条);

吉祥爆竹:用一千个中国结编成鞭炮;

红喜洞房:用一千二百个中国结装点红洞房,象征爱情天长地久,百年好合。

(一年12个月,10年120个月,100年1200个月)

永结同心仪式

永结同心:媒人手托一根红线,左边新郎,右边新娘,同时从红线两头编中国结(桃心字),伴音乐编完为止。

夫妻拥抱:新郎、新娘肚皮中间隔着大气球,用力挤破才能拥抱。

夫妻亲吻:新郎、新娘同时咬晃动的苹果,吻鼻子。

早立子:新郎、新娘拎着早立子大花篮,向大家抛投红枣和栗子,热闹非凡。

步步高:左新郎,右新娘,同时相对登上铺满红地毯的台阶。歌曰:一步一层楼，生活日日稠；二步二重天，天天进银圆；三步到峰巅，前程光无限。

跳龙门：两条银龙交叉盘旋成横八字，象征两扇龙门，左新郎，右新娘，相对同时跳进去，拥抱，亲吻，祝贺。

入洞房：新郎、新娘相拥步入中国结装扮的红洞房。

"花好月圆"婚礼主持词

男：千禧龙年道千喜

女：花好月圆祝万福

合：在这柳绿桃红，春花烂漫的美好时刻，新郎东东、新娘晶晶从相识相知到相亲相爱，今天终于喜结百年之好，组成美满家庭。让我们为他们鼓掌助兴！

（在欢快的婚礼进行曲中，新郎、新娘身穿燕尾服婚纱在伴郎、伴娘簇拥下款款出场，向来宾行鞠躬礼道喜。）

男：看！新郎东东一派绅士风度，充满男子汉的阳刚之气。

女：瞧！新娘晶晶典雅风韵，洋溢贤妻良母的阴柔之美。

男：伴郎东东之子许素绮笑容满面，为新母亲祝福。

女：伴娘晶晶之女柳佳真心实意，为新父亲道贺礼。

男：这真是天合之美，夫妇花好月圆。

女：这真是地成之好，金儿玉女，龙凤呈祥。

男：下面新婚夫妇举行"花好月圆"结婚仪式。

女：这个大花篮由两个半边月组成，一百朵象征美好爱情的玫瑰花和百合花拼成的花丛，寓意和和美美。

男：左边新郎，右边新娘，两个人共同将两个半边月合在一起，才是满月，寓意圆圆满满。

（新郎、新娘分为左右，笑着相对合上月亮）

女：南百合、北玫瑰，花开百年红。

男：东边月、西边月，月圆千载好。

女：新郎、新娘表示爱意（新郎对新娘说：我爱你），新娘向新郎表示爱意（新娘对新郎说：我爱你）。

合：花好月圆，圆圆满满，和和美美。

女：伴郎、伴娘进行"龙凤呈祥"祝福。

（伴郎、伴娘手持金龙银凤喊着"龙凤呈祥，地久天长"献给新婚父母）

男：龙凤共舞，天地同喜。

女：伴郎、伴娘为新婚父母道喜

（伴郎、伴娘同声：祝爸爸妈妈永结同心，白头到老。）

合：让我们大家共同祝新婚家庭，美满和睦，幸福快乐！

（花雨、彩带撒向新婚家庭，欢声笑语满堂春）

女：下面新婚亲属致辞（来自台湾的大伯祝福）

男：下面好友代表，文化沙龙著名作家张先生献新婚喜联。

（张先生等三人上台，献喜联）

男：上联是：天合之美，新婚夫妇花好月圆。

女：下联是：地成之好，金儿玉女龙凤呈祥。

合：横批是：圆圆满满。

主婚人宣布：婚宴开始！（祝酒歌起）

女：新娘分切"婚礼喜庆蛋糕"。

（服务小姐送上立体蛋糕，晶晶举刀分切蛋糕，面向来宾：祝大家心想事成，步步登高）

男：新郎启动"婚宴香槟泉"。

（东东打开香槟酒瓶盖，举杯面向来宾：祝大家美好幸福，友谊长存！）

合：婚礼策划人许笑天献歌《在这喜庆的婚宴上》。

许笑天演唱：

> 喜庆婚宴上
>
> 满堂好热闹
>
> 龙凤起舞歌声扬
>
> 美酒多么好
>
> 佳肴多么香
>
> 在这喜庆的婚宴上
>
> 左边是新郎
>
> 右边是新娘
>
> 新郎、新娘同声唱

叩头拜天地

交杯人成双

在这喜庆的婚宴上

前面是"伴郎"

后面是"伴娘"

伴郎、伴娘笑声爽

从此一家人

共同爱爹娘

这喜庆的婚宴上

喜气上眉梢

蜜糖心中淌

花好月圆爱情长

但愿今生世

你我永不忘

在这喜庆的婚宴上

（歌声中，新婚夫妇饮交杯酒，众人举杯同饮喜庆酒）

主婚人宣布：新婚夫妇敬酒。

一敬父母，幸福长寿；

二敬新亲，相敬如宾；

三敬领导，万事如意；

四敬朋友，友谊长存；

五敬各界，共饮喜酒。

（婚礼推向高潮，来宾互相敬酒，畅谈喜事。婚宴在一片欢歌笑语鲜花如云的喜庆气氛中结束。）

（2000 年 10 月）

附录二：毕业论文

从屈原、李白、杜甫、白居易、陆游五位诗人的命运
论我国古代文人"才气"与"运气"的辩证统一

中唐诗人白居易曾给刘禹锡赠诗中说，"诗称国手徒为尔，命压人头不奈何""亦知合被才名折，二十三年折太多"。他形象地借古代"才运两相妨"的说法，阐述了二者的关系，才气太大必无好运，运气太好会使才疏。我们从古代屈原、李白、杜甫、白居易、陆游五位诗人的命运和遭遇可见一斑。

这诗句虽然出自古代诗人之口，今天细细嚼味，其中却含有深刻的哲学道理。纵观我国古代文学史的浩浩长河，那些才华盖世、名垂千古的诗人，虽然都取得了卓越的文学成就，但其生平道路却是那般坎坷曲折。屈原放逐、李白流浪、杜甫漂泊、白居易遭贬、陆游黜落。时运不佳与才华横溢总是紧紧连在一起的。如果我们深入探究一下他们共同遭遇的内在原因，从中得到一些带有规律性的东西，无疑对我国文学事业的发展大有裨益。

一、时运不佳的社会根源

"治世之音安以乐，其政和；乱世之音怨以怒，其政乖；亡国之音哀以思，其民困。"（《毛诗序》）由此可见，文学是人类生活的反映。从这一观点出发，屈原、李白、杜甫、白居易和陆游这些举世闻名的诗人，不仅是我国古代封建社会的产物，时代风云的产物，同时又是华夏文学事业的创造者、探索者。考察他们在当时所遭受的命运的共同点，都是有其深刻复杂的社会根源的。

1.政治主张与封建制度的矛盾

揭开我国古代历史，沿袭几千年根深蒂固的封建社会，那君君臣臣、父父子

子……等级森严，腐朽没落的宗法制度犹若无形的樊笼，谁也不敢越雷池一步，而这些旷世奇才恰恰降生在这样的时代，幼年就才华超众，聪颖过人；年轻时更是踌躇满志，怀有建功立业的政治抱负。屈原"博闻强志，明于治乱"；李白要"济苍生，安社稷"；杜甫想"致君尧舜上，再使风俗淳"；白居易希望皇帝"酌人言、察人情，而后行为政"；陆游具有"铁马横戈，气吞残虏"的壮志豪情。但是，他们勇于革新的政治主张，虽然主观上都是出于忠君、爱国、为民的美好愿望，客观上却是"太岁头上动土，群臣身上开刀"，反而违背了帝王的意志，损害卿相的利益，必然会招致厄运。

屈原提出："举贤授能"，触动了"世卿世禄"制；"修明法度"，限制了旧贵族势力因而遭到群小诬陷，楚怀王"怒而疏屈平"；白居易于元和十年，为盗杀宰相武元衡上疏："请亟捕贼，刷朝廷耻。"宰相以他非谏官而先言事，复诬言居易母坠井死，而居易赋《新井篇》，有伤名教，遂贬为江州司马；陆游三十岁赴临安试于礼部，因名列秦桧孙子秦埙之前，又因他答卷里不忘国耻，喜论恢复，竟被卖国贼秦桧黜落。

在我国封建社会，帝王独尊，佞臣专权，所有政治、法律制度都是用来保护他们私利，统治人民的工具。而诗人们革新的政治主张与腐朽的封建制度，必然会产生不可调和的矛盾。因此圣贤生于其时，很难立于天下。

2.诗人性格与封建帝王的矛盾

众所周知，我国历代封建帝王，大多数是昏庸暴虐，奢侈淫乱。"目极角觝之观，耳穷郑、卫之声；入则耽于妇人，出则驰于田猎；荒废庶政，弃亡人物……使饿狼守庖厨，饥虎牧牢豚。遂至熬天下之脂膏，斫生人之骨髓……"很少有治国安邦、中兴民族的开明圣君。

可是，这些诗人们却没有奴颜媚骨，也不会阿谀奉迎，倒独具自己特有的气质和性格。屈原持正不阿、九死未悔；李白浮云富贵、粪土王侯；白居易直言诤谏、宁折不弯。然而，他们这些独特的气质性格，正是昏庸帝王所不能容忍的。奸臣往往利用这个矛盾挑拨离间，诬陷忠良。

屈原智弥盛而言博，才益多而识远，竭忠尽智，以事其君，结果信而见疑，忠而被谤，因草拟宪令之事，遭上官大夫谗毁……宁可投江自尽，藏身鱼腹，也不与恶势力妥协。正像王逸所说："膺忠贞之质，体清洁之性，直若砥矢，言若丹青，进不隐其谋，退不顾其命，此诚绝世之行，俊彦之英也。"(《楚辞章句序》)李白"戏万乘若僚友，视俦列如草芥"，桀骜不驯，放荡不羁，不愿投靠奸相李林甫门下，做"点缀盛世，歌舞升平"的御用文人，痛骂斗鸡媚上的幸臣权贵为"鸡狗"，指责皇帝"珠玉买歌笑，糟糠养贤才"，因而被唐玄宗"优诏罢遣"；白居易性格刚烈，喜欢直言诤谏，辞情切至，言人之难言者。元和四年，为承璀为神策都统之事，当面指责皇帝。唐宪宗怒，罢谓翰林院学士李绛曰："白居易小子，是朕拔擢致名位，而无礼于朕，朕实难奈！"但白居易不畏强权，写诗说："至宝有本性，精刚无与俦。可使寸寸折，不能绕指柔。愿快直士心，将断佞臣头。"引起皇帝和当道者的憎恨。由此可见，他们这些人"道可以济天下，而命不通于天下；才可以致尧舜，而运不合于尧舜"(《故右拾遗陈公旌德碑》)。

另外，这些诗人的共同特点是：才气有余而谋略不足。他们虽然都称得上伟大的诗人，但不是出色的政治家，所以，其革新主张和生活理想也都是经过"诗化"了的，在封建社会根本没有实现的客观条件。再加上诗人们性格豪放，好感情用事，在残酷的政治斗争面前，缺乏冷静的处世态度，没有足够的应变能力。因此，在奸臣当道，忠臣遭殃的封建时代，在帝王昏庸，政治腐败的社会环境里，时运不佳是不可避免的。

二、才华横溢的内在动力

昏庸帝王的腐朽统治，封建势力的精神桎梏，窒息人才的清规戒律，使诗人们不但革新主张得不到采纳，理想抱负得不到实现，而且还要受到奸人群小的诬陷，达官显贵的攻击，帝王君主的疏远，因而使他们忠君无路，报国无门，在精神上和生活上遭到沉重的打击。

1.政治失意是才华横溢的客观原因

白居易说："文章合为时而著，歌诗合为事而作。"由于政治之失意，仕途之坎坷，有些诗人则产生了超脱尘世，隐逸求仙的消极思想，但更多的诗人还是积极入世，感慨郁满胸间，愤怒赋予歌诗，情动而言行，理发而文见……采用现实主义和浪漫主义不同创作方法，为其政治主张和生活理想而呐喊，写出大量振聋发聩，流芳千古的佳作。

战国浪漫诗人屈原一生中两次被放逐，其主要作品都是在放逐中写出来的。假若没有第二次放逐的话，我们很难想象，他能为后世留下才气纵横，感情起伏的鸿篇巨制《离骚》，吟咏出"路漫漫其修远兮，吾将上下而求索"的传世佳句，呼唤出"仆夫悲余马怀兮，蜷局顾而不行"的爱国强音，从而成为我国第一位独具个性的伟大诗人；现实主义诗人杜甫，因为遭到奸相李林甫"野无遗贤"的蒙骗，屡次投诗干谒被当权者冷遇，才开始对唐朝国势日衰危机四伏的社会现实有了清醒认识，从而积极关注时局的变化及国计民生的重大问题，写出大量现实主义作品，荣获"诗史"之誉；南宋爱国诗人陆游因为坚持抗金主张而遭卖国集团迫害，于淳熙三年被加以"燕饮颓放"的罪名免职，次年春才在成都写下代表作《关山月》，抒发出"朱门沉沉按歌舞，厩马肥死弓断弦"的满腔忧愤！

这些事例完全可以说明，正是由于诗人们政治失意的外界因素，才是触发他们才华横溢的内在动力，真所谓"诗者，志之所之也，在心为志，发言为诗。情动于中而形于言……"（《诗大序》）

2.社会生活是才华横溢的真正源泉

我们知道，这些诗人除了出身于封建世家、豪门望族，就是靠辞章奇胜，直取卿位，生活在皇宫相府，达官深院，终因政治上遭到排挤和迫害，才由上流社会流放到人民中间。他们分别由左徒、翰林学士、左拾遗、谏官变成地方小史、流浪者、贫民。社会地位和生活环境的根本改变，使他们观察社会，认识生活的角度也同样发生很大变化。政治视野很快由宫廷官府的小天地，一下移到村野山林的大世界，从而看到了同在一个地球上，两种截然不同的生活状况，联想到自己的悲惨遭遇，更加愤愤不平，于是乎便"笼天地于形内，挫万物于笔端"，抒而成文，发而为诗……

杜甫仅用"朱门酒肉臭，路有冻死骨"十个字，鲜明地揭示出封建社会贫富悬殊的尖锐矛盾，真所谓一字千金；又通过"安得广厦千万间，大庇天下寒士俱欢颜"的联想，道出广大劳动人民的美好愿望……白居易在《卖炭翁》一诗中，通过"可怜身上衣正单，心忧炭贱愿天寒""半匹红纱一丈绫，系向牛头充炭直"的描写，深刻地揭露了唐朝宫市的残酷；在《新丰折臂翁》中，通过"夜深不敢使人知，偷将大石捶折臂……骨碎筋伤非不苦，且图拣退归乡土"的心理刻画，谴责杨国忠穷兵黩武给人民带来的灾难；通过"是岁江南旱，衢州人食人"（《轻肥》）的警句，表现他鲜明的政治态度；陆游通过"遗民忍死望恢复，几处今宵垂泪痕"（《关山月》）的强烈控诉，喊出沦陷区人民盼望祖国统一，亲人团聚的共同心声。显然，诗人们如果没有生活的哺育，才气再大，也是无源之水，无本之木，决不会吟出半句好诗来。

当他们主观上抒发个人生不逢时怀才不遇的忧愤时，往往在客观上反映了中下层地主和人民群众的共同愿望，成为人民的代言人。马克思说："语言是思想的直接现实。"诗人们正是运用了凝练、含蓄、优美的诗的语言，咏叹出不同时代的声音，记录了历史的进程，从而奠定了他们在我国文学史上的重要地位。

三、运气和才气的辩证统一

1.时运不佳和才华横溢的相互依存

我们说：运气乃指诗人的生平道路，才气乃指诗人的文学才能。一个是客体，一个是主体，但又自然统一在一起。如果把诗人们辉煌的文学成就比作一块锦缎的话，那么诗人的盖世奇才就是"经线"，诗人的悲惨命运就是"纬线"。只有经线和纬线交织在一起，锦缎才能灿烂。这就是运气和才气的辩证关系。

运气和才气虽然是互相依存的，但又不是并列的存在，而是对立着发展的，也就是说诗人的时运越不好，道路越坎坷，其阅历就会越丰富，思想就会越深刻，才华就会得到最大程度的发挥，"纬线"也就编织得越稠密，文学成就就越高，名气就越大。反之，生活舒适，思想平庸，视野狭窄，文学才华就会受到限制，甚至濒于泯灭。

就拿杜甫来说，他身处大唐帝国由盛到衰的历史转折时期，历经玄宗、肃宗、代宗三朝，仕途蹭蹬之际，则写下很多优秀作品；但在757年与唐肃宗矛盾缓和，走了一段好运，回到长安任左拾遗，每天出入宫廷，忙于朝见、值夜、祭祀，闲去曲江消磨岁月，与贾至、王维互相唱和，迷惑于表面中兴而安于现状，这个时期的诗歌很少涉及国计民生的重大问题，才华受到很大限制。白居易也是如此，青壮年时兼济天下，写出大量现实主义佳作，但到了晚年地位高、俸禄厚，开始对政治斗争采取逃避态度，过上独善其身的生活。处于"不种一陇田，仓中有余粟。不采一枝桑，箱中有余服。"的知足饱和心理状态。思想一颓废，才华也就随之泯灭了。我国文学史上，这种情况多的是，很值得我们深思。

2.思想价值和艺术价值的完美融合

既然运气和才气是辩证的，那必然又是统一的。我们历来鉴赏一部文学作品的优劣，总是从思想价值和艺术价值两个方面来衡量。其思想价值取决于诗人对社会生活认识的程度，其艺术价值取决于诗人驾驭语言文字的能力。"志气统其关键，辞令管其枢机"，就是这个道理。艺术形式只是文学作品的华丽外衣，思想情趣才是文学作品的真正灵魂。很难想象，一首毫无思想情趣的诗篇能够流传千古，一句毫无艺术价值的政治口号能够万人咏诵。

文学既是社会生活在作家头脑中的反映，同时又是生活的一面镜子。一个人才气再大，倘若置身真空，不食人间烟火。没有对社会的深刻认识，没有对生活的强烈感受，绝不会成为一位伟大的诗人，正如别林斯基所说："任何伟大的诗人之所以伟大，是因为他的痛苦深深根植于社会和历史的土壤里，他从而成为社会、时代以及人类的代表的喉舌。"试问屈原不被楚王流放于江南，能写出那些浪漫主义杰作吗？杜甫不辗转漂泊、饥寒困迫，能写出大量"饥寒而怜饥寒者也"的现实主义佳篇吗？白居易不被贬为江州司马，亲身体验社会的残酷和世态的炎凉，能发出"同是天涯沦落人，相逢何必曾相识"的感叹吗？李白不离开朝廷结束帝京生活，从理想王国回到现实人间，能吟出"蜀道之难，难于上青天"的绝唱吗？陆游不屡遭卖国集团打击迫害，怀有忠贞报国之志，能写出"公卿有党排宗泽，帷幄无人用岳飞"的诗句吗？不能！绝对不能。正是由于诗人们不幸的政治遭遇，才开阔了他们的生活视野，丰富了他们的政治头脑，从而对封建社会产生深刻的认识，凝聚成作品里的思想价值；同时又激发了他们的创作灵感，巧妙地赋予其生活理想以恰当的表现形式，产生巨大的感染力。这就是其作品的艺术价值所在。二者的比重是等量齐观相辅相成的。

我们说：仅有思想价值而无艺术价值的文学作品，只是一通枯燥的说教；相反，仅有艺术价值而无思想价值的文学作品，只是一个华丽的外壳，都不能打动读者而引起共鸣。文学创作犹如雕塑一般，艺术形象要有骨架，有血肉。思想价值和艺术价值就是"骨架"与"血肉"的关系。正如陆机所说："理扶质以立干，文垂条而结繁。"（《文赋》）这五位诗人之所以能够在我国文坛建筑起他们独特的金碧辉煌的艺术殿堂，正是由于他们的文学作品，达到了思想价值和艺术价值的完美融合。

从我国几千年文学史来看，除了上述五位诗人外，还有"徒志远而心屈，遂才高而位下"的初唐四杰的王勃；高倡"汉魏风骨"和"风雅兴寄"的陈子昂；主张"文道统一"，屡次遭贬的韩愈；博学多才，廉洁清正的柳宗元；感士不遇，诗泣鬼神的李贺；"欲回天地入扁舟"的李商隐……几乎大多数骚人迁客，文学巨匠，虽然才大志宏，成就非凡，但其命运都是很悲惨的！真所谓："文士多数奇，诗人尤命薄"。除有一些特殊情况外，具有普遍性。

难怪司马迁在《报任安书》中说："屈原放逐，乃赋《离骚》；左丘失明，厥有《国语》；孙子膑脚，《兵法》修列……《诗》三百篇，大抵圣贤发愤之所为作也。"事实完全证明，古代文人时运不佳和才华横溢是辩证统一的，是一条不可否认的客观规律。

另外应该说明的是，我国历史上曾有过统治者对文化的严加禁锢（秦朝"焚书坑儒"），对文人的残酷诛杀（清朝"文字狱"）的情况，诗人政治上时运不佳，文学上也不会才华横溢的，因为没有相应的客观条件。

此文实乃抛砖引玉，因本人知识有限，笔力不足，请老师与同行们指正。

1985年10月

（唐山广播电视大学八二级中文系优秀毕业论文）

附录三：纪录片台本

电视系列片《凤凰涅槃》拍摄台本

电视纪录片《凤凰涅槃》

唐山电视台拍摄制作

策划：李久才　　王连英

编导：李晓林　　李德刚　　孙健

摄像：李晓林　　李德刚

撰稿：许步东

旁白：许步东

制作：李晓林　　李德刚　　孙健

监制：孙世纪

画面：凤凰大厦

【市容航拍】

这二十七层的凤凰大厦在唐山大地震二十年后矗立于凤凰城中心地带。也许是历史与现实的巧合，虽然与北京的国贸大厦、美国的摩天大楼比起来并不算高，但能矗立在位于地壳皱褶地带，曾经历过毁灭性大地震的唐山新城中，却向世人证明唐山并没有在地球上消失，凤凰涅槃后又重新振翅而飞。

【暗场】

推出片名：《凤凰涅槃》

黑底字幕：

一个城市的毁灭也就在眨眼工夫

一个城市的新生却要经历二十年时间

【暗场】

字幕：

地震孤儿——记者许步东

画面：

许步东在抗震纪念碑前

许步东同期声：

观众朋友们，我身后这座碑就是唐山抗震纪念碑，这座碑记录了唐山人民在抗震救灾中许多动人的故事。我作为地震孤儿，作为一名亲眼见证了这座城市从毁灭走向新生的新闻记者，今天在这里向您讲述关于这座城市用二十年完成凤凰涅槃的故事。

【暗场】

画面：

抄碑文的小朋友

碑文前的花圈

地震资料

解说：

历史不会忘记，世界不会忘记。

公元1976年7月28日凌晨3时42分，唐山市突然发生了强烈地震，瞬间一座老城毁于一旦。

【暗场】

字幕：

地震目击者：清洁工人，张收兰

地震瞬间，唐山大地出现了奇异的地光和地声。3点42分，地面卷起黑色的旋风，几道亮光刺破夜空。一声巨响大地颤动起来，一场世界罕见的巨大灾难降临在唐山大地。

张收兰同期声：

刚一到便道上，就觉得有响动，轰隆隆地。我当时是有反应，我说："哎呀，地震吧？"我这句话没说完就倒在地下了。我们是脸往西向的这个路，倒了以后是脸往东，就趴在马路上了。当时趴在那儿特别傻，听地底下好像水响似的，响动特别大，我就扒着马路牙子跟张姐说，张姐快扒着马路牙子点，地开口子了，别把咱们漏下去。

字幕：
地震目击者：清洁工人，高秀莲

高秀莲同期声：

当时我们就在转角楼的中间，我们四个年轻的都搂在一起了。这时候房子就倒了，人民医院的大楼整个就倒下来了，我们这才知道是地震。

字幕：
吴东亮，解放军某部报务员

吴东亮同期声：

当时的情况，我认为是一种特殊情况，特殊情况需要特殊处理，因为当时机要科的战友们还没有脱险，这种情况下我就自作主张，简要地向北京发出了电报。这个电报的大概意思是说唐山发生了强烈地震，夷为平地，唐山人民的生命财产受到了严重损害，请求立即派人来支援救灾。简短的电报发出，这是在地震后的第十八分钟！

【暗场】

字幕：
1996年清明，每年的清明节和7月28日是唐山人对地震死去亲人的悼念日。

解说：

大地震来得太突然了，在这几秒钟时间，很多人还不晓得发生什么事儿就冥冥而去了，侥幸活下来的人们唯一想到的就是快点钻出废墟，逃离死神魔爪。

【暗场】

字幕：

唐山开滦医院

王树斌，唐山矾土矿干部

这里曾是王树斌被压在废墟下的地方。在废墟下，王树斌与死神搏斗整整八天七夜。伸手不见五指啊！里面什么也看不见。

从地震发生当日到七月底，短短四天之内，全国各地支援唐山灾区的人员已达十几万人。在唐山大地震中，出现了许多人类生命史上的奇迹。压在废墟下五天零十二个小时的田义群被救出来，经过四十六小时的抢救，田义群脱离了生命危险。震后第十三天，芦桂兰被解放军从废墟中救出来。开滦赵各庄矿陈树海等五名矿工地震时正在井下九百米深处作业。

画面：

当年抢救王树斌的资料

王树斌同期声：

那天晚上，八点多吧！我得了急性肠炎住进了开滦医院。晚上我迷迷糊糊睡着了，这个时候我就感到有剧烈震动，睁眼一看天花板的灯管就落下来了，我双眼一闭，这个时候整个楼就倒塌了。我先钻到了床下面，伸手不见五指啊！里面什么也看不见。

这时候我就从床下爬出来，爬到外面，我连身都翻不过来，虽然，我能听到外面的声音、外面的广播车和广播喇叭在宣传中央慰问电，这些声音我都知道，而且内容我也知道。扒了四五天把手指肚和胳膊弄得皮都掉了，十个手指肚皮也没有了，这个时候我在扒的过程中摸到一瓶葡萄糖，靠着这瓶葡萄糖在下面度过了六七天的时间。我光喝葡萄糖还不行，这时候我还想到了我床上有个枕头，我就把枕头拿起来，里面是荞麦皮、谷秕子和谷糠，我就喝一口葡萄糖水，吃一口谷糠和荞麦皮。正在我感到精疲力竭和生存无望的时候，我听到楼顶有刨镐的声音，我就向着一个比较大的空隙使劲儿喊啊！

这时上面的人就喊："喂，下面是不是有人啊？"

我说："有！"他说你找个安全的地方避起来，我们马上组织人来抢救你。这时候我觉得心里如释重负，觉得有希望了，看到了生命之光。

【暗场】

字幕：

地震时王树斌失去了妻子。今天，他组合了新的家庭。

画面：王树斌一家看相册

【暗场】

字幕：

地震后，不少唐山人靠顽强的生命力突破生命极限，战胜死亡，战胜灾难。六十三万人中，有约三十万人靠自身力量脱险，其余大部分靠他人救助。

【暗场】

解说：

可以说精神的力量是无穷的，能使人突破生命极限，战胜死亡，战胜灾难，人们相互救助，奋力逃出废墟。瓦砾之中，有很多人伤势惨重，尽管当时有了医疗队，有些重危伤员需迅速转移外地就医才能活下来。

字幕：

李升堂，原空军某部调度主任

画面：

当时指挥飞机起降的资料

李升堂同期声：

我们就用这一部没有砸坏的塔台车和北头尚能使用的导航台，每天最多指挥三百五十六架飞机起降，最短的飞行间隔只有二十六秒。当时最大的困难就是雷达通讯全部中断。飞机刚刚降落，空中盘旋的飞机一架挨着一架，最短的时间只有二十六秒。这个是在这种条件下，这样的密度在我国航空史上没有，在世界航空史上也是罕见的。在十多天中，运送伤员和物资的飞机一共三千多架（次），运送伤员二万多人，运来救灾物资有数十万吨。

【暗场】

字幕：

地震时来唐抗震救灾医疗队二百八十三个，医疗人员共一万九千七百余人。

安凤立随机护送伤员，共六百四十一人，累计飞行时间达二十多个小时。

安凤立同期声：

有一个脑外伤的老大娘处于一种半昏迷状态，在检伤的时候我也犹豫，这个病人是不是转。最后，想到唐山医疗条件比较差，还是转吧。转移时飞机到空中之后，病人由于环境改变，出现呼吸急促，另外痰量比较大……用听诊器的胶管——塑料胶管比较硬，然后呢，把一端伸到病人的口腔里面的咽喉部，自己用口吸另一端，这样把黏稠的痰一口一口地吸出来。

【暗场】

字幕：

唐山大地震使四千二百余人失去父母，成为孤儿，使三千八百余人成为截瘫患者，使一万五千多个家庭丧偶。

画面：

许步东三人在篮球场

地震资料

记者：

唐山大地震的时候，我就住在这条胡同，现在已盖上房子了。这棵树曾经就是我们胡同那棵树，现在还在。当时我们这条胡同有百十户人家，房子全平了，伤亡比较惨。我家四口人，父亲母亲都震亡了，妹妹砸伤转到了外地，就剩下我一个人。地震以后，我们七八个孤儿和左邻右舍的在这儿搭了个大篷，五六十个人生活在一起，不分你家我户的。

后来天冷了，我们就在废墟上盖起了简易房。冬天家家户户都搬了进去，几十万间连成一座简易城市，真是特别壮观。当时凤凰山顶凉亭有首打油诗写道：登上凤凰山，放眼看唐山。遍地简易房，砖头压油毡。

【暗场】

字幕：

地震使唐山百分之九十七以上的厂房建筑遭到破坏，百分之五十六的设备受损。

解说：

地震不但毁了房屋建筑、城市设施，同时也毁坏了机器设备，生产处于瘫痪状态，但在十分恶劣的条件下，唐山人创造了一个又一个奇迹。

字幕：

田惠民，原唐山发电厂送电段班长，震后十天，京山铁路单线通车。

震后十天，开滦矿务局生产出第一车"抗震煤"。

震后第十三天，公路全面通车。

震后第十四天，唐山发电厂并网发电。

田惠民同期声：

地震以后过了五六天，按照厂里的要求，恢复抗震救灾生产，到6号，厂里开始返送电，到8号以后，我们汽机二号机准备恢复生产，到18号以后，2号机基本上已经开始转起来了，到19点19分正式并电网发电，并网以后全厂上下一片欢呼。

字幕：

震后第三十天，唐钢炼出第一炉钢。

震后第三十四天，城市恢复通讯联络系统。两个月后，城市恢复供水系统。

王益元同期声：

先恢复一炼钢生产，恢复一炼生产主要问题就是油泥把水池都灌满了，好几千吨都跑了。开始挖油掏油，把水坑里的油都掏出来了。这个活难干，底下是溃泥，上头是油，浑身都让油固住了，都是重油特别黏、成块。这个工作不好干，解放军和我们小组先干这个，没水炼不了钢，掏了两天把水掏出来了。这是复产的主要难题。一共用了二十八天，从七月二十八到八月二十六日，出了第一炉钢。

【暗场】

画面：
干枯的树枝
垂柳
茂密的梧桐树

字幕：
为防止瘟疫的发生，地震当年喷洒药物四十五吨，喷洒面积四十二万四千多亩。

解说：
史书记载，1556年陕西关中大地震只死亡几万人，而次年瘟疫大流行，八十三万人死于非命。唐山大地震虽然二十四万人死亡，却没有一人死于瘟疫，但为了保证来年不发生瘟疫，唐山进行了一场大规模的清尸战役。

【暗场】

画面：
建筑工地的工人
建筑图纸

刘晓星同期声：
当时，我记得清尸工作开展以后，在周围群众中引起了强烈的反响。有的遇难的家属开始也不理解，好像清尸有点不尽如人意，都埋在一块吧，都不理解这个事儿。再有呢，就是咱们清尸队员家属也不支持，怕亲人熏坏了，怕得传染病。再有的也怕亲人再次遭到不幸。但是这项工作还必须有人在前面干，我从事清尸防疫工作，是为了咱们幸存的几十万唐山人免遭再次的不幸。

解说：

震灾之后，让百万灾民早日住上新居，是震后的首要问题。1977年4月，也就是震后的第二年，唐山市专门召开了以住室为主的民用建筑设计大规模城市复建工程。

方案讨论会，来自全国各地二百多名专家、教授和工程技术人员对八十六个住宅设计方案进行了筛选斟酌，开始了……

字幕：

郭耀臣，原中共唐山市委第二书记、原建设指挥部政委。

唐山市的恢复建设分两部分：

一、工业与公用建筑和设施的恢复；

二、民用建筑主要是住房的恢复。

唐山市的恢复建设分两个阶段：

1978年初到1979年7月，为进行建筑试点积累经验时期。

1979年下半年到1984年底，为大规模地全面建设时期。

郭耀臣同期声：

新唐山建设和一般的新建城市不同。震后先搞了一座简易城市，所谓简易城市就是搞了不少简易房，一方面解决群众住房问题，另一方面抓生产。这项工作为唐山的建设创造了良好的条件。假如，当初你不这么做，新唐山建设没法开始。震后，在恢复生产、安排群众生活、恢复生活秩序的同时，在省里在中央抽掉相当大的力量勘测、规划、设计、研究新唐山建设的规划。

字幕：

王凤田，震后第一栋实验楼设计人员

王凤田同期声：

在地震以后吧，唐山恢复建设到底什么样的建筑符合唐山建设，从中央到省里市里都拿不准具体意见。国家建委为了慎重起见，组织了一个考察组到国外去进行了一下考察。到哪一个国家呢，到波兰。第二次世界大战华沙完全打平了，和唐山地震差不多。华沙的建设速度比较快，所以咱们国家组织了一个五个人的小组到华沙考察了一下。华沙考察回来以后，决定搞实验楼，只给我一个月的设计时间，昼夜奋战吧，我们几个人把实验楼的图纸搞完了。

【暗场】

画面：
第一栋实验楼
"7801"
市容

解说：
第一栋"内浇外挂"式居民住宅试验成功。为唐山市大规模城市复建工程提供了可靠的依据。1978年8月，一支四千人的建筑大军开赴震后第一个居民住宅小区——河北一号小区施工现场，以"快盖房、盖好房，让灾民早日住上新房"的口号，开始兵团式大流水作业。

【暗场】

字幕：
陈念洪，原建设公司党委副书记
画面：
邓小平同志视察工地的照片
市容街道

陈念洪同期声：
1978年9月，中央领导邓小平同志来唐山视察就是看的这个工地。当时邓小平到现场之后就在这儿站着，震后，邓小平同志讲："恢复唐山建设楼房质量要好，建筑物层次不要过高，采光要好，室内能洗澡。楼外要种树、种草、种花，美化绿化。"

解说：

唐山新城建设是在震后一片废墟上开始的，可以说唐山是清除了一座简易城市以后，才建起的一座新型城市。

【暗场】

字幕：

杜向前，震后清墟负责人

画面：

市容

杜向前同期声：

唐山市清墟基本分三种方法：第一种方法是市内统一清墟；第二种是承包给各单位的；第三种是唐山市不管，省以上直属企业的自己清墟。

【暗场】

画面：

清墟的资料画面

解说：为尽快让百万灾民住上新房，以国家中建二局为首的几十个建筑队伍约十万大军陆续到唐援建。

【暗场】

字幕：

田心起，国家中建局副局长

画面：

市容

车间

计算机房

机车车辆厂

管道

田心起同期声：

1977年，中建二局奉国家命令，二建委，全建制的二万五千名职工到唐山来参加唐山的恢复建设，主要承担着新区的建设，包括新区的一些小区的建设，还有机车车辆厂、丰润热电厂、新华纺织厂、印染厂这些唐山市的大型企业的建设恢复工作。

【暗场】

字幕：

李明智，全国"五一劳动奖章"获得者，中建二局职工

李明智同期声：

住在陡河的边上，到平房小区施工。为了不影响施工，想早点走。一阵子进不去，那些材料、工具等都用自行车驮到工地上去。中午忙起来有时炊事员把饭送到工地上去吃，到晚上回去。特别是早上，夏天天热的时候，早上三四点钟，年轻人瞌睡多，我那时瞌睡少一些，早晨三四点钟就起来，起来后把他们叫起来去工地，干两三个小时后再吃饭，天天这样，是为了避开高温天气，就这样干，为了早日把热网干好，保证年底通气。

【暗场】

字幕：

杨广银，中建二局职工，河北省劳动模范

画面：

新火车站

小区

杨广银同期声：

当时，记得是在6月的时候，我记得我们在浇灌就是我现在站的这儿第三段地下室的时候，那时正处在天气最炎热的时候，地面的气温是在三十多度，一积坑的气温达到五十多度，因为刚浇灌的混凝土的热量大，积坑又没有什么其他设

施，在浇注混凝土的时候，工人一个个为了保证进度，天气太炎热，一个个都中了暑。在这种情况下，我作为队长，领导这个班的一个队长，自己以身作则。

【暗场】

画面：
市容
建筑工地
落日

解说：
为了新唐山的建设，不知有多少人挥汗如雨、昼夜奋战，经过八年艰苦努力，到1986年7月，地震10周年之际，已有98.2%的灾民乔迁新居，一座初具规模的城市展现在世人面前。

【暗场】

黑底字幕：
1986年7月，在唐山市中心矗立起一座纪念碑——唐山抗震纪念碑

解说：
十年，一座新城诞生在这片废墟上；十年，它向世人展示着人与自然的抗争；十年，它昭示着新唐山的希望和未来。

【暗场】

画面：记者许步东在家中的生活画面
【暗场】

字幕：
到1995年底，全市气化率达93.2%，居全省第一，全国第十二位。到1995年底，全市供热面积1243万平方米，热化率达63.2%，居全国第一。

画面:

市容

晨练

街道

夜景

解说:

十年重建,十年振兴,二十年后的唐山人民生活安居乐业,公用事业发展迅速。在全省乃至全国领先的管道煤气、集中供热、邮电通讯、网络供电等已成为新唐山迈向城市现代化的重要标志。通过环境综合治理,唐山市连续五年荣获全省城市环境综合整治"燕赵杯",连续两年被评为"全国城市环境综合整治优秀城市",1995年被命名"全国卫生城市"。

【暗场】

字幕:

许步东的女儿

画面:

许步东女儿弹钢琴

字幕:

新唐山市容

百货商场

建设中的唐山

陡河带状公园

画面:

唐山市容

百货商场市容、街道、公园

字幕:

全国第二届城运会开幕式

画面：
开幕式

字幕：
第三届中日韩运动会开幕式
画面：
开幕式

字幕：
京唐港
画面：
京唐港
【暗场】

画面：
许步东在凤凰山顶

许步东同期声：
沧桑二十年，弹指一挥间，每一位唐山人都经历了这不寻常的二十年。1990年11月13日，联合国向唐山市颁发了"人居荣誉奖"，这是一个令唐山人骄傲的日子，一个值得中华民族骄傲的日子。唐山市政府也被联合国称为"为人类居住区的发展作出杰出贡献的组织"。唐山市成为我国首次在世界上获此殊荣的城市。
【暗场】

画面：
市容航拍
凤凰大厦

解说：

一座城市的毁灭，也就在眨眼工夫；一座城市的新生，却经历了二十年时间。这二十年在历史长河中，不过是短暂的一瞬，但对唐山人来说，却是那么漫长，是一页沉重而辉煌的历史。

眼前这二十七层的凤凰大厦，可谓是"唐山精神"的象征；这座"凤凰涅槃"的城市，就是"人定胜天"的昭示。

（完）

后记

失败与成功

沧桑几十年，修行大半生。
岁月艰难过，心态永年轻。

《笑悟人生》即将出版，圆了我的作家梦。脚下的道路坎坎坷坷，跌跌撞撞，追求的梦想，曾经破灭无数次，而我仍然痴心不改，踏浪前行，决不放弃对生命的探寻。在人生路上，我曾是一名失败者，但我一直坚信百折不挠终成大器，无惧失败，砥砺前行。

几个月来，整理尘封多年的文字，我感触颇深，几十年前撰写的小说、散文、诗歌充满激情，鲜活灵动。细细读来，年轻气盛时写的作品也的确缺少了深意和厚重，但我相信，越是好的文学作品越不怕沉淀，如同美酒佳酿越放越醇。这部文集是我生命的赞歌，思想的凝聚，人性的历练，生活的磨难和文学的熔铸。

人生不易，当作家也不易，创作艰辛，成功更艰辛。一个作家一生创作很多部著作，唯有文集最能体现作家的文学水准。茅盾的小说集、老舍的戏剧集、鲁迅的杂文集、冰心的散文集都是当代文学经典，令人百读不厌，爱不释手。透过他们优美的文字，我们可以窥见作家独有的生存智慧，以及对人生的思考和对生命的探索。

感谢夫人鼎力相助，帮我梳理文稿，校对文字，彻夜不眠的陪伴，无微不至的关爱，没有任何怨言，并充当第一读者，认真阅读把关，争取不出纰漏。

感谢岳父岳母对我的大力支持，从不耽误我的创作时间，让我安心在家创作，撰写出更多作品。

感谢中国传统文化促进会名誉会长、我国著名书法艺术家李土生老师亲自为本文集题写《笑悟人生》书名，使文集增光添彩，提升正能量。

感谢艺术家萧宽为我素描画像，并书写艺术作品，美化文集设计图案，增加艺术色彩。

感谢中国文史出版社编辑卜伟欣的悉心编审，她不厌其烦地与我沟通交流，调整文集结构，梳理篇章顺序，确定书籍名称，设计创意封面，使文集更加吸引读者眼球，为新书的出版发行奠定了基础。

失败是成功之母，人生不能惧怕失败。失败是一首悲壮的诗，失败是一支感奋的歌，历史是失败者谱写的，现实是失败者拥有的，未来是失败者创造的。

笑悟人生，祝福成功！笑到最后才是英雄。